鄭騫著

景午叢編 下編

中華書局印行

自序

我喜歡文學也喜歡考據，數十年來，始終致力於此，所寫的八十幾篇文章也不出這個範圍。其中屬於文學欣賞、解說、評介等性質的六十二篇已收入另一本集子「從詩到曲」，這本「燕臺述學」所收二十二篇，都是考據性的文章。內容仍以文學作家及作品爲主，而旁及史傳與小說。有關元人雜劇之作，則不論其性質爲何，一律收入「從詩到曲」，以便學者集中閱讀。「從詩到曲」初版各篇中有少數應當移歸本集，現在仍照原來編次重印，不再更動。

作考據本是極費精神時間的事，而且很容易「打岔」，常因尋檢某問題的資料而岔到另一問題上去。結果是游騎無歸，本末俱廢；又容易流於餖飣瑣碎，爲一點枝節而遍稽羣書。姚姬傳曾譏之云：「搜殘舉碎，所得幾何？」我寫作四十年而成績不過如此，嬾散無恒心之外，「歧路亡羊」與「不賢識小」也都是原因之一。憂患餘生，精力日漸衰竭，今後恐難再寫出比較像樣的文章，只好以此區區編印問世，存往日之辛勤，供來學之參考。若蒙當世鴻儒碩彥不吝教言指正其闕失，更是不勝盼禱之至。

鄭 騫 民國六十年三月

燕臺述學 目錄

楊家將故事考史證俗

序　目

楊家將故事流傳甚廣家喻戶曉其來源爲正史載記與民間傳說其演變傳播之工具爲小說與戲劇集史乘俗傳於一編軼事逸聞足資考證者則爲華北各地之方志取各種典籍所記楊家事實與元明清三朝小說戲劇參互考訂以求其演變之軌跡是爲最富趣味最有意義之工作近人從事於此者有余嘉錫之「楊家將故事考信錄」及衞聚賢之「楊家將考證」衞著頗嫌支離燕雜可以存而不論余著精確翔實著稱學苑但於各省方志未能盡量利用而清內府所編大戲「昭代簫韶」爲楊家將故事之總彙上承元明下啓近代皮黃諸劇余氏於此書並未寓目故難免有若干闕失今博採羣書詳加考證撰爲斯編冀能對研究此故事者有所貢獻余著取材偏重正史本編則正史方志與小說戲劇並重不僅補正余著性質亦微有不同全編分七章列目如下。楊家將故事之於史有徵者略盡於此其純出虛構無可稽考之故事如「大破天門陣」等則完全屬於戲劇小說不在本編範圍之內予撰寫本編會獲得國家科學委員會補助謹此致謝民國五十九年秋日鄭騫識於臺北。

一　楊家將故事之原起與流傳

楊家將故事之起原甚早，其發展流傳則頗爲遲緩，蓋歷時約七百餘年，始盛行於世。此故事之與起，約當宋仁宗之世，即楊業楊延昭父子身後不久。但只限於村嫗野老，「十口相傳」而已，豆棚瓜架，文獻無徵，內容如何，既不得而知。輾轉演變之跡，自亦無從查考。其見於文字紀錄，約在宋室南渡之後。而此種紀錄之僅存於今者，如下文所述之「燼餘錄」，則爲元初人作，上距故事初起之時，約二百年有餘矣。元明以後，各種民間故事，無論其爲於史有徵或全出虛構，多藉戲劇或小說之形式以流行傳播。而元明戲劇之有關楊家將者，合存計之，不過九種。小說則更爲貧乏，只有明人所撰兩種，且此類作品均非鉅製，以視三國水滸之膾炙人口，實爲遠遜。入淸以後，楊家將小說依然不振，而戲劇乃轉盛。最初由於地方戲劇之傳播，繼之以嘉慶時昇平署所編之大戲昭代簫韶，此故事之流傳始漸廣，而至於家喻戶曉。自乾嘉之間上溯至宋仁宗中葉，即上文所謂歷時約七百餘年也。且

不僅戲劇小說如此,即在明清兩朝各種方志中所載楊氏古蹟亦有後來居上之趨勢換言之同一地方之志書,

其編纂年代早者有關楊氏之古蹟亦少年代晚者則古蹟加多而所謂年代早晚又以雍乾之間爲其中限於此

亦可窺見楊家將故事之流傳入清始盛戲劇與小說同爲傳播故事之工具而在昔日戲劇之功用效果遠勝於

小說此其故余嘉錫在楊家將故事考信錄(以下簡稱考信錄)中已詳言之今日之舊式戲劇無論崑曲梆子皮

黃均已漸趨沒落有關楊家將之小說如北宋志傳其文筆結構又極拙劣難以傳世所謂「言之無文,行而不遠」

楊家府演義勝於北宋志傳然亦不能與三國水滸相比並中年以下之人甚少以此類故事告其子女地方志更

非一般人所常涉獵者再過二三十年盛極一時之「楊家將」終必有光沉響絕之一日蓋此類故事本依農村

生活農業社會而存在而流傳轉入工業社會之後多數人之生活方式既經改變不僅無人爲之傳播抑且無人

能欣賞矣龔定庵詩云:「光影猶存急網羅」及今研究考述楊家將故事使之轉爲學術性質而不致完全失傳

固爲頗有意義之舉於此有須說明者本文所謂「故事」乃指流行民間事實與「幻設」雜糅之傳說而言若

夫楊業父子之眞實事跡,則載在史冊班班可考固無所謂起原之早晚與發展之遲速也今就上文所述分別疏

證於後尤注意於有關戲劇小說之說明各地方志中所載楊家將古蹟則彙輯於第七章。

歐陽修全集卷二十九供備庫副使楊君墓誌銘「君諱琪,字寶臣,姓楊氏……君之伯祖繼業……繼業有

子延昭……父子皆爲名將,其智勇號稱無敵,至今天下之士,至於里兒野豎,皆能道之」楊琪卒於皇祐二

年,葬於三年,見墓誌,據此知仁宗之世民間已流行有關楊氏父子之傳說考信錄云:「予以爲楊業父子之

名在北宋本不甚著,今流俗之所傳說必起於南渡之後」實未必然蓋余氏未發見此墓誌但憑臆測也。

宋末廬陵人羅燁新編醉翁談錄卷一小說開闢篇所載宋人話本名目朴刀類有「楊令公」桿棒類有「五郎爲僧」是爲楊家將小說亦即此故事見於紀錄之最早者但原本久佚其內容如何不得而知寫成年代亦無從查考僅據宋代話本發展情形觀之可略定其最早爲南渡前後作品。

宋末謝維新合璧事類備要後集卷六十三節使門邊功無敵條注文云「眞宗時楊畋字延昭爲防禦使屢有邊功天下稱爲楊無敵夷虜皆畫其像而事之」考信錄引此條附以案語云「……畋乃業之姪會孫延昭之族孫雖以文人立邊功然未嘗官防禦使楊無敵乃楊業之號於延昭無與是眞街談巷議目不覩史者之所爲疑由評話家隨意捏合不求甚解以至如此維新陌儒遂采用之耳若吾言不謬則當南宋之末楊家將故事必已徧傳民間矣」焘案此書有寶祐五年丁巳自序蓋南宋亡於厓山之前二十二年也合觀下文所引徐大焯燼餘錄卷一云「興國五年太宗莫州之敗賴楊業扈駕得脫險難業太原人世稱楊令公仕北漢建雄軍節度使隨劉繼元降授右衞大將軍代州刺史先是帝出長垣關敗契丹於關南旋移軍大名進戰莫州遂爲契丹所困楊業及諸子奮死救駕始得脫歸大名密封褒諭賜賚駢蕃七年業敗契丹於雁門豐州破寰節度蕭太八年收降契丹三千餘帳遷雲州觀察兼判鄭州代州諸將大忌之雍熙三年業副潘美北伐破寰朔應雲四州會蕭太后領衆十萬犯寰業請潘美會軍出雁門不應業分（奮）死出戰士卒盡喪慨然曰『不幸爲權奸所陷』遂死之贈太尉節度使長子淵平隨殉次子延浦三子延訓官供奉四子延環初名延朗五子延貴並官殿直六子延昭從征朔州功加保州刺史眞宗時與七子延彬初名延嗣者屢有功並授團練使。

延昭子宗保官同州觀察世稱楊家將。竊案大焯爲元初人（註）爐餘錄多亡國後追記其成書較之謝維新合璧事類約晚三四十年。而所記宋代史實及楊家事跡之混淆錯誤殊無二致蓋不僅年代久遠抑且地域睽隔然「楊家將」之稱首見於此固爲研究此故事之重要資料考信錄以爲大焯所言但與小說合與宋史及雜劇皆不同必當時之楊家將平話如此其說雖屬臆測却頗近理太宗莫州被困不見於宋史等書，考證見第五章。

（註）爐餘錄卷首有李模題記云「爐餘錄二卷，城北遺民徐大焯撰甲編記宋初宋末事乙編記吳中事半從先世筆記中錄出足以徵信大焯吳縣人元初居桃塢慶雲里卽今官庫巷」

宋元話本之「楊令公」及「五郎爲僧」已不可復見元明雜劇之敷演楊家將故事者則有以下五種：

謝金吾詐拆清風府　簡稱謝金吾亦稱清風府收入元曲選丁集題目作「楊六使私下瓦橋關」正名作「謝金吾詐拆清風府」作者名氏未詳觀其風格乃元雜劇末期作品。

昊天塔孟良盜骨　簡稱昊天塔收入元曲選戊集題目作「瓦橋關令公顯神，正名作「昊天塔孟良盜骨」作者朱凱字士凱亦元末人。

八大王開詔救忠臣　簡稱開詔救忠收入孤本元明雜劇題目作「楊六郎報仇雪冤恨」正名作「八大王開詔救忠臣」

焦光贊活拿蕭天佑　簡稱蕭天佑，亦稱活拿蕭天佑。收入孤本元明雜劇，題目作「楊六郎鎗刺耶律灰」正名作「焦光贊活拿蕭天佑」

楊六郎調兵破天陣　簡稱破天陣。收入孤本元明雜劇，題目作「韓延壽索戰賭三籌」，正名作「楊六郎調兵破天陣」以上三劇，俱爲明敎坊所編其時代最早爲永樂末年最晚可至嘉靖中葉未能確定傳惜華編元代雜劇全目收此三劇而不收入明代殊誤。

以上五種之外又有散佚無考者二種：

楊六郎私下三關　續錄鬼簿無名氏目內有此劇，簡稱私下三關，題目作「王樞密知流二國」正名作「楊六郎私下三關」曹楝亭本錄鬼簿則云是王仲元作仲元爲元劇後期作家此劇劇情可能與謝金吾詐拆清風府相同但二者題目正名不同應非同一劇本。

孟良盜骨　北詞廣正譜仙呂宮引此劇首折之靑哥兒殘曲兩句，題云「關漢卿孟良盜骨劇」按元明各種戲劇書目關漢卿名下均未著錄此劇不知廣正譜何所依據原劇久佚題目正名亦均無存但廣正所引靑哥兒兩句不見於朱凱之昊天塔，可知其非同一劇本。

元明兩代雜劇敷演楊家將故事者合存佚計之只有以上七種（存五佚二）明代傳奇著錄於傳惜華明代傳奇全目者近千種而演楊氏故事者只有施鳳來之三關記一種演他人故事而大部涉及楊氏者有姚子翼之祥麟現一種三關記提要於下。

「三關記遠山堂曲品著錄此劇未題作者名氏列入『具品』重訂曲海目傳奇彙考標目乙本曲海總目提要皆著錄此劇，題施鳳來撰日本舶載書目著錄作楊氏三關記上下二卷署爲虎林會元施鳳來編集所著錄者當係明槧惜未見流傳此劇今無傳本僅有詞林一枝萬錦淸音二書選錄此劇零折」

鴛按：一枝及清音二書，在臺無從覓讀，不知所選錄者共若干折，更無從知其內容。黃文暘曲海總目提要卷

十一著錄此劇敍述劇情甚詳，可知在乾嘉時尚有全本流傳。提要云「鳳來平湖人萬曆丁未會元啟禎時

官至大學士記云虎林會元施鳳來編，蓋萬曆間所作也」

孟良王欽若等爲重要配角蓋據北宋志傳及楊家府演義兩小說點染而成，乃楊家將故事之枝流也。提要

祥麟現劇情詳見曲海總目提要卷十四所演乃成都人楊文鹿事，而全以宋遼交戰爲背景，楊延昭、蕭太后、

誤云「近時人作」傳撰明代傳奇全目據傳奇彙考標目及王國維曲錄定爲明人姚子翼作。

乾隆時玩花主人等編選之綴白裘六集二卷有「陰送」一折十一集三卷有「擋馬」一折皆演楊八妹

事，原目僅題爲「亂彈腔」其全劇名稱爲何不得而知此與清初或稍晚流行於直隸（今河北省）中部

之「絲絃老梆子」劇種所演之「瓦橋關」皆予所謂清代早期之地方戲。

昭代簫韶全劇共二百四十齣，分爲十本每本二十四齣其篇幅之長規模之廣與演

目蓮救母故事之勸善金科，演三國故事之鼎峙春秋，演西游記故事之昇平寶筏等相同，皆清乾嘉時內府

昇平署所編之「大戲」據卷首序文知此劇成於嘉慶十八年於諸大戲中最爲晚出雖亦用南北曲製作，

而文字拙劣音律乖舛不能與金科、寶筏等劇相比，蓋其時花部已與雅部已漸趨沒落矣。其後此劇遂有

「皮黃本」出現。但刊本流行者爲用南北曲所撰之原劇，皮黃本僅有伶工傳鈔流傳不廣予在大陸時藏

有零折十餘種今已散佚至於清末民初以來流行之皮黃戲有關楊家將者如托兆碰碑穆柯寨轅門斬子、

四郎探母等，則皆爲伶工或編劇文人根據元雜劇楊家將演義小說梆子亂彈等地方戲劇及民間傳說改

編而成，故其情節與昭代簫韶往往不同，予今作「楊家將故事考史證俗」戲劇方面取材之範圍，至昭

簫韶為止，皮黃及各種地方戲，未遑一涉及。

有關楊家將之戲劇已如上述，元代有無此等話本已不可考，明清兩代有關楊家將之小說則較之戲劇更

少，明代只有兩種。

楊家府通俗演義　此書全名為「楊家府世代忠勇通俗演義」，亦簡稱「楊家將演義」。原題秦淮墨客

編輯（不作輯）。卷首有萬曆丙午（三十四年）秦淮墨客自序，序文行書寫刻，序後有朱文方印二，其一云「紀

振倫印」。其二云「春華」。依明人刻書慣例推測，紀振倫當即秦淮墨客之本名，春華則其字也，其人生平

待考，全書八卷分為五十八則（考信錄誤作五十七回）。每則有題目散句單行，不作對偶，例如第一卷第一則目云「趙

太祖受禪登基」。第二則云「漢繼業調兵拒宋」。雖似偶句，第三則云「繼業夜觀天象」。第四則云「太

祖傳位與太宗」。則不僅非對偶，即字數亦不一致。此與弘治本三國演義相同，是為章回小說之原始形式。

全書敍楊家五代事跡，第一代繼業，其事跡在北周及宋太祖太宗時，第二代楊景即延昭太宗眞宗時，第三

代宗保眞宗仁宗時，第四代文廣仁宗時，第五代懷玉已至神宗元豐時矣，此即所謂「世代忠勇」，繼業延

昭文廣祖孫三世宋史皆有傳，宗保懷玉則全出虛構，詳見本編第三章楊氏家族考證，此書僅有萬曆刻本，

流傳不廣，頃已由國立中央圖書館影印行世。

北宋志傳　此書與南宋志傳合為一書，其全名為「按鑑演義南北兩宋志傳」，共二十卷一百回，南北宋

各十卷五十回，皆自為起訖，南宋志傳演五代及宋太祖事，與楊家無涉，北宋志傳演太宗眞宗仁宗三朝事，

而自卷二以下，全部以楊家事蹟為主，故自此卷起又題為「按鑑參補北宋楊家傳。」此書明代刊本甚

多，入清後尤為流行，不似楊家府演義之罕見，各種刊本之題名亦不一致，內容則完全相同，撰人舊題為熊

大木，大木字鍾谷福建建陽人嘉靖時書林，但第一回按語有「收集楊家府等傳參入史鑑年月編定」之

語，可知其較楊家府為晚出。楊家府序文明題萬曆丙午，此書刊本亦無早於萬曆者，成書當在嘉靖以後，故

孫楷第中國通俗小說書目疑其非熊大木作。此書稱五代及宋太宗以後為北宋，孫撰小說

書目及余撰考信錄皆深斥之，以為顛倒南北荒謬不通，孫云「疑其書本名宋傳及宋傳續集」，且於小說

書目中迳題此名，余氏則以為南宋志傳本名「五代志傳」南宋二字乃書肆剟改，以與北宋志傳配合。竊

按：兩說均難成立，此書刊本甚多，皆作南宋志傳，北宋志傳從無宋傳及續集之名，余氏僅見玉茗堂批點本，

不能謂每種刊本皆經剟改予揣作者之意，蓋以為五代及宋太祖登基平定諸國之事皆在宋本土及其南

方，故稱南宋北宋志傳，初敍太宗平定北漢，繼之以宋遼交戰及征討西番（西夏）皆在宋之北境，故云北

宋。與史家所謂南北宋並非一事，此書作者為冬烘陋儒，如此設想命名，並不足怪予說雖亦屬推測但較余

孫兩說為合理近真，無須改易原書名目。

以上兩書，所敍楊家事蹟不盡相同同者亦詳略互異。是為楊家將故事之兩大淵藪，明清兩代傳述演唱之

楊家故事大部均出於此兩書相較楊家府甚少根據歷史多出自民間傳說或作者虛構北宋志傳則作者

自云「收集楊家府等傳參入史鑑年月編定」其有據部分為「按鑑」故較楊家府近於史實其虛構部

分為綜合楊家府及其他有關楊家之小說而加以渲染故更為熱鬧甚至離奇荒誕兩書文字均不甚佳而

楊家府稍勝且有樸拙之致不似北宋志傳之陋劣不通故事之安排處理全書之意境氣氛楊家府更勝於

北宋志傳楊家府作者有情致有思想於其末一則「楊懷玉舉家上太行」可以見之北宋志傳則三家村

冬烘之作耳。

清代之楊家將小說有四種：

北宋金鎗全傳　此書有道光癸未（三年）刊本題「江寧研石山樵訂正」全襲北宋志傳改易名目。

天門陣演義十二寡婦征西　有清代坊刊小字本未署年月共十九回割裂楊家府演義之後半部文字略

有改易。

平閩全傳　撰人不詳全書六卷五十二回有光緒十一年坊刻本敍楊文廣平閩事甚荒誕。

萬花樓楊包狄演義　李雨堂撰雨堂自號西湖居士履貫不詳全書六十八回流傳甚廣刊本頗多有分爲

十四卷者有分爲六卷者演楊宗保以後事而以宗保之女金花爲主今豫劇之「楊金花掛帥」即出於此。

此書以狄青爲姦邪小人專與楊家爲難全違史實是非顛倒其說始於楊家府演義非雨堂所創也。

以上四種其一爲北宋志傳之改名其一爲楊家府之割裂清人所撰實只兩種此兩種均與本篇主題無關，

故不詳論。

二　楊業姓名籍貫及稱謂考證

楊業原名重貴麟州新秦人（今陝西神木縣。）約十八九歲時事北漢世祖劉崇崇時爲麟州刺史，視業如

諸孫，賜姓名曰劉繼業崇自立爲北漢國主業歷官由保衛指揮使至侍衛都虞候、領建雄軍節度使爲北漢名將，國人號曰「無敵」後隨北漢主劉繼元降宋復本姓去繼字遂名楊業宋太宗授業爲左（宋史卷二七二業傳左作右事略。）領軍衛大將軍、鄭州防禦使旋命知代州（今山西代縣）兼三交（今山西陽曲縣北十五里）駐泊兵馬部署以防邊進功授雲州（今山西大同）觀察使雍熙三年與契丹戰於朔州（今山西朔縣）之陳家谷兵敗援絕被擒不屈絕食三日而死年約六十二歲贈太尉大同軍節度使後累贈至太師中書令業既仕于北漢久居太原（今山西太原）故史傳以爲太原人。

隆平集卷十七云：「楊鄴或曰繼鄴麟州人」業字加邑旁與諸書均不同恐有誤續通鑑長編卷九：「（繼元）又遣侍衛都虞候劉繼業馮進珂領軍扼團柏谷……繼業本名重貴姓楊氏重勳之兄（按：重勳又名重訓，詳見下文。）幼事北漢世祖遂更賜以姓名」同書卷二十「初劉繼業爲繼元捍太原城甚曉勇及繼元降繼業猶據城苦戰。上（宋太宗）素知其勇欲生致之令中使諭繼業繼元遣所親信往繼業乃北面再拜大慟釋甲來見上喜慰撫之甚厚復姓楊氏止名業」宋史卷二七二業傳「楊業并州太原人……弱冠事劉崇，爲保衛指揮使以驍勇聞景還至建雄軍節度使屢立戰功所向克捷國人號爲無敵」（東都事略卷三十四業傳同此。惟無敵二字上有楊字。按：業在北漢時姓劉，不應曰楊無敵。）

遼史卷十一聖宗紀云「統和四年宋遣曹彬崔彥進米信由雄州、田重進飛狐道潘美、楊繼業雁門道來侵」同書卷八十三耶律休哥傳云：「統和四年宋復來侵其將范密（此人宋史未見，疑是潘美二字音近之誤。）楊繼業出雲州」同書

楊業居麟州時名楊重貴仕北漢時名劉繼業入宋後名楊業，從未以楊繼業爲名惟遼人則呼爲楊繼業如

同卷耶律斜軫傳云「統和初,宋將曹彬米信出雄易,楊繼業出代州。」同書卷八十五耶律題子傳云:「統

和四年宋將楊繼業陷山西城邑」皆是也蓋宋人去其繼字乃爲避免仍與劉繼元以繼字聯名遼人則自

北漢時習聞繼業之名故仍舊稱但易劉爲楊耳自元迄今小說戲劇皆稱楊繼業則以此三字較楊業二字

易於上口之故。

轟崇岐麟州楊氏遺聞六記之一云:「北漢世祖劉崇爲後漢高祖知遠之弟。舊五代史卷一百三十五崇傳,

謂『高祖鎮幷汾奏爲河東步軍都指揮使逾年授麟州刺史』又同書卷九十九高祖紀謂高祖於晉天福

六年『七月授北京留守河東節度使』則崇之刺麟州,約在天福七八年間業之事劉氏當始於此時」考

信錄云「業以何時事劉崇不可知惟業父信死後業不得立而立其弟重訓,必信死時業已不在麟州矣業

以刺史之子,何至爲人乞養且劉崇於周廣順元年始稱帝業父信方事漢,欲結援於大邦,故送業於太

遺其子入虎口致父子各事一國耶此必崇爲太原尹河東節度使時信死重訓以周降北漢亦以其兄在太

原以爲質子耳及信背漢事周業遂不得歸信死重訓以周降北漢亦以其兄在太原故也」鴦按劉崇爲太

原尹在天福十二年,即後漢高祖稱帝之年見資治通鑑二百八十六楊業始事劉崇之時期,轟余兩說相差

四五年余氏未檢舊五代史所論皆屬臆測不如轟說信而有據應從轟說定爲天福七八年間此事與考訂

楊業年齡有關,不可不詳。業父信會自爲麟州刺史,信死,其子重勳(即重訓)繼之,俱見下文。

遺聞六記之二云:「業卒時年歲諸書無述及之者今依第一記所言,假定業於晉天福八年始事劉氏,其年

爲二十歲(弱冠)則雍熙三年應爲六十三歲其生約在後唐同光二年(九二四―九八六)」考信錄

云：「史不載業年壽，但言弱冠事劉崇，若如余氏所推測，事在漢隱帝以前崇未即位時，則前至雍熙二年已

閱三十六載業死時年當五十餘」駕按余氏所定業始事劉崇之時期較聶說晚四五年，故所定業之年壽

亦少數歲二者相較，自以聶說為長其說可能與事實相符合，即有差誤，亦不過一兩年耳。

十國春秋一零六：「弱冠事世祖（劉崇）……睿宗（劉承鈞）賜委劉氏，比於諸

子。」遺聞六記之一云：「睿宗子姪輩皆以『繼』字聯名其改楊重貴為劉繼業蓋亦子視之也」考信錄

云：「業不知何人為父，考承鈞卒於宋開寶元年年四十三，見宋史卷四百八、十二北漢世家。則當生於後唐天成四年至周

廣順元年，劉崇稱帝時年纔二十有三業事崇於未稱帝之前已弱冠，則業與承鈞年相若，必不呼之為父。疑

崇以長子湘陰公贇無後養業為孫十國春秋以為睿宗養子非也」駕按余說甚為博辯且如聶說所定業

之年尚長於承鈞，自不能父事之業之賜姓劉氏，亦當在劉崇之時而非如十國春秋所云為承鈞所賜。

隆平集卷十七業傳江少虞皇朝類苑卷五十五業傳皆云業為麟州人。歐陽修全集卷二十九供備庫副使

楊君墓誌銘云：「君諱琪字寶臣姓楊氏麟州新秦人也。新秦近胡以戰射為俗而楊氏世以武力雄其一方。

其曾祖諱弘信為州刺史。（弘信即楊業之父，其他諸書記載，均作弘信，乃宋人避宣祖諱，故去弘字，參閱下章。）祖諱重勳又為防禦使太祖時為置建寧軍

於麟州以重勳為留後後召以為宿州刺史保靜軍節度使卒贈侍中父諱光扆以西鎮供奉官監麟州兵馬，

卒于官君其長子也君之伯祖繼業太宗時為雲州觀察使與契丹戰歿贈太師中書令繼業有子延昭眞宗

時為莫州防禦使父子皆為名將其智勇號稱無敵至於今天下之士至於里兒野豎皆能道之。」

資治通鑑卷二百九十一：「初，麟州土豪楊信（即楊弘信，見上。）自為刺史受命於周信卒子重訓

資料，本案及下章均須引用，故詳錄之。

此段為考證楊家事跡之最佳

嗣，

考異曰：崇訓或作崇勳，世宗避梁王宗訓，蓋後避梁王宗訓，改名也。按考異則重訓當作崇訓。（以上皆通鑑原註。）

州」據上引隆平集歐陽集資治通鑑等三書楊氏本貫爲麟州新秦無疑新秦麟州附郭縣也太平寰宇記

卷三十八「麟州新秦郡、今理新秦縣。禹貢雍州之域漢武帝徙貧人於關以西及充朔方以南新秦中蓋其地」楊姓

是周宣王少子尚父之後其封邑在今山西後幷於晉子孫自秦漢時卽居住今山西西南部及陝西東部一

帶楊業之先世極可能在漢武帝「移民實邊」時卽遷居新秦至五代之末約千年有餘矣或有人以爲「新

秦近胡」疑楊業一家爲胡人而冒漢姓者蓋想當然而實不然也宋史及東都事略諸書皆云業爲太原人，

乃久居其地之故已見上文遺聞六記之一云「宋史及東都事略謂之太原人者蓋從初仕之國而言也」

其說亦是。

業戰死後贈太尉，見宋史及東都事略業傳宋大詔令集卷二百二十亦有「楊業贈太尉、大同軍節度使」

制遺聞六記之二云「業生前官至觀察使品爲第四而太尉品第一以四品官而晉至一品可稱超贈第宋

會要稿第一百七十五冊八之七下，僅謂「優贈業大同軍節度使」不言太尉則恐所贈爲檢校太尉非眞

太尉也」鶱按既有贈官制書爲證會要不言贈太尉，自是偶然遺漏卽使爲檢校太尉其於太尉所謂「下

眞跡一等者」仍可謂爲「超贈」也贈太師中書令之說雖僅見於上文所引歐陽修撰楊琪墓誌歐公爲

人誌墓自不能妄記遺聞六記之三云「業初贈官爲太尉大同軍節度使後諒以子延昭貴遇大禮恩累贈

至太師中書令者」其說雖屬臆測甚合情理。

前章已述及楊業其人其事載於史冊班班可考而在民間則爲傳奇性、戲劇化之英雄人物。此等人物，在小說戲

劇中自有其與正史記載不同之種種稱謂，今列舉於下，並註明出處。

一：山後令公或河東山後令公　北宋志傳屢見

二：金刀教手無敵大總管楊令公　元人謝金吾雜劇第二折楊六郎白

三：金刀無敵大總管楊令公　元人昊天塔雜劇第一折楊六郎白

四：金刀大將軍智勇無敵都總管（原作官乃形近之誤）兵法教授楊令公　明人開詔救忠雜劇第一折楊令公白

五：金刀教首楊令公　明人蕭天佑雜劇第二折楊六郎白

此處所謂山後指今山西東北部而言，楊業非山後人，但一生功名事業多在其地，故稱「山後楊令公」。宋時太原與麟州並屬河東路，謝金吾雜劇第二折楊六郎自云「本貫河東人氏」無論其為麟州或太原均無不合。北宋志傳以河東山後并稱則小說俗傳不必深考矣業身後累贈至太師中書令，已見前遺聞六記之二云「中書令例得稱『令公』此或為近世小說戲曲稱業為令公之所本乎？篤按中書令稱令公唐宋皆然如郭子儀稱郭令公，即因其為中書令也。元人雜劇已稱業為楊令公嚞說雖是而「近世」兩字須刪亦不必作疑問語。考信錄云「續通鑑長編記業在北漢事，自卷九至卷二十不言為節度使，然觀元人稱為楊令公，則業必曾領節鉞以五代方鎮兼中書令故也」篤按：業在北漢曾領建雄軍節度使，見宋史業傳余氏未發現歐陽撰楊琪墓誌不知業身後贈中書令之事，故以「五代方鎮率兼中書令」為言自不如嚞說之證據確實然。小說戲劇之稱業為令公則另有其解釋楊家府演義卷一第二則云「繼業出戰，打着紅令字旗其妻出戰打着白令字旗因此號為令公、令婆。」此種「柴堆三國」式之傳說與上文「引經據典」之正式

考據，實相映成趣。近世民間傳說及平劇唱詞亦有稱業為「老令公」者，蓋業死時年齡至少六十歲，在平

劇扮像中自可掛白髯而以「老」稱之小說戲劇中描寫古代武將皆有其個人慣用之兵器，如張飛之丈

八蛇矛尉遲恭之鋼鞭等等楊業所用則為「金刀」昭代簫韶稱為「九環金刀」且由此刀衍出若干故

事見該劇第六本卷下第二十至第七本卷上第十等齣「無敵」之稱顯然根據史傳前見文獻通考卷五十

九職官十三「宋朝馬步軍都總管以節度使充，副總管以觀察以下充有止一州者有數州為一路者有帶

兩路三路者或文臣知州則管句軍馬事舊相重臣亦為都總管有禁兵駐泊其地者冠以駐泊之名……慶

曆八年諸州部署並改兵馬總管副總管」業在宋生為觀察使，死贈節度使知代州時曾兼三交駐泊兵馬

都部署，後又為雲應路行營副都部署「大總管」「都總管」之稱蓋即由此數項官職綜合輾轉而來古

時朝廷正式職稱傳至民間固常有混淆變易而小說戲劇齊東野人之語亦往往其來有自也至於「教手」

「教首」「兵法教授」諸稱顯為一事則疑是與水滸傳中林冲之「八十萬禁軍都教頭」同出一源宋

時無此官名是純為「小說家言」矣。

三　楊氏家族考證

一　楊業之父及弟

業父名弘信宋人避宣祖諱去弘字稱楊信其先世系不詳信本麟州土豪，漢周間，自為州刺史後正式受周

任命，旋卒其他事跡不詳小說戲劇則稱為火山王楊滾火山王亦作後山王霍山王滾一作袞與弘信同時，又有一契丹大將，亦名楊袞

注，見下
注文。楊家府演義云，業爲何元業之子，北漢主劉鈞之甥其說至爲荒謬，詳見下

業弟重勳，原名重訓，襲父職爲麟州刺史入宋，爲麟州防禦使建寧軍留後改任宿州（今安徽宿縣）刺史、

保靜軍節度使開寶八年卒於官贈侍中。

宋史二七二業傳云「父信爲漢麟州刺史。」東都事略卷三十四業傳同弘信、重勳事詳見第二章所引歐
陽修撰楊琪墓誌銘續通鑑長編卷九「繼業本名重貴」以下云云及資治通鑑卷二百九十一「麟州土
豪楊信」以下云云可參閱今補錄其他資料及各項考證於後：

續通鑑長編卷二「宋太祖建隆二年三月辛亥北漢寇麟州，防禦使楊重勳擊走之重勳即重訓也，避周恭
帝諱（按：即梁王宗訓。）改爲。」同書卷八「太祖乾德五年十二月己巳置建寧軍於麟州；以防禦使楊重勳爲
留後」同書卷十「太祖開寶二年五月癸卯以權知府州折御勳爲永安留後時御勳與建寧留後楊重勳，
皆不俟詔來詣行在上善其意故有是命仍並加厚賜遣還」同書卷十三「開寶五年八月癸卯建保靜軍
於宿州⋯⋯九月戊寅徙建寧留後楊重勳爲保靜留後。」宋會要儀制十一武臣追贈「保靜軍節度使楊
重勳開寶八年七月贈侍中」大臣追贈皆在卒後不久據此知重勳之卒當在開寶八年春夏間其由留後
改爲節度使當在開寶六七年間錢大昕廿二史考異卷七十七疑重勳即爲宋史二七三有傳之楊美其說
甚誤考信錄辨之已詳今不贅引。

遺聞六記之六「道光神木縣志卷五人物上謂重勳爲弘信長子，業爲弘信次子按業姪孫琪即重勳之孫，
歐陽文忠全集琪之墓誌（雋按前章已引）謂業爲琪之伯祖，而續資治通鑑長編卷九亦謂業爲重勳之

兄則業爲長子，重勳乃次子神木縣志所言誤矣。」

本文第二章所引資治通鑑二百九十一「楊信自爲麟州刺史至重訓求救於夏府二州」諸事，總敍於周太祖廣順二年劉崇爲麟州刺史，在晉高祖天福七八年間見第二章所引遺聞六記楊信自爲刺史自應在劉崇去任之後即漢周之間蓋乘時紛亂據地稱雄也，自漢周之間至廣順二年不過數年耳，故云「旋卒」

明無名氏八大王開詔救忠臣雜劇第一折楊繼業自云「老夫楊繼業是也，乃火山王楊滾之子」是爲關於業父名滾之最早記載北宋志傳敍業事自北漢時起，但全書未言及業父之名南宋志傳中或有之，臺灣公私藏本俱無此書留俟再考昭代簫韶救黃家事自北宋徵遼起，未言業父爲誰皮黃戲佘塘關即七星廟敍楊繼業招親事亦云繼業乃火山王楊滾之子（參閱下章）梆子戲四紅圖有楊袞事中央月刊革新第一卷第六期載有張大夏撰「關於楊家將的戲」一文其中敍述四紅圖劇情如下「四紅圖是演趙匡胤微時行刺劉化王（按：應爲北漢主劉崇）不成劉化王臣子後山王楊袞（小說中楊繼業的父親楊家將第一代祖先）和崔龍奉命把守太原城門，捉拿刺客崔龍將趙匡胤拿住而同時曹彬之弟曹仁，由他方貿易歸來因面貌與趙匡胤一般無二被楊袞認係趙匡胤而誤拿二人同時綁上金殿劉化王親自審問曹仁安心要救趙匡胤趙匡胤亦不肯讓曹仁無辜受累，兩人爭認爲刺客，難辨眞假，最後終由曹氏兄弟用計脫匡胤於難。此劇趙匡胤，曹仁，崔龍，楊袞都拘紅臉所以叫做『四紅圖』」本是梆子皮黃亦曾翻演但久已無人動它了楊袞在劇中並非正角，但不能不說是與楊家將有關的第一齣戲」鷟按稱楊滾爲「後山王」其名無水旁僅見於此此劇劇情南宋志傳及飛龍傳中或有之，俟覓得其書再爲查證北漢少主劉繼恩本劉

崇女婿薛釗之子，承繼劉氏，詳見新五代史卷七十東漢（即北漢）世家，故小說戲劇中每稱之為劉薛王，如明人開詔救忠雜劇楊繼業白即云「先佐於劉薛王麾下」秦晉方音化薛相近，劉化王蓋劉薛王之訛，非劉崇也民國五十七年九月十八日中央日報副刊載有署名「果為」者所撰「記楊家將的古蹟」一文（全篇見後附錄）其最後一段云：「就古蹟言『火山王』應作『霍山王』。霍山距太原約二百里，霍縣即以霍山而得名有一次行軍經過霍縣北約百里的一個小鎮當地人說這是霍縣的舊治稱舊霍現在的霍縣是後建的，稱新霍並說山中有一片平地即『火山王』立寨之地。小鎮在山邊山中之平地距小鎮約一里餘，兩山夾峙，一徑中通且頗曲折徑盡處即是平地面積頗廣，極目力始能盡之。若果曾依霍山以稱雄此處便是理想的根據地」「霍山王」之說僅見此文矣按宋有火山軍本為嵐州之雄勇鎮，太平興國七年置軍，見元豐九域志卷四今為山西河曲縣，元代大曲家白仁甫之故鄉也軍以火山得名山在其西南河曲縣志云：「山逼黃河，岩石俱赤，煙氣灼人岩有石罅以薪投之，轟然焰出。」山名即由此而來，其地與麟府二州隔黃河相望方圓不過二百餘里楊弘信為麟州土豪據地稱雄，轄境與火山相鄰其勢力範圍或竟遠達其地。經過民間傳說演變至小說戲劇此人遂成為「火山王」是為正確解釋「後山」「霍山」皆為音近訛傳。霍縣在太原之南距麟州甚遠非楊氏勢力所能及霍州志紋霍山風景古蹟甚詳亦無楊氏立寨稱雄之記載然果為文中所記則似確有據班班可考者可見楊家故事在民間流傳之普遍矣。

資治通鑑二九一「顯德元年北漢主聞（周）太祖晏駕甚喜謀大舉入寇遣使請兵於契丹二月，契丹遣

其武定節度使政事令楊袞將萬餘騎如晉陽。……楊袞畏周兵之強不敢救且恨北漢主之語全軍而退。

新五代史七十東漢世家「周太祖崩旻（劉崇改名）聞之喜遣使乞兵於契丹契丹遣楊袞將鐵馬萬騎及奚諸部兵五六萬人號稱十萬以助旻。……旻望周師謂旻曰『勁敵也未可輕動』旻奮髯曰『時不可失無妄言也』旻怒而去」是役北漢大敗袞歸契丹契丹主怒其無功囚之詳見通鑑卷二百九十一及二百九十二楊袞遼史無傳其他事跡未詳此人在北漢時已爲契丹大將其年輩蓋與弘信相若而長於楊業且必爲當時民間所熟知者此楊彼楊輾轉訛傳契丹楊袞遂成麟州楊業之父矣。

楊家府演義卷一第一則云「北漢主姓劉名鈞一妹配薛釗釗一日酒醉漢主辱之遂自刎而死釗生一子名繼恩鈞無子乃養繼恩爲己子其妹復適何元帥生二子長繼元次繼業鈞又養爲己子漢主鈞殂繼恩卽漢主位」第二則敍繼業在北漢爲將第五折云繼業降宋太宗「遂賜姓楊」此說僅見於楊家府竟謂業爲何姓子楊乃宋所賜姓不惟遠離史實在小說戲劇中亦屬奇談蓋由業爲劉崇養孫輾轉「演義」而來。

小說戲劇中所敍楊家將人物甚詳惟楊重勛之名始終未見亦從未云楊業有昆弟。蓋重勛歸宋時業仍仕北漢；重勛開寶八年卒於宋其後五年即太平興國四年業始歸宋此兩兄弟自業弱冠事劉崇隨赴太原後卽分處異地其事業蹤跡始終不相及也。

二　楊業之妻

業妻折氏俗呼爲佘太君下章另詳。

業有七子其名字及次第，歷史記載及民間傳說，紛歧混淆，最後且添出義子一人。今首列正史所記於後，小

說戲劇依次附錄並分別考證要之當以正史為準，此外諸說不過廣異聞資談助而已。

延玉、延浦、延訓、延環（一作延瓌）、延貴、延朗（避宋聖祖諱改延昭）、延彬〔宋史業傳〕

以上為楊業七子之正式記載，延玉從業戰死，延昭繼其父為當時名將，俱見宋史，延昭尤為楊家將故事之

中心人物，人所共知，餘子事跡則或詳或略，僅見於小說戲劇，於史無徵，元刻本宋史作延瓌，餘本皆作延環，

未知孰是？考信錄逕定為瓌字，殊嫌武斷。

宋史二七二業傳敍業與契丹戰於陳家谷兵敗被擒，不食三日死文中夾敍云：「其子延玉亦沒焉。」傳末

云：「業既沒，朝廷錄其子供奉官延朗（昭）為崇儀副使，次子殿直延浦、延訓並為供奉官延環、延貴、延彬

並為殿直。」宋史二七二延昭傳云：「契丹憚之目為楊六郎。」小說戲劇皆如此稱謂，其為業之第六子，無

可疑者。而宋史敍諸子次第以延昭為首蓋崇儀副使職位高於供奉官供奉官高於殿直宋史敍次以職位

為先後，職位相同者始以長幼為序也。（參閱下條燼餘錄後考證）遺聞六記之四云：「業子七人延昭於

兄弟中為第幾，不得而知其為六郎「未始不並從父昆弟而言非必為同父兄弟中之行次也」其說全屬

臆測，實未深考。方志又有稱延昭為四將軍而號稱六郎者，詳見下章。

續通鑑長編卷二十七云業戰死後，「錄其子供養（奉）官延朗等五人」陳均皇朝編年綱目備要卷四、

彭百川太平治蹟統類卷三俱云五人合之戰死之延玉共只六人與宋史本傳不合考信錄云「業歿後朝

延錄其六子而長編止言五人者長編（卷一百三十五　載慶曆三年詔書云：『蔭長子孫皆不限年，諸子孫須年過十五』此制疑早已有之業死時延彬年蓋尚幼故贈官詔書中止錄五人延彬之官蓋後來所加恩」雖屬推想之詞但只好如此解釋。

延朗避聖祖諱改名延昭事見隆平集十七及東都事略三十四延朗傳續通鑑長編七十九「大中祥符五年閏十月壬申詔聖祖名上日玄下日朗不得斥犯」宋會要儀制十三廟諱門同此聖祖者眞宗崇信道教，所追尊之遠祖即所謂「保生天尊大帝」也延昭卒於大中祥符七年正月見本傳及續通鑑長編八十二。其改名蓋不過年餘耳宋史及長編諸書記載六郎事亦多有仍作延朗者並未盡改惟小說戲劇及民間傳說，則皆呼爲楊延昭矣。（又作楊景見下）

淵平、延浦、延訓、延環、（原註初名延朗）　延貴、延昭、延彬　（原註：初名延嗣）。　徐大焯燼餘錄

考信錄云：「徐大焯燼餘錄云『雍熙三年，業副潘美北伐，會蕭太后領衆十萬犯寰業出戰死之長子淵平隨殉次子延浦三子延訓，官供奉四子延環此字疑後人據通行本妄改。初名延朗，五子延貴並官殿直六子延昭從征朔州功加保州刺史眞宗時與七子延彬初名延嗣者屢有功，並授團練使。延昭子宗保，官同州觀察。世稱楊家將』（嘉錫）案雜劇及小說所敍七子之名彼此互異。大焯此條所記延浦以下與宋史同，而以延玉爲淵平，四郎爲初名延朗，七郎初名延嗣則又與小說合。兩小說敍七人之名亦不盡同，惟此三人及六郎延昭相合，見卷首明李模題記。但小說謂延嗣爲潘美亂箭射死，而此謂與延昭同立功又復不同，其實皆不可信大焯宋末人元初尚存，其言蓋釆自楊家將話本，未嘗考之國史也。惟所載諸子次第乃頗有據史稱延浦爲次子，則延玉必是長子延昭爲六郎則其排行必

第六;故其次序如此民間之流傳亦有不誣者,此類是也」

竄案:燼餘錄全文見前第一章引錄,考信錄所引此段,側重諸子名字及次第,故於原文頗有刪易,學者參讀

即知此段爲民間有關楊氏諸子傳說之最早者。「楊家將」之稱亦始見於此,六郎延昭初名延朗考見上

條,燼餘錄云延環初名延朗,顯然與史傳說之不合。延昭「從征朔州功,加保州刺史」更違史實,小說戲劇中亦

無此記載,蓋徐氏隨手妄記也。延昭子文廣官同州觀察見宋史二七二本傳,徐氏易文廣之名爲宗保,與小

說同官職,則與宋史相同而異於小說,予在第一章中曾云「徐氏所記楊氏諸事多爲史實與民間傳說之

混合體」如此之類卽其例證。

燼餘錄所謂延昭於「眞宗時與七子延彬,初名延嗣者,屢有功,並授團練使」則疑是與延昭同時守邊之

楊嗣混爲一談,輾轉傳訛宋史二百六十楊嗣傳(附其兄楊信傳)云「咸平三年,以功拜保州刺史,召

還授本州團練使時楊延昭方爲刺史嗣言嘗與延昭同官驟居其上不可願守舊官上嘉其讓乃遷延昭官。

嗣與延昭久居北邊,俱聞時謂之二楊。」同書二七二延昭傳云「以功拜莫州刺史……進本州團

練使與保州楊嗣並命帝謂宰相曰嗣及延昭並出疎外以忠勇自效朝中忌嫉者衆朕力爲保庇以及於

此」觀此可知「二楊」關係之密切民間以訛傳訛遂以爲是弟兄進而於嗣字上加延字成爲七郎之名。

小說戲劇所描寫之楊七郎武藝最爲高強亦由楊嗣之勇敢善戰而來所可笑者楊嗣之年長於延昭二十

四歲反屈居爲弟是眞平劇「惜惺惺」中所謂「少兄老弟」矣註

(註)二楊俱卒於大中祥符七年,嗣年八十一,延昭五十七見宋史嗣傳及延昭傳據此推算嗣生於後唐

閔帝應順元年甲午西元九三四，延昭生於周世宗顯德五年戊午西元九五八相差二十四年。

平、定、光、昭、朗、景、嗣。　吳天塔雜劇　謝金吾雜劇

謝金吾第二折楊六郎白云：「某姓楊名延景，字彥明，祖貫河東人氏父親是金刀教手（首）無敵大總管楊令公母親佘太君所生俺弟兄七個，乃是平、定、光、昭、朗、景、嗣某居第六。」吳天塔第一折楊六郎白云此但云「姓楊名景字彥明」無延字此說以六郎之改名（昭）爲四郎六郎之原名（朗）爲五郎後來小說戲劇多有稱六郎爲楊景者亦始於此楊業諸子之名至是已全屬民間傳說不似燼餘錄尚有數子之名同於史傳也。

平、定、光、輝、昭、朗、嗣。　開詔救忠雜劇　活拿蕭天佑雜劇

開詔救忠第一折楊繼業白云「老夫楊繼業是也，乃火山楊袞之子。……先佐於劉薛王麾下爲將某所生七子乃是平、定、光、輝（同輝）昭、朗、嗣」。活拿蕭天佑第二折楊景白云「某姓楊名景字彥朗父乃金刀教令公所生俺弟兄七人乃是平、定、光、輝、昭、朗、嗣父子八人弟兄七個」此說大二三郎之名同於吳謝兩劇，四郎名輝，至今平劇四郎探母四郎名延輝，蓋始於此。以六郎之改名（昭）爲五郎，六郎則用其原名（朗）但蕭劇又云「姓楊名景字彥朗。」此種紛歧矛盾之情形在小說戲劇中並非罕見吳謝兩劇爲元末明初人作，開蕭兩劇則爲明中葉敎坊作品四者合觀可以見其演變之跡。

淵平、延廣、延慶、延朗、延德、延昭、延嗣。　楊家府演義

右見楊家府演義卷一第一則同卷第七則云：「以六郎之名犯武功郡王之諱，勅賜名景。」此言六郎又名

楊景之故，爲他書所無武功郡王謂太祖之子德昭。

淵平、延昭定、延輝、延閔、延德、延昭、延嗣志志〔北宋志傳〕。

七子之名散見於北宋志傳各回中淵平有時作延平。五郎延德、六郎延昭、七郎延嗣，至今平劇尙沿用之三

郎名延輝則「與衆獨異」前述四種雜劇諸子皆係單名，然自謝金吾劇「姓楊名延景」之語觀之，似是

各人名上皆有「延」字而省去未提；至楊家府及北宋志傳乃正式成爲雙名而接近宋史業傳之原狀，但

除延昭之外餘子下一字皆與宋史不同耳至淸代大戲之昭代簫韶則諸人皆爲單名，而又添出業之義子

八郎楊順矣。

泰、徵、高貴春景希順（義子）。〔昭代簫韶〕

諸子之名俱見昭代簫韶第一本卷上第四齣，此齣中楊業開場白云：

乃令公王貴之子自褔褓繼爲螟蛉」此人卽平劇中之楊八郎王貴實有其人官淄州刺史與楊業同時戰

死陳家谷年七十三朝延擢其子文晟供奉官文昱殿直見宋史二七二業傳附錄昭代簫韶稱之爲令公以

其子爲楊業義子皆所謂小說戲劇從無所謂義子八郎，其見於記載始於昭代簫韶；但所謂

「老調梆子」劇之「瓦橋關」有「八郎送飯」一折詳見中央月刊張大夏撰「關於楊家將的戲」文

中。據此文考證：「此種梆子之全盛時期當在淸初」昭代簫韶則爲淸中葉劇本關於八郎之傳說當是起

於明淸之間而昭代簫韶因襲之楊業死時年約六十一二歲已見前章王貴之年長於業者十一二歲楊家

府及北宋志傳俱云六郎諸人呼貴爲叔父且至大破天門陣時始中箭陣亡此亦演義作者傳訛之慣例楊

家府卷三第三十一則敍王貴陣亡事並有註文云：「按一統志王貴太原人，楊業母黨之弟，投降於宋，屢戰有功，遂得眞宗寵愛焉。」頗似煞有介事予爲此檢明一統志卷十九太原府人物門果有王貴小傳但事跡年齡全鈔宋史楊業傳楊家府所云一統志蓋齊東野人奉旨修纂者也。

昭代簫韶所記七子之名，除六郎楊景外其餘均與舊說不同，似是故意標新立異然大郎楊泰亦名延平，見於第一本卷上第九齣，四郎楊貴又名延閬見於第十本卷上第十二齣，六郎楊景又名延昭見於第二本卷下第二十二齣及第六本卷上第五齣，六郎則與舊說相同，蓋沿襲已久，未能全改。

昭代簫韶第二本卷上第一齣云四郎楊貴四郎探母仍襲其說最早則見於北宋志傳按楊字從木從易並非「木易」，招爲駙馬；至今平劇四郎「稱楊姓爲木易，不通小學之說也。然眞誥離合楊字改名「木易，頃閱文延式純常子枝語卷二云：『偃息盛木玩執周書』」乃正借用易字梁時已有此等語不必盡以六書繩之」此眞所謂「開卷有益」

綜合上述七說楊業諸子名字之紛歧淆亂，可以槪見然細繹之其演變之跡亦自可尋。今取此七說，製成一表於後以便觀覽。

次第＼出處	大郎	二郎	三郎	四郎	五郎	六郎	七郎	八郎
宋史	延玉	延浦	延訓	延環（一作環瓃）	延貴	延朗（改名延昭）	延彬	×

源出								
燼餘	淵平	延浦	延訓	延環（初名延朗）	延貴	延昭	延彬（初名延嗣）	×
謝金吳天	平	定	光	昭	朗	景（名延景 字彥明）	嗣	×
救忠天佑	平	定	光	輝	昭	朗	嗣	×
楊家府	淵平	延廣	延慶	延朗	延德	延昭（改名景）	延嗣	×
志傳	淵平	延定	延輝	延閬	延德	延昭	延嗣	×
簫韶	泰（又名延平）	徵	高	貴（又名延閬）	春	景（又名延昭）	希	順

昭代簫韶云業有二女其名爲八娘、九妹，北宋志傳亦同，楊家府云八娘名琪，九妹名瑛，今平劇訛爲八姐、九妹業之諸子媳，在楊家府北宋志傳、昭代簫韶及十二寡婦征西等小說戲劇中，亦皆各有名姓而頗爲歧異。

本文主旨爲「考史證俗」凡與史書方志等正式記載毫無牽涉，無從考證之民間傳說，皆不在範圍之內；

故於「楊門女將」之事跡，一概從略僅佘太君與穆桂英史雖不載而見於方志文獻足徵本編第四章卽

為有關此二人之一切考證。

四　楊業諸孫

業至少有三孫其數目名字傳說亦頗紛歧楊家府演義且虛構出其會玄兩代今取正史、俗傳,依次紀錄,分別考證其體例同於上節楊業諸子但以文獻不足,未能如彼節之詳也。

傳永德政文廣。
容字仲　（俱六郎延昭子）　宋史 隆平集

宗保（延昭子）　文廣（宗保子）　公正　唐興　彩保　懷玉（俱文廣子。）
楊家府演義。宗保始見於卷四第二十三則。文廣始見於卷六第四十二則。公正等見於卷八第五十

宗孝（大郎淵平子）　宗保文廣（俱六郎延昭子）　北宋志傳,散見各回。

宗孝（大郎楊泰 又名延平 子）　宗保宗顯（俱六郎延昭子）　昭代簫韶,散見各齣。

以上第一說為史傳二三兩者為小說第四為戲劇,今考證如左。

宋史二七二延昭傳「詔錄其子傳永德政文廣有差」考信錄云:「觀此乃知文廣為延昭第三子其兩兄之名獨見七延昭傳「及卒帝嗟惜之錄其三子官」未盡紋三子之名,僅文廣有附傳,云字仲容隆平集十於此乃元雜劇破天陣謂六郎之子名宗保其楊家將小說則或謂文廣為宗保之弟,北宋志傳 或謂宗保之子 家楊義又各不同。豈所謂楊宗保者即傳永德政兩人中之一耶?然兩人皆默默無聞安得知雜劇小說之所云府演云也。王世貞宛委餘編卷六引市巷人俚歌,亦謂延昭子宗信宗保子文廣征南陷南中其言與演義同要之皆不足辯」。竊案楊家三世為將第一代為楊業第二代為延昭第三代在正史為文廣,在一般小說戲劇則

為宗保文廣宗保實一人也予頗疑宗保為文廣之乳名考信錄則云「豈所謂楊宗保者，即傳永德政兩人中之一耶？」二說相較似以予所疑者較為合理，既屬無從考證，兩置之可耳，小說戲劇所敍宗保幼年與遼人交戰大破天門陣諸情節，皆屬虛構征西征南之傳說則大體於史有據文廣嘗從范仲淹宣撫陝西，從韓琦守邊防西夏，從狄青南征皆見於宋史本傳班班可考延昭三子惟此子能繼其家聲餘二子傳永德政實皆「默默無聞」業生七子不應只延昭一人有後蓋餘子事跡不彰故史傳未錄其後嗣至於楊家府演義以文廣為宗保子並虛構懷玉事跡遂擴楊家將三世為五世北宋志傳以宗保與文廣為弟兄昭代簫韶又改文廣之名為宗顯楊家府且云狄青與楊家為仇如此紛淆荒誕或出於輾轉訛傳，或出於有心「幻設」是皆小說戲劇之常態不必深究亦無從詳考矣。

遺聞六記之五云「續資治通鑑長編卷二百五十八，熙寧七年十月」『丁酉定州路副總管步軍都虞候楊文廣卒贈同州觀察使」宋會要稿第五十一冊十一之十八（騫按即武臣追贈門）「步軍都虞候興州防禦使楊文廣熙寧八年閏四月贈同州觀察使』按延昭卒於大中祥符七年文廣卒於熙寧七年相距六十年（一零一四——一零七四）則文廣喪父時年尚幼其卒蓋已近七十歲矣。騫按：小說戲劇皆云楊宗保（文廣）隨其父征討時年齡甚幼予幼時見某崑班戲中宗保暮年掛白髯二者皆與遺聞六記所述文廣之實際情形相合可知民間傳說雖多輾轉訛傳遠離事實而其來固有所自未必全出虛構也。

五　楊重勳之子孫

重勳子光扆光扆長子琪餘子未詳琪子畋畋之後無聞焉。

楊家將故事考史證俗

二九

歐陽修全集卷二十九供備庫副使楊君墓誌銘云：「君諱琪，字寶臣，姓楊氏，麟州新秦人也。新秦近胡，以戰射為俗，而楊氏世以武力雄其一方。其曾祖諱弘信為州刺史，祖諱重勳又為防禦使……父諱光扆以西鎮供奉官監麟州兵馬，卒於官。君其長子也。……君生於將家，世以武顯，而獨好儒學讀書史為人材敏謙謹沈厚意恬如也。初以父卒於邊補殿侍，後用其從父延昭任為三班奉職，累官至供備庫副使，階銀青光祿大夫，爵原武伯。……其後同提點河東、京西淮南三路刑獄公事……初娶慕容氏又娶李氏有子曰敗賢而有文武材，今為尚書屯田員外郎直史館君以皇祐二年六月壬戌卒於淮南年七十有一」此誌上文第二章已引錄彼處以楊業延昭父子為主，此處以楊重勳子孫為主。是以於原文或刪或存，詳略互異，讀者可以參閱。

遺聞六記之六云「楊氏自弘信至光扆三世官麟州，人因呼州城為楊家城云。」原註引道光神木縣志卷三建置上云「麟州城建於唐歷五代至宋以州刺史楊弘信家世守麟州俗又稱為楊家城」鶱按麟州楊氏與府州（今陝西府谷縣）折氏均為五代至宋初晉陝間之地方勢力楊業娶妻折氏（佘太君）即此兩地方勢力之結合也。（參閱下章）其後楊氏內徙折氏在府州之勢力則至南宋初西北淪陷於金後始衰，人丁亦遠較楊氏為旺云。

楊畋宋史卷三百有傳進士及第而會率兵平蠻歐陽修所謂「賢而有文武材」者也。（見上引楊琪墓誌）今節錄宋史傳文如下：「楊畋字樂道保靜軍節度使重勳之曾孫。進士及第……慶曆三年，湖南猺人唐和等劫掠州縣擢殿中丞提點本路刑獄，專治盜賊事。乃募才勇深入峒討擊然南方久不識兵士卒多畏懾，及戰孤漿峒前軍峋大兵悉潰敗踣崖下藉淺草得不死卒屬衆平六峒以功遷太常博士未幾坐部將胡元戰

死，降知太平州。歲餘，賊益肆常遣御史按視還言敗嘗戰山下人樂爲用，今欲殄賊，非敗不可。乃授東染院使、

荊湘南路兵馬鈐轄賊聞敗至皆恐畏踰嶺南遁。……明年春賊果復出陽山敗即領衆出嶺外涉夏秋凡十

五戰賊潰敗感瘴疾歸蠻平願還舊官改尙書屯田員外郎直史館知隨州。……會儂智高陷邕州。……除起

居舍人，知諫院廣南東西路體量安撫經制賊盜敗至韶州。會張忠戰死智高自廣州囘軍沙頭復敗令蘇

緘人，知諫院蔣偕焚糧儲及召幵賓岑宗閔王從政退保韶州。賊勢愈熾敗不能抗遂殺蔣偕王正倫敗陳曙復

據邕州敗坐是落知諫院知鄂州再降爲屯田員外郎知化軍明年又降爲太常博士歲終徙邠州復起居

舍人爲河東轉運使入爲三司戶部副使選吏部員外郎奉使契丹以會伯祖業嘗陷虜辭不行。……久之擢

天章閣待制兼侍讀判吏部內銓。……進龍圖閣直學士復知諫院。……卒贈右諫議大夫敗出於將家折

節喜閱學問爲士大夫所稱在山下討蠻家問至即焚之，與士卒同甘苦破諸峒及用之嶺南以無功斥名稱遂

衰性淸介謹畏每奏事必發封數四而後上之自奉甚約爲郡待客雖監司榮果果數器而已及卒家無餘貲特

賜黃金二百兩其後端平贈講讀官御飛白書扇遣使特賜置其柩」

篤按楊畋一生廻翔文武升沈起伏頗富於戲劇性觀其性格事功，不愧爲「麟州楊氏子孫」其征討儂智

高恰在楊文廣隨狄靑南征智高之前不久其人則爲延昭從孫文廣從姪小說戲劇中之楊宗保及文廣征

南故事恐有此人若干成分在內又爲楊氏子孫可考者之最末一人故右所錄宋史本傳儘量加詳傳末云：

「端平贈講讀官御飛白書扇遣使特賜置其柩」蓋端平元年約元滅金後入洛之時宋史四十一理宗紀：

「端平元年三月辛酉詔遣太常寺主簿朱楊祖閤門祇候林拓詣洛陽省謁八陵四月辛未詔遣朱復之詣

八陵相度修奉」敗父琪、母慕容氏，葬於洛陽，見歐陽修楊琪墓誌，敗必亦葬於洛，故理宗因遣使謁陵之便，賜以飛白御書以理推之北宋大臣之葬於洛者當亦多蒙追賜不會僅厚於敗一人敗官職不高而蒙特賜，

想是追念其先人守邊之功，滅世仇而思舊將也。

四　折氏（佘太君）與慕容氏（穆桂英）

楊業妻折氏名未詳府州人（今陝西府谷縣），可能為折德扆之女。折氏本姓折掘氏為屬於羌族之黨項族，非漢人小說戲劇多訛折為佘名賽花稱為佘太君又有訛稱蛇太君者北地讀音折佘蛇三字相同故也楊家府云業妻佘氏顯然為佘字之誤北宋志傳則云業妻呂氏此說不知從何而來楊家府北宋志傳俱稱為楊令婆或令婆不稱太君（稱令婆之故見第一章）

楊文廣妻慕容氏名未詳保德軍人（今山西保德縣）。楊家府云姓木名金花又名桂英北宋志傳僅云名木桂英無金花之說皮黃劇中訛木為穆方志又有訛為莫姑英者。

業妻折氏史傳不載僅見於方志及小說戲劇折家則為府州大族終北宋一朝世守其地具詳宋史佘太君之名在小說戲劇尤其民間傳說中流行甚為普遍且有至今未死之神話與其孫媳穆桂英俱為富於傳奇性之人物今彙錄有關此兩人之文獻於後並加考證，各地方志重複部分皆照錄之以見其輾轉因襲之跡。

宋史二五三折德扆傳「折德扆世居雲中為大族。（按今山西省西北部陝西省東北部綏遠省東南部一帶皆秦漢時雲中郡地府州即在此範圍之內）父從阮自晉漢以來獨據府州控扼西北中國賴之……周

三二一

世宗建府州爲永安軍，以德扆爲節度使。……建隆二年來朝，待遇有加，遣歸鎮。……乾德二年九月，永安節度使、贈侍中折德扆卒丙申以其子御勳爲本州團練使，權知府州

續資治通鑑長編卷五：「乾德二年卒，年四十八。贈侍中子御勳、御卿」

（建隆、乾德、俱宋太祖年號。）

（折氏諸人事跡，詳見宋史德扆傳附錄及舊五代史一二五、新五代史五十折從阮傳。）

卒。

乾隆補修保德州志卷八列女門：「折太君宋永安軍節度使鎮府州折德扆女代州刺史楊業妻。性警敏，嘗佐業立戰功。後太平興國十年契丹入寇，業進兵擊之，轉戰至陳家谷口以無援兵力屈被擒與其子延玉偕死焉。太君上書陳夫戰沒由王侁違制爭功上深痛惜，詔贈業太尉除王侁名」

同書卷一塚墓門：「折太君墓在州南四十里折窩村即楊業妻折德扆女」

同書卷二形勢門：「折太君墓在州南四十里折窩村北宋紀說曰楊業娶府州折氏，稱太君。豈其父爲麟州刺史又爲火山軍節度使，業後爲代州刺史，皆距此不遠，故締姻卜地於此歟太君生子六今州北河神廟乃四將軍延昭號六郎，宋太宗朝以崇儀使知保州，屢敗契丹延昭子文廣，娶慕容氏，善戰，今州南慕塔村猶其故地云。考岢嵐志載折氏係折德扆女，性警敏，嘗佐業立戰功。生子六今保德州北河神廟，乃四將軍延昭號六郎者，宋太宗朝以崇儀使知保州，智勇善戰，在邊二十年，屢敗契丹。後上書陳夫戰沒之由，以原籍會屬岢嵐耳」

乾隆府谷縣志卷四節孝門：「折氏折德扆女楊業妻業初名劉繼業，事北漢任健爲節度使。後上書陳夫戰沒之由，以業副潘美爲武朔行營契丹入寇，爲潘美所迫，戰於陳家谷，自午至暮，無救援，墜馬被擒，三日不食，與子延玉皆死之。潘美、王侁罪，欲掩其事折上疏辨夫力戰獲死之由。有詔削二人爵除名爲民。今保德州南四十里

折窩村有折太君墓見保德嵐朔諸志。」

光緒岢嵐州志卷九節婦門楊業妻折氏業初名劉繼業，仕北漢任犍爲節度使。娶折德扆女後歸宋，賜姓楊。

折性敏慧嘗佐業立戰功，號楊無敵後業戰死於陳家谷潘美王侁畏罪，欲掩其事折上疏辨夫力戰獲死之

由，遂削二人爵除爲民。」

道光榆林府志卷八墳墓門：「折太君墓〔府谷〕縣志：『在縣西四十里楊家小寨縣人呼爲折太君墳』鎮

志『折太君墓宋名將克行之母也』按續縣志無」（保德州舊志，明萬曆中修，）

乾隆補修保德州志卷八列女門：「慕容氏楊業孫文廣妻州南慕塔村人雄勇善戰見舊志」

乾隆五臺縣志卷三村屯門：「……入東峪，由蘇子坡北上莫姑嶺，相傳爲楊業孫收女將莫姑英處」

見乾隆志序文。

按取地方志諸書作考證之用，優點爲其中每有他處所無之資料，缺點爲其所記載往往以訛傳訛甚至荒

誕不經故須詳爲審核愼加考訂不可盡信亦不能棄而不用右引諸方志即當作如是觀今先列舉其中錯

誤之處於下。

一保德州志卷八云，楊業戰死在太平興國十年按其事在雍熙三年，宋史及續通鑑長編諸書俱同，且太平

興國無十年二同書卷二云楊業父爲麟州刺史又爲火山軍節度使按：業父弘信會爲麟州刺史固係事實；

但火山軍建置於太平興國七年見宋史八十六地理志及元豐九域志卷四弘信之時其地爲嵐州雄勇鎮，

何來「火山軍節度使？」且終宋之世亦未設此官職也三同條云太君生子六人與宋史業傳及小說戲劇

所云七人不合。四同條云，楊六郎於宋太宗朝以崇儀使知保州。此亦與史不合，六郎事業皆在眞宗朝，非太宗時以上兩條，府谷縣志卷四亦同其誤。五府谷縣志卷四云楊業仕北漢爲建雄軍節度使乃建雄軍節度使之誤見宋史業傳同條云業歸宋賜姓楊更屬大謬同

八業傳及續通鑑長編卷二十七除名者爲王侁及劉文裕潘美僅降三官並未除名苟嵐州志卷九錯誤與府谷縣此條全同方志輾轉鈔襲固常見之情形也六五臺縣志卷三楊業孫收女將莫姑英於莫姑嶺之說，顯係受小說戲劇影響輾轉傳訛但足廣異聞耳。

以上六項爲右引諸方志中之顯然錯誤其足資討論或可以信賴之資料則有如下述。

其一保德州志卷二云「今州北河神廟乃四將軍延昭號六郎。」府谷縣志卷四同此。四將軍而號六郎，殊不可解豈延昭在同胞兄弟中行四合羣從兄弟計之則行六耶？若然則遺聞六記之四所云「其爲六郎未始不並從父昆弟而言，非必爲同父兄弟中之行次也」其說亦似頗爲可信，而予在前章所云延昭行次必爲第六亦未能堅持矣文獻不足無從查考惟有存疑而已。

其二各方志中所記折氏及慕容氏事蹟雖無旁證亦無反證，而與後來小說戲劇及民間傳說，則確相符合。以麟府二州相距之近楊折兩家俱爲當地豪族之「門當戶對」結爲婚媾之可能性自屬甚強關於此事之傳說必有相當可靠之事實根據爲史籍所失載不能全視爲無稽之談如折德扆之姓名事跡固非方志編者及俗文學作家所能撰擬者也德扆卒於乾德二年甲子西元九六四年四十八見前引宋史本傳據此上推生於梁貞明三年丁丑西元九一七楊業之生則在後唐同光二年甲申西元九二四或稍後說見前第

三五

二章。德扆之年長於楊業約七八歲。一般翁婿之年齡差別，本無標準，折氏是否爲德扆之女，自難據此斷定
或否認。但此僅爲輩份問題姑從舊說可也。平劇七星廟又名佘塘關敍楊折招親則純爲戲劇化之故事自
不必深論矣。（參閱附錄果爲所撰記楊家將的古蹟一文）考信錄亦云方志所記楊折聯姻而折氏卽德
扆之女大致可信雖未能於方志之外另尋確據，而其說頗爲博辨讀者可參閱原文今不具引至於慕容氏
之事記載甚爲簡單又別無可考但觀慕木穆三字同音之情形其來固有自也慕字去聲木穆兩字入聲古
音本不相同但宋元以後北音無入聲此三字發音已完全相同楊家將故事之起原及流傳以北方爲中心，
讀音自應從北。

其三保德州府谷縣諸志所載折太君墓其墓主應從榆林府志定爲折克行之母而非楊業之妻今先將方
志中有關折氏祖塋之記載彙錄於下。

乾隆府谷縣志卷二山川門：「李家塔山山有唐末折剌史墓又隔坡坡南三里徐家峁，有折家祖墓相傳爲
東榆頭剌史墓前有古殘碑一座」

同書同卷南屛山又名象鼻山……北面孤山堡山南五里毛家墳山高巒聳起越溝二里爲西榆頭，宋折國
公墳。

道光榆林府志卷八墳墓門有「折剌史嗣倫墓」一條。原注云「續府谷縣志在縣西三十里李家窪村之
東，乃唐末麟州剌史折嗣倫之墓。碑字殘缺本朝乾隆年，知縣鄭居中刻副石於祠中又縣志誤作石晉時剌
史折從阮之墓續縣志不從。」

窩按：前條所引府谷縣志之塔字，字書不收，據此條知爲窪字之俗體。。李家塔山卽李家窪
村也。。嗣倫爲從阮之父，德扆爲從阮之子，見新五代史卷五十從阮。。業妻折氏如確爲德

同書同卷又有「折氏祖墓」一條。原注云：「續府谷縣志在縣西三十里徐家坽之北，俗名東瑜頭，西間一

小溝即折刺史墓。」隽按：此折刺史當即嗣倫。

同書同卷又有「折開國公克行墓」一條。原注云：「續府谷縣志在孤山堡東楊家畔，俗名西瑜頭。按：揚子

方言家謂之瑜，俗作榆非。」

山西陝西兩省通志均有大致相同之記載，不具引。保德與府谷分屬晉陝兩省，而實為鄰縣，「隔（黃）河

相對一望可及」。觀保德府谷榆林諸方志所附地圖，保德州志與榆林府志所謂「折太君墓」均在折氏

祖塋區域之內楊業戰死後其遺骨下落如何，葬於何處傳說紛歧迄難論定已詳見考信錄則始終官

於河北宋史延昭傳云「及卒帝嗟惜之遣中使護櫬以歸河朔之人多望柩而泣」未云葬於何處當不出

麟州太原及開封附近折氏歸骨亦應不出此三地以情常推測斷無獨葬母家祖塋之理故予認為各方志

所謂折太君墓如確係真墓應為折克行之母而非楊業之妻若謂折太君有二一為人所共知之余太君即

楊老太太折小姐一為人所罕知之折老太太某小姐則真成「異聞」可資「談助」矣克行為德扆玄孫，

見宋史二五三德扆傳楊業妻如確為德扆之女，則克行之母為其內姪孫媳也。

李慈銘越縵堂日記（荀學齋日記戊集上）：「業娶府州永安軍節度使折德扆女今山西保德州折窩村，

有大中祥符三年折太君碑即業妻也。西北人讀折音如佘相呼應，故稗官家作佘

太君以折窩村為社家村又附會為蛇太君委蛻不死」隽按越縵所謂大中祥符三年折太君碑殊不可靠，

考信錄辨之甚詳。如實有此碑之拓片恐係後人根據傳說所造之假古董，如崔鶯鶯墓誌之類也。「以折窩村爲祉家村」及「蛇太君委蛻不死」之說予所見有關楊家將之戲劇小說中俱無記載考信錄亦云不知越縵所謂稗官家究爲何書姑錄其說於此以俟詳考予兒時聽僕媼說故事云佘太君爲長壽星至今未死每往來於晉省山嶽中但俗人不識耳越縵所云或即此類民間傳說折字入聲佘蛇二字平聲凡北人讀此三字完全同音不只西北。

折佘蛇三字俱爲姓氏今合慕容氏考述於後。

折姓有二一爲漢族古今姓氏書辨證卷三十八薛韻「後漢獨行傳（術傳作方）折像字伯式廣漢雒人其先張江者封侯於折曾孫國爲鬱林太守徙居廣漢因封氏爲國生像」此姓與折太君無關。

另一折姓爲羌族本複姓折掘氏亦作折屈省爲折太君即此姓古今姓氏書辨證（卷韻同上）「羌族有西河折氏世家雲中爲北蕃大族自唐以來世爲麟府州節度使……宗本生嗣倫嗣倫生從阮從阮生德扆。……」通志卷二十九氏族五「折氏常列切望出西河宋爲大姓世守麟州猶古諸侯今端明殿學士折彥質」。按：折氏世守府州，以上兩書云麟州，誤。。

韻十七薛折字注文云「虜複姓南涼禿髮傉檀立其妻折屈氏爲皇后」通志卷二十九氏族五所載同廣韻，但作折掘氏與克行碑同。

古今萬姓統譜卷一百二十八「折姓齊大夫折父子之後漢有折象，五代有折從阮，宋有折德扆等」混漢羌兩折姓爲一談，大誤統譜本陋書自不足信。

金石萃編卷一四七折克行神道碑「公字遵□出河西折掘姓五世祖從阮」廣

景午叢編下集 燕臺述學

三八

余、蛇兩姓俱見通志卷二十九氏族五、及古今姓氏書辨證卷十二，麻韻二者俱為折姓同音之訛，其氏族人物自不必考。（此所謂同音指今日北方讀音而言，下文木穆慕同此）

慕容氏為鮮卑大姓，十六國時前燕、後燕、南燕主皆慕容氏。通志卷二十九氏族五：「慕容氏。高辛氏少子居東北夷後徙遼西號鮮卑，國於昌黎棘城至涉歸為鮮卑單于，自云慕二儀之德繼三元之容，或云冠步搖音訛為慕容。慕容初慕容破後種族仍繁，後魏天賜末，頗忌而誅之，時有免者皆以與為氏延昌末詔復舊姓，而其子女先入掖庭者，猶號慕容多於他族」古今姓氏書辨證卷三十暮韻「前燕錄云昔高辛氏游於海濱留少子壓越以居北夷邑於紫蒙之野號曰東胡，秦漢之際為匈奴所敗分保鮮卑山因山為號，至魏初率義王莫護跋携部落入居遼西燕代多冠步搖冠，諸部因謂之步搖，後音訛為慕容子木延左賢王孫涉歸晉拜單于，邊循華俗。（下略）」有關慕容氏之載籍甚多今不具引。

木穆兩姓俱見古今姓氏書辨證卷三十五屋韻，木姓又見通志卷二十九氏族五、穆姓見卷二十八氏族四。二者俱為慕字同音之訛，其氏族人物自不必考。

據歐陽修全集卷二十九楊琪墓誌（前章已引）　琪初娶慕容氏又娶李氏琪與文廣為再從兄弟，兩人之妻俱姓慕容氏不知有關連否？

五　楊氏父子兩次救駕故事之歷史來源

楊氏父子救駕，為楊家將故事中之重要節目各種楊家將戲劇小說，或詳或略，均曾敍及。平劇金沙灘，又名

三九

雙龍會卽演幽州（今北平）救駕事。至今華北各省民間尙有「七狼八虎闖幽州」之傳說，狼爲郞之諧音，七狼謂業之七子加業本人卽爲八虎，然遍觀宋史續資治通鑑長編以及所有宋代別史、雜史筆記文集皆無楊家救駕之記載，頗似全屬虛構者，實則確有其歷史根據蛛絲馬跡可以追尋；但羣籍失載而民間傳說又多誇飾之處耳今就涉獵所及考證於後

楊氏救駕，有謂一次者見於徐大焯燼餘錄及明人開詔救忠雜劇燼餘錄作於元初，開詔救忠至晚在嘉靖時，故此說在前有謂兩次者見於楊家府演義及北宋志傳爲嘉靖以後人作故此說在後。

燼餘錄卷一二云「興國五年太宗莫州之敗賴楊業扈駕得脫險難……先是帝出長垣關敗契丹於關南旋移軍大名進戰莫州遂爲契丹所困楊業及諸子奮死救駕始得脫歸大名密封褒諭賜賫騂蕃」全文見第一章，此段節錄與救駕有關者。

（註）莫州，今河北任邱縣長垣關卽今河北長垣縣。宋時所謂「關南」乃瓦橋關之南，卽今河北雄縣迆南之地，非長垣關之南敗契丹於關南者乃當地軍隊非太宗親統之師參閱後文引長編大名今河北大名縣。

開詔救忠雜劇第一折韓延壽白云：「在前有大宋人馬來征俺北塞，被俺將出北門來與俺交鋒俺人馬浩大將楊大郎不期楊令公的長子楊大郎假粧作他「大人」註瞞過俺家將困在幽州城內。

長鎗刺死楊二郎短劍身亡楊三郎馬踏爲泥楊四郎不知所在開了南門，他衆將保著他的「大人」殺將出來折了我許多人馬。

（註）同劇同折韓延壽白又云：「爲因大宋朝統人馬征伐俺北番。俺把他衆將困在幽州城內。被那楊大郎假粧瞞過俺北番將，南朝可罕（汗）救的去了。雖然折了楊家四個將軍可也損了俺北番家許多人馬。」可罕大人皆謂宋帝也。

楊家府演義所記第一次救駕在卷一第七則，第二次在卷三第二十則至卷四第二十三則。北宋志傳第一次在卷三第十二回第二次在同卷第十六回均敷演甚長不能全引今酌用原文述其大略如下。兩書情節不盡相同楊家府全係民間傳說北宋志傳較與史實接近爲本篇考據之主要對象故先列北宋志傳而轉述較詳後列楊家府而稍從簡略。

北宋志傳第十二回云宋太宗征討幽州，親督諸將，與遼兵大戰於高梁河。受主將耶律休哥、副將耶律沙及守幽州之耶律學古前後夾擊宋師潰敗。太宗單騎殺出圍中落荒逃走其馬又被亂矢所傷不堪乘騎楊業望見顧諸子曰：「主上有難何以救之」楊延昭匹馬當先殺散追兵見太宗立於壩上延昭請太宗「乘臣馬臣當步戰殺出」太宗恐延昭無馬不能勝敵乃曰：「卿當乘馬而戰吾只乘驢車而去」……正在危急之際適楊七郎單騎殺入七郎以所乘馬與太宗乘騎六七兄弟保太宗殺出復遇楊業呼延贊高懷德三將接應太宗走奔定州至定州後帝謂衆人曰：「今日若非楊業父子力戰朕幾一命難保」即召楊業入帳中，賞以段帛二十匹黃金四十兩因謂之曰：「權以賜卿聊爲相信之禮候班師之日再議報功」班師囘汴次日降勑封楊業爲代州刺史兼兵馬元帥之職其長子以下，俱封代州團練使居第於金水河邊無佞樓宅賜賚甚厚。

第十六回云宋太宗駕幸五臺，欲至幽州玩賞，被困於邻陽城。（無此地名，乃小說家編造者）楊繼業長子淵平突圍至代州見父求救，繼業率諸子前往，因遼兵眾多不能解圍，遂定偽裝詐降之計，繼業率六郎延昭、七郎延嗣保車駕出東門而去，淵平假扮太宗率二郎延定三郎延輝四郎延閔五郎延德出西門詐降，淵平射死番將天慶王，爲韓延壽一鎗刺落馬下，延定被番兵斬斷馬足，掀翻戰場，千軍亂蹂而死，延輝遭絆馬索絆倒爲番兵所屠，延閔被擒招爲木易駙馬，延德逃至五臺山遇師指引出家爲僧。

楊家府卷一第七則前半云太宗平太原後至五臺山進香，順便遊覽昊天寺，寺在幽州，遂爲遼兵所圍，後半敍楊氏父子救駕突圍及損傷情形，與北宋志傳第十六回大致相同。

楊家府卷三第二十則至卷四第二十三則云遼人向蕭后獻計：「魏府銅臺佳山勝景，天下第一，娘娘可令人廣造美酒，夜間傾於彼地池塘，又令人將八寶冰糖粘綴彼地樹葉之上，十日一次，如此行事，復命本國軍民人等三三兩兩互相傳揚天降瓊漿于樹甘露于池，聲息必竟傳入汴梁，今將此計通知王欽，令他愚弄宋君，引來此地玩景，然後出兵擒之」消息傳入汴京，王欽率羣臣奉表稱賀，且云：「池水成醪，樹貯瓊漿，若飲食之則能白日飛昇」眞宗遂至魏府爲遼兵所困，時六郎正因焦贊殺謝金吾事發配汝州詐死避難，朝延傳旨赦免，六郎乃招集舊部救駕，駐紮澶州，解魏府之圍，乘勝直抵幽州大破遼兵。

（附註）野史及戲劇小說所記楊氏父子救駕事略盡於此，昭代簫韶第一本第四齣楊繼業白云：「開寶二年先帝自將伐漢，太原圍久不下，會暑雨連朝，宋營軍士多疾，劉王乘機急擊，石漢卿等戰死，先帝單騎陷於淤泥，吾仰先帝實乃眞命之主，即起向宋之心，救駕出陷，今上念我微功，聞吾智勇，所以克太原之後召見，

復姓楊氏蒙恩加爵，勅造府第，御書匾額，名曰無佞府，建立天波樓，上供太祖聖像，寵幸無雙富貴已極」。全劇二百四十齣別無救駕事。按此段所記太祖陷泥，繼業救駕，既不見於史傳載籍，亦不見上引諸戲劇小說。但「清風樓上有三朝天子御筆勅書」之語，則見於謝金吾及開詔救忠兩雜劇三朝謂太祖太宗眞宗籲詔之說似有所本或是見於南宋志傳，其書在臺無從覓讀，書此以俟他日詳考。

綜觀上引諸書所謂楊氏救駕共有五種傳說。（一）燼餘錄：莫州救太宗。（二）開詔救忠幽州救宋天子，未云是何帝。（三）北宋志傳幽州救太宗，前後兩次。（四）楊家府幽州救太宗魏府救眞宗。（五）昭代簫韶太原救太祖魏府救眞宗者爲六郎及其部將時楊業及大二三七郎已死四郎在遼五郎在五臺爲僧太原救太祖者爲楊業個人。餘次均爲楊氏父子第一第五各爲獨立之傳說第五說因資料不足，未能詳考已見上文關於第一說之考證見本章之末第二說僅爲北宋志傳第二次及楊家府第一次救駕之「雛形」可置不論三四兩說爲此一故事之主要記載北宋志傳第一次幽州救太宗事爲楊家府所無，而最爲接近史實第二次則與楊家府所敍爲一事均出於民間傳說楊家府之魏府救眞宗又爲北宋志傳所無其事稍有歷史影響而傳訛更甚茲分別考證於下。

北宋志傳第十二囘之第一次救駕，即所謂高梁河之役也。太平興國四年，太宗親征北漢，五月，劉繼元降六月，乘勝移師北征遼國，直抵幽州，屯兵城下。七月，與遼救兵戰於城外之高梁河，註大敗太宗狼狽逃至涿州，直歸汴京宋人視此敗爲奇恥，官書私記多諱而不言，或隱約其詞。其記載較爲顯明者官書如宋史卷四太宗本紀云「太平興國四年七月癸未（初六）帝督諸軍及契丹大戰於高梁河敗績」私記如王銍默記云「神宗初

即位，慨然有取山後之志。……一日語及北邊事曰：『太宗自燕京城下軍潰，北人追之僅得脫。凡行在服御寶器，盡為所奪從人宮嬪盡陷沒股上中兩箭歲歲必發其棄天下，竟以箭瘡發云……』已而泣下久之蓋已有取北邊大志。」此外續資治通鑑長編卷二十記載此事只云：「乾亨元年六月己巳宋主圍南京（幽州）秋七月隱約其詞也。遼史所記則頗為詳盡遼史卷九景宗本紀云：「班師」不云「敗績」而字裏行間暗示甚多予所謂癸未，〔耶律〕沙等及宋兵戰於高梁河少卻休哥斜軫橫擊大敗之宋主僅以身免至涿州竊乘驢車遁去甲申（初七）擊宋餘軍所殺甚衆獲兵仗器甲符印糧餽貨幣不可勝計」繫日與宋史同為癸未可以互證同書卷八十三耶律休哥傳卷八十四耶律沙傳亦有同樣記載。

　　（註）高梁河流經今北平城外西北距西直門甚近其上有橋曰高梁橋，作者兒時游釣處也曾聞野老云：明時有大將名高梁兵敗陣亡於此明代無此大將其說似即由宋太宗之敗輾轉傳訛。

太宗高梁河之敗乃歷史事實楊業於此役有救駕之功則不見記載但蘇頌魏公集卷十三有一詩長編卷二十有數段記事可為此事之有力旁證其詩題為：「和仲巽過古北口楊無敵廟」詩云「漢家飛將領熊羆死戰燕山護我師威信仇方名不滅至今遺俗奉遺祠」第二句蓋即所謂救駕也蘇頌贊楊業功績特別提出此事其重要可考之宋史楊業傳及長編諸書業自太平興國四年歸宋至雍熙三年戰死首尾八年其間與遼人多次交戰皆在今山西西北境最遠曾至雲州（今大同縣）拼死力戰於燕山之可能只有太宗親征幽州之役是時業甫隨北漢主劉繼元來降曾否率部從征史無明文但太宗於北漢降後時未逾月即乘勝征遼丹以業之「老於邊事洞曉敵情」（見下）且為新降勁旅似無留置太原後方而不使隨行之理且長編卷二十太平興國四年八月

紀事云：「初，劉繼業為繼元捍太原城甚曉勇及繼元降，繼業猶據城苦戰。上素知其勇，欲生致之。令中使諭繼元，俾招繼業，繼元遣所親信往；繼業乃北面再拜大慟釋甲來見，上喜慰撫之甚厚，復姓楊氏，止名業尋授左領軍衛大將軍丁巳以業為鄭州防禦使」丁巳為八月初十日，在太宗自幽州還汴京後十餘日（太宗還京在七月二十八日乙巳，長編卷二十及宋史並同。）此十餘日中有三項人事措施俱具長編同卷其第一項云：「守中書令西京留守石守信從征范陽（幽州）督前軍失律壬子（八月初五）責授崇信節度使兼中書令」第二項云：「甲寅（八月初七）彰信節度使劉遇責授宿州觀察使，光州刺史史珪責授武定行軍司馬皆坐從征范陽所部兵逗撓失律故也」第三項即上文之楊業為鄭州防禦使此三項措施有鮮明之對照前兩項罰罪後一項賞功功罪之由來則皆幽州之役也賞功而不明言乃宋人諱敗之故諱言戰敗而賞罰又必須施行詔命措辭遂須斟酌石守信劉遇皆開國宿將既以「失律」降官若再明舉新降人楊業之功而褒獎之自屬「失體」故長編鄭州防禦使條原註所引制辭只嘉許業之來降而不提幽州之役所謂避重就輕長編原註云「疑制辭意有所在」蓋即在此註一楊業授鄭州防禦使後三個月即獲進一步任用長編卷二十太平興國四年十一月記事云：「上以鄭州防禦使楊業老於邊事，洞曉敵情癸巳（十七日）命業知代州，兼三交駐泊兵馬部署上密封囊裝賜予甚厚」業為降將若無特殊表現不會於數個月內即被重用且密封厚賜而業立功表現之機會舍幽州戰役外更無他事合上述蘇頌詩「死戰燕山『護』我師」句及長編所記諸事觀之業必從征幽州，即使未曾直接救駕其會力戰却敵掩護撤退使太宗得以安抵涿州，則可以斷言矣之史官既因諱敗而不書其事，舊將老兵必有能言之者，遂轉入民間，此即幽州救駕傳說之由來也。蘇頌於神宗時曾使遼見宋史三百四十頌傳其時去楊氏父子未甚遠頌詩云云，

當亦得之故老傳聞。註二業有七子，長子延玉與業同時戰死，餘六子業身後俱存見宋史二七二業傳。因救駕而

諸子損折過半，自是戲劇小說添飾之詞。宋史二八九高瓊傳云「及討幽薊屬車駕倍道還，留瓊與軍中鼓吹殿

後。六班扈從不及惟瓊首率所部見行在太宗大悅慰勞之」戲劇小說所謂業長子淵平假扮太宗誑敵之事可

能即由此事傳訛，故事演變有如滾雪球愈滾愈大，愈滾愈樣其核心則必有所自來也。

（註一）長編原註全文云「據國史楊業傳乃云孤壘甚危業勸其主出降以保生聚。繼元既降，上遣中使

召業得之喜甚以爲領軍大將軍師還乃除鄭州防禦使制辭云『百戰盡力一心無渝疾風靡搖迅雷罔變

知金湯之不保慮玉石之俱焚定策乞降委質請命忠於所事善自爲謀』與九國志大不同按五代史垂涕

勸繼元出降者但馬峰一人耳非楊業也若業勸降則當與繼元俱出見何用別遣中使召乎然當時制辭不

應便失事實又疑制辭意有所在故特云業今但從九國志更須考之」長編石守信責官條原註云「守信

失律事實正史都不詳所以班師殆由此故耳當考」劉遇史珪降官條原註云「劉遇史珪傳載失律事

亦不詳恐國史或有所避忌更須參考」其記班師事則云「車駕夕發命

諸將整軍徐還」又云「內供奉官閤承翰馳奏大軍不整南向而潰」又云「初武功郡王德昭（按係太

祖之子太宗之姪）從征幽州敗績字裏行間之暗示也。　不知上所在或有謀立王者會知上處乃止」（俱見卷二十）

此皆予所謂對於幽州敗績字裏行間之暗示也。

（註二）考信錄以爲楊業戰敗被擒在朔州陳家谷，其死則在古北口，執蘇頌此詩及蘇轍古北口楊無敵

廟詩爲證其說支離穿鑿不足信果如所論則「護我師」三字完全落空古今無此詩法蘇轍詩之「野草

猶知避血痕」，亦只是泛言戰死考信錄見「血痕」二字，遂認定業之死在古北口。如此說詩眞孟子所謂

「固哉！

北宋志傳第十六囘之第二次救駕，則全屬「小說家言」與開詔救忠及楊家府之幽州救太宗同爲出於

民間之傳說，此說似卽由高梁河之役傳訛演變而來北宋志傳根據遼史等記載敷演一次，又根據民間傳說敷

演爲另一次，至於楊家府之魏府救眞宗，雖出虛構却有歷史影響，可分三項言之第一魏府卽今河北大名太宗

親征卽駐蹕其地（見後）所謂銅臺疑爲銅雀臺之訛臺在今河南臨漳縣去大名甚近第二天降甘露瓊漿，

飲之可白日飛昇乃由眞宗崇道教喜祥瑞之史實演變而來第三六郎救駕，駐紮澶州，大破遼兵實爲景德元年

眞宗親至澶州禦遼之訛此役固先勝遼人射殺其大將撻覽而後結成所謂澶淵之盟也小說故事之形成皆非

僅出一源，此固自然之理。

最後燼餘錄所謂「興國五年太宗莫州之敗，賴楊業扈駕得脫險難。」此恐是訛傳誤記今先將史籍所載

莫州戰役之資料彙錄於下。

宋史卷四太宗紀太平興國五年十一月：

己酉，初十帝伐契丹。（長編卷二十一作詔巡北邊。）

壬子，廿三發京師。（長編同。）

癸丑，廿四次長垣縣關南與契丹戰，大破之。（長編作「關南言破契丹萬餘衆，斬首三千餘級」長垣與關

南非一地太宗次長垣與「關南與契丹戰」乃兩事不可誤混）

癸丑之後長編有「丙辰日十七　次澶州（今河北濮陽縣）。」「丁巳日十八　次德清軍（今河北清豐縣）。」兩條本紀失載。

戊午日十九　駐蹕大名府。

遼史卷九景宗本紀乾亨二年（即宋太平興國五年）十一月：

戊午日十九　駐蹕大名府諸軍及契丹大戰於莫州，敗績。（長編作戊午，駐蹕於大名府雄州言，契丹皆遁去）

壬寅日初三　〔耶律〕休哥敗宋兵於瓦橋東守將張師引兵出戰休哥奮擊敗之。

戊申日初九　宋兵陣於水南休哥涉水擊破之追至莫州殺傷甚眾。

己酉日初十　宋兵復來擊之殆盡。

丙辰日十七　班師。

遼史卷八十三耶律休哥傳：

詔總南面戍兵為北院大王車駕親征，圍瓦橋關宋兵來救守將張師突圍出帝親督戰，休哥斬師，餘眾退走入城宋陣于水南將戰帝以休哥馬介獨黃慮為敵所識乃賜玄甲白馬易之休哥率精騎渡水擊敗之，追至莫州橫屍滿道虓矢俱獲將以獻帝悅賜御馬金盂勞之曰爾勇過于名若人人如卿何憂不克。

綜合以上諸書所記即可證明燼餘錄楊業莫州扈駕之說係屬訛傳莫州戰役宋史云在十九日戊午遼史云初九戊申及初十己酉兩日二說均無旁證難言孰為正確但如在初九太宗尚未自汴京出發如在十九則太宗甫至大名北距莫州約三百餘里而遼人追擊宋軍，亦至莫州而止並未繼續南進可知此役無論在初九或十九太宗始終身在後方未臨前敵又何從被圍更有進者如太宗會陷危急宋人固可諱而不書遼人正應誇大書

之，何以一字未提？然則此役大宗未嘗被圍楊氏父子無駕可慮已無疑問矣至於莫州凶駕之說究竟從何而來？

予以爲或係另一事件之輾轉訛傳長編卷二十一太平興國五年十一月，「壬寅，初三日；契丹寇雄州，據龍灣堤。

猛副指揮使荊嗣率兵千人力戰奪路會中使有至州閱城壘者出郊外敵進圍之諸軍赴援多被傷嗣與其衆夜

相失三鼓乃突圍走莫州敵爲橋於界河以濟嗣邀擊之殺獲甚衆」宋史二七二荊嗣傳有同樣記載當時宋遼混戰，

北雄縣即瓦橋關所在地長編繫日壬寅與前引遼史休哥敗宋兵於瓦橋之日期相同可以互證當時宋遼

互有勝負事後最易傳訛中使爲皇帝所派遂訛爲皇帝被圍楊氏父子恰有幽州救駕之事，於是莫州之「諸軍

赴援」亦訛爲楊業凶駕予說雖屬臆測以情理及一般故事之演變方式觀之未嘗不能成立。

六　三關六使之解釋及楊延昭汝州發配傳說之由來

一　三關六使之解釋

三關、六使此兩名詞常見於敷演楊延昭故事之戲劇小說，其例甚多，不勝枚舉民國鼓詞俗唱亦有「楊六

郎把守三關口」之語三關者，延昭鎮守之地，六使則爲延昭之官銜最詳細之解釋見於元無名氏撰謝金吾雜

劇謝劇第二折楊六郎白云「某姓楊名延景字彥明。　註……俺弟兄七個乃是平定光昭朗景嗣某居第六鎮

守著三關是那三關是梁州遂城關、霸州益津關雄州瓦橋關此乃三關某受六使之職是那六使？邊關裏外點檢

使、界河兩岸巡綽使、關西五路廉訪使、淮浙兩場催運使、幽汾二州防禦使、河北三十六處救應使、此乃六使之

職」此外諸戲劇小說皆只云三關六使而並無解釋考之史乘地志所謂梁州遂城關並無此地名六使之說尤爲

荒唐，宋代官制根本無此六使，更不必問延昭曾否任其職矣。然，五代北宋之時，確有所謂三關、六使雖屬訛傳，亦

是「其來有自」今就諸書記載分別考證於後。

　　（註）戲劇小說中六郎之名甚不一致，有與史傳相同者有相異者詳見本篇第三章第三節「楊業諸子」

考證。

三關之解釋，可分三項：一曰正說，史書地志所載也；二曰俗說，即上文所引謝金吾劇；三曰誤說，近人之訛傳既不

合於史書地志，亦不合於戲劇小說者也。正說之三關在後周及宋初爲益津關、瓦橋關、淤口關，宋太宗以後爲益

津關、瓦橋關、高陽關。蓋周世宗攻遼取得三關益津、瓦橋皆以置州淤口則僅置寨（通砦）宋太宗時又置高陽

關淤口之名漸廢高陽遂代淤口而列於三關益津在宋之霸州今河北霸縣與文安縣之間瓦橋在宋之雄州今

河北雄縣淤口在宋之信安軍今河北永清縣與霸縣間之信安鎮高陽在宋之瀛州今河北河間縣與高陽縣之

間三關之北爲遼其南爲宋眞宗景德元二年間澶淵之盟以前宋遼爭戰多在此一區域換言之三關爲宋與遼

對峙之國防第一線進戰退守俱以此爲根據地也延昭一生事業皆在防邊前後二十餘年其駐防區域始終不

出此三關之範圍而其最後官職爲高陽關副都部署在屯所九年見宋史二七二本傳故戲劇小說中敍延昭事

跡遂以三關進戰言如鎮守三關私下三關明下三關皆是當時宋遼間之另一防線則爲今之山西省北部以代州

雁門一帶爲中心楊業之官職即爲代州刺史兼三交（地名，在今山西太原之北）駐泊兵馬都部署。故曰楊氏

父子之事蹟楊業在山西北部偏東延昭在河北中部而偏西北俗說之益津、瓦橋與正說合所謂梁州遂城關

則爲訛傳梁州與楊延昭無關與遂城亦無關「梁州遂城」根本無此地名但遂城（今河北徐水縣）則爲延

昭所曾防守之地，宋史延昭傳敍其事甚詳。俗說蓋卽由此傳訛誤說見於民國五十七年八月三十一日國語日

報題爲「五臺山與歷史上之楊家將」未署作者姓名其中有一段云：「從河北省西北角的居庸關起沿著長

城一路往南順次列著四道關口那就是居庸關紫荊關倒馬關和龍泉關其中除去居庸關不談其他三關就是

有名的三關口也就是舊演義小說和平劇裏常提到的「楊六郎把守三關口」的那個地方」其說合於地理

而不合於歷史所列三關皆確有其地次序方位亦合但非宋時慣稱之三關耳此說未見於他處又不似該文作

者「創獲」應是華北民間舊傳如此按宋史本傳云延昭於眞宗景德元年會「率兵抵遼境破古城俘馘甚衆」

據考信錄考定古城在今山西靈縣西南靈丘縣迤西正當紫荊倒馬兩關之間延昭率兵出塞則係經過倒馬

關見第七章倒馬關條按語說云云似卽由此而來且延昭當時爲保州（今河北淸苑縣）緣邊都巡檢使其

巡防區域亦可達此三關然則誤說雖不合於宋時慣稱亦尚不甚支離今彙錄本節有關資料於後。

遼史卷六穆宗紀「應歷九年夏四月是月周拔益津瓦橋淤口三關」同書七十八蕭思溫傳「周主復北

侵與其將傳元卿李崇進等分道並進圍瀛州（今河北河間縣）陷益津瓦橋淤口三關新五代史卷十二：

周世宗本紀「顯德六年（卽遼應歷九年）三月甲戌北征夏四月壬辰取乾寧軍（今河北靑縣）；辛丑

取益津關以爲霸州癸卯取瓦橋關以爲雄州」原註云「世宗下三關瓦橋益津以建州及見淤口關止置

寨故舊史實錄皆關不書遂不見其取得時日今信安軍是也」玉海卷二十四周世宗復三關條全用其說。

舊五代史只有益津瓦橋無淤口卽新五代史所謂舊史不書資治通鑑二百九十四亦只有瓦橋益津無淤

口。宋史八十六地理志「信安軍同下州太平興國六年以霸州淤口砦建破虜軍景德二年改爲信安」

同書同卷「至道三年以高陽隸順安軍，舊名關南，太平興國元年改名高陽關」按順安軍即今河北高陽縣。讀史方輿紀要卷六「（顯德）六年復親征契丹，取瀛莫二州（莫州今河北任邱縣）於是關南始為周境」原注云：「關南瓦橋關南也。時以瓦橋、益津、高陽為三關。……高陽關亦曰草橋關，在今保定府安州高陽縣東」嘉慶一統志卷十四保定府關隘「高陽關在高陽縣東舊縣治宋初曰關南以其地在三關之南也。太平興國七年改置高陽關」又云：「草橋關在高陽縣西二十里周顯德六年復三關以控燕薊雄日瓦橋霸日益津高陽日草橋。……草橋關在高陽縣西，高陽關則在縣東不得混而為一」按方輿紀要即明混高陽草橋為二一統志乃實地勘查之紀錄應從但一統志云周時之三關為瓦橋益津草橋則非是應從遼史及五代史作瓦橋益津淤口高陽草橋兩關雖位置不同一東一西而同在高陽縣境內其地在宋初仍名「關南」自不得為彼時所謂三關之一太平興國七年置高陽關亦應從上文所引宋史地理志作太平興國元年蓋淤口已廢高陽新置自此以後三關之名遂如方輿紀要之說屬於瓦橋益津高陽矣。讀史方輿紀要卷十「國家（按謂明朝）以雁門、寧武、偏頭為外三關而居庸、紫荊、倒馬為內三關」上文所謂誤說之三關即明時之內三關去居庸而益以龍泉也。

六使之稱荒謬無稽然此類訛傳必有其所自來予以為此說應在宋史延昭傳中求其解釋延昭傳云：「以功拜莫州刺史。……進本州團練使。……（咸平）六年夏復用延昭為崇儀副使出知景州（今河北景縣）時江淮凶歉命為江淮南都巡檢使改崇儀使知定遠軍（今河北東光縣）。……進本州防禦使」延昭一生官職之有「使」字者備見於徙保州緣邊都巡檢使就加如京使。……命延昭知保州兼緣邊都巡檢使。……都巡檢使。……

此，共爲九個其中崇儀副使與崇儀使僅係正副之別，緣邊都巡檢使前後三任，如俱以一個計算，則是崇儀、江淮

南都巡檢緣邊都巡檢如京團練防禦恰爲六個蓋延昭身後綜論其生平者見其曾任此六使乃以楊六使稱之；

輾轉傳訛遂如謝金吾劇所云延昭曾同時兼任六種使職又復別立名目益覺荒謬無稽矣予所推測雖近於附

會實亦不無可能若就謝金吾劇所舉之六使分析邊關裏外檢點界河兩岸巡綽河北三十六處救應此三者爲

緣邊都巡檢之歧說淮浙兩場催運爲江淮南都巡檢之訛傳關西五路廉訪爲元雜劇中慣稱之官職防禦爲延

昭曾任者僅嵐汾二州不知從何而來耳今錄與本節解釋有關之資料於後。

文獻通考卷五十九：「宋朝有沿邊溪洞都巡檢或蕃漢都巡檢或數州數縣管界或一州一縣巡檢掌訓練

甲兵巡邏州邑擒捕盜賊事」宋史卷一六七與此略同通考同上卷：「宋朝沿唐制置諸州防禦使唐防禦

使在團練使之下宋朝陞之於上」又云：「節度使在唐爲閫帥觀察團練使在唐爲監司防禦使在唐爲邊

將刺史在唐爲郡守至宋則閫帥監司邊將郡守各別有以名其官而節度承宣觀察團練防禦刺史則俱無

職任特以爲武臣遷轉之次序」以現代用語解釋之凡此種種皆用以表示其階級之名稱而非實際職

務崇儀如京見通考卷六十四及宋史卷一六九通考屬於「武散官」宋史屬於「武臣三班借職至節度

使敍遷之制」此兩卷所列皆是階級而非職務然則延昭所任六使僅江淮南都巡檢及緣邊都巡檢爲實

職餘者皆虛銜也。

楊家府演義無六使之稱但卷一第七則云延昭以幽州救駕之功授倉典使迎州防禦使三千里界河河南北

招討使卷二第十四則云加楊景爲鎮撫三關都指揮使卷四第二十三則云楊景以魏府救駕功授三關總

管節度使，卷六第三十九則云眞宗封征遼功臣楊景爲代州節度使兼南北都招討以上前後合計，恰好亦是六個使名，不知與稱延昭爲六使有關係否錄之以備一說至於此六個使名之無稽，自不必論矣。卷二第十二則云楊景擊退遼兵授高州節度使景固辭未受此一使當然不算。

二　汝州發配傳說之由來

楊延昭汝州（今河南臨汝縣）發配故事，首見於明教坊所編楊六郎調兵破天陣雜劇楔子及第一折，次見於楊家府演義卷三第十九則三見於北宋志傳第二十七及二十八囘五見於施鳳來撰三關記傳奇其書雖不存但於黃文暘曲海總目提要卷十一中可知其梗概五見於昭代簫韶第五本第五第八第十第十二等齣梆子戲之托孤計則係由此事演變而來此爲楊延昭故事中之流傳普遍而又甚爲荒唐者可能全出虛構其內容及演變情形不屬於本篇考證範圍而來此爲楊延昭故事中之流傳普遍而又甚爲荒唐者可能全出虛構其內容謂發配者即貶謫之意也破天陣劇延昭白云：「因爲某私下三關殺了謝金吾家一十七口本該死罪聖人憐某有功以此教我在汝州爲酒醋都管」楊家府演義云：「……遂將楊景發配汝州監造官酒遞年進獻三百埕三年完滿聽調別用」北宋志傳云「延昭因焦贊殺謝金吾被發配汝州作工遞年進造官酒」昭代簫韶云「焦贊免死充軍楊景配往汝州進造官酒三年限滿候旨」按宋人每有謫監某地酒稅者如晏幾道謫監潁昌酒稅蘇轍謫監筠州酒稅秦觀謫監處州酒稅陳與義謫監陳留酒稅皆是延昭之事無乃類此但戲劇小說作者多爲半通文人乃混貶謫與發配爲一談耳然遍讀延昭傳全文並無貶謫之事故曰此種傳說可能全出虛構若勉強求其根據則宋史延昭傳中下列記事或即爲此傳說之所自來其文曰：「（咸平）五年，契丹侵保州，延昭與（楊）

嗣提兵援之未成列，為契丹所襲軍士多喪失。命李繼宣、王汀還將治其罪。帝曰『嗣輩素以勇聞將收其後效』即宥之六年夏契丹復侵望都繼宣逗留不進坐削秩復用延昭為都巡檢使時講防秋之策詔嗣及延昭條上利害又徙寧邊軍（今河北蠡縣）部署」傳文云：「代還將治其罪」又云：「即宥之」其事輾轉傳訛愈傳去事實愈遠遂成真治其罪而發配汝州然戲劇小說所載延昭得罪之由為焦贊殺謝金吾全家與「為契丹所襲軍士多喪失」毫無關聯故予所云只是推測之詞聊備一說而已抑有進者戲劇小說敷演古人事跡往往與作者當時事跡有關其無意者為「混淆」其有意者為「影射」明代邊患始終不絕邊將升沉成敗事跡甚多所謂楊家將故事實難免有若干明代「事跡」混淆其中或借題「影射」錯綜變化遂難澈底究詰此亦讀明代諸歷史演義者所不可不知。

七　各種地方志所載楊家將古跡輯證

楊業一生事蹟皆在今之山西；楊延昭一生事蹟皆在今之河北；陝西東北部神木府谷一帶，即宋之麟府二州，則楊氏父子及折太君之故鄉也是以方志所載楊家古蹟，大率不出此三省範圍其中有文獻足徵者有在疑似之間者，亦有虛誕荒唐實之民間傳說今不論其性質如何凡有記載備行採錄；而考證史籍，辨析真偽別為按語，附於其後。虛誕荒唐顯違事實者，固須駁正疑似之間者，則不妨姑妄聽之。蓋所以廣異聞資談助表防邊之偉績發思古之幽情區區之意，如斯而已簡例數則附識於下。

一、方志諸書每多輾轉鈔襲同一事項彼此互見今所採輯標準如下文字完全相同者，僅錄最早之一種，餘

則附注書名云「某書同此」如有異同，則逐一備錄，最早者或最詳者頂格書寫，其餘低兩格書寫。

二、編者個人按語，或引用地方志以外之書有所闡述亦低兩格書寫。

三、全書資料共分三項。一關於楊業及五郎、七郎文廣者二關於楊延昭者三關於孟良焦贊者關於折太君及穆桂英之古蹟均見於第四章不再重錄。

四、各項資料之次序有時按其詳略輕重酌量安排，不全拘於原書時代之先後。

五、古今地名不同者，皆於第一二次出現時注出今名，屢見者不重注縣名相同者則注明今屬某省。

六、本章因時間及環境限制僅就目前所能見到之方志作初步搜輯遺漏自所難免補充修訂俟諸異日。惟民間傳說未見文字記載者不在本文範圍之內僅有時偶然涉及耳。

關於楊業（令公）之古蹟　五郎、七郎、文廣附

雁門關山關在（馬邑）縣東南山上，兩山壁立中通一路，父老傳宋楊將軍曾扼險於此，關屬代州，關下至廣武，即馬邑界。

（雍正朔平府志卷三方輿志山川門）

黃糧堆本黃瓜堆俗名亂塚，在廣武站村北。沙土二百餘堆，西起舊廣武，東至夏屋，由密而疏，大小相間，布置有方，高者可五丈，低亦七八尺。父老相傳宋楊將軍覆米其上詐為積貯以愚敵人者，堆不自宋始也。昔人有詩云：「聚米成山徑路斜，風吹遍地起黃沙」而此堆獨歷年久遠不為大風洪水所剝削，亦異徵也。

（民國馬邑縣志卷一輿圖志古蹟門）

按馬邑縣即今山西朔縣東北之馬邑鄉，在宋為寰州，雁門為代州要塞，此一帶正屬楊業活動範圍，右兩條

所謂楊將軍當即是業黃糧堆則武侯八陣圖之類也。

荷葉坪在〔五寨縣〕蘆芽山南高千餘丈終歲積冰雪四面崇峻其頂平夷形類荷葉大可容萬馬或傳宋將楊業曾於此操兵有將臺遺址按於此聚兵當是元末四大王耳而誤爲業矣。^{乾隆寧武府志卷二山川門}

按：五寨今山西五寨縣蘆芽山在縣南其地宋時爲嵐州屬河東路續資治通鑑長編卷一五二「皇祐中，韓琦經略河東按堡寨置處多北漢名將楊業所度者」然則「楊業曾於此操兵」不無可能但時間在歸宋以前耳。

紅羊峪在〔左雲〕縣南四十里，緊逼四峯山，最稱險隘相傳宋楊業屯兵於此。^{雍正朔平府志卷三方輿志古蹟門} ^{嘉慶一統志一四八朔平府山川（峪谷二字義可通用）}

按：左雲縣在今山西平劇有洪洋洞云遼人藏楊業遺骨於此北宋志傳第二十四回亦載之作紅羊洞「洪洋」蓋伶人傳寫同音致誤其事似卽由此傳訛。

陳家峪在朔州南宋史潘美傳雍熙三年美拔寰朔雲應等州，內徙其民遼兵掩至，戰於陳家谷口。

按：宋史二五八潘美傳原文云：「雍熙三年，詔美及曹彬、崔彥進等北伐。美獨拔寰朔、雲應等州，詔內徙其民；會遼兵掩至，戰於陳家谷口不利，曉將楊業死之美坐削秩三等責授檢校太保」是役美爲雲應路行營都部署業爲副都部署見宋史二七二業傳故美傳以攻拔四州之功獨歸於美寰州今山西朔縣之馬邑鄉朔州今山西朔縣雲州今山西大同應州今山西應縣。

陳家谷在州南宋雍熙三年楊業自應州石硤路趣朔州，與護軍王侁等期會於陳家谷口。既而業與契丹耶

律斜軫戰敗趣狼牙村……狼牙村，或曰即今州西南十八里之洪崖村。……陳家谷亦南通忻代二州之道也。讀史方輿紀要卷四十四朔州

考信錄云「雍正朔州志卷四紀村莊有紅崖兒，卷三山川類作紅崖兒村在州東北，當即所謂洪崖村又有狼兒村在城西南紀要謂在州西南十八里，則狼牙村疑即狼兒村非洪崖村也」駑按此說甚是。

陳家峪山在懷仁縣西北二十里，舊志相傳宋將楊業駐兵處。乾隆大同府志卷五形勝

陳家峪口〔懷仁〕縣西北二十里宋將楊業敗處。嘉慶一統志一四六大同府山川

陳家峪山東南距懷仁縣治二十里相傳宋將楊業兵敗於此考宋史潘美王侁陳於陳家谷口趣業進戰使人登托邏臺望之在今朔州西南寧武山上是陳家谷必附近朔州今懷仁西北之陳家峪距朔州西南境約二百里有奇且是時遼復取寰州爲今馬邑縣業等自雁門率師北行戰敗引還不當反越馬邑而北也。乾隆大同府志卷四山川

按懷仁縣在今山西業與遼人戰於陳家谷兵敗被擒不食三日死詳見宋史二七二業傳朔縣南之陳家峪即其地也詳讀業傳參以讀史方輿紀要及山西輿圖自知懷仁之陳家峪山地名偶同民間因宋史而傳訛耳乾隆大同府志所辨甚爲明確業攻取寰朔、雲、應、懷仁在行軍範圍之內於此「駐兵」或有可能決非「兵敗」處也。參閱下文托邏臺諸條。

托邏臺在〔朔〕州西南寧武山上即宋潘美王侁使人望楊業進戰處。雍正朔平府志卷三方輿志古蹟門

托邏臺在州西南五十里寧武陽方口西山即宋王侁使人望楊業進戰處，雍正朔州志據考信錄轉引。（原書未見

宋史二七二業傳云「美即與佻領麾下兵陣於〔陳家〕谷口。美不能制乃緣交河（舊按：應從長編、宋會要。及太平治蹟統類作灰河。）西南行二十里俄聞業敗即麾兵

走，欲爭其功，即領兵離谷口走」於是業以無援戰死。

托邏臺在寧武縣（今山西寧武）西北，一名陀羅臺，亦曰橐蓮臺兩鎮三關志云：「今陽方口河西高山謂

之橐蓮臺」按北魏既滅赫連氏遷其子孫，散處雁門代北依山谷以居故其地有赫連臺此云橐蓮或轉為

托邏，或為陀羅皆音近而訛。嘉慶一統志一四七寧武府山川

兩鎮三關志陳家谷狼牙村俱在今朔州南。托邏臺在寧武關東橐蓮臺亦作托蓮臺今陽方口河西謂

之橐蓮臺。朔州志稱為王佹望楊業軍處崞縣志但志臺名不言王佹望軍事（此下引錄宋史楊業傳，敍陳家谷戰役，今略去。）遼史業

引兵南出朔州三十里至狼牙村惡其名不進左右固請乃行遇耶律斜軫大敗馬重傷不能進匿深林中耶

律斜軫望見袍影射之，墮馬被擒。

聖宗紀統和四年三月辛巳，順義軍節度使趙希贊以朔州叛附於宋時上與皇太后駐兵馳羅口詔趣東征

兵馬以為應援。乾隆寧武府志卷十一餘錄。

按右寧武府志所引遼史乃據卷十一聖宗紀及卷八十三耶律斜軫、耶律奚低傳合敍，與原書大致相同。聖

宗紀云：「繼業引兵南出朔州三十里至祗牙村」耶律奚低傳云「繼業敗于朔州之南」據此可知陳家

谷確在朔州之南，托邏臺可望見谷口自亦在其附近

魏志云朔州志「石碣谷在朔州南五十里禪房山禪房山今在寧武北二十五里，陽方口對岸也。狼牙村、陳

家谷皆不知所在但朔州西南今尚有狼兒村，未知是否？……業卽毅然出師，揆時度勢，必無反出寧武附近

之事；則陽方口河西之橐蓮臺是否王佺望兵處，似應闕疑，至遼主與太后駐兵馳邏口趣東征兵處，未知何

在。其所謂橐蓮臺者，或卽托邏口上之山，未可知也。乾隆寧武府志卷十一餘錄

按寧武府志爲乾隆十二年知府魏元樞原本，十五年知府周景柱補纂，所謂魏志，卽元樞原本。右引一條，刪

節處有缺葉，文意不完，但大致可以明瞭其意，以爲楊業自代州（今山西代縣）北向進兵豈能反出其西

南方之寧武附近，不知業此行任務在掩護朔州之衆向南撤退，遇敵戰敗，自然南向，方向並無錯誤也。遼主

及太后駐兵之馳邏口，雖未詳所在，但與托邏臺決非一事，此時遼人大本營不可能深入至寧武附近，

狼牙口廣昌縣西南九十里宋將太尉楊業因奸臣王佺逼戰援兵不進業與子延 原誤作廷 玉敗於此今屬倒馬

關設兵防守 乾隆易州志卷二山川

按廣昌今河北淶源縣楊業敗死於山西朔縣之狼牙村，去此甚遠，蓋野老訛傳。

楊將軍祠，在鹿蹄澗祀宋刺史楊業也。太平興國二年將軍以數百騎破遼人十萬衆於雁門，故祀之。乾隆代州志卷一興地志壇廟

楊令公祠，在密雲縣（今河北密雲）古北口祀宋楊業善戰，時號楊無敵，數拒遼有功，民賴以安，後人立祠祀 明一統志卷一順天府祠廟

之。

楊令公祠，在密雲縣古北口北門外祀宋太尉楊業，明洪武間，徐達建成化辛丑重修，賜額威靈廟。雍正畿輔通志卷四十九

楊令公祠，在密雲縣古北口北門外祀宋太尉楊業明洪武間，徐達建成化辛丑重修，賜額威靈廟。志卷四十九順天府祠祀

六〇

楊令公祠在古北口，祀宋楊業。遼時已有之。明洪武八年徐達重建，成化十七年（辛丑）鎮守監丞許常都

指揮王榮重修，勅賜名威靈廟。

西流不返日滔滔，隴上猶歌七尺刀。慟哭應知賈誼意，世人生死等鴻毛。

此詩宋劉敞作，見公是先生集卷二十八，題爲「楊無敵廟」。原注：「在古北口，其下水西流。」考信錄云：

「今本〔公是先生集〕注無末五字，此據遼史拾遺引補」

漢家飛將領熊羆，死戰燕山護我師。威信仇方名不滅，至今遺俗奉遺祠。

此詩宋頌作，見魏公集卷十三，題爲「和仲巽過古北口楊無敵廟」。本論文第五章曾引錄。

行祠寂寞寄關門，野草猶知避血痕。一敗可憐非戰罪，太剛嗟獨畏人言。馳驅本爲中原用，嘗享能令異域尊。

我欲比君周子隱，誄彤聊足慰忠魂。

此詩宋蘇轍作，見欒城集卷十六，題爲「古北口楊無敵廟」。末兩句用晉周處及梁王肜事，以周處比楊業，

以彤比潘美，詳見考信錄引資治通鑑。

寰朔城邊殺氣豪，行祠猶拜舊旌旄。黃沙白草三關壯，鐵馬銀戈百戰勞。報國自知非力屈，捐軀終不掩功高。

魂來何處楊無敵，遺憾當年濺血袍。

此詩清方象瑛作，題爲「楊令公祠」。見雍正畿輔通志一一九藝文。

古北口城北門外，有宋楊業祠。以雍熙中爲雲中觀察使契丹陷寰州，遇於雁門北陳家谷口力戰不支，被

擒不食三日死矣。然雁門之北口非古北門口也，祠於斯者誤也。 顧炎武昌平山水記卷下

鶚案：古北口楊無敵祠顧氏以爲誤考劉原父（敞）蘇子由（轍）二詩，在奉使時作，則祠創自遼可知無

敢忠義感動敵境又何論古北口之非陳家谷也。屬鶚遼史拾遺卷十四

按顧說穿鑿屬說甚辨立祠之地非必戰死之地也顧說又有二誤業之官銜爲雲州觀察使，非雲中，陳家谷

口在朔州西南不在雁門北。考信錄據蘇子由詩「血痕」之語以爲業兵敗被擒於陳家谷而遼人「致之

燕京，使面其虜主業求死不得乃絕食自戕經三日之餓遂死於古北口耳」，原文頗長，不具錄。讀者可自參閱。其說與當時情

勢及地理皆不合難成立據遼史卷十一聖宗紀此時聖宗與蕭太后皆不在燕京且朔州至密雲之古北

口路途遙遠決非三日所能到達也。

令公村在豐潤縣西宋楊業善戰屯兵扼遼民賴以安後與耶律斜軫戰敗績死之民祠於古北口。萬曆順天府志卷一地理志古蹟門

按豐潤今河北豐潤縣楊氏父子皆未曾至其地此亦民間訛傳

楊業墓在唐縣西北相傳楊業戰歿葬此。雍正畿輔通志卷四五保定府陵墓

楊業墓在唐縣西北一百十里業贈太史令戰歿，葬此。光緒保定府志卷十三古蹟錄陵墓

楊令公業墓在縣西北一百一十里令公舖北□宋人。光緒唐縣志卷十一雜稽志陵墓門

按唐縣今河北唐縣在清苑縣西不遠清苑即宋之保州，楊延昭曾知保州，兼緣邊都巡檢使，見宋史本傳，唐

縣乃其轄境各種方志所載古人墳墓可分爲虛實兩種實墓者，墓主骸骨所葬地也其有葬埋死者衣冠遺

物，或僅招魂設祭建造墳塋而其中空無所有，皆是所謂虛墓名雖爲墓實爲紀念碑紀念塔之類實墓當然

只能有一，虛墓則幾乎與死者或其後人略有關聯之地皆可設立此唐縣之楊業墓或爲延昭或當地士民
所設虛墓或僅係民間傳說，無從查考。總之決非實墓，自不必究其眞僞矣。

楊令公墓在〔香河縣〕城南一里〔光緒順天府志卷二十六冢墓〕

按：香河，今河北香河縣，與楊氏父子毫無關聯，此墓蓋民間訛傳。

考信錄云：「業死後不知曾否歸葬乾隆一統志卷十一保定府云『楊業墓在唐縣西北一百十里，相傳業
戰沒葬此」明釋鎮澄清涼山志卷二云『令公塔在九龍岡，宋楊業忠死子五郎收骨建塔』皆傳會不足
信至元人雜劇以爲業死後番人取其骨縣之昊天寺塔上尤爲誕妄日下舊聞考卷五十九引元一統志云
『遼道宗清寧五年，秦越大長公主捨第爲寺，旣成以大昊天寺爲額』清寧五年卽宋仁宗嘉祐四年上距
太宗雍熙三年楊業戰死之歲，七十三年矣業之骨已朽，尙安得懸之塔上是眞齊東野人之語。而畿輔通志
卷一百七十八於昊天寺條下，引梁清標詩有『黃塵餘覇氣白骨冷幽州』之句並自註云：『俗傳寺有
塔遼以貯楊無敵骨』以戲劇詞詠，可謂俗語不實流爲丹靑矣。寰按昊天塔貯令公骨事見元朱
凱昊天塔雜劇洪洋洞盜骨事，則見於北宋志傳第二十四回皆無稽之談也。

太平興國寺在五臺縣東北、東臺東樓觀谷宋釋睿見居此，相傳爲楊延朗之師〔嘉慶一統志卷一五一代州寺觀〕

考信錄云：「雜劇又稱五郎楊朗，於五臺山與國寺出家。〔見昊天塔劇中，小說則以五郎爲延德，而以延朗爲四郎。〕釋鎮澄清涼山志，遂謂樓
觀谷有五郎祠楊業第五子出家處，〔見卷二〕又謂宋沙門睿見卽楊五郎之師僧徒無識固無足責乃乾隆一統
志卷一百六〔從而實之曰太平興國寺宋釋睿見居此相傳爲楊延朗之師欽定清涼山志卷十亦同不知宋太

宗所爲造寺者名睿諫，不名睿見，有傳在宋沙門延一廣清涼傳中卷五郎出家之事，別無所出，獨見於雜劇

小說耳況延朗之爲六郎，明見史傳何曾出家以官修之書誕妄至此豈不大可笑哉此本不足辯以世人多

不讀史聊復著之以戒後學。」

按：五郎出家爲僧之說宋人話本中即已有之，見前第一章，戲劇小說中尤多渲染此人始終不能忘情「俗

家」，且「大開殺戒」爲民間傳說中所塑造不守清規僧人之一云五郎名朗者見於元人撰謝金吾及昊

天塔兩劇民國五十七年八月臺北國語日報刊副第一八二期「佛教聖地五臺山」文中有云「五

臺山本是佛教的聖地可是那兒卻有一座楊五郎祠祠裏供著楊五郎的「肉身」塑像還有一根楊五郎

生前所用的鐵棍重八十一斤……現在寺裏還有一塊石碑，上面刻著四句詩就是歌頌楊五郎的那四句

詩：……是棄却干戈披衲衣個中爭許幾人窺只今惟有臺山月夜夜空臨楊老祠」此眞標準「齊東野語」其

詩則三家村冬烘學究手筆也附錄於此聊供一笑。

七郎山在宜川縣西南城跨其上上有石門及山砦相傳楊業之子七郎所築。嘉慶一統志卷二三三延安府山川

按宜川，今陝西宜川縣，一統志同卷又云「八郎山在宜川縣南與同州府韓城縣接界，高峻險絕舊志在縣

南九十里」此山之名，不知與楊八郎傳說有關係否？一統志於此無說明。

楊七郎墓在〔寧河〕縣西潘莊。光緒順天府志二十六塚墓引寧河丁志。原注云：舊廟尚存，疑卽延昭弟也。

按：寧河，今河北寧河縣楊業雖有七子戲劇小說中之「七郎」則全屬虛構，更不必問其砦及墓之有無與

眞僞矣。

景午叢編下集　燕臺述學　　　　　　六四

楊文廣廟在府治西，祀宋楊文廣。嘉慶一統志四八二雲南廣南府祠廟

按：廣南府今爲廣南縣，在雲南東南境接廣西界文廣曾從狄青南征儂智高爲廣西鈴轄，見宋史二七二本傳（附楊業傳後）楊氏三世爲將文廣事蹟最少，已是強弩之末，小說戲劇中之楊宗保乃虛構人物，自當別論。然予所見各種方志中無宗保事蹟，可知方志記載雖有時不免謬妄，畢竟與小說戲劇不同。

關於楊延昭（六郎）之古蹟

霸州城，舊傳燕昭王築。宋將楊延朗修葺土墻，以禦契丹；金元因之。萬曆順天府志卷二營建志城池門

舊傳城創於燕昭王宋將楊延朗嘗葺之以禦遼週惟土墻金元皆因之明弘治辛亥，知州徐以貞建東北城樓二座已未知州劉珩以甕包城北面建南樓。康熙霸州志卷一輿地志城池門

霸州城，創於燕昭王宋將楊延朗葺之。雍正畿輔通志卷二十五城池

霸州城舊傳燕昭王所築。（名勝）宋將楊延朗修葺以控當時號爲北方重鎮。（客話）金元時築土墻。（日下舊聞引城）明景泰五年四月修明弘治辛亥，知州徐以貞建東北城樓二座已未知州劉珩以甕包城北面建南樓。又州南關邑志引城

讀史方輿紀要卷十一益津廢縣條云「志云『（霸）州城相傳燕昭王所築，宋將楊延朗增修。』又州南關有古城址相傳趙武靈王築皆傳訛也」寯按延昭本名延朗見前第三章據宋史二七二本傳延昭未嘗知霸州，自無正式修築州城之事惟延昭曾兩任保州緣邊都巡檢使久任高陽關副都部署（九年）今河北光緒順天府志卷二十一城池

省以清苑縣（保州）為中心，方圓二三百里之內，皆屬其巡防範圍，修築防禦工事及駐軍營壘，自極可能。

宋時霸州為今河北永清縣南境、霸縣、文安縣等地，即在此二三百里範圍之東北隅，延昭修霸州城，及下文

修護城井築堤堰甚至修築地道自霸州直通雄州諸傳說當即由此而來雖云道聽塗說實亦有相當之歷

史根據。

護城井在州城中沿城共井七十有二宋楊延昭所築值隆冬甲士汲水澆城敵疑不敢進今廢僅存者郡人汲焉。康熙霸州志卷一與地志古蹟門同。惟最後一句作「今廢，僅存十餘。」民國霸縣志

舊志霸州城宋將楊延朗修茸以控遼人當時號為北方重鎮。沿城有七十餘井，亦延朗所鑿，謂之護城井。嘉慶一統志卷八順天府古蹟

按宋史二七二延昭傳：「咸平二年冬契丹擾邊延昭時在遂城（今河北徐水縣）城小無備契丹攻之甚

急長圍數日契丹每督戰衆心危懼延昭悉集城中丁壯登陴賦器甲護守會大寒汲水灌城上且悉為冰堅

滑不可上契丹遂潰去獲其鎧仗甚衆以功拜莫州（今河北任邱縣）刺史」右條所記霸州護城井當即

由此訛傳。（參閱後安肅縣碧霞宮條按語）

引馬洞宋楊延昭所作始自州城中通雄縣每遇敵至潛以出師。今塞。康熙霸州志卷一與地志古蹟門。民國霸縣志卷四雜志記事門同。

八角井至城內圓通閣前創始無考清光緒間重浚口徑尺許甃石八片鐵束其外俗呼八角琉璃井投瓦石

其中水聲錚然良久乃已今不及四十年瓦礫溢於外矣故老謂霸州亦有井與此地穴相通宋初兩城守將

計軍事遣使往來穴中外人不知也往年浚井見東有隧道數十步即以木架撐之壁間置鐵鐙盞馬之驪引

霸州志古蹟，有引馬洞。云宋楊延昭所造地穴，自城中潛通雄州穿鑿附會，無識甚矣。民國雄縣新志第一冊方輿略古蹟

拆城，霸州東傳宋楊延朗屯兵拒契丹一地理志古蹟。萬曆順天府志卷

拆城，在城東八十里宋楊延昭屯兵於此以拒遼明知州陳公于庭，更拆為策。康熙霸州志卷一興地志古蹟門。嘉慶一統志卷八順天府古蹟

拆城，在霸州東八十里宋楊延朗屯兵於此以拒契丹於此今為拆城里八順天府古蹟。嘉慶一統志卷民國霸縣志卷四雜志記事門同。

信安東三十里有狼臧城又十里為忻城宋將楊延朗屯兵拒契丹於此讀史方輿紀要卷十一信安城條引舊志。

按：信安即宋之信安軍亦即淤口關也見前第六章其地今為信安鎮在河北永清縣之東南、霸縣之東北。

乾隆永清縣志云宋鎮北屬永清鎮南屬霸縣忻城乃拆城形近之誤。雍正畿輔通志卷五十三順天府古蹟

楊六郎城在永清縣信安鎮，相傳楊延昭所築。

按此城疑即前條之拆城。

馬貑隄在霸州東四十里，自田家口至信安鎮宋楊延朗築。嘉慶一統志卷九順天府隄堰

六郎隄自霸州老隄頭起至新城縣交界齊家埝止長十四里四分本朝乾隆二十七年培修。上同

石橋，在信安鎮北宋楊延朗建。康熙霸州志卷一興地志古蹟門

莫金橋宋楊延昭建。同上。又民國霸縣志卷四雜志記事門同。

草橋關，在城北一里，宋楊延朗建。康熙霸州志卷一興地志古蹟門。

草橋關長安客話「霸在宋世蓋與遼分界處楊延朗建草橋於此，因以名」。民國霸縣志卷四雜志記事門

「幾向水邊尋古蹟宋遼分界草縱橫」今廢。王遵草橋古渡詩：

按：草橋關在高陽，詳見前第六章。霸州之草橋關乃民間訛傳，不足信。

歇馬疙疸，在吳家臺村北方九丈有餘，傳聞係宋將楊延昭軍人守益津關時歇馬之處也。民國霸縣志卷一土地志古蹟門

按北方俗語謂凡物之隆起者曰疙疸，此所謂歇馬疙疸，蓋一隆起之土丘也。

晾甲臺在老隄村西南周六丈有餘，傳聞係宋將楊延昭軍人晾甲處也。民國霸縣志卷一土地志古蹟門

拒馬方輿紀要河在州北，自盧溝橋經州境，東合界河，後徙南孟居北，至直沽入海今淤。（原注按宋遼澶淵之盟以白溝河為界楊延屯兵於雄稱白溝為拒馬河，此亦云拒馬者殆白溝一帶之經流界遼以守者歟）康熙霸州志卷一輿地志

山川門。民國霸縣志卷四雜志記事門同。

拒馬河源在廣昌縣（今河北淶源縣）南半里，出七山下，少東，與淶水合流，相傳楊六郎在此拒戰，故名。又云金章宗至此乏水見土色潤以鞭指得水馬飽飲之，又名馬飽河或云即酈食其所稱拒白馬之津也。乾隆易州志

按水經注卷十二：「巨馬河出代郡廣昌縣淶山即淶水也。有二源，俱發淶山。」據此知原名巨馬，手旁乃後人所加；與「拒白馬之津」更無關係。六郎於此拒戰事或有之河以此得名，則是民間傳訛白溝為巨馬之志卷二山川門。

下流見水經注同卷朱謀㙔箋。

保定縣城舊城相傳宋團練使楊延朗建，周圍六里六十九步，高三丈，廣二丈，導玉帶水環地為池，後漸傾圮明嘉靖二十九年，知縣呂煥因舊城之西北隅，創築東南二面高一丈五尺，周八百八十九步，門四，池深八尺，濶一丈。雍正畿輔通志卷二十五城池

六八

保定縣城舊城相傳宋團練使楊延朗所築周六里袤六十九步高三丈濶二丈池導玉帶河水環其外明嘉

靖二十九年知縣呂煥創置新城依舊城之西北隅而東南二面則創築焉（光緒順天府志卷二十一城池）

按保定縣今河北新鎮縣宋太平興國六年於其地建平戎軍景德元年改名保定軍見元豐九域志卷二。餘

詳下桃花寨條按語。

保定縣縣西南有將臺相傳宋楊延朗演武於此。（嘉慶一統志卷八順天府古蹟）

桃花寨在保定縣北九域志「保定軍有桃花寨在軍北七里又父母寨在軍西北十一里」宋史地理志：「政和

三年改父母日安謐」而桃花仍舊今皆廢縣志「桃花寨今稱旋馬一名結達相傳楊延朗所築父沒寨在縣西

八里延朗守平戎時感父業死敵祭父於此今稱寨上蓋即父寨也」（嘉慶一統志卷九順天府關隘）

按元豐九域志卷二「保定軍寨二桃花軍北七里父母軍西北十一里有滹沱河」宋史卷八十六地理

志二「保定軍砦同_寨二桃花父母砦日安寧」此云安謐與宋史不同應從宋史保定軍初

建時名平戎改名保定見宋史地理志同卷同條及前引元豐九域志延朗傳未言其守平戎平戎亦未置團

練使蓋延昭曾任莫州（今河北任邱縣）刺史進授本州團練使平戎去莫州不及百里在延昭所部軍隊

巡防範圍之內此即所謂守平戎也築城之說當即由此傳訛延昭祭父於其地遂以「父沒」名寨則等於

豆棚閒話柴堆三國姑妄聽之可耳。

聞河在〔雄〕縣南五里相傳爲宋楊延昭運糧河（雍正畿輔通志卷二十二山川）

城子臺舊志「在城東南八十里外高中平地勢特出」按城子臺在蓬兒灣南其南里許又有坨子高可相埒大

水之後往往有銅鐵箭鏃沖刷流露故俗傳楊六郎屯兵地。民國雄縣新志第一冊方輿略古蹟篇

駐駕臺在雄縣東七里相傳周世宗駐蹕於此又城子臺在縣東南八十里，平地突起，狀若城垣。晾馬臺在縣

西北三十里高數丈相傳燕魏分易水為界築二臺以登陟而耀武按晾馬一日涼馬後燕錄慕容垂自涼馬

臺結筏而渡名勝志謂即此地容城縣（今河北容城縣）東二十餘里亦有晾馬臺相傳楊延朗築。嘉慶一統志卷十四

保定府
古蹟

楊關城在雄縣西，宋楊延昭守三關時所築。雍正畿輔通志卷五十三保定府古蹟

楊關城在縣西北二十三里南陽村南一里舊志云「宋楊延昭守三關時築。」今遺址漸平惟時發現古甎

瓦，非近代物，史傳不載，莫能詳也。民國雄縣新志第一冊方輿略古蹟篇

陽關城在雄縣西相傳宋將楊延昭守關南時所築。雍正畿輔通志卷五十三保定府古蹟

望馬臺在安州西北十二里宋楊延昭所築。嘉慶一統志卷十四保定府古蹟

望馬臺在清苑縣東北一百里宋楊延昭築以相馬。嘉慶一統志卷十四保定府古蹟

按安州今河北安新縣在清苑正東稍偏南以道里方向度之此兩望馬臺當是一事容城縣有晾馬臺相傳

亦延昭所築見前駐駕臺條。

碧霞宮在城南北宋楊延昭建嘉靖二十六年知縣張桐、萬曆十七年知縣徐杲修葺乾隆四十三年知縣張鈍重

修，有碑記宮建高臺上古柏千霄今為八景之一。乾隆安肅縣志稿卷二建置門宮觀類

張鈍重修碧霞宮碑記「南城西偏有臺巍然上建碧霞宮，舊傳楊延昭所創。邑人奉香火甚謹，世世且勿

替」（以下敍宮祀泰山神女事，從略）

張鈍重修東嶽廟碑記「是廟也，峙於碧霞宮之左，乃宋楊延昭駐劄南城時所並建者也」。（以下敍東嶽

乾隆安肅縣志稿卷十四藝文門記類

大帝事從略）上同

按安今河北徐水縣。宋時爲遂城縣，並於其地置威虜軍，太平寰宇記卷六十八：「威虜軍，本遂城縣，皇朝太平興國六年置，從縣西南至滿城縣內浮圖烽合陵山烽爲一路，仍領遂城縣」宋遂城縣故城在今徐水縣城西二十五里見嘉慶一統志卷十四保定府古蹟及讀史方輿紀要卷十二保定府安肅縣條方輿紀要同條云「五代時周復三關此爲沿邊要地宋咸平二年契丹攻遂城宋將楊延昭登陴固守契丹引去」焉延昭爲保州緣邊都巡檢使遂城正屬其防區

按延昭守遂城事詳見宋史本傳（參閱前霸州護城井條）

故此地有關延昭古蹟甚多詳下列諸條。

北極層觀在安肅縣故遂北城，宋楊延朗建延祐間重修。左置臨瀑亭。雍正畿輔通志卷五十一保定府寺觀

北極層觀在遂城北墉（疑當作墒）宋帥楊延昭建元延祐間重修爲舊八景之一二。乾隆安肅縣志稿卷二建置門宮觀類

拴牛樁縣西遂城南里許曹哥莊有石層累如塔狀高五尺許扣之鏗鏘有聲而音韻各別相傳楊延昭駐節遂州，以城形似臥牛故建此作鎮鄉愚或盜塔石者輒病還之仍愈今尙存因嘆古人制作其精神耿耿眞堪不朽此塔

與孔明「江流石不轉」者殆同一靈異也夫 乾隆安肅縣志稿卷一古蹟門 上同

藏兵洞在縣西四十里店頭村相傳楊延昭置 上同

按此洞想卽羊山之石洞見下羊山條。

廣門、雁門，在縣西北宋將楊延昭置廣雁二門以拒契丹。

縣志又有廣門、雁門，俱在縣西北宋楊延昭置此以拒契丹。上同　光緒保定府志卷四古蹟錄舊遺址

鴨鵝城，在縣東南十五里宋將楊延昭養鴨鵝處遺址尚存。乾隆安肅縣志稿卷一古蹟門

鴨鵝城，在安肅縣東南十五里宋將楊延昭養鴨鵝處遺址尚存。光緒保定府志卷四古蹟錄舊遺址

羊山，在縣西四十里宋咸平元年戊戌契丹入寇田敏從王顯為先鋒大敗契丹於此。二年己亥楊延昭以功拜鄭州刺史；契丹內侵延昭伏銳兵羊山掩擊其衆進保州團練使駐逾城　乾隆安肅縣志稿卷一山川門

按太平寰宇記卷六十六：「莫州，漢鄚縣唐景雲二年於縣置鄚州開元十三年，以鄚字類鄭字，改為莫。」方輿紀要　山有石洞洞側有繫馬石存焉。舊志。光緒保定府志卷十八興山略山川門。

羊山，在安肅縣西四十里一名楊山雍正通志與龍山相接俗傳宋楊延昭藏兵於此以禦契丹。嘉慶一統志卷十保定府山川

按宋史二七二延昭傳云「是冬（上文云咸平二年）契丹南侵延昭伏銳兵於羊山西自北掩擊且戰且退及山西伏發契丹衆大敗獲其將函首以獻進本州團練使」其上文云以守逾城功拜莫州刺史此所謂「進本州團練使」仍指莫州。延昭後知保州以守禦功進本州防禦使亦見本傳安肅縣志云以羊山破敵功進保州團練使誤田敏羊山敗遼事見宋史三二六敏傳。

羊山在安肅縣西四十里宋咸平元年，田敏敗遼於羊山，即此，今亦名楊山。嘉慶一統志卷十三保定府山川

軍城，在唐縣西北十九里宋楊延昭築城屯軍，故名明嘉靖中，水衝城斷為二。雍正畿輔通志卷五二十三保定府古蹟

軍城鎮在唐縣西北十九里南去曲陽縣八十里北至倒馬關六十里宋楊延昭於此築城屯軍金時置鎮，明

洪武初置馬驛於此。

按畿輔通志原作「軍城在唐縣西北九十里」以一統志所記南北至道里計之應作十九里，今改定。

旂山，廣昌縣西南三里許相傳宋將楊景豎旂於上又七峰相連，亦名七山乾隆易州志卷二山川門。廣昌縣志卷一山川門同此。光緒

按各地方志稱六郎之名，或曰延朗，或曰延昭俱與史傳相同沿小說稱楊景者僅見於此廣昌今河北淶源縣，已見前此地延昭古蹟亦甚多。

挿箭嶺廣昌縣南三十里相傳六郎挿箭於此南門外有六郎廟。同上兩書

挿箭嶺在廣昌縣東南三十里相傳宋將楊延朗挿箭其上亦曰挿箭浮圖等峪。嘉慶一統志卷四十七易州山川

攻挿箭浮圖等峪，即此。乾隆大同府志卷六

挿箭嶺廣昌縣東南三十里相傳宋將楊延昭挿箭於此按明史有挿箭浮圖等峪，今考其地當在廣昌南。

廣靈縣
古蹟

按廣靈，今山西廣靈縣，在廣昌西北大同志誤廣昌為廣靈其按語改正之，是也。但延昭確曾率兵攻戰至廣靈邱一帶見後。

祭刀嶺廣昌縣南四十里相傳六郎在此祭刀。有巡關御史立碑，題曰：「六郎祭刀之石。乾隆易州志卷九古蹟門。廣昌縣志卷一山川門同此。光緒」雍正畿輔通志卷五十四古蹟門同此：但無「御史穆相有碑記」句。

夾馬石廣昌縣南六十里，楊六郎夾馬過此御史穆相有碑記

馬跑泉廣昌縣西南七十里相傳楊六郎屯兵於此，馬渴以蹄跑土水出生魚活軍百日至今北山大石上有楊六郎親題「福勝地」三硃字千古不磨距湯河七里卷二山川門

按：跑字讀平聲，其字本應作垉，杭州西湖之虎跑泉，同此音義。

六郎城，廣昌縣南七十里。〔乾隆易州志卷九古蹟門〕

曬甲石，廣昌縣南七十里，相傳楊六郎曬甲於此。〔同上〕

倒馬關在廣昌縣南七十里，路過保定府唐縣，相傳前宋楊彥朗過此倒其所騎之馬，故名。〔天下郡國利病書第十七冊山西三十頁〕

按：水經注卷十一滱水條云「滱水出代郡靈邱縣高氏山（一本作高是山）……東南過廣昌縣南……又東巡倒馬關。關山險隘，最爲深峭，勢均詩人高岡之病，良馬傳險之困，行軒故關受其名焉」據此知關名古已有之，六郎倒馬之說乃民間附會也。

宋史二七二延昭傳「景德元年，益延昭兵滿萬人。……延昭上言：『契丹頓澶淵，去北境千里，人馬俱乏，雖衆易敗，凡有剽掠，率在馬上，願飭諸軍扼其要路，衆可殲焉，即幽易數州可襲而取』奏入不報，乃率兵抵遼境，破古城，俘馘甚衆」據考信錄所考定延昭攻破之古城在廣靈縣南三里廣靈邱（今山西靈邱縣）可知延昭率兵所抵遼境即在廣靈邱一帶。又有六郎城、蕭太后城等古蹟（見後）。可知延昭率兵所抵遼境即在廣靈縣南三里廣靈邱一帶此時延昭之職務爲寧邊軍部署，見宋史本傳；寧邊軍即今河北蠡縣，註自蠡縣至廣靈邱必經廣昌南境出倒馬關，故廣昌所有延昭遺跡皆在縣南；然則民間傳說固非全無依據，僅關名倒馬與延昭無涉耳。（參閱下文蔚縣石門峪大同六郎城蕭太后城諸條）

（註）考信錄云「延昭此時駐威虜軍，即遂城縣，亦即今河北徐水縣。」其說非是，蓋誤讀長編卷五十七〔景德元年閏九月寇準言邊奏敵騎」一條文義也。詳情參閱考信錄四七九頁至四八一頁自明。

太白山之東少北，曰隘門山，西北距靈邱縣治二十里，兩山虎距，中通澗道數丈，滱河自西來入焉。水經注（卷十一）「滱水自縣南流入峽，謂之隘門，設險於峽，以譏禁行旅」明史（卷四十一）地理志：「靈邱縣東南有隘門山」今夏秋間暴漲，水石硼礚，梯徑胥絕，峰頂一二塞垣石子壘壘，是宋楊延昭把守三關遺址（乾隆大同府志卷四山川）（乾隆一統志卷一大同府古蹟）。

石門口在靈邱縣東二十里，壁立直上，徑最險隘，舊名隘口關，宋楊延朗嘗守此（乾隆一統志卷一大同府古蹟）。五代史「山路狹隘，一夫可以當百，中國扼契丹險地也」漢為代谷，元魏為靈邱關，亦名隘門，明一統志「蔚有隘門」兩鎮三關志「即今所謂石門矣」世傳宋楊將軍成此，明設巡檢，今廢（乾隆蔚縣志卷七關隘）。

石門口在蔚州西南四十里，太白山舊名隘口關，路通靈邱廣昌二縣，宋朝楊將軍曾守此（天下郡國利病書十七冊三十一頁）。

按蔚州今察哈爾蔚縣。

楊六郎城距靈邱縣蕭家坡二里，相傳宋將楊延昭所築，又廣靈縣界林關峪，有六郎城遺址，考宋史傳，延昭嘗知保州兼緣邊都巡檢使二十餘年，中外目為楊六郎，按靈邱、廣靈，宋何由築城？惟雍熙三年，遣都部署田重進攻下飛狐靈邱等城是時延昭父業副潘美分道北伐，攻拔雲應寰朔四州，延昭為其軍先鋒，豈嘗築城屯守耶？無可證實當是明戍將屯兵處（乾隆大同府志卷六古蹟）。

楊六郎城距蕭家坡二里，亦屯兵時所築（康熙靈邱縣志卷一方輿誌古蹟門）。

按：蔚縣、廣靈、靈邱一帶為遼境，故云「宋何由築城」但景德元年延昭曾率兵攻達此地，見前倒馬關條按語。

越義泉嶺而北少西曰臨灤山石家泉出焉。一作一管一名林關峪傳寫之異也。東北距廣靈縣治四十里東臨絕

澗西倚危崖谷深林密。上有古城址亦稱楊六郎城無可證實。又北二十里有天井山古井深五六尺，雖旱不涸。

乾隆大同府志卷四山川

六郎城，在廣靈縣西南四十里，相傳宋楊延昭屯兵所築，遺址尚存。又有古城，在縣南三里，相傳秦王所築。

乾隆一統志卷一零九大同府古蹟

六郎城，在廣靈縣西南四十里林關口，相傳楊延昭屯兵所築，遺址尚存又有古城，在縣南三里相傳秦皇所築。

嘉慶一統志卷一四六大同府古蹟

考信錄云此古城即宋史延昭傳所謂「率兵抵遼境，破古城」也。其說甚確但云延昭係自威虜軍（今河北徐水縣）前往則非是。參閱前倒馬關條按語。

乾隆一統志卷一零九大同府古蹟。嘉慶志卷一四六同此。

蕭太后城在靈邱縣西南三十里相傳遼太后駐兵於此。

圓果寺在城東北隅隋開皇中建寺內磚浮圖十三級高一百二十尺宋楊延昭嘗射三矢其上，今不存。

乾隆代州志卷一興地志寺觀門

試刀石，在州北八里大路傍。一石中分俗傳楊六郎延昭拔劍試之，遂剖爲兩。

乾隆代州志卷一興地志山川門

雁門重鎮秦漢雄折戟久埋沙漠中有石屹立分磽砳云是楊家紀戰功楊家威名邊塞重登壇世佩專城印，

無敵聲威更絕倫橫刀叱咤風雲振少年馳獵志虹霓鷹犬談兵日色淒擁旌一怒千軍駭瞋目三關萬馬嘶，

一朝敵騎如雲集佽也嫉賢美無術轉戰催軍白羽飛師出不謀占以律奇計不用無奈何決起憑鞍行負戈，

丈夫有死誓不顧，指揮左右如張羅，強弩暗伏陳家谷，預識旗靡此敗績，援軍不發力已窮，橫槊長號淚沾臆。

馬革尸橫塞草殷，從戎有子恥生還，受恩殘卒同時盡，白骨堆成白雪山，將軍雖死名不死，六郎眞是將門子，

抽刀斷石石爲分，五丁神力北平矢，吁嗟有宋重邊勳，珊戈鐵騎屯如雲，烽火不驚楊氏壘，先聲何減岳家軍。

岳家東南楊西北，三百餘年同戰跡，路傍指點七郎墳，山頂驚看千載石，舊事淪亡人不知，莫邪猶作陰風吹，

巍然留鎭雁門塞，此石無異燕然碑。

此詩淸郎若伊作見乾隆代州志卷六藝文門，題爲「試刀石弔楊無敵父子」

按：代州今山西代縣，楊業曾任代州刺史，宋史延昭傳云：「業嘗曰『此兒類我』每征行，必以從……業攻

應朔延昭爲其軍先鋒戰朔州城下流矢貫臂鬪盆急」代州射塔試刀之事自屬民間傳說後者尤難徵信

延昭曾從父居代州並轉戰雁門廣武等處，則無可疑小說中之楊七郎本爲虛構人物，何況其墳此詩亦姑

妄言之耳。

臨關

野史代城之北層巒疊障，四十里至雁門，節節高上直在雲端關外卽古沙漠地二十里至廣武站，視關又在十里

之上，卽宋楊六郎屯兵故址烽墩麟麟俱在。乾隆代州志卷一 輿地志關隘門

楊六郎寨在朔州馬邑鄉南五十里雁門關北口東山上其西五里爲佳吉寨在太和嶺北口西山上。嘉慶一統志卷一四八朔平府

楊六郎寨雁門關北口東山上隸馬邑縣，在縣南五十里其西五里有嘉吉寨，在乾隆代州志卷一 輿地志關隘門

楊六郎寨在馬邑縣西註五十里雁門關北口東山上其西五里有佳吉寨天下郡國利病書第十七冊第三十頁。同冊第一三一頁同。

註：西字應從其他諸書作南，因雁門關在馬邑東南也。

六郎寨，一曰六郎城，在太和嶺北口土山上，宋楊將軍屯兵之所，與廣武城爲犄角之勢。民國馬邑縣志卷一輿圖志古跡門

按：馬邑宋時爲寰州，金元明及清初爲馬邑縣，嘉慶時縣改鄉併入朔州，民國初年一度復縣旋又改爲鄉，仍隸朔縣。馬邑已見前，此處所敍沿革較爲詳細。

故戰場在朔州馬邑鄉南五十里，相傳宋楊延昭屯兵處。嘉慶一統志卷一四八朔平府古蹟

按：此所謂故戰場與六郎寨以方向道里計之實一地也。

晉北雁門關內外即今代縣、朔縣及朔縣之馬邑鄉等處，爲楊業與遼人拒守攻戰之地，其時延昭隨父軍中爲偏將。上列諸古蹟實應以楊業爲主但延昭聲名事業過於乃父，故多以六郎爲名耳。

六郎寨在〔朔州〕南八十里白草溝西南，與馬邑縣連界。雍正朔平府志卷三方輿志古蹟門

按：此與前條之六郎寨道里相去甚遠，自非一地。

六郎寨在〔平魯縣〕井坪城西南十五里，十二連山頂上相傳楊六郎屯兵於此，基址炮石尙存。雍正朔平府志卷三方輿志古蹟門

按：平魯，今山西平魯縣，在朔縣北當時爲遼境，宋人兵力未曾抵達此六郎寨之真實性甚少。

六郎城在州南四十里石嶺關北相傳宋楊延昭駐兵於此，州西北五十里有北羅城，七十里有孟良城。嘉慶一統志卷一五零忻州古蹟

州古蹟

按：忻州，今山西忻縣，石嶺關距三交城甚近，楊業任代州刺史兼三交駐泊兵馬都部署，見宋史本傳。此六郎城亦是應以楊業爲主者，參閱前六郎寨故戰場諸條按語。

陽武峪，在寧武東南八十里，屬崞縣地，有楊六郎寨。秦太子扶蘇常軍於此，故有太子砦。宋太宗時都巡檢使楊延昭、驍勇善戰守陽武峪，契丹畏之不敢犯。延昭楊業之子也。延昭有部將孟良焦贊同守，今元崗口有孟良城遺址，尚存其南十里有焦贊寨。乾隆寧武府志卷十一餘錄

陽武峪〔崞縣〕西南六十五里陽武堡，有楊六郎寨。乾隆代州志卷一輿地志關隘門

宋都巡檢使楊延昭守陽武峪驍勇善戰遼人憚之時部將孟良焦贊同守焉。上同

按史本傳延昭任保州緣邊都巡檢使在眞宗時非太宗時其防地為今河北省中部偏北偏西一帶，已散見本章各條與山西全不相干右所云太宗時以都巡檢使守陽武峪顯違史實孟良城焦贊寨更無論矣崞縣屬代州，若云此地有楊業屯兵遺蹟尚有可能。

自此條以下至嘉慶一統志寧武府名宦條皆六郎古蹟之顯非眞實者。

掛甲峪，在密雲縣東北舊傳宋楊延朗北征嘗掛甲於此。明一統志卷一順天府山川

掛甲峪，懷柔縣東北三十二里。舊傳宋楊延朗北征嘗掛甲於此。（天府廣記）卷十七山川 雍正畿輔通志卷十七山川 上同

按：密雲今河北密雲縣懷柔今河北懷柔縣俱在北平東北相去甚近此兩掛甲峪可能為同一地。

六郎城在懷來縣東南傍水峪宋楊延昭築。雍正畿輔通志卷五十四宣化府古蹟

六郎城在懷來縣東南棒槌峪相傳宋楊延昭所築。嘉慶一統志卷四十宣化府古蹟

棒槌峪，在懷來縣東南三十里。嘉慶一統志卷三十九宣化府山川

按懷來今察哈爾懷來縣北地方言謂擣衣之杵為棒槌峪以此名，當是象形作傍水者蓋音近之訛。

以上密雲、懷柔、懷來諸地,皆係遼境,延昭從未遠征至此,掛甲峪、六郎城,皆訛傳也。

六郎寨在垣曲縣西七十里孤峰峭立四面巉巖,相傳宋將楊延昭屯兵於此。〔嘉慶一統志卷一五五絳州關隘〕

按:垣曲今山西垣曲縣,延昭從未屯兵此地,楊業在北漢時或有此可能。

楊延昭太原人,咸平中為寧邊軍部署率兵抵遼境,破古城,俘馘甚衆。〔嘉慶一統志卷一四七寧武府名宦〕

按:此事見宋史延昭傳,但寧邊軍為今河北蠡縣,與山西之寧武府無關。

玉陽關在〔祥符〕舊縣西北,即楊六郎故宅,明正德年間建,明末河水沒。〔順治開封府志卷十九寺觀門〕

按:開封民間傳說之楊家古蹟頗多,如潘楊湖、天波府等,皆無稽之談,不具錄。

白馬將軍廟在雁門村西,即祀宋將楊延昭也。按:延昭知保州,守三關,武遂其一也。果立戰功,為北邊之保障,世稱〔雍正畿輔通志卷四十九祠祀〕

楊六郎。〔乾隆安肅縣志稿卷二建置壇廟類〕

按:武遂戰國時燕邑,即宋之遂城,清之安肅,今之河北徐水縣,其地並非三關之一,詳見第六章。

白馬將軍廟在〔安肅縣〕雁門村西祀宋將楊延昭。〔光緒保定府志卷三十六工政略壇廟門〕

三守祠在安州治西北祀宋楊延昭,金徒單航,元完顏安遠,又容城縣西北有楊將軍廟,專祀楊延昭。〔光緒保定府志卷三十六工政略壇廟門〕

三守祠在〔安〕州治西北,舊二郎廟,明嘉靖十三年知州張寅改建,〔志州〕祀宋楊延朗、金徒單航、元完顏安遠。〔大清一統志〕〔嘉慶一統志卷十五保定府祠廟門同此。〕

六郎塚:〔任邱縣〕檾井西俗傳楊延昭塚。〔萬曆河間府志卷二古蹟志〕。〔萬曆任邱縣志同此。〕

八〇

六郎塚，在任邱縣縈井西俗傳楊延昭塚。雍正畿輔通志卷四十八陵墓

楊六郎墓在廣昌縣南八十里范家臺。雍正畿輔通志卷四十八陵墓

楊延昭墓，在廣昌縣南八十里范家莊。嘉慶一統志卷四十八易州陵墓

按：宋史本傳延昭最後官職為高陽關副都部署大中祥符七年卒年五十七。傳又云：「在邊防二十餘年契丹憚之目為楊六郎及卒帝嗟悼之遣中使護櫬以歸河朔之人多望柩而泣」延昭歸葬不出任邱廣昌之六氏故縣麟州其第二故鄉太原或開封至洛陽一帶如葬於河北則無所謂「護櫬以歸」矣。在任邱、廣昌之六郎墓可能全屬民間訛傳亦可能為「河朔之人」所設之衣冠紀念塚參閱前光緒唐縣志「楊令公業墓」條按語。

關於孟良焦贊之古蹟

楊氏部將姓名見於史書者僅有宋史楊業傳附載之淄州刺史王貴及延昭傳之小校周正二人。王貴從楊業戰死陳家谷見於業傳北宋史傳及昭代簫韶中亦有其名但事蹟與史傳全異昭代簫韶且云其子為楊業義子即楊八郎蓋輾轉附會已成另一人物周正者延昭傳云：「延昭不達吏事軍中牒訴常遣小校周正治之頗為正所罔因緣為姦帝知之斥正還營而戒延昭焉。」小說戲劇中不見其人亦無影射化身此兩人之外則有「二十四指揮使」之說元人謝金吾雜劇第二折楊六郎白云：「我手下有火結義兄弟自岳勝、孟良而下共總二十四員掛印指揮使。」朱凱昊天塔雜劇第二折亦有此說雜劇未全載其名見於昭代簫

詔第五本卷下第十四齣照錄於下岳勝孟良焦贊李虎陸程陳雷張英張林王昇王義宋茂鄒仲郎千郎萬劉超呂彪佘子光關冲林榮徐仲劉金龍張蓋陳林柴幹此二十四人或爲令公舊部或爲六郎陸續收用而以孟良焦贊二人之事蹟爲最多民間傳說最盛至今尚有「焦不離孟孟不離焦」之語其姓名遺蹟見於地方志者亦只有此二人今彙錄諸書所載於後此二人之存在或有若干眞實性餘二十二人則皆子虛烏有之輩也焦贊亦稱焦光贊見元明諸雜劇方志諸書則多加玉旁作焦瓚應從多數作贊

世傳孟良焦瓚楊六郎裨將戰功最多猶岳忠武之王貴牛皋也演爲野史播之優伶雜劇村鼓盲絃雖婦人孺子,皆能道之邑東北有孟良營村相傳爲孟良屯兵處延昭守三關或偶營之此顧於當時事無所考矣姚鼐湖作雄縣志於守將錄焦瓚（縣志）

新城志
卷二山川門

光緒保定府志卷
七十九雜記軼事

按：新城今河北新城縣。

孟母臺在文安縣東北柳河臺下有洞,爲孟良藏母處。

嘉慶一統志卷
八順天府古蹟

按：文安今河北文安縣。

孟良寨廣昌縣東三十里

乾隆易州志
卷二山川門

孟良寨在廣昌縣城東三十里前宋孟良在此,故名。

天下郡國利病書第
十七冊一三二頁

按：「在此」二字之下疑有脫文。

孟良臼廣昌縣南六十里相傳孟良舂粟於此嘉靖三十年,御史穆相立碣爲記。

乾隆易州志卷九古蹟門。雍正
幾輔通志卷五十四古蹟門同。

孟良橋在州南七里溝上通途所經

嘉慶定州津梁
十六定州津梁卷五

嘉山,州西四十里志云嘉山絕頂有孟良砦,相傳宋將孟良屯兵處。讀史方輿紀要卷十四定州條

州西北五十里有北羅城七十里有孟良城。嘉慶一統志卷一五零忻州古蹟

互見前忻州六郎城條

焦瓚墓在雄縣西樓村。（雄縣）（志）舊 光緒保定府志卷四十三古蹟錄陵墓

亞谷城在雄縣東二里（志）漢景帝時匈奴王盧它父降封爲亞谷侯,即此。光緒保定府志卷四十一古蹟錄舊遺址

直隸安肅縣北河店卽河陽渡國初大破李自成於此河之下流日白溝有六郎隄宋楊延昭守益津關所築

也今新城北有孟良營雄縣有焦瓚墓稗官非盡杜撰惜史無可考耳 近人詩云「巨馬河邊古戰場土花埋

沒綠沉鎗至今村鼓盲詞裏威鎮三關說六郎」「亞古（谷）（不作）城荒焦瓚墓桑乾河近孟良營行人多少與

亡感落日秋煙畫角聲」 潘祖蔭著 秦輶日記

撰寫楊家將故事考史證俗既脫稿感賦絕句六章

考元史卷一百五十三焦德裕傳云「遠祖贊,從宋丞相富弼鎮瓦橋關,遂爲雄州人。」然則宋時實有焦贊其人者,

其從富弼鎮瓦橋關蓋慶曆四年八月,弼以樞密副使出爲河北宣撫使時事見宋史卷十一仁宗紀上距大

中祥符七年楊延昭之死不過三十年,其部將固宜尚在,雜劇之言,不可謂之盡無稽也。孟良雖不見於史

……註以焦贊之事例之或亦實有其人耶。 錄考信

（註）此下引諸書所載孟良古蹟均已見前故從省略。

一臥東南鬢已霜每觀前史念吾鄉。昨宵夢裏分明見：「巨馬河邊古戰場。」

末句用近人某君詩全首見本編第七章之末。

雄鎮三關舉世驚燕雲父老望霓旌至今嗚咽白溝水故壘荒烟恨未平。

巨馬河、白溝河俱詳本編第七章。

倒馬關前塞草黃飛狐口外雲飛揚行人拾得沉沙戟閒聽村翁說六郎。

倒馬關見本編第七章飛狐口在今察哈爾省蔚縣宋遼征戰要塞。

延昭延景知誰是潘美潘洪莫認眞落日五臺山下路五郎不見見黃塵。

元人雜劇中有稱楊延昭爲楊延景者平劇中稱潘美爲潘洪五郎爲僧事本屬無稽而自宋時已有此傳說。

絕塞風高助鼓鼙強胡北走避旌旗不須更歎陳家谷飛將從來總數奇。

宋史楊業傳云「契丹入雁門業領麾下數千騎自西京〔西陘應作西陘〕而出由小陘至雁門北口南嚮背擊之契丹大敗自是契丹望見業旌旗即引去」業戰死於陳家谷亦見業傳陳家谷在今山西朔縣詳本編第七章。

茫茫今古此山河漢殿秦宮逐逝波青簡英雄休恨少黃沙戰骨可憐多。

附錄　記楊家將的古蹟

果　為

　　八月二十一日國語日報的史地專欄，有一篇考證楊家將故事的文章取材很廣博，考證很詳審，大體上是

據正史以正小說之誤妄這類文章極有裨於糾正民間荒唐的附會其越演變越至不可究詰前人筆

記所載鄉人誤杜拾遺（杜甫）為杜十姨，竟將神像改塑為女像當然也不免編造些杜十姨的事蹟這就是荒

唐的附會越演變越離奇的例子。（舊按：國語日報所載之文皆普通資料，其考證不出考信錄範圍，故未附錄。）

　　不過就我個人的經驗說小說固多誤妄但不一定全出於虛構，如果有足資採信的證據，反可據小說以補

正史之不足我所見到的幾處有關楊家將的古蹟似乎可作上述說法的例證同時據古蹟以正史書的也不乏

其例例如楊業戰死處顧亭林據宋史謂其當在「雲中」紀曉嵐閱微草堂筆記據楊業祠推翻顧說謂其當在

「古北口」載於國語日報之文，述楊業戰死處未從史當係根據閱微草堂筆記。

　　民國二十七年七月筆者正隨軍轉戰於晉西北一帶有一次因事從山西的保德渡黃河至陝西的府谷這

兩個縣城都瀕臨黃河雖分屬兩省但隔河相對一望可及保德城高踞山上上下很費力府谷城也在山上但不

甚高沿石級上升十餘丈即達山頂山頂是一片相當廣濶的平地住宅店舖皆聚集在南半北半則遍是雜草叢

樹荒塚亂石使人見了恍如寄身山野沒有處於城市之中的感覺。

　　這個山城的石質不甚好，山壁的許多處都有風化的痕迹形成奇奇怪怪莫可名狀的圖案好像「現代畫」

一樣，剔透玲瓏，宛如雕刻，但不著痕迹，比雕刻多一層自然之趣。

在城之東端有一座廟名「懸空寺」高踞巉巖之上下臨黃河，面對隔岸叢山眞可謂「氣象萬千」極具勝概。

這座寺之所以稱爲「懸空，係由於有一間突出巉巖懸空而建的房屋其建造的方法係用粗可合抱、長約四丈餘的巨木十根多半伸出巉巖之外其餘部分則嵌入石槽中壓以巨石並在其上建了一座高約七尺長寬各約兩丈的石墩這樣，巨木便絕無傾墜之虞然後在伸出的部分釘上堅厚的木條並不互相接合當中留有五六寸的空隙爲的是在室內可以下瞰黃河。

我到府谷恰是月圓之時晚間徵得寺僧的同意便宿在這間「懸空室」內府谷地瘠民貧居民都是「既昏便息」極少點燈熬夜的獨坐「懸空室」中既聽不到人聲也看不見燈火只有黃河在脚底奔騰明月在中天高照遙望隔岸諸山重重叠叠越遠越高終於是雲是山無法辨認俯瞰黃河，但見巨浪前後相擁滾滾而來滾滾而去使人生出有羣怪在水中激鬪的幻想加以山風野大水聲震耳置身此境使人於驚奇之中復有寂寞凄涼之感當然也有一點「遺世獨立羽化登仙」的那種輕鬆恬適的成分。

在寺之左前方黃河裏面有高約十五六丈的一塊柱形巨石下豐上銳宛若巨塔巍然聳立在翻騰洶涌的波浪之中使人看了以後不禁的便生出要作「中流砥柱」的豪壯之氣當地人名此石爲「通天柱。

目的是記楊家將的古蹟但却寫了一大段懸空寺的記述這是由於當時的情境使人畢生難忘至今回憶，仍覺悠然神往因而隨筆寫出。

有關楊家將的古蹟是到府谷之次日看到的，任務既畢又不需急於返回部隊，便多住了一天。我個人有一個尋幽訪古的癖好行蹤所至，遇到古廟古墓或歷史的遺迹，如情況許可總要去瞻覽憑弔一番楊家將的古蹟，就是由於這一癖好才發現的。

據小說的記述楊業之父曾佔山為王，人稱「火山王。」楊業之妻是佘太君楊業年輕時楊佘兩家曾與兵作戰，楊業戰敗逃至「七星廟」佘太君追至，強迫楊業與之成親。

所有這些於正史無據的人與事，若以我所見到的古蹟來推證，似乎其人其事都是確有的。

到府谷的次日午後站在懸空寺外的大石上隨意縱目遊觀望見荒涼的北半城有一座廟宇，在林木掩映之中規模髣髴甚大邃又觸發了尋幽之癖漫步往觀原來是一座殘破已甚的孔廟，在正殿的左後方另一殿，前有一高約丈餘的石碑雖有剝落之處但文字尙依稀可辨碑文的大意是說折氏自唐高宗時卽爲府谷地區的酋長歷唐五代以至宋初雖受政府的封位但總是一個半獨立的地方勢力。

匾額上寫着「折氏宗祠」宗祠建在孔廟裏這是很奇特的現象可以說是絕無僅有因之便想窮其究竟殿前殿內供着一列牌位，都很敝舊當時未曾細看今已不能憶其姓名但都是姓折的。

府谷雖有「折氏宗祠」但無折氏後裔據地方的傳說「折氏宗祠」由來已久不知建自何時後人將該祠改建爲孔廟，而仍建一殿以供折氏諸人之牌位蓋亦保存古蹟之意。

現在由折氏宗祠來談佘太君其人。

清梁紹壬兩般秋雨庵隨筆曾說世俗以楊業之妻爲佘太君，亦有作折太君者皆不知所本。

我所見到的古蹟，正可解答梁氏的問題佘太君本應作折太君折字北方的口語讀作佘的音小說作者因

折姓少見因據其音寫作佘字，於是折太君乃成為佘太君。

當地人說府谷西南約四十里處有「折王墓」（折字當地人念佘的音），相傳即佘太君的父親之墓，並

說其墓之碑文地方人有搨存者可惜當時未曾借觀不悉其內容。

「折王墓」後來行軍會望見之墓高約四五丈因有河流阻隔，無渡船馬不能涉未能往觀。

現在再談楊業與佘太君在七星廟成親之事。

七星廟確有其地，在府谷南約六十里處因行軍經過其地，遂得一遊據碑文廟建於唐代。正殿及兩旁配殿

均甚宏敞殿中神像，唐宋元明各代所塑造者均有而風格迥然不同其中以唐代塑像最為特殊可用「樸拙」

二字形容之項短而粗看去好像縮着頸子一樣，面目呆板衣褶簡單姿式少變化與西安「晾經寺」（相傳即

玄奘譯經武則天為尼之處）中唐代石刻神像之風格相同宋代神像看去比較順眼明代所塑者與現代無甚

差別。

唐代泥塑之像，歷千餘年而不壞，似難以令人置信。但如瞭解西北土質的特點，則此事並無足怪。古人說：

「秦地水深土厚」這是指掘地很深始能得水而言陝西的井最淺的也有四五丈但掘井時從來不會有井壁

崩塌傷人之事鄉人掘井大都是一人在井內挖土，一人在井上以轆轤提土神態泰然毫不緊張此為潼關以外

各省所沒有的情形這是由於陝西的土質特富堅凝性井壁絕不會崩落我嘗見挖窰洞的，一鎬下去祇能鑿落

不及兩瓣橘子大小的一片其土質堅凝性之大可以想見我又曾過洛川其縣城在高原上全縣城只有一口井

供水，其井深六十餘丈以土法而能掘如此深之井，若以土質特富堅凝性來解釋，也算不得奇蹟，因而七星廟的塑像歷千餘年而不壞也就不足為異了。

以上是說七星廟成親之事，有無合理的可能。宋史載楊業之父楊信曾為北漢之麟州刺史麟州故城在今陝西神木縣城北四十里處，神木與府谷相距約百里。楊折兩家一為政府官吏，一為地方豪強而同在一地區則因權力之爭而兵戎相見極為可能。七星廟在神木與府谷之間以軍事形勢言恰在戰場的範圍以內楊業與佘太君當時都是青年，也都是武勇世家的兒女，則其參加戰鬥也是極可能的。楊折兩家之作戰是政府官吏與地方豪族之衝突並不是敵國相攻則兩家兒女因相悅而結合也是合理的楊折兩家或許因此而化干戈為玉帛哩。

至於楊業的家世，宋史祇說他是太原人，其父曾為北漢的麟州刺史。不過，若就小說及古蹟看楊業之父也是酋長之流。

就古蹟言「火山王」應作「霍山王」霍山距太原約二百里霍縣即以霍山而得名。有一次行軍經過霍縣北約百里的一個小鎮當地人說這是霍縣的舊治稱舊霍現在的霍縣是後建的稱新霍並說山中有一片平地即「火山王」立寨之地小鎮在山邊山中之平地距小鎮約一里餘兩山夾峙一徑中通且頗曲折徑盡處即是平地面積頗廣極目力始能盡之徑之窄處寬處寬濶的馬路這確是進可以攻退可以守的屯兵立寨的好處所楊業之父若果曾依霍山以稱雄此處便是理想的根據地。

白仁甫年譜　附白華白恪繫年

前　言

自明以來，論元曲者輩推關馬白鄭爲四大家，衆無異辭。仁甫所爲雜劇，其數量似不能與關馬比然僅梧桐雨一劇之「沈雄悲壯」已足冠冕一代。註一則其他撰作必有可觀而十六種之中僅存其二此所謂有幸有不幸者，未可以其傳世作品之少而稍輕視之也。元曲作者類多江湖隱淪之士韜光混俗聲聞不彰漢卿之時代迄無定說東籬散劇並佳，「朝陽鳴鳳」註二後人於其會爲江浙行省務官之外竟無所知德輝小傳，載於錄鬼簿者，較關馬爲詳而其家世行誼仍多未悉斯固讀元曲者之遺憾而無可奈何者仁甫則系出中州世家父子兄弟皆爲名流文獻足徵事跡可考元劇作家數十人中可爲之探撫舊聞寫成傳記或年譜者仁甫一人而已。

清康熙時人王暄曾擬爲仁甫「博稽史乘旁參百家，編列年譜」註三但聞發願未見成書民國二十一年，蘇明仁君乃撰「白仁甫年譜」載於是年出版之燕京大學文學年報第一期是爲白譜創始之作然苦於學力有限復未能「博稽旁參」是以紕漏百出殊未足爲學者知人論世之助近年日儒吉川幸次郎氏所著「元雜劇研究」行世於仁甫之時代背景家世及生平敍述甚詳前所未有。註四惟係附及並非專著翔實之餘仍有未盡予素習詞曲復嗜爲譜錄之學爰不揣譾陋就平日涉獵所及撰爲是篇期使讀仁甫作品者對此一作家能

有更深切之了解缺失謬誤固所不免博雅君子幸垂教焉民國五十八年鄭騫識於臺北。

（註一）　王國維人間詞話卷上「白仁甫秋夜梧桐雨劇沉雄悲壯爲元曲冠冕」

（註二）　朱權太和正音譜附錄古今羣英樂府格勢（即涵虛子論曲）云「馬東籬之詞如朝陽鳴鳳」

（註三）　見九金人集本天籟集王鵠題記

（註四）　鄭淸茂譯本元雜劇研究頁七十七至八十七皆仁甫事跡。

凡　例

一、本譜以白仁甫爲譜主復採輯仁甫之父白華及弟白恪生平事跡分別繫年惟後二者稍從簡略。

二、仁甫父子兄弟三人皆是單名故譜中各稱其字餘人一概稱名惟元好問與白氏父子關係至爲密切屢見譜中故亦稱其字此皆爲行文便利並無輕重敬慢之別。

三、元世祖至元八年始定國號曰元以前則稱蒙古而後人追稱頗不一致今統稱爲元以昭劃一。

四、金亡以前兼用宋金紀元金亡以後宋亡以前兼用宋元紀元仁甫爲北朝人故紀元先金元後南宋。

生平總述

白恆字仁甫後改名樸改字太素號蘭谷小名鐵山世多以其改名及原字稱之曰白樸或白仁甫生於金哀宗正大三年即宋理宗寶慶二年丙戌西元一二二六元成宗大德十年丙午西元一三零六時年八十一歲尚在；

卒年未詳。金亡之年仁甫九歲宋亡之年，五十四歲出生前九十九年，宋室南渡，身後約六十年，元亡。

名模字太素舊字仁甫號蘭谷見王博文撰天籟集序原名恒小名鐵山及有關生卒年齡諸考證，俱詳後文。

仁甫一生未仕鍾嗣成錄鬼簿有身後贈官之說恐不足信詳見後。

其先世居陝州河曲縣仁甫生於金之南京幼居其地十餘歲時隨父移家眞定，遂爲眞定人。陝州故鄉，少年時或

曾踐履。

金史一一四白華傳（以下簡稱白華傳）：「白華字文舉陝州人。」（原誤作澳州。）華，仁甫之父也。金陝

州屬河東北路所轄只河曲一縣鄭鎭一鎭，見金史二十六地理志。宋時爲火山軍見宋史八十六地理志今

爲山西河曲縣其地在山西省最西北隅去河套蒙古甚近再北即入綏遠境再西即入陝西境。在宋金時本

荒遠屯戍之地文化不高詳見元遺山集二十四善人白公墓表末段（以下簡稱白公墓表）白公爲仁甫

祖父康熙修乾隆補修保德州志卷二古蹟門「舊陝州在州北一百四十里本雄勇鎭宋太平中置火山軍，

金爲陝州，元省屬保德。同治河曲縣志卷三形勝門「火山明焰在舊縣城西五里即宋建火山軍處山逼黃

河岩石俱赤烟氣灼人。岩有石礴以薪投之轟然焰出」觀此可知火山得名之由河曲縣志極簡陋有關白

氏之記載僅卷五荐辟門之「白華貞祐三年進士樞密院判官。」一條且係由白華傳鈔來金南京即宋東

京今河南開封金宣宗貞祐二年仁甫出生前十二年，金爲元人侵逼自中都（今北平）遷都南京。　仁甫

生於南京見本譜正大三年。　隨父移家眞定見下文及本譜元太宗八年。　眞定元時爲眞定路見元史五

十八地理志今爲河北正定縣，自戰國至今皆爲名都乾隆正定府志無關於白氏父子之記載。　仁甫幼時，

河東北路諸州縣屢遭元人攻略,文舉方官南京,無携眷返回故鄉險地之理。至仁甫二十六歲,文舉請元好

問爲其父白公撰墓表。(事見本譜元憲宗元年)此時金亡已十四年兵戈旣息地方秩序漸復眞定河曲,

相去匪遙文舉或曾歸里省墓並以墓表刻石仁甫兄弟當亦隨父同往。

白氏之先里貫未詳,疑來自太原定居河曲亦不知其幾代今可考者:仁甫六世祖重信高祖玉曾祖仲溫,曾祖母
李氏祖宗完字全道祖母王氏李氏重信至仲溫三世皆「尋常百姓」即舊時碑誌文字所謂「潛德不耀」者。
至宗完始知讀書「營度生理日就豐厚」其人「富而好禮敦信義樂施與」鄉里稱「白善人」
宗完生五子長子彥升讀書未仕經理家務次賁字君舉金章宗泰和三年進士歷官懷寧主簿岐山縣令次華字
文舉即仁甫之父事跡見後。次瑩出家爲僧法名寶瑩能詩次麟早卒彥升王氏所生餘四人李氏所生彥升有子
名嗣隆華有子四人名見後賁麟後嗣未詳瑩爲僧當然無後。

右列世系名諱諸人事跡據下列三文,一白公墓表,二元遺山集二十五南陽縣太君墓誌(以下簡稱南陽
墓誌)太君爲仁甫祖母三袁桷清容居士集二十七朝列大夫白公神道碑(以下簡稱敬甫碑)其人名
恪字敬甫乃仁甫異母弟白公墓表及南陽墓誌敍白氏事始於河曲未詳其所從來敬甫碑有「白於太原
爲令族」之語河曲在太原西北不甚遠白氏之先可能爲太原人,或即樂天之族。金元時有三白賁其一
即文舉之兄仁甫之伯父字君舉者其一見元好問中州集卷九原文云:「白先生賁汴人自號決壽老自上
世以來至其孫淵俱以經學顯」此人之孫亦與君舉之姪孫敬甫之子同名淵,誠巧合也以上兩白賁皆金
人未入元者另一白賁則爲白延之子即錄鬼簿卷首之白无咎學士散曲作家延生於元定宗三年即宋理

宗淳祐八年少於仁甫二十二歲，故无咎年輩遠較金代兩同名者爲晚。上述白珽生年據宋濂翰苑別集卷

五湛淵先生白公墓銘云珽有二子，長名賁，次名采賁之官職爲文林郎、南安路總管府經歷錄鬼簿謂爲

學士係對文人之泛稱。　彥升有子嗣隆，考見後。賁，王國維錄曲餘談巳云有三百賁，予所考證較王說詳確。

華字文舉號寓齋金宣宗貞祐三年進士初爲應奉翰林文字累遷爲樞密院經歷官樞密院判官右司郎中金亡，

曾入宋不久得北歸移家眞定隱居以終華能詩知兵通習吏事有文武材爲金末名人之一。

文舉登第事見白公墓表及金史本傳生平事跡及仕宦次第見本傳宋史理宗紀元遺山集、劉祁歸潛志諸

書今分別考訂附入本譜詩作存者僅三首俱見下文。

王逢梧溪集卷四下讀白寓齋詩序云：「寓齋字君舉，金之澳人，登泰和三年詞賦第，累遷樞府，棄官隱居敎

授卒名與元遺山趙閒閒相頡頏。……其題靖節圖有云『咄哉靈運輩竟坐衣冠辱誰知五柳家春雨東皋

綠』風節可槪見矣併錄酬元公八句『夢裏薰風湛露歌花開漢苑舊經過拾遺老去青春暮司馬歸來白

髮多。橫槊賦詩吾豈敢短衣扣角夜如何？相逢未盡草色連雲水碧波』按此文多誤泰和三年登第者乃白賁，贊

戎政著功當時馮西巖內翰有『科第聯飛光白傳』之句稱擬云」弟文舉亦登貞祐進士第，贊

見白公墓表號寓齋乃白華見天穎集序此文誤混爲一人「累遷樞府棄官隱居敎授」皆白華事跡白賁與

賁無涉文中所舉兩詩顯然爲易代之後年近遲暮時作賁則卒於金亡之前年壽不永此兩詩亦應屬白華

而非賁作王逢爲元末明初人去白氏兄弟約近百年傳聞失實故敍述混淆然賁字君舉他處未見則又賴

此文以傳未可因其有誤而並此亦不采也清人顧嗣立元詩選癸集甲白賁小傳近人陳衍（石遺）元詩

紀事三十白君舉小傳，則是合白公墓表、天籟集序、中州集梧溪集諸說，不分正誤，雜糅而成，更不足論矣。

文舉之詩右引梧溪集所載兩首外劉祁歸潛志十四又有集句七古一首云：「天其未厭卯金刀池上於今

有鳳毛、有才不肯學干調，便入林泉眞自豪、衣如飛鶉馬如狗、野飯盈盤厭蔥韭、仰天大笑出門去、桃李春風

一杯酒、列卿太史尚書郎、五更待漏靴滿霜、何如一身無四壁、醉踏殘花展齒香、人物尤難到今世、浮雲柳絮

無根蒂、不須辛苦上龍門、秋水寒沙魚得計」歸潛志載此詩僅題「河東白華文舉集句」八字，別無題目，

觀其詩意乃贈劉祁者，故歸潛志編附於各家投贈詩之後。」

華初娶張氏，經亂失散，不知所終，繼娶羅氏；張羅各生子二人長忪字誠甫，小名汴陽；次卽仁甫，名恆，小名鐵山，皆

張出，次恪字敬甫，又有小名常山或中山者，皆羅出，故仁甫行二，有同母兄一人，異母弟二人，姊妹若干人，敬甫少

於仁甫二十歲，餘人年齡未詳，誠甫似未仕，敬甫仕元官至翰林待制太常禮儀院同僉，有詩文集若干卷，今佚，新

元史卷一百八十八有傳，此傳卽據袁桷所撰神道碑剪裁而成。

初娶張氏，繼娶羅氏見敬甫碑，張氏失踪事詳見本譜天興二年。　敬甫碑云

文舉生子四人，而未列舉其名。白公墓表云：「男孫五人嗣隆忪恆常山中山」文舉既僅有四子，此五人中

必有一人爲其姪白公二妻五子彥升元配王氏所生雙名賚華鎣麟繼配李氏所生皆單名五孫中其一僅

知小名爲常山或中山餘三人忪恆恪皆單名字皆從心嗣隆獨異而與彥升俱爲雙名，可知嗣隆爲彥升之

子，餘四人爲文舉之子。　元遺山詩集箋注卷七有示白誠甫詩施國祁注云：「案二十四卷白公表男孫名

忪，或卽此」鶱按此詩首兩句云「之子吟爆竹乃公欣樹萱」末兩句云「通家吾亦老倚杖望高軒」全

是父執對晚輩口氣，且忱有誠義，誠甫爲忱之字無疑。只有仁甫而仁有恆義，故知恆爲原名，樸爲改名，改字太素，亦取其義與樸相應。南陽墓誌云「男孫二人曰汴陽鐵山女孫一人尙幼」。白公墓表作於元憲宗元年辛亥時文擧移家眞定已十餘年，而表中有「常山中山尙幼」之語，可知此二人爲文擧移居眞定之後所生，故此時常山中山尙未出世，而嗣隆爲前房之子彥升所生，故僅敍汴陽鐵山二人，卽忱與恆，亦卽誠甫與仁甫也。

依次序推之汴陽爲誠甫小名，鐵山爲仁甫小名。

依白公墓表所記次序，誠甫爲文擧長子仁甫爲次子常山第三中山第四天籟集序亦云仁甫爲仲子。敬甫不知爲第三或第四，亦無從知其小名爲常山或中山但二者必居其一耳。

敬甫碑云：「妣張氏羅氏，君羅出也。」按：張氏於天興二年失踪，南陽墓誌作於其前已有汴陽及鐵山二子，白公墓表作於其後十餘年，而云常山中山尙幼可知文擧四子張羅各生其二。

明初人孫作（大雅）序天籟集云：「寓齋生三子，先生其仲子也。」蓋小名中山或常山者可能夭折，長成者僅誠甫仁甫敬甫三人，故孫序云爾。

白公墓表載男孫五人之外又云：「女孫二人皆適士族」此二人不知是仁甫之姊妹或從姊妹，天籟集上水調歌頭詞題云：「予兒時在遺山家阿姊嘗教誦先叔放言古今白首感念之餘賦此詞云」此阿姊當卽南陽墓誌中所云「女孫一人」先叔當卽僧寶瑩。「放言古今忽白首」七字似有脫誤無從斷句。

仁甫子女未詳有孫名溟字子南明洪武初爲姑孰郡學官善人白公曾孫輩有名中和、泰和、安和者三人，未詳所出其中或有仁甫之子。此外諸姪其名可考者五人：淵、沆、湛、洙、瀬皆敬甫之子從孫八人貞、采、暹、辟、棶、□、樞桂皆敬

孫作撰天籟集序云：「予以洪武甲寅（七年）春，掾姑孰郡文學，時眞定白溪子南分教諸生，間示其祖蘭谷先生天籟集，謹按先生諱朴（同樸）字仁甫後改字太素姓白氏號蘭谷金季寓齋先生樞密院判之子也。寓齋生三子，先生其仲子也。」姑孰今安徽當塗縣。　白公墓表云：「曾孫三人中和泰和安和。」似皆小名。敬甫生於元定宗元年丙午墓表作於憲宗元年辛亥時敬甫年僅六歲故知此三人非敬甫之子孰爲誠甫子孰爲仁甫子則無可考矣　諸姪及姪孫等十三人名俱見敬甫碑

仁甫生時金已衰亂哀宗天興元年歲暮元兵圍攻開封（金南京）文舉從哀宗出奔二年正月守將崔立叛降於元開封大亂仁甫時方七八歲父旣遠行母又於亂中失散家亡國破孤幼無依適父執元好問（遺山）爲元人拘管聊城遂携仁甫同往三年正月金亡文舉入宋仁甫即居元家遺山撫育教養之如親子姪數年後文舉北歸父子重聚時史天澤開府眞定優禮士大夫文舉全家往依之自此占籍眞定文舉與其兄眞俱登金進士第有文名仁甫天資高邁家學淵源居眞定後仍習舉子業博覽羣書專工律賦以之著稱於世眞定爲當時大都會亂後人文薈萃仁甫家有名父外有賢師友平生學問文章奠基於此而始教之讀書者元遺山也元世祖中統初史天澤將薦之於朝仁甫遜謝蓋以「幼經喪亂亡國失母恆鬱鬱不樂放浪形骸期於適意其視名利蔑如也」南宋旣亡北人樂江南風土文物多移家者仁甫於至元十一二年元師大舉侵宋時南下，經湖北湖南江西等地至元十七年卽宋亡於厓山之次年卜居建康（今南京）時年五十五歲此後往來鎮揚蘇杭與東南名士詩酒往還優游山水間垂三十年壽及耄耋以布衣終仁甫弟恪亦官於南方後爲京官歸葬眞定仁甫似未返故鄉葬地

亦未詳明太祖洪武中仁甫之孫溟為姑孰（今安徽當塗縣）學官，家於其地。後移居六安（今安徽六安縣）。

武宗正德中仁甫裔孫永盛為六安庠生至清聖祖康熙時仁甫裔孫駒仍居六安康熙以後未詳。

此段大部分取材於天籟集序。　金室亂亡文舉從哀宗出奔入宋及北歸諸事本末詳見本譜金哀宗天興元年至元太宗八年仁甫失母居元遺山家諸事見同上。　王惲秋澗大全集四十八忠武史公（天澤）家傳云「真定治效高視他郡，四方為之訓。北渡後諸名士多流寓失所，知公好賢樂善，咸來游依。若王溥南（若虛）元遺山（好問）李敬齋（治）白樞判（文舉）曹南湖（未詳疑是河汾諸老詩集卷八之曹之謙）劉房山（伯熙）段繼昌（子新）徒單頤軒（公履）為料其生理賓禮甚厚暇則與之講究經史推明治道」　仁甫工律賦及史天澤荐舉諸事俱見天籟集序。　南下後諸事見本譜至元十年至十七年與東南名士往還諸作散見天籟集。　敬甫歸葬真定見敬甫碑。　仁甫後裔留居南方，可知仁甫文舉之子名樸真定故鄉。　白溟居姑孰白永盛白駒居六安見譜後。　鍾嗣成錄鬼簿通行本云：「白仁甫文舉之子名樸真定人」五字，「掌禮儀院太卿」作

人，人號蘭谷先生，贈嘉議大夫，掌禮儀院太卿。　明鈔本無「名樸真定人」五字，「掌禮儀院太卿」作「太常禮儀院太卿」　明鈔本所記固然不成官名通行本亦誤據元史卷八十八百官志四所敘編制應作「太常禮儀院大卿」嘉議大夫則為「正三品文散官」見元史卷九十一百官志七仁甫之子名字無傳，其非顯達可知何由封贈其父諸姪亦無貴顯者錄鬼簿贈官之說殊難置信明鈔本錄鬼簿仁甫名下附買

仲明弔詞云「峨冠博帶太常卿嬌馬輕衫館閣情」則是以「掌禮儀院太卿」為仁甫曾任之實官其說更謬仁甫一生未仕王博文天籟集序固曾詳言之也敬甫曾官太常禮儀院同僉或即由此傳訛。

仁甫雖以律賦著稱於時，而詩賦作品無存。詞集有天籟集二卷，收小令、慢詞共百零五首散曲、雜劇爲當時新興文體，遠離廟堂接近社會讀書人之無心仕宦或仕而不得志者，多優爲之以寄情遣與消胸中之塊壘仁甫爲其中名手世人亦遂以曲家稱之，與關漢卿馬致遠鄭元祖合稱關馬白鄭。作品現存者散曲無專集近人撫拾羣書，僅輯得小令三十七套數四收入全元散曲其散佚者當不在少數雜劇有唐明皇秋夜梧桐雨等十六種全劇現存者有梧桐雨及裴少俊牆頭馬上二種梧桐雨尤負盛名王國維所許爲「元劇冠冕」者也董秀英花月東牆記全劇雖存而曾經後人竄改大非仁甫原本韓彩蘋御水流紅葉李克用箭射雙雕兩劇僅存殘曲餘十一種全佚。

行世天籟集有二本王鵬運四印齋所刻詞本及吳重熹九金人集本二者同出於康熙庚寅（四十九年）楊友敬刻本收詞數目次序均同而文字偶有小異前後序跋及附錄等亦互有多寡大體言之九金人集本較勝天籟集附楊友敬所輯「撫遺」皆散曲共小令及套數若干全元散曲均已輯入四印齋本刪去此撫遺因其是曲而非詞也。（天籟集卷下有小桃紅一首亦是曲而非詞二本均存而未刪）。　梧桐雨及牆頭馬上二劇之各種版本詳見拙著元人雜劇異本提要仁甫所撰雜劇十六本全目如下秋江風月鳳凰船駕鴛簡牆頭馬上蕭翼智賺蘭亭記唐明皇秋夜梧桐雨韓翠蘋御水流紅葉董秀英花月東牆記祝英臺死嫁梁山伯楚莊王夜宴絕纓會蘇小小月夜錢塘夢薛瓊瓊月夜銀箏怨唐明皇游月宮漢高祖澤中斬白蛇闊師道趕江江泗上亭長（又名高祖歸莊）十六曲崔護謁漿（以上十五本見錄鬼簿）又李克用箭射雙雕（據北詞廣正譜知爲仁甫所作）

有關東牆記之考證見拙著元劇作者質疑

流紅葉劇存正宮端

正好一套越調酒旗兒一曲箭射雙鵰劇存中呂粉蝶兒一套；此兩全套俱見盛世新聲詞林摘艷、雍熙樂府

諸書酒旗兒曲見太和正音譜及北詞廣正譜近人趙君元人雜劇鈎沈均已收入。　廣正譜收雙調新水令

「晚風寒峭透窗紗」曲題為箭射雙雕乃西廂記之誤。

白氏為中州世家文舉早擢巍科仕宦貴顯聲望著稱於當時仁甫生於名門，長於名都（真定），學問文章能承其

先業。是以金元間名士勝流多與仁甫父子相識其重要可考者有下列諸人趙秉文文舉之前輩也仁甫兒時或

曾見之王若虛劉從益李獻能史學雷淵元好問王鶚李冶張德輝楊果毛正卿皆文舉之友仁甫之父執劉祁年

輩略晚於文舉而長於仁甫元初漢軍四萬戶中之真定史氏（史天澤）為仁甫父子所「游依」者；順天張

氏（張柔）與白氏有往來東平嚴氏（嚴實）或亦有之王博文王惲胡祗遹王思廉李文蔚王利用曹元用奧

敦周卿侯克中盧摯道士李道純僧仲璋（俗姓閻）皆仁甫朋輩摯又為敬甫之妻呂文煥師夔叔姪仁甫南

下後亦曾與之有文字酬贈程文海有贈敬甫詩袁桷與敬甫同事為撰神道碑二人與仁甫當亦相識天然秀高

氏，則為仁甫所賞識之女伶其名見於雪簑漁隱之青樓集統觀仁甫交游多數均為北人雖中年以後卜居江南

垂三十載而南方知名文士與仁甫年齡相伯仲者如牟巘方回周密稍晚者如戴表元張炎仇遠皆無與仁甫往

來之跡蓋當時「混一」未久南人、「北客」類聚羣分乃必然之勢也。混一、北客，皆元初人習用語，今借用之。

趙秉文字周臣自號閑閑居士磁州（今河北磁縣）人金史一一有傳元遺山文集十七有墓銘。　王若虛字從之自號滹南遺老藥城（今河北藥城縣）人金史一二六

文舉交往事跡見本譜正大八年。

有傳元遺山文集十九有墓表若虛曾為仁甫祖父撰墓表其文不傳事見元遺山撰白公墓表蓋文舉若虛

同官開封時也。劉從益字雲卿，渾源（今山西渾源縣）人，李獻能字欽叔河中（今山西永濟縣）人俱金

史一二六中州集卷六有傳史學字學優延安（今陝西膚施縣）人中州集卷七歸潛志卷二有傳從益子

祁著歸潛志卷九云「余先子翰林令葉時同坊州仲純賦昆陽懷古詩諸公多繼作……史學優李欽叔白

文舉皆有詩余亦作一古詩也」雷淵字希顏渾源人金史一一零中州集卷六有傳「雷李元白皆當時

名士」見本譜海迷失后元年。王鶚字百一又字伯翼東明（今河北東明縣）人元史一六零有傳元遺

山集卷八有詩題云「鎮州與文舉百一飲」其末聯云「眼中二老風流在一醉從教萬事休」鎮州卽眞

定。李冶（冶一作治）字仁卿號敏齋欒城（今河北欒城縣）人元史一六零有傳治曾爲文舉詩集作

序見王逢梧溪集卷四下讀白寓齋詩小序 張德輝字耀卿（元史誤作輝卿）交城（今山西交城縣）

人元史一六三有傳德輝曾荐文舉於元世祖見本譜海迷失后元年。楊果字正卿號西庵蒲陰（今河

北祁縣）人卽錄鬼簿之「楊西庵參政」元史一六四有傳餘見本譜至元七年。劉祁字京叔從益之子

載有文舉贈祁集句詩祁年長於仁甫二十三歲少於文舉十餘歲。 史天澤字潤甫永清（今河北永清縣）

事跡見王惲秋潤大全集五十八渾源劉氏世德碑銘金史一二六有傳附從益傳後殊簡略歸潛志卷十四

人後居眞定元史一五五有傳天澤與仁甫父子關係詳見上文又見本譜中統元年至元二十三年。張柔，

字德剛定興（今河北定興縣）人元史一四七有傳仁甫曾謁柔妻毛氏於其家與柔及其子弘範等或亦

曾晤面弘範元史一五六有傳毛正卿爲毛氏之兄，卽偕仁甫謁見毛氏者，參閱本譜元憲宗二年。嚴實字

武叔長清（今山東長清縣）人後居東平元史一四八有傳仁甫幼年在元家時遺山正「游依」嚴氏遺

山歸鄉後，與嚴氏常有往來，秀容（遺山故鄉）至東平，路經眞定以常理測之，仁甫父子可能亦與嚴氏有

關天籟集下有摸魚子詞題云「七夕用嚴柔濟韻」實次子名忠濟但諸子皆以忠字排名，非以濟字排見

元史本傳柔濟蓋與東平嚴氏無關。王博文字子勉自號西溪老人元史新元史俱無傳僅元史一六零李

治傳云：「今儒生有如魏瑤王鶚李獻卿蘭光庭趙復郝經王博文輩皆有用之材」同書一七五李孟傳云：

「一時名人商挺王博文皆折行輩與交」數語清顧嗣立元詩選癸集丙錄其「登琴臺」詩一首附小傳

云「博文字某某（原空二字）東魯人少與汲縣王惲渤海王旭齊名至元中累遷河東山西道提刑按察，

歷官正議大夫御史中丞」王惲秋澗大全集十九有挽詩兩題共八首同書六十四有祭文路祭文誄文各

一篇合觀之可見其生平大略據文知其會任禮部尚書爲元詩選小傳所未述及誄文又有「從元問學，

館申作甥二公提携大潰於成」之語可見爲元遺山弟子與仁甫相識蓋亦由遺山也此人乃當時知名之

士所撰天籟集序又爲研究仁甫生平之最佳資料文獻不足竟不能詳考其事跡誠屬憾事王博文王旭王

惲當時稱三王見秋澗大全集附錄神道碑。　王惲字仲謀號秋澗汲郡（今河南汲縣）人元史一六七有

傳胡祗遹字紹開號紫山武安（今河南武安縣）人卽錄鬼簿之「胡紫山宣慰」元史一七零有傳仁甫

有送王胡赴官木蘭花慢詞見本譜至元二十六年。　王思廉字仲常獲鹿（今河北獲鹿縣）人元史一六

零有傳李文蔚錄鬼簿云：「眞定人江州路瑞昌縣尹」其他事跡無考天籟集上奪錦標詞題云「得友人

王仲常李文蔚書」獲鹿爲眞定屬邑相去甚近王李皆仁甫鄉里故舊也。　王利用字國賓通州（今河北

通縣）人元史一七零有傳天籟集上滿江紅詞題云「重陽後二日王彥文並利用秦山甫相過小飲」彥

文、山甫俱未詳。　曹元用字子貞，一字光輔汝上（今山東汶縣）人，即錄鬼簿之「曹光輔學士」元史一七二有傳仁甫以水龍吟調賦睡詞曹和之至三十見天籟集上曹曾官鎮江路儒學正仁甫與之相識當在南下之後其人年少於仁甫約三十餘歲爲後輩友人見附錄交游生卒考。　奧敦周卿曾任懷孟路總管府判官河北河南道提刑按察司僉事侍御史見近人孫氏元曲家考略陽春白雪卷首古今姓氏表中有其名。　一閣鈔本錄鬼簿有奧殷周侍御亦即此人誤敦爲殷又脫卿字奧敦女眞姓又作奧屯見金史國語解姓氏類仁甫有和周卿韻賞梅木蘭花慢詞事見本譜至元七年。　侯克中字正卿號艮齋眞定人事跡略見袁桷清容居士集二十一大易通義序又見錄鬼簿卷上克中所著艮齋集卷九有「答白仁甫」五律卷五有「白敬甫經歷有閩中之行」七律俱見本譜至元二十九年。　盧摯字處道，一字莘老號疏齋涿州（今河北涿縣）人即錄鬼簿之「盧疏齋憲使」新元史二三七有傳，飲虹簃所刻曲本疏齋小令所輯小傳頗詳天籟集上有水龍吟詞題云：「送張大經御史就用公九日韻兼簡盧處道翰」。盧爲敬甫妻兄見敬甫碑。　李道純字元素號瑩蟾子亦號清庵儀眞（今江蘇儀徵縣）人道士著清庵詞一卷收入彊村叢書皆言道教修錬之術無文學價值仁甫與之相識當在南下之後道純曾和仁甫水調歌頭紀夢詞見本譜至元二十三年。　天籟集上念奴嬌「中秋效李敬齋體」詞後附錄僧仲璋所作念奴嬌一首前有仁甫所作小序其注文云：「仲璋俗姓法諱志璉號山泉道人落魄嗜酒滑稽玩世頗爲時人所愛」王國維校注錄鬼簿於「閭仲章學士」名下引此注未下斷語罵按仲璋與仲章不同一爲僧侶一爲學士非一人也仲章學士疑是閭復其人曾官翰林學士甚久元史一六零有傳。　呂文煥安豐（今安徽壽縣）人師夔號道山文

煥之姪俱宋臣降元者，新元史一七七有傳史傳未言師夔號道山，今據楊瑀山居新話所記仁甫與二人酬贈事見本譜至元十三年、二十三年程文海字鉅夫號雪樓建昌（今江西永修縣）人元史一七二有傳文海贈敬甫詩事見本譜大德四年。　袁桷字伯長號淸容居士慶元（今浙江鄞縣）人元史一七二有傳青樓集：「天然秀姓高氏行第二人以小二姐呼之母劉嘗侍史開府高丰神艷雅殊有林下風致才藝尤度越流輩閨怨雜劇爲當時第一手花旦、駕頭亦臻其妙始嫁行院王元俏王死再嫁焦太素治中焦後沒復落樂部人咸以國香深惜然尙高潔凝重尤爲白仁甫李溉之所愛賞云」

上述諸人之外姓字見於天籟集者又有施景悅等三十餘人或偶然一見無關重要，或其人事跡無考今俱從省略。

河曲眞定白氏世系表

虛線表示其間不知有幾世図可能爲中和泰和安和三人中之一。

譜　前

金熙宗皇統十四年
宋高宗紹興十四年　甲子　一一四四　出生前八十二年

祖父宗完生。

據此推算生於甲子。

白公墓表：「崇慶壬申（一二一二）避地太谷，不幸遘疾，春秋六十有九，終於寓舍實八月十九日也。」

金海陵王正隆　元年
宋高宗紹興二十六年　丙子　一一五六　出生前七十年

祖母李氏生。

南陽墓誌：「以大安辛未（一二一一）三月丙辰，春秋五十有六，終於私第之正寢。」據此推算生於丙子。

金世宗大定二十一年
宋孝宗淳熙十一年　甲辰　一一八四　出生前四十二年

伯父賁生於本年前後。

白公墓表「（賁）弱冠中泰和三年詞賦進士第」其年歲次癸亥（一二零三），據此上推二十年生於甲辰，依古人行文習慣所謂弱冠未必恰為二十歲但相差總不過一二年。

金世宗大定二十七年
宋孝宗淳熙十四年　丁未　一一八七　出生前三十九年

文舉約生於本年前後。

元遺山撰南陽墓誌，自云與文舉「爲弟昆之友」。遺山集卷二有同白兄賦瓶中玉簪詩卷三十九有

與樞判白兄書兩次均稱爲兄，證以「弟昆之友」語可知其非泛稱文舉實長於遺山遺山生於金章

宗明昌元年庚戌（一一九零）見各家遺山年譜而文舉之兄貫生於甲辰前後見上文舉之生當在

丙午至己酉四年中至仁甫之生文舉已近中年矣。

金章宗承安四年
宋寧宗慶元五年
己未　一一九九　出生前二十七年

文舉始與元遺山相識當在本年或稍前。

本年遺山十歲文舉稍長郝經元遺山墓誌云「某自齠齔識文舉於太原，與之游為弟昆之友今三十年矣」南陽墓誌

云：「先生七歲能詩太原王湯臣稱為神童年十一，從其叔

父官於冀州」南陽墓誌

作於正大六年己丑或七年庚寅考見彼年上推三十年為本年與遺山墓誌所載踪跡相合可能稍早，

但不能晚於本年因明年遺山十一歲已從其叔父往冀州也此事各家遺山年譜均未載。

金章宗泰和三年
宋寧宗嘉泰三年
癸亥　一二零三　出生前二十三年

伯父貫登進士第。

見白公墓表。

金章宗泰和六年
宋寧宗開禧二年
丙寅　一二零六　出生前二十年

是年元太祖成吉思汗卽帝位於斡難河是為蒙古紀元之始。

見元史卷一太祖本紀。

金衞紹王大安三年
宋寧宗嘉定四年　辛未　一二一一　出生前十五年

祖母李氏卒年五十六。

見南陽墓誌。

金衞紹王崇慶元
宋寧宗嘉定五年　壬申　一二一二　出生前十四年

祖父宗完卒年六十九。

見白公墓表參閱下條。

金宣宗貞祐二年
宋寧宗嘉定七年　甲戌　一二一四　出生前十二年

是年三月元兵攻下嵐州（今山西嵐縣）仁甫故鄉隩州（今河曲縣）爲其鄰郡，亦遭兵燹五月，金宣宗自中都（今北平）遷南京（今開封）以避元七月抵汴。

金史十四宣宗紀「貞祐二年三月壬辰大元兵下嵐州。……時山東河北諸郡失守。……河東州縣亦多殘燬」嵐隩兩州俱屬河東北路，首當兵衝勢難獨全。白公墓表云「崇慶壬申，避地太谷，終於旅舍」避地卽今所謂逃難可知兩年以前嵐隩一帶已被兵但元人正式攻下嵐州在本年耳元史卷一太祖本紀云攻下嵐州在去年秋較金史所云本年三月約早半年餘元騎兵往來飄忽其攻嵐州可能不只一次。

金宣宗貞祐三年
宋寧宗嘉定八年　乙亥　一二一五　出生前十一年

貞祐南遷事見金史十四宣宗紀元史卷一太祖紀宋史三十九寧宗紀金自此不振又二十年而亡。

文舉登進士第。

見白公墓表。

庚辰 一二二零 出生前六年

五月元兵狗隩州州治殘破八月，金恆山公武仙以眞定降元。史天倪始開府於眞定。

金史十六宣宗紀：「興定四年五月癸卯（十四日）大元兵狗隩州八月恆山公武仙降大元。」同書二十六地理志：「隩州（興定）四年，以殘破徙治於黃河灘許父寨」觀此可知仁甫出生前不久之故鄉情況。元史一四七史天倪傳：「庚辰還軍眞定武仙降木華黎承制以天倪爲金紫光祿大夫、河北西路兵馬都元帥行府事仙副之」

本 譜

年 乙酉 一二二五 出生前一年

史天倪爲武仙所殺天倪弟天澤率兵擊走武仙，復入眞定。元人命天澤繼爲都元帥。

詳見元史一四七天倪傳、一五五天澤傳及王惲秋澗大全集四十八忠武史公家傳金亡後，白氏父子移家眞定，「游依」史氏已見前。

丙戌 一二二六 一歲

是年仁甫生於金之南京（今開封）文舉時官樞密院經歷年約四十歲。

天籟集序「甫七歲遭壬辰之難」壬辰爲哀宗天興元年西元一二三二據此上推生於本年。白華

傳「正大元年累遷爲樞密院經歷官」正大二年三年皆有關於軍機之奏對正大六年權任樞密院

判官俱見本傳可見此數年中文舉始終官於樞密而故鄉又已殘破眷屬當然隨居開封仁甫生於其

地無疑澳州殘破事及文舉年齡考證俱見譜前。

是年趙秉文六十八王若虛五十三雷淵四十五嚴實四十五元好問王鶚張柔俱三十七李獻能李治俱三

十五商衡三十三張德輝三十二楊果三十杜仁傑約三十餘段克巳三十一段成巳二十八史天澤二十五，

劉祁二十四商挺十八劉秉忠十一王博文四歲。

右列段克巳成巳杜仁傑商衡商挺劉秉忠等俱金末元初人未詳是否與仁甫父子相識因與仁甫俱

爲當時詞曲作家故舉其年齡餘人見生平總述本譜有關諸人之生卒年齡考證均見附錄仁甫交游

生卒考。

宋理宗寶慶三年
金哀宗正大四年　　丁亥　　一二二七　　二歲

仁甫隨父母居開封文舉仍官樞密院經歷。

白華傳所敍文舉與哀宗議論如何招討李全事，原文繫於正大六年，應從施國祁金史詳校卷九之說

改繫本年。

是年六月，西夏爲元人所滅。七月，元太祖殂於六盤山行宮子圖類（亦作拖雷）監國。見元史卷一太祖紀　王

惲胡祗遹生。

金哀宗正大五
宋理宗紹定元 年 戊子 一二二八 三歲

仁甫隨父母居開封文舉仍官樞密院經歷，曾往歸德（今河南商丘）視察修城工事，又往衞州（今河南

汲縣）經畫衞州帥府與武仙之恆山公府合併事。

金史十七哀宗紀：「〔正大〕五年八月，增築歸德，行樞密院擬工役數百萬。詔遣權樞密院判官白華喻

以農夫勞苦減其工三之二，又以節制不一併衞州帥府於恆山公府命白華往經畫之」兩事詳情俱

見白華傳往衞州事，白華傳繫於明年，施國祁金史詳校卷九以爲須改繫本年，以上引哀宗紀考之，施

說是也。權樞密院判官事，白華傳在明年上引哀紀云在本年，兩說岐異應從傳說詳明年文舉往歸德

及衞州，蓋以樞密院經歷身分非判官也。

金哀宗正大六
宋理宗紹定二 年 己丑 一二二九 四歲

仁甫隨父母居開封。二月文舉權樞密院判官；五月，往邠州（今陝西邠縣）處理軍務。

白華傳：「〔正大〕六年二月以華權樞密院判官」金史十七哀宗紀「〔正大〕六年春二月丙辰（十七，

樞密院判官移剌蒲阿權樞密院副使」文舉權判官蓋繼蒲阿後任傳繫其事於本年是也哀紀云在去

年，誤。哀紀同卷於二月丙辰之後三月乙亥之前又云：「移剌蒲阿率忠孝軍總領完顏陳和尚忠孝軍

一千騎駐邠州。遣白華馳喻蒲阿以用兵之意。詔樞密更給忠孝軍馬疋以漸調發都尉司步卒及忠孝

馬軍屯京西以白華專備軍須」按此事詳見白華傳云事在五月，與哀紀云在二三月間不同以紀

傳所敍諸事時間計之，應從傳。 敬甫碑云「唐宋樞密無判官金天與帝賞器之（按謂文舉）特置

一一九

職以寵，由是相仍，自郡伯始」文舉在金封南陽郡伯，故袁桷以是稱之，桷以爲樞密判官之職自文舉

始置，其說非是，據上引哀宗紀文舉之前已有移剌蒲阿任此職也。

本年或明年，元遺山爲仁甫祖母李氏撰南陽縣太君墓誌銘。

墓誌云：「〔文舉〕今爲樞密院判官」又云「文舉既參機務，而贈夫人南陽縣太君，因請某銘其墓。」

參機務即任樞判之謂古者職官新除，照例封贈其先世，文舉權樞判在本年真除在明年，李氏贈太君、

文舉請遺山銘墓當不出此兩年。

是年八月元太宗立元史卷二太宗紀

宋理宗紹定三年
金哀宗正大七年　庚寅　一二三零　五歲

仁甫隨父母居開封五月文舉真授樞密判官。

白華傳：「〔正大〕七年五月，華真授樞密判官上遣近侍局副使七斤傳旨云：『朕用汝爲院官非責汝

將兵對壘第欲汝立軍中綱紀發遣文移和睦將帥究查非違至於軍伍之閱習器仗之修整皆汝所職。

其悉力國家以稱朕意』」錄此以見樞判職責之重與哀宗信賴文舉之殷。

宋理宗紹定四年
金哀宗正大八年　辛卯　一二三一　六歲

是年秋元兵入陝西攻鳳翔（今陝西鳳翔）元史卷二太宗紀

仁甫隨父母居開封文舉仍官樞判正月至閿鄉（今河南閿鄉閿爲閿之古體）諭行省完顏合達、移剌蒲

阿進兵救鳳翔；五月赴楚州（今江蘇淮安）視察軍務。

金史十七哀宗紀：「〔正大〕八年春正月，大元兵圍鳳翔府遣樞密院判官白華、右司郎中夾谷八里門，

諭行省進兵合達、蒲阿以未見機會不行，復遣白華諭合達、蒲阿將兵出關以解鳳翔之圍又不行」事

詳白華傳赴楚州事，哀宗紀不載亦詳華傳」

本年，文舉飯僧追荐其父趙秉文爲書心經。

許謙白雲先生文集卷四跋趙閑閑註心經云「院判白公飯僧以荐厥考，而閑閑趙公書心經以遺之。

……此卷失而復得子通其實之，而觀院判公所以孝其親者而勉繼其志」跋後自注云「右金正大

八年樞院判白某飯僧荐父閑閑趙秉文亦與交因書心經遺之，且自爲註釋其卷失之已久曾孫子通

爲御史掾行部閫中復得之」

劉祁歸潛志卷九「趙閑閑本好書以其名重也，人多求之，公甚以爲苦……一日，公在禮部，白樞判文

舉諸人邀公飲丹陽觀將往，先謂諸人曰：『吾今往但不寫字耳如求字者是吾兒』文舉曰『先生

年德俱高某等眞兒行也』公笑又爲書之」按趙年長於文舉二十餘歲故文舉云云據元遺山文集

十七閑閑公墓銘知趙官禮部尚書在興定元光間文舉求書事未能確定在何年姑因書心經事並繫

於此。

是年八月元遺山自南陽縣令內遷爲尚書都省掾。仁甫始見遺山卽在此時。

遺山本年七八月間內遷來開封見凌廷堪撰遺山年譜據譜自丙戌仁甫出生之年至此，遺山均不在

開封元白通家至好仁甫始見遺山當在本年。

父執雷淵（希顏）卒年四十八。

金哀宗天興元
宋理宗紹定五
年　壬辰　一二三二　七歲

是年本正大九年，正月，改元開興，四月，又改天興。見金史十七哀宗紀。

元兵自本年正月底圍攻開封四月暫退至秋復來，歲暮攻勢益急十二月二十五日哀宗自開封出奔河北，

轉赴歸德金史十七哀宗紀

四月十六日樞密院併入尚書省文舉罷樞判；十二月初，復起為右司郎中歲暮從哀宗出奔仁甫隨母仍居

開封至丙申年仁甫十一歲時父子始再相見其母則已「失踪」矣。

白華傳：「（正大）九年京城被攻。四月兵退改元天興是月十六日併樞密院歸尚書省以宰相兼院官，

左右司首領官兼經歷官惟平章白撒副樞合喜院判白華權院判完顏忽魯剌退罷忽魯有口辯上愛

幸之朝議罪忽魯剌而書生輩妬華得君先嘗以語撼之用是而罷」金史十八哀宗紀「〔天興元年〕白華

十二月丙子朔以事勢危急遣近侍郎白華問計華對以紀季以嚙入齊之義遂以為右司郎中」白華

傳同此而敍述加詳華所建議即勸哀宗「出就外兵」與敵決戰也。「遣近侍郎」哀宗紀原作「遣

近侍郎」乃形近之誤今據白華傳改正劉祁歸潛志十一錄大梁事：「〔正大九年〕十二月朝議以食

盡無策末帝（哀宗）親出東征丞相薩布平章完顏白撒右丞完顏斡出工部尚書權參知政事李蹊樞密

院判官白華近侍局副使李大節左右司郎中完顏進德張彖總帥圖克坦伯嘉富察古納高顯劉奕皆

從……儀衞蕭然見者悲愴」哀宗出奔先渡黃河而北又返南岸至歸德其事在本年年底及明年正

一一四

月中旬，詳見哀宗紀及白華傳丙申父子重見及失母事俱見後。

是年五月，「汴京大疫」凡五十日諸門出死者幾十餘萬人貧不能葬者不在是數。（金史十七哀宗紀）

五月十二日趙秉文卒年七十四。

十一月二十日陝州兵變李獻能爲亂兵所殺年四十一。

獻能被殺事詳見元好問中州集卷六獻能小傳及冀禹錫小傳又見金史一一六徒單兀典傳。

五月二十一日周密生於富春（夏承燾周草窗年譜）

與仁甫同時或稍後之詞家如草窗玉田本譜均附記其生卒不論與仁甫是否相識。

金哀宗天興二
宋理宗紹定六年　　癸巳　　一二三三　　八歲

正月二十六日開封守將崔立叛變以城降元時文舉從哀宗在外未歸二十九日崔立拘隨駕官吏家屬於尚書省又禁民間嫁娶搜括城中金銀仁甫之母張氏即於此時失蹤

元遺山爲元人送往聊城（今山東聊城）拘管仁甫及其兄姊父離母失孤幼無依遺山遂携與同行以四月二十九日出汴京五月三日北渡至聊城當在五月下旬。

崔立叛降金史十八哀宗紀同書一一五崔立傳元史卷二太宗紀俱云在正月。白華傳獨云在三月，與同時其他事實均不合非誤刊即誤敍。

金史十八哀宗紀「天興二年正月甲戌（二十九日）崔立閱隨駕官屬軍民子女於省署，及禁民間嫁娶括京城財」同書一一五崔立傳「立託以軍前索隨駕官吏家屬聚之省中人自閟之日亂數人，

猶若不足，又禁城中嫁娶有以一女之故，殺數人者。……又括在城金銀，搜索薰灑，訊掠慘酷，百苦備至。

郿國夫人及內侍高祐京民李民望之屬皆死杖下溫屯衞尉親屬八人不任楚毒皆自盡白撒夫人右

丞李躞妻子皆被掠死」以上紀事又見劉祁歸潛志十一錄大梁事所記較崔立傳簡略文舉不僅隨

駕且爲要員家屬當然在被拘之數以幼兒幸免也其母之爲被殺自盡或並未爲崔立所拘而

遭亂兵刼去已無可考。總之生死不明，渺無消息，以當時情形度之，死亡之可能居多。故天籟集序云：

「幼經喪亂蒼皇失母」而文舉亦繼娶羅氏金末大亂，此種家人失散情形乃常見者程文海（鉅夫）

雪樓集二十九有胡景清得母詩云「三十餘年失母慈關山阻絕塞鴻悲一朝相見欒河上卻話初逢

離亂時」同書五十又有祖生得母詩云二十八年南北阻三千里外死生疑一朝見母唐州地昨日官

軍破賊時」皆當日寫實之作惟胡祖二人之母失而復得白母則終身未見耳文舉本年四十餘歲張

氏年齡當與其夫相仿。

元遺山拘管聊城及自開封啓行日期見各家遺山年譜；攜仁甫同行事見天籟集序。文僅言仁甫，未

及其兄姊但遺山既照管白家斷無只攜仁甫一人而置其餘子女於不顧之理。據天籟集水調歌頭詞

題「余兒時在遺山家阿姊嘗教誦先叔放言古」云云（參閱生平總述）可知其姊與仁甫同育於

元家；其兄此時當亦不過十餘歲，不能獨自他往也。

（以上爲仁甫及其母張氏事跡以下爲文舉事跡）

正月，文舉奉哀宗命自歸德往息州（今河南息縣）送虎符是月三十日哀宗又遣文舉往鄧州（今河南

鄧縣）召兵，遂留於鄧。四月三十日鄧州節度使移剌瑗降宋，文舉從之。明年，宋署文舉為制幹，改任均州（今湖北均縣），提督自此居宋三年餘，至丙申年始得北歸。

金史一一九完顏婁氏傳：「完顏婁氏三人皆內族也，時以其名同，故各以長幼別之。⋯⋯天興二年正月，河朔軍潰，哀宗走歸德，中婁室為北面總帥，小婁室左翼元帥，收潰卒及將軍夾谷九十奔蔡州，蔡帥烏古論栲栳知其跋扈，不納，遂走息州，息帥石抹九住納之，時白華以上命送虎符於九住為息州行帥府事。」按送虎符事僅見於此，別無記載。

白華傳：「（天興二年）上在歸德，正月（原作三月，據哀宗紀及崔立傳改正）崔立以汴京降，右宣徽提點近侍局移剌粘古謀之鄧，上不聽，時粘古之兄瑗為鄧州節度使兼行樞密院事，其子與粘古之子並從駕為衛士，適朝廷將召鄧兵入援，粘古因與華謀同之鄧，且拉其二子以往，上覺之，獨命華行，而粘古改之徐州，華既至鄧，以事久不濟，淹留於館，遂若無意於世者，會瑗以鄧入宋，華亦從之，至襄陽宋署為制幹，又改均州提督，後范用吉殺均之長吏，送欵於北朝，遂因而北歸」金史十八哀宗紀：「天興二年正月乙亥（三十日）遣右宣徽提點近侍局事移剌粘古如鄧州相地形察倉庫虛實；白華如鄧州召兵⋯⋯四月甲辰（三十日）鄧州節度使移剌瑗以其城叛與白華俱亡入宋」宋史四十一理宗紀：「紹定六年五月庚戌（初六）鄧州移剌瑗以城來降。」按此與金史所云四月三十日相差六日。同卷「端平元年（即明年甲午）四月庚寅（二十二）金降人夾谷奴婢改姓同名鼎、王聞顯、呼延實、來伯友、石大瑞、白華各授官有差」據此知文舉入宋雖在本年，授官則在明年，宋史四十二理宗紀：「端

平三年（即元太宗八年丙申）三月，襄陽北軍主將王旻、李伯淵，焚城郭倉庫，相繼降北。四月癸丑（二十七）詔悔開邊責己」按責己詔見畢沅續資治通鑑一六八中有「忽西戎之弗寧骸北騎之深入重以均房之叛將發此京湖之禍機馴荼毒於列城至蔓延於他路」均州房州距襄陽甚近觀詔書云范用吉殺均州官吏降元當在三月襄陽變前不久文舉北歸亦即在此時。

本年文舉在宋。

仁甫隨元遺山居聊城仁甫會染疫遺山護持之得愈其事當在今年或去年始從遺山讀書亦在此時。

遺山本年在聊城見各家遺山年譜天籟集序云：「嘗罹疫遺山晝夜抱持凡六日竟於臂上得汗而愈。蓋視親子弟不啻過之讀書穎悟異常兒親炙遺山謦欬談笑悉能默記」染疫不知在何年天籟集序緊接此事於「北渡」之後此時仁甫已八九歲小兒發育年異一年若至十歲或十一歲已是大孩子，遺山未必能抱持之於臂故繫於本年或去年此兩年中遺山閒居無事教仁甫讀書乃情理中事文舉入宋事詳見去年。

是年正月初十日宋元會師入蔡州（今河南汝南）哀宗自縊死金亡。見金史十八哀宗紀元史卷二太宗紀宋史四十一理宗紀。

自壬辰冬至此一年餘國破家亡父離母失爲仁甫一生最大變故。

仁甫隨元遺山居聊城文舉仍在宋。

元太宗
宋理宗端平三
八年　丙申　一二三六　十一歲

仁甫隨元遺山居冠氏（今山東冠縣）三月，襄陽均房等地北軍叛宋降元文舉遂得北歸。父子相見當在夏秋間自壬辰冬別後至此凡三年餘而其間變故大矣隨父移家眞定當在本年冬或此後一兩年中無從詳考。

遺山本年居冠氏曾往泰安（今山東泰安）會見行臺嚴實見各家遺山年譜北軍降元文舉北歸事詳見前天興二年癸巳。

天籟集序「數年寓齋北歸以詩謝遺山云：『顧我眞成喪家狗,賴君曾護落巢兒』」居無何父子卜築於滹陽（卽眞定。）」

元太宗
宋理宗嘉熙元年
九年　丁酉　一二三七　十二歲

本年秋元遺山挈家自冠氏歸秀容（今山西忻縣。）

事詳淩廷堪撰遺山年譜譜云「由懷孟歸秀容」懷孟卽今河南沁陽孟縣一帶,由此路行不經眞定。

天籟集序云白家移居眞定後,遺山每過之必問仁甫爲學次第。（參閱元定宗元年丙午）故自此至丁已遺山逝世二十年中,遺山踪跡曾至眞定或疑曾至眞定者均於各該年下分別注明。

元太宗
宋理宗嘉熙二年
十年　戊戌　一二三八　十三歲

右兩年中仁甫父子踪跡未能確定或已移家眞定或暫居他處均無可考然移家眞定不能晚於遺山歸秀

容，似可斷言。

此後約十年中仁甫隨父在眞定家居讀書中間會否他往，無可考。

張弘範（仲疇）生。

元太宗十一年　宋理宗嘉熙三年　己亥　一二三九　十四歲；

姚燧（牧庵）生。

元太宗十二年　宋理宗嘉熙四年　庚子　一二四零　十五歲；

是年四月元遺山自秀容往東平（見各家遺山年譜）曾否經由眞定，無可考。東平，今山東東平縣。

元太宗十三年　宋理宗淳祐元年　辛丑　一二四一　十六歲；

本年歲暮元遺山會至眞定。

據淩廷堪、施國祁兩家遺山年譜合叅：遺山本年客居東平，會往順天（今河北清苑），歲暮自順天歸秀容眞定乃此行必由之路。

本年十一月，元太宗殂，后乃馬眞氏稱制。

元乃馬眞后元年　宋理宗淳祐二年　壬寅　一二四二　十七歲；

本年元遺山往來秀容燕京（今北平）間，並會至趙州（今河北趙縣，見各家遺山年譜可能會至眞定。

王若虛（從之）卒年七十。

元乃馬眞后二年　宋理宗淳祐三年　癸卯　一二四三　十八歲

元乃馬眞后三
宋理宗淳祐四　年　甲辰　一二四四　十九歲

元乃馬眞后四
宋理宗淳祐五　年　乙巳　一二四五　二十歲

元定宗元
宋理宗淳祐六　年　丙午　一二四六　二十一歲

結婚約在今年或明年。

元遺山文集三十九與樞判白兄書云：「自乙巳歲往河南舉先夫人旅殯，首尾閱十月之久，幾落賊手者屢矣，狼狽北來，復以葬事往東平連三年不寧居，坐是不得奉起居之間，吾兄亦便一字不相及，何也？如聞曾定襄人處寄書，然至今不曾見但近得仲康書報鐵山已娶婦，吾兄飮噉如平時差用爲慰耳。」

仁甫小字鐵山見生平總述，遺山此書未署年月，據書中「自乙巳歲往河南……連三年不寧居」之語可推定爲丁未歲晚所作，施國祁遺山年譜繫此書於丁未是也。「仲康書報」云云自是乙巳至丁未間事，據此考定仁甫娶婦當在丙午丁未間。

天籟集序云：「居無何父子卜築於溏陽律賦爲專門之學，而太素有能聲，號後進之翹楚者。遺山每過之必問爲學次第嘗贈之詩曰：『元白通家舊諸郎獨汝賢』」未幾生長見聞學問博覽」仁甫從父居眞定讀書勵學約十餘年其間遺山過眞定不止一二次贈仁甫詩集中未收不知是何年作姑因娶婦事附繫於此律賦爲金時考進士用者文舉會擢巍科此道固所優爲仁甫以此見稱秉承家學故也惜作品一篇不存耳敬甫碑云「翰林承旨閣公復持士論賢否有言曰『白文舉父子兄弟俱有文名』」卽謂文舉與仁甫敬甫。

十二月，敬甫生。敬甫碑

元定宗
宋理宗淳祐七年　丁未　一二四七　二十二歲

元海迷失后元
宋理宗淳祐八年　戊申　一二四八　二十三歲

仇遠（仁近、山村）生。

本年夏，張德輝曾荐文舉及其他數人於元世祖，世祖時在王邸。

蘇天爵元名臣事略（原名國朝名臣事略）卷十宣慰使張公德輝事略：「其所游者，雷李元白皆當世名士」謂雷淵李治元好問及文舉也事略又云「上（元世祖）在王邸歲丁未遣使來召……戊申公釋奠致胙於王……其年夏公得告將還因荐白文舉鄭顯之趙元德李進之高鳴李槃李濤數人」按事略所記荐舉諸人事本於德輝自撰之嶺北紀行姚從吾先生有校注本載於臺灣大學文史哲學報第十一期文舉此時飽經世變憂患餘生自無心於新朝祿位故雖被荐而終未出也。

敬甫本年三歲能書八卦八字元遺山作詩深器之。

敬甫碑云「少警敏三歲善作字書八卦八字有以見於鄉先生元公好問公作詩深器之」蘇天爵滋溪文稿卷三十題白太常三歲時所書字卷云「鄉先生太常曰公家世在金朝為名進士國初昆季並擅才名惟先生早最敏悟三歲卽能書八卦之名諸老見者無不驚嘆中年果以能官稱老乎於詞林容臺而未盡大用先生之孫行中書掾楄保藏所書八卦字卷噫白氏子孫時而觀之尚勿忘詩書之澤之所自乎」按遺山明年始至眞定見字作詩蓋明年事也其詩遺山集未收。

周密癸辛雜識別集上，「北客詩」條：「北客有詠前朝詩云『當日陳橋驛裏時，欺他寡婦與孤兒；誰知三百餘年後，寡婦孤兒亦被欺。』又詠汴京青城云『萬里風霜空綠樹，百年興廢又青城』。蓋大金之亡亦聚其諸王於青城而殺之」。尾注「白敬甫」三字。不知「北客」是否即指敬甫或敬甫所言如此而周記之附錄於此。?

張炎（叔夏玉田生）生。

是年本元定宗三年三月定宗殂海迷失后攝政。

元海迷失后二年
宋理宗淳祐九年　己酉　一二四九　二十四歲

本年秋後仁甫曾往燕京（今北平）

本年元遺山在眞定九月往燕京遺山年譜：

天籟集卷上有「庚戌春別燕城」滿江紅詞云：「雲鬢犀梳，誰得似錢塘人物。還又喜、小窗虛幌伴人幽獨。荐枕恰疑巫峽夢，舉杯忽聽陽關曲。問淚痕、幾度泡羅巾長相續。南浦遠，歸心促。春草碧，春波綠。黯消魂無際，後歡難卜。試手窗前機織錦，斷腸石上簪磨玉。恨馬頭斜月減清光，何時復」明年庚戌春日即離燕城，而詞中無久客語，到燕當在本年秋後證以元遺山本年行踪，或卽與遺山同行據「南浦還，歸心促」兩句可知離燕後仍囘眞定此爲仁甫居眞定後離家外出踪跡可考之首次。

蘇譜定此詞爲下一庚戌卽元武宗至大三年仁甫八十五歲時作即以證明仁甫其年尙在其說別無佐證僅云：「『雲鬢犀梳，誰得似錢塘人物』正是暮年北返情景」其意似謂「錢塘人物」實指仁

白仁甫年譜

甫在杭州所曾見者今細讀此兩句，乃懸疑空想，而非追思囘憶，全詞均是少年初識溫柔，乍經離別之

情調，毫無暮年重返故鄉之意，且老年人固有能作艷詞者，但不能如此詞之纏綿悱惻，蘇譜之說絕難

成立。

二月，劉因（夢吉，樵庵）生。

元海迷失后三
宋理宗淳祐十年　庚戌　一二五零　二十五歲

四月，程文海（鉅夫雪樓）生。

本年春離燕京歸眞定。考見去年

本年二月元遺山自眞定歸秀容，五月又來眞定，旋往順天。淺廷堪撰遺山年譜

劉祁（京叔）卒，年四十八。

元憲宗　元年
宋理宗淳祐十一年　辛亥　一二五一　二十六歲

本年秋冬元遺山在眞定，中間曾往順天（今河北淸苑縣），十二月，遺山爲仁甫之祖撰善人白公墓表。

遺山本年踪跡見年譜白公墓表云「歲辛亥十有二月，河曲白某持雁門李某所撰先大夫行事之狀

請於某日……」

本年六月元憲宗卽位 元史卷三憲宗紀

元憲宗
宋理宗淳祐十二年　壬子　一二五二　二十七歲

冬往順天謁張柔妻毛氏爲賦秋色橫空（本名玉耳墜金環）及垂楊二詞。柔子弘範時年十五歲，仁甫可

能曾與相見。

天籟集卷下垂楊詞小序云「壬子冬薄游順天,張侯毛氏之兄正卿邀予往拜夫人既而留飲撰詞一

詠梅以玉耳墜金環歌之一送春以垂楊歌之詞成惠以羅綺四端夫人大名路人能道古今雅好客自

言幼時有老尼年幾八十嘗教以舊曲垂楊音調至今了然事與東坡補洞仙歌詞相類中統建元壽春

權場中得南方詞有垂楊三首其一乃向所傳者然後知夫人眞承平家世之舊也」按:張柔妻毛氏

與元遺山繼配毛氏為族姊妹見遺山集二十八潞州錄事毛君墓表及同書四十毛氏家訓跋語正卿

之名亦見於家訓跋,仁甫與正卿相識,當由遺山。淩廷堪撰遺山年譜辛亥六十二歲引續夷堅志云:

「辛亥秋予與毛正卿德義昆仲郝伯常劉敬之諸人游順天寶教院」通行本續夷堅志無此語,不知

淩氏何據?張弘範生於元太宗十年戊戌本年十五歲。

垂楊詞序乃後來追題故言及「中統建元」時事觀「其一乃向所傳者」云云可知詞作於中統元

年得詞編以前蘇譜不解文義乃繫此詞於下一壬子即元仁宗皇慶四年以證明仁甫八十七歲時尚

在其說大誤不僅與原序文義不合與毛氏年齡亦不合張柔與遺山同庚生於金章宗明昌元年庚戌,

至皇慶壬子已一百二十三歲毛氏之年當與其夫相若即使少二十歲亦已百齡有餘矣。

本年可能曾隨父回河曲故鄉省墓。

文舉求元遺山為其父作墓表已見去冬此時世局平定已久,眞定至太原暢行無阻,觀元遺山往來多

次可見河曲距太原匪遙墓表既已撰成依常情論當有省墓立碑之舉其事究竟曾否實現是否即在

本年，則無從考定予所云云，不過揣測之詞耳。

本年秋元遺山在眞定曾與張德輝同往和林謁元世祖；冬，往東平撰嚴實祠堂碑。年譜

元憲宗
宋理宗寶祐元年　三年　癸丑　一二五三　二十八歲

商衡（政叔亦作正叔）本年尚在年六十歲，卒年未詳。

元憲宗
宋理宗寶祐二年　四年　甲寅　一二五四　二十九歲

本年元遺山曾在眞定。年譜

段克己（復之、遯庵）卒年五十九。

元憲宗
宋理宗寶祐三年　五年　乙卯　一二五五　三十歲

本年元遺山曾在眞定。年譜

不忽木生。

元憲宗
宋理宗寶祐四年　六年　丙辰　一二五六　三十一歲

本年元遺山在獲鹿（今河北獲鹿）其地距眞定甚近，或曾往來。年譜

元憲宗
宋理宗寶祐五年　七年　丁巳　一二五七　三十二歲

九月四日元遺山卒於獲鹿年六十八。年譜

本年文舉仍健在。（文舉繫年止此）

本年文舉卒年不詳。元白數十年昆季之交，如文舉先卒，遺山必有祭文或挽詩，今集中二者俱無，亦無他文

涉及文舉身後，是爲文舉卒於本年以後之證文舉長於遺山數歲，享年當在七十以上。

元憲宗
宋理宗寶祐六年　戊午　一二五八　三十三歲

元憲宗
宋理宗開慶元年　己未　一二五九　三十四歲

元憲宗於前年率兵南下去年入蜀本年七月殂於合州，部衆北還元人侵宋數年，深入蜀境，至是其勢暫緩。

元史卷三憲宗紀、宋史卷四十四理宗紀。

元世祖中統元
宋理宗景定元年　庚申　一二六〇　三十五歲

四月，元世祖忽必烈即位建元中統是爲蒙古有年號之始。七月，以河南路宣撫使史天澤兼江淮諸翼軍馬經略使。元史卷四世祖本紀。

史天澤擬薦仁甫於朝仁甫遜謝。

天籟集序：「幼經喪亂蒼皇失母，便有山川滿目之歎，逮亡國恆鬱鬱不樂以故放浪形骸期於適意。中統初，開府史公將以所業力荐之於朝，再三遜謝，棲遲衡門，視榮利蔑如也。」元史一五五史天澤傳：

「中統元年世祖即位首召天澤問以治國安民之道」同書卷四世祖紀「中統元年六月召眞定劉郁邢州郝子明、彰德胡祗遹燕京馮渭王光益楊恕李彥通趙和之東平韓文獻張昉等乘傳赴闕」依諸人籍貫分析，蓋由眞定史天澤順天張柔東平嚴忠濟（嚴實之子）分別荐舉其中劉郁與仁甫同爲眞定人胡祗遹與仁甫相識彰德與邢州亦均在天澤轄境天澤擬薦仁甫當在本年奉召謁世祖前後。

白仁甫年譜

一二七

本年可能曾往壽春（今安徽壽縣。）

天籟集下垂楊詞序云「中統建元元壽春權場中得南方詞編。」（全文見前壬子年）權場爲當時南北互市之所詞序此語可解釋爲仁甫本人親在權場中購得詞編，亦可解釋爲商人購得之至北方售與仁甫。而詳其文法語意，似以後者爲恰當，故難斷定仁甫本年是否曾至壽春。

蘇譜云仁甫本年「在湖南漫游衡門」其證據爲上文所引天籟集序中之「樓遲衡門」初見不解所謂再思始悟蘇君似未讀過詩經「衡門之下，可以樓遲」又不解「樓遲」二字文義竟誤以衡門爲湖南之衡州並改樓遲爲漫游日儒吉川幸次郎氏著元雜劇研究（鄭清茂譯本八十三頁）云「蘇氏年譜還有不少可笑的地方，這裏不想一一舉出了」此事卽其一也

歌聲，一尊酒盡，默默無言別。恨殺鴛鴦灘下水，不寄題詩紅葉聚淚鮫綃畫眉螺黛，總在歸時節。百年心事等閒休向人說」觀詞意自可知寄贈者爲何等人。元史一四七史樞傳（附史天倪傳後）「乙卯，敗宋舟師於漢水之鴛鴦灘」漢水流經陝南豫西鄂北此灘確實地點俟考。仁甫自北方南下踪跡可考者此爲第一次；如中統元年曾往壽春則彼爲第二次。何事南下今無可考本年漢水流域無戰事此行似非居戎幕

敬甫初仕。

元世祖中統四年　宋理宗景定四年　　癸亥　一二六三　三十八歲

十月宋理宗崩度宗即位。

元世祖至元元年　宋理宗景定五年　　甲子　一二六四　三十九歲

敬甫碑云：「弱冠試吏探姦拔寃。」敬甫生於丙午本年二十歲其事或在明年二十或二十一均可稱弱冠也。

元世祖至元二年　宋度宗咸淳元年　　乙丑　一二六五　四十歲

在眞定家居，重九日賦石州慢詞。詞見天籟集下題云：「丙寅九日期楊翔卿不至，書懷用少陵詩語」詞云：「千古神州，一旦陸沈，高岸深谷夢中鷄犬新豐眼底姑蘇麋鹿。少陵野老杖藜潛步江頭幾回飲恨吞聲哭歲暮意何如怯秋風茅

元世祖至元三年　宋度宗咸淳二年　　丙寅　一二六六　四十一歲

屋。

幽獨療飢賴有商芝暖老尙須燕玉白璧微瑕誰把閒情拘束草深門巷故人車馬蕭條等閒瓢棄樽無綠風雨近重陽滿東籬黃菊」楊翶卿其人未詳此時南方猶是宋地仁甫尙未南下卜居而詞後半是家居時情景明年在眞定家居既有確證此詞蓋亦在眞定作。

袁桷（伯常清容居士）生。

元世祖至元四　宋度宗咸淳三年　丁卯　一二六七　四十二歲

在眞定家居八月爲眞定總府作春從天上來詞祝世祖壽。

詞見天籟集卷上卽全集之第一首題云「至元四年恭遇聖節眞定總府請作壽詞」詞中皆頌聖語，無關弘旨不錄世祖生於元太祖十年乙亥八月乙卯（二十八日）見元史四本紀本年五十三歲。

總府卽眞定路總管府。

元世祖至元五　宋度宗咸淳四　年　戊辰　一二六八　四十三歲

九月元兵圍襄陽（今湖北襄陽）元史卷六世祖紀　宋史四十六度宗紀

張柔卒年七十九。

元世祖至元六　宋度宗咸淳五　年　己巳　一二六九　四十四歲

正月世祖命史天澤與樞密副使忽剌出視師襄陽二月簽民兵二萬赴襄陽。元史卷六世祖本紀

元史一五五史天澤傳「〔至元〕六年帝以宋未附議攻襄陽詔天澤與駙馬忽剌出往經畫之……至則相要害立城堡以絕其聲援爲必取之計七年以疾還」元文類五十八王磐撰天澤神道碑王惲秋

一三〇

潤大全集四十八天澤家傳並同。

張養浩（希孟雲莊）生。

元世祖至元七
宋度宗咸淳六　年　庚午　一二七零　四十五歲

本年春曾往懷州同楊果奧敦周卿賦木蘭花慢賞梅詞。

天籟集卷下木蘭花慢詞題云「覃懷北賞梅同參政西庵楊丈和奧敦周卿府判韻」楊果，字正卿，見前生平總述元遺山集卷九有「寄楊弟正卿」詩果與文舉俱爲遺山昆弟之交故仁甫以丈稱之其人於至元六年自參政出爲懷孟路總管七年仍在任，八年致仕，旋卒詳見附錄交游生卒考覃懷爲懷州古名今河南沁陽縣；此詞當是作於果任懷孟總管時果奉命出任在至元六年正月十四日見元史卷六世祖紀到懷時梅花已謝仁甫賞梅賦詞不在七年春即八年春也奧敦周卿見前生平總述。

元世祖至元八
宋度宗咸淳七　年　辛未　一二七一　四十六歲

是年十一月，蒙古始改國號曰元。元史卷七世祖本紀

楊果（正卿，西庵）卒年七十五。

元世祖至元九
宋度宗咸淳八　年　壬申　一二七二　四十七歲

虞集（伯生、道園）生。

元世祖至元十
宋度宗咸淳九　年　癸酉　一二七三　四十八歲

二月宋呂文煥以襄陽降元。元史卷八世祖本紀　宋史四十六度宗本紀

元世祖至元十一年
宋度宗咸淳十年　甲戌　一二七四　四十九歲

王鶚（伯翼百一）卒年八十四。

夏秋間元世祖遣史天澤、伯顏率師大舉侵宋。自襄陽南下轉趨鄂州（今湖北武昌）水陸並進。

詳見元史卷八世祖紀同書卷一二七伯顏傳一五五史天澤傳。

七月，宋度宗崩，恭帝（瀛國公）即位太后稱制 宋史四六度宗紀

本年可能隨元師南下至襄陽。

仁甫至元四年在眞定家居，十三年在九江作西江月詞送劉牧之，詞中有「置酒昔登峴首題詩今對匡廬」之語峴首卽羊叔子所登峴山在襄陽城南不遠據此詞可知此九年之間仁甫曾至襄陽至元四年以前是否曾至其地今不可考至元四年以後則有兩次可能一次在至元六年史天澤視師之時，一次卽在本年至元六年襄陽尙爲宋人據守峴山距城甚近仁甫豈能深入敵境置酒游宴然則仁甫之往當在至元十年襄陽降元之後卽本年天澤與伯顏率元師南下之時也仁甫雖曾「遜謝」天澤之薦舉但僅未正式出仕耳若以參佐幕僚身分隨天澤南下，則極有可能否則襄陽至九江一帶爲當時主要戰場仁甫一北方書生何緣至其地耶?（上文所引至元四年、六年、十三年諸事分見各該年下）

八月，劉秉忠卒年五十九。

張德輝卒年八十。

宋恭帝德祐元年
元世祖至元十二年　乙亥　一二七五　五十歲

一三二

史天澤途中得疾北歸,二月七日卒於眞定,年七十四。

伯顏率軍渡江攻佔鄂州,繼續東下。

見元史一五五天澤傳秋間大全集四十八天澤家傳,元史一二七伯顏傳仁甫明年已在九江,如去年

確係隨軍本年當是繼續東下天澤卒後仁甫改隸何人今不可考。

十一月,元兵攻佔江西全境。元史卷八世祖紀 宋史四十七瀛國公記

正月元阿里海涯(卽貫雲石之祖父)率兵攻佔湖南全境。二月,伯顏率軍入臨安;三月,執宋恭帝及太后

北去五月宋益王昰卽位於福州,改元景炎是爲端宗。元史卷九世祖紀 宋史四十七瀛國公記

是年仁甫在九江(今江西九江)始識呂師夔(道山)有水龍吟玉漏遲西江月木蘭花慢諸詞。

天籟集卷上沁園春詞題云:「呂道山左丞覲囘過金陵別業至元丙子予識道山於九江今十年矣。」

呂師夔見前生平總述水龍吟玉漏遲西江月木蘭花慢四詞俱見天籟集水龍吟在卷上題云:「九月

四日爲江州(九江)總管楊文卿壽」玉漏遲在卷下題云:「段伯堅同予留滯九江其歸也,別侍兒

睡香予亦有感」西江月亦在卷下題云:「九江送劉牧之同知之杭」文卿,伯堅牧之三人俟考木蘭

花慢在卷下題云:「丙子冬寄隆興呂道山左丞」隆興今江西南昌明年冬日有「別巴陵(岳州卽

今湖南岳陽)諸公」滿江紅詞可知明年在湖南;但木蘭花慢究爲自岳州或九江寄往隆興者,詞意

不明;離九江赴岳州在本年冬或在明年,亦無從確考以上諸詞滿江紅見明年其餘全文無甚關係不

具錄。

仁甫於元軍攻佔江西、湖南後卽往來其地，且與宋降臣中高級人物如呂師夔者週旋酬贈，可證其與

元軍有相當關係。

元世祖至元十四年　丁丑　一二七七　五十二歲
宋端宗景炎二年

在岳州冬離岳東下。在岳有滿江紅水龍吟、綠頭鴨三詞；離岳時賦滿江紅留別。

天籟集卷上滿江紅詞題云「用前韻留別巴陵諸公」題下自注云「時至元十四年冬。」詞云：「行
遍江南算只有、青山留客親友間，中年哀樂幾回離別不知人換世兵餘猶見川留血歎昔時歌舞
岳陽樓繁華歇。寒日短愁雲結幽故壘空殘月。聽閒閣談笑果結雄傑破枕才移孤館雨扁舟又泛長
江雪要煙花三月到揚州逢人說」此兩年中往來九江岳州故云「行遍江南」據結尾數語可知離
岳州後沿江東下。此外之滿江紅題云「題呂仙祠飛吟亭壁，用馮經歷韻」水龍吟亦在卷上，題為
「登岳陽樓感鄭生龍女事譜大曲薄媚」綠頭鴨在卷下題為「洞庭懷古」

本年是否全年在岳州，或曾往湖南內地，無從考定但天籟集中無曾到長沙等處詞句，當以始終在岳
未曾遠離之可能居多。題呂仙祠滿江紅有「三入岳陽人不識」句，蘇譜據此以為仁甫曾有數年
「流離兩湖」大誤三入岳陽乃呂洞賓事世傳洞賓詩云：「朝游北海暮蒼梧袖裏青蛇膽氣粗三入
岳陽人不識朗吟飛過洞庭湖」元雜劇每用為洞賓上場詩此詞題為呂仙祠飛吟亭故用此語非仁
甫自敍。

敬甫爲江南行御史臺掾史行臺時在揚州;敬甫本年三十二歲。

敬甫碑:「至元十四年江南建行臺御史大夫相威公慎簡所屬,署君爲掾史。」元史卷九世祖紀:「至

元十四年七月丙午置行御史臺於揚州,以都元帥相威爲御史大夫。」同書八十六百官志:「至元十

四年始置江南行御史臺於揚州尋徙杭州又徙江州二十三年遷於建康」同書六十二地理志同。

元世祖至元十五年
宋帝昺祥興元年　戊寅　一二七八　五十三歲

是年本宋端宗景炎三年四月端宗殂衛王昺即位五月,改元祥興。

正月十五日到揚州時敬甫在揚。

天籟集卷下木蘭花慢詞題云:「燈夕到維揚」詞云:「壯東南形勝淮吐浪海吞潮。記此日江都,錦帆

巡幸汴水迢遙迷樓故應不見問瓊花底事也香銷與廢幾更王霸是非總付漁樵。　誰能十萬更纏腰,

鶴馭儘飄飄正繡陌珠簾紅燈開影三五良宵春竹西亭上拚淋漓一醉解金貂。二十四橋明月玉人

何處吹簫」作拌,間字原闕,拚字原誤;據文義補正。

云:「要烟花三月到揚州逢人說」不過用李白詩句而泛言之耳。然此二語充滿將游新地之欣喜語

氣木蘭花慢則全首無舊地重來之意可知本年乃初到揚州。敬甫去年官於揚州本年當仍在揚行

臺初建不會於本年初即遷地也。

是年春賦水調歌頭爲呂師夔祝壽。

詞見天籟集卷上題云:「至元戊寅爲江西呂道山參政壽」詞中有「香風萬家曉,和氣九江春。」

「牆外陰陰桃李」諸語，故知呂壽在春日此時師夔仍在江西，仁甫已至下江壽詞蓋寄贈也。

是年秋冬間賦水龍吟詞送史某鎮西川

初見天籟集卷上題云「送史總帥鎮西川，時方混一」全詞從略按元史眞定史氏諸人傳及史弼傳，

俱無鎮西川事此史總帥不知是何人其事亦不詳在何年惟元史卷十世祖紀云「至元十五年三月

甲午西川行樞密院招降西蜀重慶等處得府三州六軍一監一縣二十冊四十蠻夷一……夏四月甲

子命不花留鎮西川……八月甲戌安西王相府言川蜀悉平……九月癸未省東西川行樞密院其成

都潼川重慶利州四處皆設宣慰司」證以詞題「時方混一」之語史某之鎮西川當在川蜀悉平省

東西川行樞密院之後姑繫本年

元世祖至元十六年
宋帝昺祥興二年 己卯 一二七九 五十四歲

去年到揚州明年卜居建康（今南京）本年踪跡當不出江浙一帶。

是年二月元兵攻下厓山宋亡元「混一」中國（混一乃當時習用語）。

李治卒年八十八。

段成己（誠之菊軒）卒年八十一。

元世祖至元十七年 庚辰 一二八○ 五十五歲

卜居建康賦詞多首

天籟集卷上奪錦標詞題云：「庚辰卜居建康暇日訪古……」初到建康或在去年奪錦標之外，卷上

水調歌頭「初至金陵諸公會飲因用北州集咸陽懷古韻」「諸公見賡前韻,復自和數章。」「感南唐故宮」「朝花幾回歇」「咸陽懷古復用前韻」等五首同調同韻應是本年或去年作咸陽懷古一首乃賦題而非紀事,自不能據此以為仁甫會到其地。

去年宋亡於崖山為天下事一大轉變本年卜居建康為仁甫個人生活一大轉變。年代或地方之作品中年以前作於北方者少中年以後作於南方者多且全集絕無重返故鄉作品亦據此可知自本年至大德丙午將近三十年中仁甫蹤跡似始終在江浙一帶未回北方論其風格品藻亦以中年以後南方諸作為佳不僅「得江山之助」東南文物六朝遺跡亦足以開拓其心胸充實其作品也仁甫撰寫雜劇恐亦是南下以後事。

元世祖至元十八年　辛巳　一二八一　五十六歲

敬甫本年三十六歲授從事郎、江東建康道提刑按察司經歷。

敬甫碑:「〔至元〕十八年授從事郎、江東建康道提刑按察司經歷。改荊湖占城等處行省都事時荊湖省臣某括財恣威福君度不可與共事,辭不拜後果受誅二十四年,改浙西提刑按察司經歷遷平江丁母羅夫人憂以夫人喪葬於吳將終老焉會詔舉不附權臣自晦者有以君辭荊湖事荐於上,除福建宣慰司經歷。……三十一年,丞相太傅公為湖廣平章君時為都事。……大德二年,進本省理問官推誠燭幽莫有滯濫」按元史十六世祖紀:「〔至元二十八年五月甲辰要束木以桑哥妻黨為湖廣行省平章;至是,坐不法者數十事詔械致湖廣省誅之辛亥詔以桑哥罪惡繫獄按問誅其黨要束木八吉等……

秋七月丁巳桑哥伏誅」據敬甫碑所記,辭湖廣事在至元二十四年之前被荐除福建經歷在至元三

十一年之前以上引世祖紀考之所謂「權臣」為桑哥,「荊湖省臣」為要束木蓋無可疑此二人伏

誅於至元二十八年五月及七月,敬甫赴福建任當在二十九年天籟集木蘭花慢題注云「時浙憲置

司於平江」其時為至元二十六年。(參閱彼年。)浙憲卽浙西提刑據此題注及上引敬甫碑可知至

元二十六年敬甫仍官於按察司二十九年敬甫被荐赴閩當然母喪已滿兩相參證丁羅夫人憂應在

至元二十七年以上諸事於仁甫兄弟出處踪跡皆有關聯彙錄考證於此以後各該年事跡卽據此繫

註。

元世祖至元十九年　壬午　一二八二　五十七歲

元世祖至元二十年　癸未　一二八三　五十八歲

元世祖至元二十一年　甲申　一二八四　五十九歲

元世祖至元二十二年　乙酉　一二八五　六十歲

元世祖至元二十三年　丙戌　一二八六　六十一歲

四月,賦紀夢水調歌頭詞及另一首道士李純有水調歌頭相贈。

紀夢詞見天籟集上有小序云「丙戌夏四月八日夜夢有人以『三元秘秋水』五言謂予請三元之

義。」恍惚玩味可作水調歌頭首句;恨秘字之義未詳後從相國史公歡游如平生俛賦

樂章因道此句但不知秘字何意公曰:『秘卽封也。』甫一韻而癗後三日成之以識其異」全詞從略。

據「歡游如平生」語，可知仁甫與史天澤情分故予以爲仁甫南下可能係從事天澤軍幕此詞之後

又一水調歌頭題云：「予既賦前篇一日舉似京口郭義山義山曰『此詞固佳但詳夢中所得之句元

者應謂水府今止詠甲子及秋水篇事恐未盡也』因請再賦」全詞從略郭義山未詳。

李道純清庵先生詞水調歌頭贈白蘭谷云「三元秘秋水微密實難量未分清濁天地人物一包藏一

乃太玄眞水一氣由茲運化三極理全彰上下降升妙根本在中黃。兔懷胎牛喘月蚌含光人明此理，

倒提斗柄戽銀潢絕斷曹溪一派掀倒蓬萊三島無處不仙鄉誰爲白蘭谷安寢感羲皇」此詞首句亦

用「三元秘秋水」當是仁甫紀夢詞後不久所作清庵先生詞據彊村叢書本李道純見前生平總述。

本年呂文煥請老還鄉仁甫有壽呂沁園春詞疑是本年作。

新元史一七七呂文煥傳：「〔至元〕二十三年文煥以江淮行省右丞請老許之仍任其子爲宣慰使後

卒於家」沁園春詞見天籟集卷上題云「十二月十四日爲平章呂公壽」全詞從略詞中有「急流

勇退黃閣難留苑裘喜遂歸休」諸語甚似文煥請老歸家後不久所作非今年即明年也。

貫雲石（酸齋）生。

酸齋與仁甫同生丙戌年而晚一甲子其祖父阿里海涯生於丁亥少仁甫一歲。

元世祖至元二十四年　丁亥　一二八七　六十二歲

二月王博文（子勉）作天籟集序。

序文見附錄序末云「至元丁亥春二月上休日正議大夫行御史臺中丞西溪老人王博文子勉序」

一三九

博文長仁甫三歲本年六十五歲時江南行御史臺已遷至建康，見前丁丑年引元史百官志。

秋，得友人王思廉（仲常）書作風流子詞寄之。

詞見天籟集卷下有小序云「丁亥秋，復得仲常書，有『楚星燕月，千里相望，何時會合以副舊游』之語就譜此曲以寄之」王思廉見生平總述其人本年官同知大都留守兼少府監事見元史一六〇本傳大都即今北平本爲燕山府建康、楚金陵縣也，故有「楚星燕月」之語。

敬甫四十二歲任浙西提刑按察司經歷考證見至元十八年。

張翥（仲舉蛻崖）生。

元世祖至元二十五年　戊子　一二八八　六十三歲

秋日作木蘭花慢送合道監司赴任秦中。

詞見天籟集卷下題云：「戊子秋送合道監司赴任秦中，兼簡程介甫按察」詞中有「渭北春天樹遠，江東日暮雲深。」之語據知此時當是仍居建康合道及程介甫俟考。

八月十一日至友王博文卒年六十六歲。

商挺（孟卿左山）卒年八十。

元世祖至元二十六年　己丑　一二八九　六十四歲

本年曾至揚州在揚有送胡祗遹王惲赴浙右閩中任木蘭花慢。

詞見天籟集卷下題云：「己丑送胡紹開王仲謀兩按察赴浙右閩中任時浙憲置司於平江，故有向吳

一四〇

亭句」。詞中有「相逢廣陵陌上，恨一尊不盡故人情」之語，廣陵即揚州。敬甫四十四歲仍官浙西按察司考證見至元十八年。

元世祖至元二十七年　庚寅　一二九〇　六十五歲

丁繼母羅夫人憂。

考證見至元十八年。敬甫為羅夫人所生其年少於仁甫二十歲；羅夫人之年蓋長於仁甫不多。

元世祖至元二十八年　辛卯　一二九一　六十六歲

二月三日在杭州與李景安游西湖賦永遇樂詞。

詞見天籟集卷下題云：「至元辛卯春二月三日同李景安提舉游杭州西湖。」全詞從略李景安其人俟考仁甫居南方甚久游踪至杭當不止此一次。

元世祖至元二十九年　壬辰　一二九二　六十七歲

敬甫為福建宣慰司經歷侯克中（艮齋）有詩送之。

考證見至元十八年侯克中艮齋詩集卷五「白敬甫經歷有閩中之行」詩云：「里巷親情未易疏，豈期歲晚別中吳天衢自昔搏鵬翼家道於今有鳳雛尊俎只宜終日戒詩書不可片時無洪勳大業他年了，重繪香山九老圖」侯克中見生平總述亦真定人故有「里巷親情」之語敬甫赴閩任乃自蘇州平江前往故云「別中吳」據此詩知本年侯在蘇州艮齋集卷九有「答白仁甫」詩云「別後人空老書來慰所思溪塘連轡日風雨對床時我愛香山曲，

君奇石鼎詩何當湖上路同賦鷓鴣詞。」讀之可見兩人交誼不知何年作附錄於此。

元世祖至元三十年　癸巳　一二九三　六十八歲
仁甫於金哀宗天興壬辰癸巳間遭逢喪亂亡國失母至此六十年矣。
四月劉因卒年四十五歲。

元世祖至元三十一年　甲午　一二九四　六十九歲
敬甫為湖廣行省都事考證見至元十八年
正月元世祖崩四月成宗即位元史十七世祖紀

元成宗元貞元年　乙未　一二九五　七十歲

元成宗元貞二年　丙申　一二九六　七十一歲

元成宗大德元年　丁酉　一二九七　七十二歲

元成宗大德二年　戊戌　一二九八　七十三歲
敬甫五十三歲任湖廣行省理問官考證見至元十八年

元成宗大德三年　己亥　一二九九　七十四歲

元成宗大德四年　庚子　一三〇〇　七十五歲
敬甫五十五歲改官江西理問旋入官翰林院赴江西時程文海有詩送行。

敬甫碑「〔大德〕四年改江西省理問官，究偽楮獄得直。於時翰林承旨閻公復，持士論賢否，有言曰：

『白文舉父子兄弟俱有文名敬甫幼負俊聲，老不入翰林咎將執執。『奏爲翰林待制；復同僉太常禮

儀院事儀度閑整贊禱禋祀勳不踰矩蒼顏玉立眞善爲頌者也」入翰林當在本年後不久改官太常

或在稍後其時年近六旬故有「蒼顏」之語程文海雪樓集二十七「送白敬父赴江西理問」詩云：

「斯人官此孰能知江漢天成一段奇南國樹能思召伯西風塵豈爲元規相看未穩渾疑夢一笑無何

又別離好泝澄江吾所飲思君還讀寓齋詩」文海之年少於敬甫三歲少於仁甫二十三歲朱彝尊序

天籟集據此詩末句以爲文海是仁甫兄弟之父執誤矣。

元成宗大德五年　辛丑　一三零一　七十六歲

元成宗大德六年　壬寅　一三零二　七十七歲

元成宗大德七年　癸卯　一三零三　七十八歲

元成宗大德八年　甲辰　一三零四　七十九歲

元成宗大德九年　乙巳　一三零五　八十歲

元成宗大德十年　丙午　一三零六　八十一歲

秋日有別揚州水龍吟詞本年以後事跡無考卒年未詳。

詞見天籟集上題云：「丙午秋到維揚途中值雨甚快然。」詞云：

「短亭休唱陽關柳絲惹盡行人怨鴛

鴦隻影荷枯葦淡沙寒水殘紅綬雙銜玉簪中斷苦難留戀更黃花細雨征鞍催上青衫淚一時濺。　回

首孤城不見黯秋空去鴻一線情緣未了誰教重賦春風人面鬪草閒庭採香幽徑舊曾行徧謾今宵酒

醒無言有恨恨天涯遠。」通首全是「別」情,更無「到」意,可斷定爲形近之誤,故迻行改到爲別。快

然,四印齋本作快然,與詞意不合,今從九金人集本何時自建康到揚州別後又往何處均無可考。

前一丙午爲元定宗元年、宋理宗淳祐六年,仁甫二十一歲文學尚無恙。時揚州屬宋境,且爲軍事重鎮,

年甫弱冠老父在堂之北方書生無遠適其地之理以詞之風格言則老境可能如此清麗,少作甚難如

此工穩淒婉之致尤非弱冠之年所有。且仁甫初到揚州在至元十五年(參閱彼年)此詞自應定爲

本年作如丙午二字不誤仁甫八十一歲尚在當無問題期頤之壽畢竟少見其卒當在此後十年之內,

即元仁宗皇慶元年壬子一三一二前後至於蘇譜所云八十七歲尚在前已駁正之矣。

譜　後

元武宗至大二年　己酉　一三〇九

敬甫卒年六十四。

敬甫碑云:「至大二年己酉四月卒於官年六十有三。」敬甫生於丙午,見碑,本年六十四而云六十三者生日在十二月亦見碑,故舉其足數仁甫本年八十四歲未詳是否尚在。

元文宗至順元年　庚午　一三三〇

鍾嗣成錄鬼簿成書。

嗣成自敍署「至順元年龍集庚午月建甲申二十二日辛未。」朱士凱序署「至順元年九月吉日。」

明太祖洪武七年　甲寅　一三七四

是年去仁甫之生已一百零五年當然墓木已拱故錄鬼簿列其名於「前輩已死名公才人。」

仁甫之孫白溪（字子南）分敎姑孰郡學（今安徽當塗縣），得天籟集於姑孰士大夫家，以示學官孫大雅後三年丁巳大雅爲之序。

見天籟集孫大雅序。

明武宗正德五年　庚午　一五一零

陳霆（聲伯）爲六安州通判仁甫裔孫永盛時爲州庠生霆與之往來獲瞻仁甫遺像爲賦酹江月詞弔之。

永盛以天籟集請霆爲梓行霆諾而未果後誌其事於所著渚山堂詞話。

渚山堂詞話卷三：「天籟集爲白樸太素所作太素號蘭若趙之眞定人故金世家也生長兵間流落竄逸父子相失逡巡於父執元遺山所元公敎之讀書既長問學宏博後以詩詞顯金亡恆鬱鬱不樂逡不復求仕以詩酒自放於山水間予謫倅六安於其裔孫庠生白永盛家獲瞻其遺像酒邊爲賦酹江月一詞弔之永盛因出詞集囑予爲登梓宦跡蓬轉未及諸所諾今屛退林下無力復辦此矣感今追昔是不惟辜永盛之託且不肖於此夙昔不淺當復負此老於地下也弔詞云『滑稽玩世知胸藏多少春花秋月天籟有詞人有像還是遺山風格松下巢由竹間逸少氣韻眞高潔坐談拊掌溪山等是詩訣。見說多景樓前鳳凰臺上醉帽風吹裂千古英豪消歇盡江水至今悲咽九死投荒三年坐困一樣成愁絕寄聲知否酒杯當酹松雪』凡白之大略詞頗該之」按仁甫之號王博文天籟集序錄鬼簿李道純淸庵

詞均作蘭谷，此獨作蘭若，當是誤記或誤刊。陳霆以忤劉瑾於正德二年受廷杖，自刑科給事中貶爲六
安州判，瑾誅起用爲山西督學，見康熙德清縣志卷七人物傳。瑾伏誅在本年八月，見明史卷十六武宗
紀及三〇四瑾傳。上引酹江月詞云「九死投荒三年坐困」，蓋到六安後三年作即本年也，其時間自
是在八月瑾死之前，此詞並不甚佳，但頗能該括仁甫生平，故備錄之。

清聖祖康熙四十九年　庚寅　一七一〇

楊友敬（希洛）刊行天籟集並輯仁甫散曲爲「摭遺」一卷附刊。

天籟集朱彝尊序云：「康熙庚辰八月之望，六安楊希洛氏千里造余，袖中出蘭谷天籟集，則仁甫之詞
也。……白氏於明初由姑孰徙六安，是集希洛得之於其裔孫駒，將刊行，屬余正其誤，乃析爲二卷，序其
端。」觀上年所引渚山堂詞話，可知天籟集在明代未曾付梓，友敬本年所刊行者乃第一次印本。楊跋
題戊子冬，王峘跋題庚寅三月，相去年餘，庚辰則在庚寅之前十年，不應相隔如此之久，想是竹垞筆誤。
白氏於明初由姑孰徙六安之說，僅見於竹垞此跋，蓋友敬亦六安人，與白家人爲友，其言可
信也。九金人集本之仁甫遺像，云自楊本重摹，原像當即陳霆所見者，此像白氏世代相傳，雖屢經重摹，
究與懸擬無據者不同。四印齋刻本天籟集亦從楊本出，而刪去此像，「殊屬非是」

白仁甫交游生卒考

此篇爲予所撰金元疑年偶錄之一部分，今移附仁甫年譜之後，以供讀者參考。篇中諸人，或爲仁甫朋輩或爲同時及時代相先後之詞曲作家而非必與仁甫相識今統以「交游」目之全篇共三十九人依生年先後順序排列盧摯關漢卿王實甫三人之生卒年壽文獻不足，無從考定姜亮夫編歷代名人年里碑傳綜表強爲臆測不可憑信今以辨正之辭附於篇末庶免貽誤學者此文曾發表於臺北廣文月刊一卷一期其中有若干疏誤現均已補正五十九年冬日記。

趙秉文　周臣（閑閑居士）　磁州　七十四

金海陵王正隆四年己卯一一五九——　金哀宗天興元年壬辰一二三二（註一）
宋高宗紹興二十九年己卯一一五九　　宋理宗紹定五年壬辰一二三二

元好問遺山文集卷十七閑閑公墓銘云「開興改元北兵由漢中道襲荆襄京師戒嚴……竟用是得疾以夏五月十有二日春秋七十有四終於私第之正寢」金史一一○本傳「正大九年正月汴京戒嚴上命秉文爲赦文。……是年五月壬辰（十二日）卒年七十四」正大九年正月改元開興四月又改天興見金史十七哀宗紀故正大九、開興元、天興元，實爲同一年。秉文滏水文集十三學道齋記云：「予七歲知讀書十有七舉進士二十有七與吾姬伯正父同登大定二十五年進士第」其年爲乙巳一一八五自此上推至己卯一歲，下推至壬辰七十四歲，皆相符合錢大昕疑年錄卷二推定生卒年壽

如右姜亮夫歷代名人年里碑傳綜表從之，是也。（錢書以下簡稱錢錄姜書又名歷代人物年里通譜，以下簡稱姜表。）

劉祁歸潛志卷一云：「天興改元夏四月卒年七十三。」墓銘云「弱冠登大定二十五年進士第。」一般習慣以二十歲為弱冠，此則約略言之當然以自敘之二十七歲登第為準。　姜表備考云「或作大定元年辛巳生甲午卒」其說不知見於何書但可斷定是為「重校訂紀元編」所誤此書誤列開與元年於天興二年癸巳之後干支隨之誤為甲午（註二）或人據此誤書依壽七十四推之遂致大謬；

（註一）宋亡以前並列南北紀元其人為金元人紀元先北後南宋人入元者紀元先南後北。

（註二）原本紀元編不誤校訂本反誤。

王若虛　從之　藁城　七十歲
金世宗大定十四年甲午一一七四──金乃馬真后元年甲午一二四三（註一）
宋孝宗淳熙元年甲午　　　　宋理宗淳祐三年癸卯一二四三

元好問遺山文集十九內翰王公墓表「歲癸卯夏四月辛未（二十五日）內翰王公遷化於泰山。……」

得壽七十。（註二）

（註一）元世祖至元八年十一月始改國號曰元以前稱蒙古今統稱為元，

（註二）各人卒年及壽數兩項有明確記載見於某書者本篇僅照錄其原文，讀者自可明瞭舊日習用之「據此推算生於某年」或「自某年上推若十十年生於某年」一類字樣近於詞費今除行文

上有時需要外儘量省去不用。

劉從益　雲卿　渾源　四十四

金世宗大定二十八年辛丑一一八一——金哀宗正大元年甲申一二二四

宋孝宗淳熙　　　　　　　　　　　宋寧宗嘉定十七年甲申

施國祁元遺山年譜附註云「劉雲卿長遺山九歲」按遺山生於明昌庚戌一一九零，見彼條，長九歲應是辛丑生中州集卷六小傳，金史一二六文藝傳俱云雲卿卒年四十四施說未言所據不知確否姑從之劉歸潛志自序云「不幸弱冠而先子歿」祁生於泰和癸亥一一○三見彼條此所謂弱冠如為二十歲則雲卿生卒俱應提早兩年但二十一二甚至更多亦偶有稱弱冠者未能據此以駁正施說也手邊無施著禮耕堂叢說留俟詳考。

嚴實　武叔　長清　五十九

金世宗大定二十二年壬寅一一八二——元太宗十二年庚子一二四○

宋孝宗淳熙　　　　　　　　　　　宋理宗嘉熙四年庚子

元遺山文集二十六東平行臺嚴公神道碑「以庚子四月己亥（初五日，春秋五十有九，薨於私第之正寢」元史一四八本傳同。（註）

（註）諸史列傳多只記卒年而無月日本篇所謂本傳同者但指卒年而言。

雷淵　希顏　渾源　四十八

金世宗大定二十四年甲辰一一八四——金哀宗正大八年辛卯一二三一

宋孝宗淳熙十一年甲辰　　　　　　　宋理宗紹定四年辛卯

中州集卷六冀禹錫傳云：「希〔顏〕長予六歲歿於正大辛卯之八月，年四十八。」（參閱李獻能條）

遺山生於明昌庚戌一一九〇，見下條希顏長六歲，應是甲辰生遺山文集二十一希顏墓銘則云：「希顏年四十六以八年辛卯八月二十有三日暴卒」與中州集不合合按中州集敍述分明劉祁歸潛志卷一希顏小傳亦云：「一夕暴卒年四十八。」金史一一〇本傳亦同可知墓銘之四十六爲四十八之誤，六八兩字互誤其例甚多。姜表云年四十六大定二十六年丙午生乃誤據墓銘推算。

大德碑本郝經撰遺山先生墓銘「歲丁巳秋九月四日遺山先生卒於獲鹿寓舍。……春秋六十有八。」行世遺山年譜數種皆據此。

元好問　裕之（遺山）　秀容　六十八

金章宗明昌元年庚戌一一九〇——元憲宗
宋光宗紹熙元年庚戌一一九〇　宋理宗寶祐五年丁巳一二五七

王鶚　百一（伯翼）　東明　八十四

金章宗明昌元年庚戌一一九〇——元世祖至元十年卒年八十四。
宋光宗紹熙元年庚戌一一九〇　宋度宗咸淳九年癸酉一二七三

元史一六〇本傳「〔至元〕十年卒年八十四。」蘇天爵國朝名臣事略（即元名臣事略）卷十二引墓碑同。

張柔　德剛　定興　七十九

金章宗明昌元年庚戌一一九〇——元世祖至元五年戊辰一二六八
宋光宗紹熙元年庚戌一一九〇　宋度宗咸淳四年戊辰一二六八

元史一四七本傳「〔至元〕五年六月卒年七十九。」蘇天爵國朝名臣事略卷六同。

李獻能　欽叔　河中　四十一

金章宗明昌三年壬子一一九二——

金哀宗天興元
宋光宗紹熙三年壬子一一九二　宋理宗紹定五年壬辰一二三二

金史十八哀宗紀「天興元年十一月丙寅（二十日）元帥權與寶軍節度使趙偉襲據陝州以叛殺行省阿不罕奴十刺以下凡二十一人」獻能卽在此二十一人之內，詳見金史一一六徒單兀典傳中

州集卷六冀禹錫傳「在京師時希顏（雷淵）、仲澤（王渥）、欽叔父（禹錫）相得甚歡，外堂拜親有昆弟之義而不肯徒以文字之故得幸諸公間希長予六歲，澤長四歲，欽與京少予二歲希歿於正

大辛卯之八月，年四十八；澤歿於明年之七月，年四十七；欽歿於其年十一月，年四十一歲京歿於又明年之三月，年四十二」此段爲考訂四人年齡之最佳資料。遺山生於明昌庚戌一一九〇見上條，據

「少予二歲」推算，獻能生於壬子至壬辰四十一歲。

元好問續夷堅志卷一康李夢應條「康伯祿李欽叔壬辰冬十二月，行部河中先城未破一日，康與欽叔求夢於其神……明日城陷伯祿爭船不得上落水死李得船走陝縣三四日改歲」若據此說則欽

叔至癸巳正月尚存與中州集矛盾按河中之陷在正大八年十二月己未（初八日）見金史十七哀宗紀。中州集卷六獻能傳亦云「充河中經歷正大八年河中陷獨得一船走陝

卯遺山偶然筆誤耳。劉祁歸潛志卷二獻能小傳云「天興改元陝亂見殺年四十三」此文壬辰應作辛

見聞不切，自當以遺山所記爲準。金史一二六文藝傳亦云年四十三乃襲歸潛志之誤。

李冶（冶亦作治）　仁卿（敬齋）　欒城　八十八

金章宗明昌三年壬子一一九二——
宋光宗紹熙三年壬子一一九二——元世祖至元十六年己卯一二七九（卽宋亡之年）

蘇天爵國朝名臣事略卷十三「至元二年，召拜翰林學士明年，以疾辭歸居元氏之封龍山十六年卒，

年八十八」元史一六○本傳只云年八十八未記卒年。

姜表備考云：「或作生大定二十年庚子」此說本於施國祁元遺山年譜譜云仁卿長遺山十歲遺山

生於庚戌如長十歲自是生於庚子然事略云「（仁卿）與河中李欽叔龍山冀京甫平晉李長源爲同

年友」同年之義有二一爲同年進士一爲同年出生仁卿爲正大七年進士見事略冀禹錫爲崇慶二

年進士見中州集卷六禹錫傳李獻能爲貞祐三年進士見金史一二六文藝傳李汾未嘗登第而後三

人則均爲壬子生可知所謂同年友者同生於壬子也且仁卿於至元二年召拜翰林學士若生於庚子

則其年已八十六歲耄齡從政爲情理所不許至己卯卒時已是百齡人瑞果有其事不應全無記載施

說未附考證不知因何致誤留俟再考。

一五二

杜仁傑

仲梁（善夫）　長清　八十歲

金章宗明昌元年庚戌一一九○以後
宋光宗紹熙元年

金章宗承安二年丁巳一一九七以前——
宋寧宗慶元三年

元世祖至元十三年丙子一二七六以前
宋恭帝德祐二年

後

元世祖至元六年已巳一二六九以
宋度宗咸淳五年

善夫與元遺山同時，遺山集卷三有半山亭招仲梁飲詩生卒確年待考。近人孫君撰關漢卿行年考云：

「杜散人卽杜善夫與元遺山爲儕輩由金入元其卒年在至元六年後十三年前年八十歲」未詳所

據姑從其說三十年前曾見友人吳君所撰杜善夫事跡考於善夫家世及生平考訂甚詳當時未多留

意今手邊無此文不記其與孫說之異同矣。

商衡　正叔（一作政叔）　濟陰　六十以上

金章宗明昌五年甲寅一一九四——　　　　　　　元憲宗
宋光宗紹熙五年甲寅一一九四　　　　　　　宋理宗寶祐三年癸丑一二五三以後

元遺山文集三十九曹南商氏千秋錄「正叔年甫六十安閑樂易，福祿方來。」文末署「癸丑二月，

自癸丑上推六十年生於甲寅卒年未詳

此即錄鬼簿之商政叔學士金亡時已四十一歲，為元曲作家前輩，故所作諸曲多用古調舊格。衡為

道之古體千秋錄云正叔兄名衡弟名衍字皆從「行」故不可書作通行體道字。

張德輝　耀卿　交城　八十歲

金章宗明昌六年乙卯一一九五——　　　　　元世祖至元十一年甲戌一二七四
宋寧宗慶元元年乙卯一一九五　　　　宋度宗咸淳

蘇天爵國朝名臣事略卷十小傳云「至元十一年卒年八十」元史一六三本傳僅云年八十，未記卒

年。

段克己　復之　稷山　五十九

金章宗承安元年丙辰一一九六——　　　元憲宗
宋寧宗慶元二年丙辰一一九六　　　宋理宗寶祐二年甲寅一二五四

段成己　誠之　稷山　八十一

金章宗承安四年己未一一九九——元世祖至元十六年己卯一二七九（宋亡之年）
宋寧宗慶元五年己未一一九九——元世祖至元十六年己卯一二七九（宋亡之年）

二段金史無傳，右據孫德謙撰年譜。

楊果　正卿（西庵）　蒲陰　七十五

金章宗承安二年
宋寧宗慶元三年丁巳一一九七——

蘇天爵國朝名臣事略卷十小傳云「至元六年（己巳）出爲懷孟路總管其年薨年七十三」錢椒補疑年錄卷二據此推定生於丁巳卒於己巳年七十三。元史一六四本傳云至元六年出爲懷孟路總管大修學廟以前嘗爲中書執政官移文申部特不署名以老致政卒於家年七十五」與事略不同。按事略又引國朝典章（即元典章）云：「尚書禮部會驗舊例內外官行移親王宰相不署姓執政署姓解亦不書名實古禮尊賢貴德之義照得懷孟路總管楊少中係前執政官見申部文解書名似或於禮未宜乞依舊例止書姓不書名尚書省依至元七年十月」此即本傳所云「以前嘗爲中書執政官移文申部特不署名」據此知至元七年尚存並非卒於六年；應從本傳之七十五歲推定卒於八年蓋致仕即在其年旋卒於家也。

史天澤　潤甫　永清（後居真定）　七十四

金章宗泰和二年壬戌一二〇二——
宋寧宗嘉泰二年壬戌一二〇二——
元世祖至元十二年乙亥一二七五

元史一五五本傳：「以（至元）十二年二月七日薨年七十四。」蘇天爵國朝名臣事略卷七同。

劉祁　京叔　渾源　四十八

金章宗泰和三年癸亥一二〇三——
宋寧宗嘉泰三年癸亥一二〇三——
元海迷失后三年庚戌一二五〇

錢大昕疑年錄卷二所定如此姜表從之余嘉錫疑年錄稽疑卷二云：「王惲秋澗集卷五十八渾源劉先生哀詞云庚戌春方負笈南邁以逐摳衣之間而凶訃掩至」篤案歸潛志自序云：「甲午歲復于鄉，

蓋年三十二矣。據此諸證上推至癸亥一歲、下推至庚戌四十八歲皆相符合。

商挺　孟卿（左山）　濟陰　八十歲
金衞紹王大安元　宋寧宗嘉定二年己巳一二○九——元世祖至元二十五年戊子一二八八

蘇天爵國朝名臣事略卷十一小傳引清河元公撰墓碑云「公生於大安己巳」。又云：「〔至元〕二十五年薨年八十」元史一五九本傳：「〔至元〕二十五年，帝間中丞董文用曰：『商孟卿今年幾何』？對曰：『八十』帝甚惜其老而歎其康強是歲冬十有二月卒」

劉秉忠　仲晦　邢臺　五十九
金宣宗貞祐四年丙子一二一六　宋寧宗嘉定九年丙子——元世祖至元十一年甲戌一二七四　宋度宗咸淳十年甲戌

元史一五七本傳「〔至元〕十一年秋八月秉忠無疾端坐而卒年五十九」張文謙撰行狀云「〔至元〕十一年秋八月壬戌（十九）夜謂侍者曰『我欲靜坐不召勿來』侍者皆退長歌至雞鳴乃止遲明，侍者入卽端坐而薨……享年五十有九。……十二年春正月詔贈太傅儀同三司文貞公」王磐撰神道碑、徒單公履撰墓誌銘，俱同行狀姚樞祭文署「至元十一年九月甲戌朔八日辛巳」徐世隆祭文署「至元十一年歲次甲戌冬十二月望日」以上諸文俱見藏春集附錄張、王、徒單姚、徐、皆秉忠同時人記年相同無可疑者姜表備考云：「或作一二一七年生、一二七五年卒」不知是何粗心人竟以贈官賜諡之年爲卒年。

王博文　子勉　山東　六十六

金宣宗元光
宋寧宗嘉定十六年癸未 一二二三——

二年癸未一二二三——元世祖至元二十五年戊子一二八八

王惲秋澗大全集六十四御史中丞王公誄文「大元至元二十五年歲在戊子，秋八月十有一日，前禮

部尚書御史中丞東魯王公薨於維揚之客舍」又云「以公壽言六十六秩。」

王惲　仲謀（秋澗）　汲縣　七十八

金哀宗正大四年丁亥 一二二七——元成宗大德八年甲辰 一三〇四
宋理宗寶慶三年丁亥

秋澗大全集附錄其子公孺所撰神道碑銘云「大德甲辰歲六月辛丑（二十日），以疾薨於私第正

寢之春露堂享年七十有八」又陳儼所撰哀挽詩序亦云「內翰秋澗公謝事之明年終命於家春秋

七十八實大德甲辰六月辛丑也。」

秋澗集卷一蛾眉研賦序云「乙卯春偶得是硯於販夫之手」其賦云「噎齋主人行年二十有九。

卷十一游金山寺詩跋云「至元庚寅冬予自福建北歸，渡江作此詩，未嘗示人，逮大德己亥，十年矣。」

……汲郡王某題，時年已七十三矣。同卷泰山圖詩題注云「時元貞元年（乙未）秋九月十四

日作時歲賤庚六十有九」卷四十一王氏藏書目錄序「不肖某今年四十有一」此序自署年月為

「至元四年（丁卯）秋七月」附錄李謙撰壽七十詩卷序云「公長予六年今平頭七十。」序末署

「元貞二年（丙申）夏五月」以上乙卯二十九己亥七十三乙未六十九丁卯四十一丙申七十均

與生於丁亥相合惟卷五和淵明歸田園詩序「庚寅冬予自閩中北歸年六十有五」卷十一雜言詩

題注云「庚寅七月二日病告中作」其詩首句云「我今行年六十五」公孺所撰神道碑云「大德

元年，進中奉明年戊戌春以三朝舊臣賜楮幣萬緡其年七十，請老不許」庚寅應六十四而云六十五，

戊戌應七十二而云七十均不合前者或因從信星命家言有所避忌後者疑是「官年」（星命家有

所謂「瞞天過海」法即於行運凶險可能「過不去」之年多說一兩歲元時從政者之「官年」

每與實際年齡相差一兩歲）至如錢大昕疑年錄卷二云：生於戊子年七十七則與所有證據均不合，

其誤無疑余嘉錫疑年錄稽疑卷二曾辨正錢說但頗爲簡略引證僅神道碑及哀挽詩序今爲詳考如

上。

胡祗遹　紹開（紫山）　武安　六十九

金哀宗正大四年丁亥 一二二七——元成宗元貞元年乙未 一二九五
宋理宗寶慶三年丁亥

近人孫君撰關漢卿行年考附注云「元史卷一百七十胡祗遹傳云『至元三十年卒年六十七』誤。

考秋澗集附錄載陳儼秋澗王公哀挽詩序云「乙未紫山胡公卒」乙未乃元貞元年又秋澗集卷四

十三紫山先生易直解序云『公沒之三載，嗣子伯馳攜所著易解，懇題其端。』此序作於大德二年，

（註）上距元貞元年，實三載」又云「紫山大全集卷七丁亥元日門帖子絕句有『今年六十一人』

之句，丁亥至元二十四年，下數至元貞元年，年六十九，與秋澗集卷四十三紫山胡公哀挽詩卷小序

『紫山壽幾七秩』之言合」孫說精當應從姜表則沿元史本傳之誤作「寶慶三年生至元三十年

卒六十七歲」

（註）秋澗此序自署年月爲大德二年冬十月八日。

周密　公謹（草窗）　吳興（祖籍濟南）　六十七

宋理宗紹定五年壬辰　一二三二——元成宗大德二年戊戌　一二九八

癸辛雜識後集先君出宰條云「先君子於紹定四年辛卯出宰富春，九月到任。……壬辰歲予實生於縣齋」顧文斌草窗年譜引朱存理珊瑚木難弁陽老人自銘云生於五月二十一日卒年則有三說其一錢大昕疑年錄卷二定爲至大元戊申年七十七其二顧撰年譜定爲大德三年己亥年六十八其三夏承燾草窗年譜所定如右夏說最爲詳確今從之。

張弘範　仲疇　定興　四十三

宋理宗嘉熙元年丁酉　一二三七——元世祖至元十七年庚辰　一二八〇

蘇天爵國朝名臣事略卷六「至元十七年卒年四十三」虞集道園學古錄卷十四淮陽獻武王廟堂之碑「疾革沐浴易衣冠……語竟邃端坐而薨十七年正月十日也得年四十三」元史一五六本傳亦云四十三但上文敍事不清頗似卒於十六年者諸史列傳每有此弊

姚燧　端甫（牧庵）　洛陽（祖籍柳城）　七十六

元太宗　宋理宗嘉熙二年戊戌　一二三八——元仁宗皇慶二年癸丑　一三一三

牧庵集附錄劉致所撰年譜云「太宗英文皇帝十年戊戌當宋嘉熙二年，先生生皇慶二年癸丑先生七十六歲。……九月十有四日薨」按牧庵集卷三馮松庵挽詩序云「先生歿以庚子歲七月十有四日，我先人之棄其孤亦同以是歲月日」卷十五姚文獻公神道碑云「燧生三歲而孤」合此二事可

一五八

知庚子戀年三歲,是爲生於戊戌之明證。

卷三十五浪淘沙詞題云:「大德丙午端月十四日立春巧連燈夕」詞中有「六十九年予治學老病齎與」之語丙午六十九上推至戊戌一歲下推至癸丑七十六皆合壽七十六則元史一七四本傳與劉撰年譜相同亦無疑問。吳修續疑年錄卷二云「七十六歲生元太宗十一年己亥（宋嘉熙三年）卒延祐元年甲寅」生卒俱誤遲一年姜表沿誤而備考云「或作生二年,元劉跂牧庵年譜從之」按劉跂爲劉致之誤致親炙牧庵曾共游處故所撰年譜至爲翔實生於嘉熙二年之說即出於此譜何謂「或作云云而劉譜從之」姜表之謬多此類也。

王思廉　仲常　獲鹿　八十三年

元太宗
宋理宗嘉熙二年戊戌一二三八——元仁宗延祐七年庚申一三二○

元史一六○本傳「延祐七年卒年八十三。」

相威　朮詳　蒙古　四十四

元太宗
宋理宗淳祐元年辛丑一二四一——元世祖至元二十一年甲申一二八四

元史一二八本傳「〔至元〕二十一年啓行四月卒於蠡州年四十四。」

仇遠　仁近（山村）　錢塘　八十左右

元定宗
宋理宗淳祐七年丁未一二四七——元泰定帝泰定四年丁卯一三二七前後

遠所撰金淵集卷六紀事詩題注云「淳祐丁未亦旱予始生」卷一寄史貴質詩題注云「丁未同庚。」

其詩首兩句云：「淳祐六十翁生遇時節好。」卷三丁未元日詩云：「花甲喜循環，風霜變老顏。」方囘桐江續集卷十二有除夕再用韻答仁近詩二首其一云「多公二十歲，筋力早衰微。」其二云「多公二十歲此夕感尤深」同生於寶慶丁亥桐江集中屢自言之其後二十歲正爲丁未。卒年未詳蘇霖跋仁近詩稿云「延祐丁巳秋予至錢塘拜識山村仇先生於北村湯先生之讀易精舍，既而屢承誨益」其年仁近七十一歲此後尚「屢承誨益」至少享年七十餘又錢惟善輓仇山村詩云「詩窮八十年，江海甚淒然玉塵風生煩青山雪滿顛門墻張籍俊墓表孟郊賢出處人皆識哀歌徹九泉」詩窮可解爲詩道之窮亦可解爲詩人身世之窮通觀全詩應從後解八十年謂仁近一生也以上所引蘇跋錢詩俱見錢塘丁氏刻本山村遺集據此兩證可知山村壽約八十左右卒年約在泰定天曆間姜表云「年六十餘理宗景定二年辛酉生卒年未詳」備考云「以方囘送山村爲溧陽教授序推之，當生於宋景定二年。又紀事詩云『淳祐丁未予始生』。則生一二四七年」按此序見桐江續集卷三十四及山村遺集附錄續集後半殘缺遺集附錄者完全序中與仁近年齡有關者僅有「仁近受溧陽州教年五十八矣歸附垂三十年始得一州教」兩句既未言得州教在何年亦未署作序年月何從肯定爲生於辛酉既未詳卒年何從知爲六十餘且既見「丁未予始生」之語何以不加理會而別造無稽之談眞不可解。　遠字仁近自號山村民簡稱山村姜表備考乃云「自號近山村民」字與號打成一片矣。

張炎

叔夏（玉田生）　山陰　七十歲以上

一六〇

山中白雲詞卷八臨江仙小序「甲寅秋寅吳作墨水仙爲處梅吟邊淸玩，時予年六十有七。」據此推

算生於戊申卒年未詳但錢良祐詞源書後云「乙卯歲予以公事留杭數月而玉田張君來寓錢塘縣

之學舍……因相從歡甚……丁巳正月江村民錢良祐書」全文毫無玉田已下世語氣可知丁巳七

十歲時尚在。（以上據馮沅君撰玉田年譜假定玉田卒於延祐七年庚申一三二〇左右其說未

能確定今不取姜表備考亦引馮譜，而云年在六十七歲以上，蓋未細讀譜文予初稿誤從姜表今改

正。）　江昱山中白雲詞疏證卷一疏影詞注云云玉田生於淳祐四年其說毫無佐證且與玉田自敍者

不合。

劉因　夢吉（靜修）　容城　四十五
元海迷失后二年己酉一二四九——元世祖至元三十年癸巳一二九三

蘇天爵滋溪文稿卷八靜修先生劉公墓表「（至元）三十年夏四月十有六日先生終於容城春秋四

十有五。……歲在己酉二月先生生於保定。」元史一七一本傳同。

程文海　鉅夫　建昌　七十歲
元海迷失后二年己酉一二四九——元仁宗延祐五年戊午一三一八
宋理宗淳祐九年己酉一二四九——

程世京撰年譜云生於己酉四月十七日卒於戊午七月十八日。

曹元用　子貞（一字光輔）　汶上　未詳

白仁甫交游生卒考

生年未詳──元文宗天曆二年己巳 一三二九

元史一七二本傳云「天曆二年代祀曲阜孔子廟，還以司寇像及代祀記獻，帝甚喜。值太禧宗禋院副使缺中書奏以元用為之，帝不允曰『此人翰林中所不可無者將大用之矣』會卒帝嗟悼久之。」按元用卒時仁甫冥壽已逾百齡而元用尚能遠路代祀卒年必非耆老其人少於仁甫約在三十年以上俟檢元人文集詳考。

不忽木

西域康里氏（漢名時用、字用臣）　四十六

元憲宗
宋理宗寶祐五年乙卯 一二五五──元成宗大德四年庚子 一三〇〇

蘇天爵國朝名臣事略卷四小傳云：「（大德）四年薨年四十六」。元史一三〇本傳云「（大德）四年，病復作帝遣醫治之不效……年四十六」

袁桷　伯長　鄞縣　六十二

元憲宗
宋度宗咸淳二年丙寅 一二六六──元泰定帝泰定四年丁卯 一三二七

蘇天爵滋溪文稿卷九袁文清墓誌銘云：「泰定四年八月三日以疾終於家享年六十有二」。錢大昕疑年錄卷二據之定為咸淳三年丁卯生吳修

元史一七二本傳云「泰定四年卒年六十一」附注云：「修案甫里集云『伯長生咸淳丙寅宋亡時才十有四歲』丙寅至祥興己卯正十四年也如泰定丁卯卒當年六十二。」以墓誌銘證之元史本傳誤也用余嘉錫疑年錄稽疑說

張養浩　希孟　（諡文忠）　濟南　六十歲

元世祖至元七
宋度宗咸淳六年庚午 一二七〇——元文宗天曆二年己巳 一三二九

雲莊歸田類稿附錄張起巖撰神道碑「天曆二年己巳秋七月二十七，陝西諸道行御史臺御史中

丞濟南張公薨於位。……由是致疾迄至薨逝年甫六十」黃溍金華黃先生文集卷八祠堂碑「文皇

御極以翰林侍讀學士召未至改陝西諸道行御史臺御史中丞公乃幡然就道時公年甫六十到官僅

三閱月而薨於位天曆二年七月壬午（二十七）也」元史一七五本傳亦云年六十。按雲莊類稿二

十四祭李宣使文所署年月為「天曆二年六月丁亥朔越七日癸巳」。文云「今年二月歲次辛酉，是

官西臺」又云「余年六十生長齊魯富庶之鄉」同書十三〇〇（原缺數字）陶詩序「余年五十

二即退居農圃」卷二元公神道碑銘「至治元年六月余辭參議還濟南」至治元年歲次辛酉，是

年五十二上溯至庚午一歲下推至己巳六十歲已巳生己巳卒注云據雲莊類稿附神道碑而與上引諸條

卒年確無可疑三續卷五定為六十一歲皆合據以上諸證（包括他人記載及養浩自敍）生

均不合此種錯誤在三續中固不只一見姜表沿三續之誤而列「六十歲庚午生」之正說於備考，此

亦姜表顛倒是非之常態也。　危素撰張文忠公年譜未見。

虞集　伯生　仁壽　七十七
元世祖至元九年壬申 一二七二——元順帝至正八年戊子 一三四八

元史一八一本傳：「至正八年五月己未（二十三日）以病卒年七十有七」。歐陽玄圭齋集卷九虞

雍公神道碑同葉盛水東日記云年七十二非是說詳余嘉錫疑年錄稽疑卷二。

貫雲石　酸齋　西域（居江南）　三十九

元世祖至元二十三年丙戌一二八六——元泰定帝泰定元年甲子一三二四

歐陽玄圭齋文集卷九元故翰林學士貫公神道碑「泰定改元五月八日薨於錢塘寓舍，年三十有九。」

元史一四三本傳同。（本傳用其原名「小雲石海涯」）

張翥　仲舉（蛻巖）　晉寧　八十二

元世祖至元二十四年丁亥一二八七——元順帝至正二十八年戊申一三六八（是年正月，明太祖即位，

建元洪武八月元亡故又爲洪武元年）

元史一八六本傳云「〔至正〕二十八年三月卒年八十二」翥跋仇遠山村圖卷云：「大德初元予甫

十有一」大德元年歲次丁酉自此上推十一年生於丁亥其卒下距元之亡僅五個月耳翥文集己佚，

山村圖跋見石渠隨筆卷八又見仇遠山村遺集附錄。

盧摯　處道（疏齋）　涿州

　　生卒未詳

近人孫君撰關漢卿行年考云：「盧疏齋幼給事世祖宮中，弱冠登仕版，敭歷中外垂四十年。成宗大德

四年（一三〇四）年五十餘當生於蒙古定宗或海迷失后稱制時（一二四六——一二五〇）至

大元年（一三〇八）尙在。」

姜表云：「六十六歲生宋理宗端平二年乙未一二三五卒元成宗大德四年庚子一三〇〇。」備考引

元詩紀事三，新元史卷二百三十七。按紀事及新元史均未言生卒年壽，此外亦未見記載，姜氏何從得

此定論其為嚮壁虛造如關漢卿條或張冠李戴如王實甫條（均見下）蓋無可疑孫說雖亦推測之

辭但據疏齋生平行實觀之雖不中不遠。

關漢卿　已齋　大都

生卒年未詳

姜表云：「五十一歲生宋理宗紹定三年庚寅一二三〇，卒元世祖至元十七年庚辰一二八〇。」備考

引元史類編卷三十六按類編所載漢卿小傳具體事實僅有「關漢卿解州人工樂府著北曲六十本」

十五字，餘皆泛論元曲之文並無任何有關生卒年壽之資料漢卿年代為數十年來治元曲者未能確

定之問題且因文獻不足恐永遠無從確定姜表竟有此「重大發現」而又不能確言所據其為嚮壁

虛造殆無可疑。

王德信　實甫　大都

生卒年未詳

姜表云宋寧宗慶元六年庚申一二〇〇生無卒年其備考全文云：「蘇天爵元故資政大夫中書左丞

知經筵事王公行狀附載錄鬼簿年八十餘」（標點悉照原文）按此說一望即知其誤第一慶元庚

申即金章宗承安五年，如生於此年，則元世祖中統元年已六十一歲成宗元貞大德間已近百齡就文

學史常識觀之雜劇家王實甫之年代決不能如是之早第二實甫有此相當顯赫之官階何以所有載

籍皆未述及初以爲係同名誤認。及檢閱蘇天爵滋溪文稿，卷九果有此行狀全題與姜表引述者一字

不差其人則姓王名結字儀伯易州定與人徙家中山天曆二年拜中書參知政事〔順帝〕至元二年卒

年六十二。（據此上推生於世祖至元十二年乙亥）除同姓外與實甫全不相干行狀又記其諫皇太

子觀賞俳優事張珪嘗稱之爲「非聖賢之書不讀非仁義之言不談」此經筵講官道學先生如何肯

做雜劇錄鬼簿關於實甫之記載則只有「王實甫名德信大都人」九字及所作雜劇名目姜表云云，

誠未免過於離奇。

此文發表後讀近人孫氏元曲家考略其中關於實甫之考證云：「王實甫以西廂記得善譽通行本錄

鬼簿但記王實甫爲大都人，而不著其名及天一閣本錄鬼簿出學者始知王實甫名德信惜其書不記

實甫事跡與他本同故學者雖知其名，而仍無由知其事。余於蘇天爵滋溪文稿中偶發見「王德信」

名如卽曲家王德信則實甫乃王結之父結元名臣也字儀伯易州定與人徙家中山。（此下敍王結事

跡從略。）而滋溪文稿卷二十三元故資政大夫中書左丞知經筵事王公行狀載結事尤詳行狀記其

家人事云：『（上略）父德信治縣有聲擢拜陝西行臺監察御史與臺臣議不合年四十餘卽棄官

不復仕累封中奉大夫，河南行省參加政事，護軍太原郡公母張氏，封太原郡夫人。』天爵文作於重紀

至元三年記結父母皆有封而無贈知重紀至元三年德信與其妻張氏猶存度其時年至少亦近八十，

可謂老壽元史王結傳多本天爵所爲行狀獨削德信事不書幸滋溪文稿今存猶可藉行狀知德信始

末。不讀天爵文固不能知德信是結之父也」讀此文乃知姜表備考云云係由孫說附會而來又臆造

慶元庚申之生年實則孫說絕難成立第一錄鬼簿於所收諸人之事跡，或多或少均有記載，如關漢卿爲太醫院戶馬致遠爲江浙行省務官之類實甫如有此官爵又爲名人之父不應一字不提。第二如孫氏之說王德信重紀至元（即順帝至元）三年尚存錄鬼簿成書於至順元年，在其前七八年不應置其人於「前輩已死名公才人」之列第三作曲之王德信大都人作官之王德信易州人後徙中山籍貫不同同姓名之人古今常有上述三證皆顯而易見者孫說之誤可知其所以如此牽強附會蓋貪多炫奇之過余曾讀天爵文乃將「德信」之名滑過未加深考誠太疎略王結元史有傳又有集名「王文忠集」收入四庫全書珍本當時亦均未檢閱也。

夏著二晏年譜補正

近人夏瞿禪所著二晏年譜翔實精審，著者稱藝苑，勝於同時間世之宛敏瀰作，夏譜既出宛譜僅供參考而已。

然學問之道本由累積夏譜雖三易其稿始成定本而資料之搜輯仍有未週事實之考訂或欠精確所推小晏年歲尤不可信，此固治考據者之所難免予嗜讀二晏之詞復耽譜錄之學爰就平日涉獵所及輯爲此篇，聊作泰山拳石之助並請益於當世。夏譜初稿載於詞學季刊二卷一號及二號，既屬草創，自欠精詳然亦有若干資料初稿有之而後來删去者如譜後所附潁州路歧人及李宗易取烘柿二事是也。故初稿亦未可全廢。二三兩稿相差無幾予所補正即以此兩稿爲對象第二稿收入世界書局出版之詞學叢書附於二晏詞後第三稿收入夏氏所著唐宋詞人年譜。今於每一紀年之下以括弧標出原譜頁數，第一數目字爲詞學叢書本第二數目字爲唐宋詞人年譜本讀者任取其一即可覆核民國五十九年冬日鄭騫識於臺北溫州街寓廬。

宋太宗淳化二年辛卯　（四，二○○）

原譜所定同叔生卒年壽確無可疑但尚有須加考辨之異說若干事詳見幼獅學誌七卷四期拙著宋人生卒考示例續編頁六。

太宗至道三年丁酉　（六，二○二）

原譜云蔡伯俙當生於眞宗天禧間少同叔二十餘歲今按伯俙生於眞宗大中祥符六年癸丑西元一

〇一三少同叔二十二歲考證見宋人生卒考示例續編頁七至八。

眞宗景德二年乙巳　（八二〇四）

宋會要選舉九之五「景德二年五月十五日召撫州進士晏殊試詩賦各一首,大名府進士姜蓋試詩六篇賜殊進士出身蓋同學究出身後二日召殊試詩賦論三題於殿內,移晷而就擇爲秘書省正字賜袍笏令讀書於秘閣就直館陳彭年習諸科時殊年十四蓋年十二以雋秀聞是日帝親試禮部舉人,特召殊等面試而有是命」

此條原譜不載今補本年同叔十五歲而云十四,辨詳宋人生卒考示例續編頁六。

眞宗大中祥符四年辛亥　（十二〇八）

楊察生。

察爲同叔之婿其人生於本年,卒於仁宗嘉祐元年丙申年四十六考證見宋人生卒考示例續編頁七。

七月同叔弟顥賜進士出身。

宋會要選舉九之六「大中祥符四年七月十三日,賜進士晏顥出身。顥、殊之弟,幼能文,東封歲嘗獻文業至是殊病帝遣中使張懷德挾醫視之,因索顥文稿,顥獻十卷,帝甚嘉獎,以示輔臣尤賞其宮沼瑞龜賦,俄召至便殿試三題而命焉」樓鑰攻媿集卷七十跋諸名公翰墨云:「晏元獻囑其弟於人以爲不

可溫顏兹非前輩之言耶」此弟當即穎也。

大中祥符六年癸丑 （十二〇八）

蔡伯俙生。

原譜本年無記事今補右兩條

真宗天禧二年戊午 （十四二二零）

大中祥符七年甲寅 （同上）

楊寘生。

原譜無此事今補詳見前至道三年。

原譜無此事今補實爲蔡之弟其人生於本年卒於仁宗慶曆四年甲申年三十一見宋人生卒考示例

續編頁七實爲慶曆二年進士第一人（俗稱狀元）與王安石同年同叔時爲樞密使參閱彼年。

續資治通鑑長編九十二天禧二年八月：「甲辰立昇王受益爲皇太子改名禎庚戌以右諫議大夫知

開封府樂黃目爲給事中兼太子左庶子……（昇王府）記室參軍左正言直史館晏殊兼舍人賜金紫。

……」未言以戶部舍人兼與歐撰神道碑小異碑不應有誤或長編偶遺之也。原譜未引長編此條。

（以下俱簡稱長編）

天禧三年己未 （十五二二一）

原譜本年引江鄰幾雜誌「昨知制誥誤宣入禁中」云云乃天禧四年事說詳彼年。

十二月，論賜外國使宴樂人詞語事。

長編九十四天禧三年十二月：「丙午，翰林學士錢惟演上言：『伏見每賜契丹高麗使御筵，其樂人詞語多涉淺俗語，自今賜外國使宴，其樂人詞語教坊即令舍人院撰京府衛前令館閣官撰。』從之。既而知制誥晏殊等上章援引典故，深詆其失，乃詔教坊撰訖詣舍人院呈本焉」按此事似可窺知同叔雖亦作詞，終視爲小道末技也。

原譜無此記事，今補。

天禧四年庚申 （十六二一二）

六月，被誤宣入禁中命草拜除大臣制書辭以不敢越職並恐洩漏機密，遂宿於學士院。

原譜於天禧二年引江鄰幾雜誌敍此事，而未能確定在何年。今按此是本年六月丙申事，乃丁謂錢惟演排斥寇準見長編九十五長編敍述遠較江氏雜誌爲詳文長不具錄。

七月，又誤被召命。

長編九十六天禧四年七月：「……（馮）拯既受命，樞密院領使者凡三人，前此未有，人皆疑怪曹利用、丁謂因各求罷上徐覺其誤召知制誥晏殊語之，將有所易置殊曰此非臣職也遂召錢惟演。……」按此時眞宗久病昏憒故兩次宣召同叔命以非其職責然似亦可見眞宗於同叔眷顧之隆故不久即拜翰林學士。

九月己酉奉詔與晁迥等各舉薦賢士二人。

宋朝大詔令集一六六令晁迥等舉文學優長履行清素各二人詔云「朕奉若前猷，思皇至治，敦尚

儒雅式合彬彬之風更求端良用流藹藹之詠惟早司於翰墨固多識於儁髦其有修詞博古之可稱絜

矩踐方而無玷俾從類舉各以名聞資該洽而復溫純進清修而抑貪競繄乃薦能之効副予育材之心。

宜令工部尚書晁迥翰林學士楊億劉筠晏殊龍圖閣直學士呂夷簡戶部侍郎李維知制誥李詠宋綬、

張師德於朝官內各舉有文學優長履行清素者二人」原註云「天禧四年九月己酉。」此事又見長

編九十六同年月日。

以上三事原譜或無之，或繫年有誤今補正。

原譜十一月戊辰爲太子左庶子，據宋史本紀今按此事見長編九十六，在十一月甲子其文云：「翰林

學士戶部員外郎晏殊先兼舍人，改左庶子，餘官悉如故」

原譜：「草丁謂復相制」條註文引宋史劉筠傳諸書云云今按此事見長編九十六天禧四年十一月

戊辰條所敍同叔草制事與劉筠傳相同其制詞見宋大詔令集五十二及宰輔編年錄卷三勞輯元獻

遺文不載原譜亦未錄今照錄大詔本於下。

蒼震承甚允隆乎丕業黃扉賦政總於羣司屬躋德之有聞思任賢而爲助授受之際詢謀允諧金紫

光祿大夫吏部尚書同中書門下平章事充玉清昭應宮使昭文館大學士監修國史上柱國濟陽郡開

國公丁謂抱器挺生含章秀發學洞聖門之奧辭鏘天律之和自佐大鈞罄宣忠力翊勵精之治責實攸

先參同德之倫專微斯稱外臨藩翰益樹風聲因秉瑞之來庭復登樞而贊治薦掌機要乃升公台斟酌

於一氣之和，緝熙於百度之政，良股斯賴，崇棟在茲，俾其首輔儲闈，兼登揆路，峻鸞臺之茂級，冠鼎席之

至榮，翊宣令歆庶協僉議可尚書左僕射兼門下侍郎、太子少師同中書門下平章事餘如故。

庚午。謂以戊辰同李廼龍，知河南府，翊日依舊視事。知河南府銜，仍用相銜，誤也。

十二月乙酉賜金二千兩。

長編九十六天禧四年十二月：「乙酉，賜涇王元儼銀五千兩……左庶子晏殊、詹事張士遜各二千兩。

諭德魯宗道馮元各千兩」

此事原譜不載今補。

真宗乾興元年壬戌　（十八二一四）

原譜引神道碑建議太后聽斷儀式事今按長編九十八、乾興元年二月庚申及癸亥兩條，記此事甚詳，

可參閱癸亥條註云「歐陽修作晏殊神道碑云「丁謂、曹利用各欲獨見奏事無敢決其議殊建言羣

臣奏事太后者垂簾聽之皆無得見議遂定」附傳正傳俱無此今亦不取。」以同叔個性作風及當時

情勢推測恐無此建議，「議遂定」之言更與事實不合歐碑恐是誇飾之詞。

原譜云本年遷給事中未繫月日今按此事在七月癸酉長編九十九、乾興元年七月：「癸酉，以翰林學

士、左諫議大夫知制誥晏殊爲給事中及上卽位殊已進官太后謂東宮舊臣恩不稱特加命焉」原譜

引翰苑羣書請命劉筠班在己上云云今按其事在十月甲子見長編九十九敘事與翰苑羣書所引仁

宗實錄相同。

夏著二晏年譜補正

十一月癸酉奉詔修眞宗實錄。

長編九十九、乾興元年十一月：「癸酉，命翰林學士承旨李維、翰林學士晏殊修眞宗實錄尋復命翰林侍講學士孫奭、知制誥宋綬度支副使陳堯佐同修仍令內侍諭以一朝大典當謹筆削之意」原譜以奉詔撰天和殿御覽與眞宗實錄並書未繫月日今據長編增補修實錄事乾興僅此一年，修實錄已近歲暮當在此以前

十一月辛巳起同孫奭等爲仁宗講論語。

長編九十九、乾興元年十一月：「辛巳，始御崇政西閣，召翰林侍講學士馮元講論語侍讀學士李維晏殊與焉初詔雙日御經筵自是雖隻日亦召侍臣講讀王曾以上新卽位宜近師儒故令奭等入侍。上在經筵，或左右瞻矚，則奭拱立不講，體貌益莊，上亦爲竦然改聽」按是月丁卯朔辛巳爲十五日卽所謂隻日。此事原譜不載今補入並備錄全文以見當時進講情形仁宗生於庚戌本年十三歲。

仁宗天聖元年癸亥　（二十二一六）

長編一百天聖元年三月：「辛卯，司天監上新曆，賜名崇天，保章正張奎、靈臺郎楚衍等所造也。命翰林學士晏殊爲曆序」。按宋史卷九仁宗紀亦云本年三月辛卯司天監上崇天曆原譜引宋史律曆志云事在本年八月應從本紀及長編。

四月，奉詔詳定吏部流內銓事旋權制流內銓。

長編一百、天聖元年五月：「戊寅，詔吏部流內銓人自今出官者並依長定格令歸司。初，殿中侍御史大名李若言百司吏頻經慶恩多減放選限出官甚速請加條約因令翰林學士晏殊等與流內銓南曹同詳定而降是詔」卷一〇一天聖元年閏九月：「甲午權判流內銓晏殊等言『按大中祥符三年東封赦文放選時三千餘人赴集銓司擬注不足始擘畫隔年預使季闕後遂為例常隔年奏明季闕選人有不願注擬之處因循積留不補復更預使向前遠季闕次今來待闕人非多欲今後且用見闕及昨奏季闕更不隔季預剗如或全無本資不願折資者即許指射季闕上簿歸鄉其告身簽符等銓司至時入遞給付候大有選人旋即具奏前季闕發遣」從之」

此事原譜不載今補論流內銓奏疏乃同叔政治性文字之一，雖未必是親自擬稿，總有關係，故備錄之。

宋會要職官十一之五六云「流內銓本吏部尚書職，國初張昭為尚書領選事凡京官七品以下，猶屬銓競，自昭致仕始用他官權判頗變舊制京官以上並中書門下特除又使府不許召置幕職，悉於銓授今以選集者故止自節度判官以下州府判司諸縣令佐按資格注擬號流內銓其流外選人亦用焉」觀此可知流內銓之大概情形所謂權判乃臨時職務非常任也。

十一月己未奉詔覆考得解進士。

長編一〇一天聖元年十一月：「己未，降侍御史高弁為太常博士職方員外郎吳濟為都官員外郎，太常丞直集賢院胥偃為著作佐郎，監察御史王轅為太常博士監兗州、漣水光化軍、鄆州酒稅，左正言劉隨罰銅五斤初弁等為開封府發解官舉人訟其考試不公上以得解進士三十八人策論令秘閣封彌

卷首送翰林學士晏殊覆考殊言舉人作訟以覬覆考顏戾士風因聽止取訟者試卷看詳弁與濟佞乃

坐擅拆舉人卷首擇有名者居上較為封彌官而不以聞隨坐舉人以策辭相授隨為巡捕官而不能察。

故有是命優長沙人也」按胥偓後為歐陽修岳父本年二人尚不相識見歐陽文集附錄年譜封彌今

作彌封。

此事原譜不載,今補。

天聖二年甲子　（二十二一六）

長編一〇二天聖二年三月:「癸卯,王欽若等上真宗實錄一百五十卷,上與太后設香案閱視、涕泣命

欽若等坐,勞問久之,賜燕於編修院,降詔褒諭。先是,馮拯監修,拯卒,欽若代之,於是欽若加司徒修撰官

李維晏殊孫奭宋綬陳堯佐檢討官王舉正李淑各遷秩,賜器幣襲衣金犀帶鞍勒馬」按原譜引直齋

書錄宋綬誤作李綬

三月,奉詔與馮元編排合格進士等第。宋庠第一名,宋祁第十名。

長編一〇二天聖二年三月:「禮部上合格進士姓名,詔翰林學士晏殊龍圖閣直學士馮元編排等第。

乙巳,御崇政殿賜宋郊、葉清臣、鄭戩等一百五十四人及第......郊與其弟祁俱以辭賦得名,禮部奏祁

名第三;太后不欲弟先兄,乃推郊第一,而置祁第十......」按宋郊為宋庠本名,後改宋史二八四宋祁

傳云:「禮部奏祁第一庠第三章獻太后不欲以弟先兄,乃擢庠第一而實祁第十」較長編所記為合

理。

原譜但云本年「宋庠宋祁第進士」今增改。

天聖三年乙丑 （二十一二一七）

二月，試身言書判選人

長編一〇三天聖三年二月：「辛酉試身言書判選人，惠州軍事判官林冀等七人與京官，餘四十八人第遷如故事先是，翰林學士晏殊等以冀等名聞上問輔臣身言書判足以盡人才乎王欽若對曰朝廷設此以甄別選人若四者悉有可采固宜陞進也」

原譜無此事今補。

原譜十月辛酉遷樞密副使，附註引學士年表作十一月云云今按宋史卷九仁宗紀長編卷一百三、宋宰輔編年錄卷四俱云遷樞密副使在十月辛酉與原譜所引宋史宰輔表合學士年表十一月則別無佐證自屬非是本年十月己酉朔辛酉是十三日而原譜引同叔感事詩註云「十月十四日授樞密副使」蓋十三日命下次日起生效也同叔本年三十五歲宰輔編年錄云時年三十七誤多兩歲。

十二月甲寅，加刑部侍郎。

長編卷一零三天聖三年十二月：「甲寅，樞密副使張士遜加左丞參知政事呂夷簡加禮部侍郎，魯宗道加給事中樞密副使晏殊加刑部侍郎。

原譜無此事今補應列於「十二月上疏論張耆不可爲樞密使」之前。歐陽修撰神道碑云：「爲樞密副使遷刑部侍郎上疏論張耆不可爲樞密使」據長編一〇三知任命張耆爲樞密在本年十二月乙

丑，卽同叔遷刑侍後十一日，歐碑敍次正合原譜誤會遷字遂以爲遷刑侍在論張者之後，反疑歐碑爲
誤，詳見明年。

天聖五年丁卯　（二十三二一九）

正月庚申罷樞密副使，刑部侍郎出知宣州，數日改知應天府。

此條原譜作「正月庚申罷樞密副使，以刑部侍郎出知宣州」，今改定如右。

長編卷一百五天聖五年正月：「庚申降樞密副使，刑部侍郎晏殊知宋州，原作宣州，誤。先是，太后召張者爲樞密使。

殊言：『樞密與中書兩府同任天下大事，就令乏賢亦宜使中材處之者無他勳勞，徒以恩幸極寵榮天

下，已有私徇非材之議，奈何復用爲樞密使也。』太后不悅，於是從幸玉清昭應宮，從者持笏後至，殊怒，

撞以笏折其齒，監察御史曹修古、王沿等劾奏『殊身任輔弼，百僚所法，而忿躁無大臣體，古者三公不

按吏，先朝陳恕方居於中書榜人，卽時罷黜，請正典刑，以允公議』殊坐是免，尋改知應天府殊至應天，乃大

興學，范仲淹方居母喪，殊延以敎諸生，自五代以來天下學廢興自殊始」宋宰輔編年錄記此事與長

編大致相同，而較爲簡略又庚申作己未此事歐撰神道碑及宋史三一一本傳亦皆有記載而以長編

爲最詳，同叔論張者御史劾同叔原疏皆不傳，賴長編存其梗概。原譜未引長編，而僅引名臣言行錄

（見下）及本傳殊爲疏失又惑於歐撰神道碑遷刑部侍郎之遷字遂誤認刑部侍郎爲罷樞副後出

知外郡之加銜，而不知在論張者之前已遷刑侍也諸書俱云知宣州改應天府無作宋州者宋州卽應

天府無所謂改必爲宣州始可云改應天府原譜改宣州爲宋州不僅違衆且不可通宋史本傳云：「御

史彈奏罷知宣州，數月，改應天府。苕溪漁隱叢話後集卷二十亦云，惟數月作數日。證以長編所云

「尋改知應天府」應從叢話作數日爲是，月字乃形近之誤。依照宋代政治慣例宰執罷官出守外郡，

決不許逗留至數月之久，而同叔絕無在宣州事跡。因命下數日即改應天尚未及赴宣也。夏氏見同

叔無宣州事跡又泥於本傳所云數月，遂奮筆改宣爲宋竟不理會宋州與應天爲一地考據之學餒訂

錯雜治之既久，遂難免有此類失誤不獨夏氏爲然。

原譜（頁二二一八）引名臣言行錄云「天聖中，太后以耆爲樞密使殊言樞密與中書爲兩府，

亦宜以中材者處之如耆者但富貴之可也」較長編少「就令乏賢」四字不惟文法難通且與原意

大相巡庭。

東都事略五十六本傳云：「爲樞密副使，上疏論張耆不可爲樞密使，由是忤章獻旨坐以笏擊耆折其

齒罷」與宋史本傳及長編均不合且亦事理所不許原書耆字剜補痕跡顯然決是從者二字之誤蓋

原書底本脫去從字校刊者見其不可通上文適有張耆而耆者二字形近遂自作聰明而妄改也。

長編一〇五天聖五年二月「己亥以大理評事館閣校勘王琪簽書南京留守判官事館閣校勘無出

外者琪爲晏殊所辟特許之」

右一條補入原譜（舉玉琪爲府簽判）註文。

原譜本年記事考證欠詳審今全部改定如左。

天聖六年戊辰　（二十六二二二）

八月乙酉自知應天府內召拜御史中丞令班翰林學士上。

長編卷一〇六天聖六年八月：「晏殊之出也，上意初不為然，欲復用之。會李及卒，乙酉，召殊於南京，命為御史中丞，仍令班翰林學士上」按宋南京卽應天府原譜僅據薦范仲淹事繫召拜御史中丞於本年，未能據長編確定月日。

九月，論酒課事。

長編卷一〇六天聖六年九月：「癸丑，詔天下酒場利薄，歲課不及百緡者，自今勿復增課。從御史中丞晏殊之請也」原譜無此事今補。

十二月薦范仲淹為秘閣校理。

長編卷一百六天聖六年十二月：「甲子，以大理評事范仲淹為秘閣校理。初仲淹遭母喪，上書執政，請擇郡守，舉縣令斥游惰去冗僭，遴選舉教育養將材實邊備保直臣斥佞人使朝廷無過生靈無怨以杜姦雄凡萬餘言王曾見而偉之，亦知仲淹乃晏殊客也。於是殊薦人充館職曾謂殊曰：『公實知仲淹，捨而薦此人乎已為公置不行宜更薦仲淹也』殊從之」按長編原作十一月甲子，而其前又有十一月是年十一月辛卯朔，無甲子十二月辛酉朔甲子為初四日長編之十一月乃十二月形近之誤今改正原譜未引此條僅據范文正公文集附錄仲淹年譜繫其事於十二月。

舉范狀全文今不存仲淹年譜載其略云：「臣伏以先聖御朝羣才效用惟小大之畢力，叶天人之統和。凡有位於中朝願薦能於丹辰不虞進越用廣詢求臣伏見大理寺丞范仲淹為學精勤屬文典雅略分

吏局，亦著清聲。前會任泰州與化縣、興海堰之利。昨因服制退處睢陽，日於府學之中，觀書肄業敦勸徒衆講習藝文不出戶庭獨守貧素儒者之行實有可稱 云云 欲望試其詞學獎以職名庶參多士之林允洽崇丘之詠。

原譜引涑水紀聞云云共七行，又石林燕語云云共四行，俱照存。「時已被召拜御史中丞」及註文四行並刪。

同月，論諸州郡監等官事。

長編卷一百六天聖六年十二月：「戊寅，御史中丞晏殊言：『諸州都監、都巡檢閣門祗候、及內殿崇班以上嘗爲公人僕隸者自今毋得與舊所事官接坐若職事相關即移徙他州其三班使臣以下監臨物務者並聽公參』從之」原譜無此事今補。

張知白卒。

見宋史卷九仁宗本紀及長編卷一百六。 （二十七二二三）

天聖七年己巳

二月丁卯由御史中丞兼刑部侍郎改兵部侍郎、資政殿學士、翰林侍讀學士兼秘書監。

右見長編卷一○七，所敍官職與歐撰神道碑同長編又云：「故事當賜襲衣金帶鞍勒馬上曰：『殊嘗輔政賜宜有異』特以繡韀寵之」原譜繫此事於去年，非是

原譜去年有「皇朝文鑑六十三載侍讀學士等請宮中視學表有云：『奉長樂之慈顏，緝熙萬務』」謂

太后垂簾當爲此時作」一段註文應移至本年。

六月辛卯奉勑看詳轉對章疏等文字旋罷。

長編卷一○八天聖七年六月：「辛卯，命資政殿學士兼翰林侍讀學士晏殊、龍圖閣待制孔道輔、馬季良看詳轉對章疏及登聞檢院所上封事類次其可行者以聞右司諫范諷曰『非上親覽決可否則誰肯爲陛下極言者』不踰月，詔罷看詳」此事原譜無之今補。

原譜本年以女字富弼及註文云云今補充資料如下。

道光泰州志卷三十五引舊志「富弼隨父至泰州寓景德禪院讀書，與胡翼之周春卿相友善時范文正爲西溪鹽倉一見弼器之，曰王佐才也。弼初名皐，晏元獻謂文正曰：『吾一女君爲擇婿。』文正曰『必求國士無如富皐者』。元獻妻之後弼與元獻俱登相府」同書同卷引宮偉鏐春雨草堂集「富鄭公父富言乾與、天聖中嘗監泰州稅務州字有石刻蔣穎叔書云鄭公嘗侍其父征商於海陵」

按海陵即泰州，蔣穎叔名之奇宋神宗時人宮偉鏐清人范仲淹於天禧五年、乾與元年、天聖元年首尾三年中監泰州西溪鎮鹽倉天聖元年富弼曾來謁俱見范集附錄年譜琬琰集中編三十九富弼撰其父墓誌銘亦云「出筦海陵酤」道光泰州志及春雨草堂集雖屬晚出之書證以蔣書石刻及范年譜富墓誌蓋信而有徵也。

原譜十一月，范仲淹上疏論上太后壽，及註文引宋史儒林公儀等書云云長編卷一○八所記略同惟

原譜引宋史仁宗本紀云癸卯冬至，乃癸亥之誤宋史原書及長編俱云癸亥是年十一月乙卯朔，無癸

卯，癸亥為初九日。

天聖八年庚午 （三十，二二六）

原譜云：「正月知禮部貢舉。」今按：此事見長編卷一〇九，其日期為丙寅是月甲寅朔，丙寅為十三日。

宋會要選舉一之十則云在十二日。

原譜云：「叔原約生於此時」今按：叔原生年不可能如此之早，原譜承教錄載張某之說已略言之予別有「晏叔原繫年新考」附於本篇之後有關叔原之考證均見彼文。

八月癸巳論取士

長編卷一〇九、天聖八年八月：「癸巳資政殿學士晏殊言：『唐明經並試策問，參其所習以較才識短長。今諸科專取記誦非取士之意也請終場試策一篇』詔近臣議可否咸以諸科非素習其議遂寢」長今諸科取記誦非取士之意也請終場試策一篇」此事原譜不載今補王安石詩云「少時操筆坐中庭子墨文章頗自輕聖世選材終用賦白頭來此試諸生」同叔蓋早有此感。

天聖九年辛未 （三十一，二二七）

正月論占城諸蠻族入貢事。

長編卷一百十天聖九年正月：「庚申，資政殿學士晏殊言：『占城、龜茲、沙州邛部州蠻族往往有挈家入貢者請如先朝故事委館伴使詢其道路風俗及繪人物衣冠以上史官』從之」此事原譜不載今補。

四月，撰太后御殿樂章六月長子居厚遷奉禮郎。

長編卷一百一十天聖九年四月：「丁酉詔太常寺太后御殿樂，升坐降坐曰聖安之曲，公卿入門及酒行曰禮安之曲上壽曰福安之曲初舉酒曰玉芝之曲作厚德無疆之舞再舉酒曰壽星之曲作四海會同之舞三舉酒曰奇木連理之曲初命翰林侍講學士孫奭撰樂曲名，資政殿學士晏殊撰樂章至是上之仍改厚德無疆曰合德無疆殊子秘書省正字居厚爽孫將作監主簿惟直並遷奉禮郎」長編原註云：「遷官在六月甲申今並書」此事原譜不載今補。

七月，為三司使。

歐撰神道碑云：「知天聖八年禮部貢舉明年，為三司使」原譜據此繫其事於本年今按長編卷一百一十天聖八年七月：「丁卯降權三司使給事中胡則知陳州」同叔蓋代胡則也原譜未引此條。

仁宗明道元年壬申　（三十一二二七）

原譜八月辛丑復為樞密副使云云今按長編卷一一一、宋宰輔編年錄卷四記載並同。惟編年錄拜樞副在庚子宋史卷十仁宗紀卷二一○宰輔表與長編俱云在辛丑自應從多數是月庚子朔辛丑為初二其差別亦只一天耳辛丑至丙午僅五六日故未就樞副職即改參政長編云：「為參知政事立位在趙稹上」趙稹是時官樞密副使見宋史二一○宰輔表。

十一月癸未為尚書左丞

見長編卷一一一原譜繫於八月丙午改參知政事之下誤早三月餘。

十二月，對章獻太后問謁太廟服飾。

歐撰神道碑：「遷尚書左丞太后謁太廟，有請服袞冕者，太后以問公公以周官后服對。」長編卷一一

一、明道元年十二月：「庚子詔以來年二月躬耕藉田及皇太后謁廟先請皇太后恭謝宗廟權奉罷南郊之禮，禮辛丑命直集賢院王舉正、李淑與禮官詳定藉田及皇太后謁廟儀注禮官議：『皇太后宜準皇帝袞服，減二章，衣去宗彝裳去藻不佩劍龍花十六株前後垂珠翠各十二旒以袞衣為名詔其冠曰儀天又言『皇太后乘玉輅服褘衣九龍花釵冠行禮服袞衣冠儀天冠……』殊以周官王后之服為對失太后旨輔臣皆依違不決薛奎獨爭曰『太后必御此見祖宗，若何而拜』始太后欲純被帝者之服，參知政事晏固執不可雖終不納猶少殺其禮焉」

據右所引長編知太后謁廟在明年二月，議服飾則在本年十二月。原譜僅據歐撰神道碑及宋史仁宗本紀繫此事於明年，非是，敍事亦稍欠詳確。

明道二年癸酉　（三十二二二八）

原譜繫諫太后服衮冕事於本年，非是，說見上年。

四月己未罷參知政事以禮部尚書知江寧府尋改知亳州。

原譜略去知江寧府事，而僅於註文中敍及今改定宋史二一一宰輔表、長編一一二、東都事略五十六本傳、龍川別志上，俱云知江寧府；宋宰輔編年錄四獨云知江陵府，誤。

至亳州後上疏論普度僧道太濫，宜別為條約。

長編一一三、明道二年十月:「甲辰,命翰林學士承旨盛度等詳定裁減天下歲所度僧道人數初晏殊出知亳州言:「僧圓定者嘗奉詔西天取大集論還賜紫衣乃與其徒爲刼盜里中且比歲普度僧道皆游惰之人宜別爲條約」故委官裁減之」

原譜不載此事今補。

仁宗景祐二年乙亥　　　（三六二三二）

自亳州徙知陳州原譜繫於本年二月註文云:「徙陳州,碑傳無年月按宰輔表此年『二月戊辰李迪自集賢殿大學士工部尚書平章事以刑部尚書知亳州」則同叔徙陳在此年二月也」今按長編一一六景祐二年二月:「戊辰工部尚書平章事李迪罷爲刑部尚書知亳州已,改新知亳州李迪知相州庚午復改授資政殿大學士兼翰林侍讀學士留京師庚辰降李迪爲太常卿知密州」戊辰至庚辰只十三天而四次遷改實未嘗赴亳州任然據原譜註文所引蔡寬夫詩話,「公留亳踰年,而後移睢陽當作淮陽」之語自亳徙陳郎使不在二月亦當在其後不久蓋李迪雖未到任而同叔則已徙陳知亳州者另委他人也。

仁宗寶元元年戊寅　　　（三七二三三）

四月乙亥自陳州召還爲御史中丞充理檢使。

長編一二二,寶元元年四月:「乙亥刑部尚書知陳州晏殊以本官兼御史中丞充理檢使。」

七月丙辰與宋綬等詳定李照新樂。

長編同卷七月「丙辰，右司諫韓琦言「前奉詔詳定鐘律嘗覽景祐樂記，覩李照所造樂不合古法皆率己意，別爲律度，朝廷因而施用識者久已爲非今將親祀南郊不可重以違古之樂上荐天地宗廟竊聞太常舊樂見有存者，郊祀大禮請復用之」詔資政殿大學士宋綬御史中丞晏殊同兩制詳定以聞。綬等言「李照新樂比舊樂下三律，衆論以爲無所考據，願如琦請郊廟復用和峴所定舊樂舊樂鐘磬不經鐫磨者猶存三縣奇七與，郊廟殿廷可以更用」乃詔太常舊樂悉仍舊制李照所造勿復施用」

宋史一二七樂志同此。

十二月甲戌，復爲三司使。

長編同卷十二月：「甲戌刑部尚書兼御史中丞晏殊復爲三司使。」

原譜本年記事欠詳確，今改定如上此點日本漢學者清水茂已指出見唐宋詞人年譜所附承教錄。

原譜據宋庠宋祁和詩定訴衷情芙蓉金菊二首爲本年作欠酌芙蓉金菊年年有之處處有之且二宋所和者是詩非詞不能據定訴衷情作年。

仁宗康定元年庚辰　（三十八二三四）

三月庚辰，請命參知政事同議邊事。

長編一二六康定元年三月：「庚辰詔參知政事同議邊事仍書檢從知樞密院事晏殊之請也。」原譜不載此事今補三月戊寅始拜知院之命此其後兩日。

九月戊辰，加檢校太傅充樞密使依前行刑部尚書。

原譜作「九月戊辰，加檢校太尉，樞密使」。註云：「宰輔表作『檢校太傅』宛書城日『查宋史謂唐

制太尉在太傅下，宋改在太傅上，同叔所拜爲太尉，歐集詩題可證」。今按宋史二一一宰輔表、長編一

二八宰輔編年錄卷四俱作檢校太傅，無作太尉者，加檢校太尉乃慶曆二年事，（見後。）宛書城所謂

歐集詩題即「晏太尉西園賀雪歌」見歐集卷五十三（即外集卷三）目錄註爲慶曆元年作，可能

係誤註或編集時追題，（註）不能據此孤證推翻宋史及長編諸書而考定加太尉在本年或慶曆元年。

「依前行刑部尚書」七字據宰輔編年錄增。

（註）宋人集中詩文題目往往係編集時追題，故題中涉及人物之官職名位，可能是後來者，未必

即爲作詩時之職名其例甚多。

除樞密使制見宰輔編年錄卷四，原譜不載，今補錄於下。

上樞之地，皇武是經，本喉舌之司，爲股肱之體，顧僉諧於朝論，特寵建於使名。乃揆良辰，誕頒明制具官

晏殊：純誠端固，敏識沉通，詞挾人文之華，道資天爵之富，被知先帝，輔學沖人入贊二司，罄敷邦畫；出臨

方面，洽著民聲，再持憲綱，更總利柄，乃眷舊臣之望，薦膺右府之資，帷幄頼於嘉謀，搢紳服其全德，宜正

本兵之府，且昭與國之忠，衍邑加封併蕃異數於戲佐時展用經國須材，匪肩忠瘁之誠曷濟幾微之務。

往服休命，無忘欽哉！

仁宗慶曆元年辛巳　（三十九，三三五）

原譜繫歐陽修雪詩於本年，今按此詩歐集目錄原註本年作，但加太尉係明年事（見下），如係誤註

作年，應是明年作，如是編集時追題則可能是本年作說詳上年。至於原譜所云同叔罷相與此詩無關，則是確論。

慶曆二年壬午 （四十一二三七）

正月辛未撰御書飛白記。

長編一三五，慶曆二年五月：「辛未，以大相國寺新修太宗御書殿爲寶奎殿，摹太宗御書寺額於石上，飛白題之命宰相呂夷簡撰記章得象篆額樞密使晏殊撰御飛白書記」。

此事原譜不載，今補。

七月戊午自樞密使授檢校太尉依前行刑部尚書同平章事。

原譜此條作「七月戊午自樞密使加同平章事」今據宋宰輔編年錄卷四增改。除樞密使時授檢校太傅本年加同平章事當時謂之「樞相」職位既崇，故晉授太尉與宋制太尉在太傅之上正合原譜於康定元年改太傅爲太尉蓋因未檢宰輔編年錄也。

長編一三七云：「殊加同平章事爲使如故」又云：「七月壬戌詔晏殊班張耆之上」

除樞相制見宰輔編年錄卷四原譜不載補錄於下。

帝王之業，非一士之所成兵農之方豈異途而可治故總合二府之制參寄羣賢之謀，式旌舊臣以告列位具官晏殊器懷端裕業履純深學控聖人之原，文經天下之化朕昔在藩邸早聞政幾嘗延賓友之良，獲親道義之益肆纂宏緒俾服大僚顧樞莞之本兵方帷幄之計事且慮衆則勢必審任重則責亦深宜

夏著二晏年譜補正

一八九

視秩於上司，特進班於時宰。爰田眞食，惟寵之將於戲！邦化未孚，虜情弗諟皁民經物，既濟以皁夑之功，

制勝伐謀，又申以良平之畫終佇成績，用恢遠圖。

八九月間富弼使契丹堅不允增歲幣及誓書中稱獻或納字朝廷從同叔議，許稱納字。

詳見長編一三七，原譜不載此事今補同叔對外政策似偏於「息事寧人」觀明年與韓琦論西夏事

可見。原譜註文引邵氏聞見錄所載富弼呂夷簡御前爭論事長編與之略同，今按弼爲同叔之壻，依當

時情勢及晏富兩人關係，同叔只有出言調停之一途，非黨於夷簡更無所謂姦邪弼亦是急怒而不擇

言耳。

是年三月楊寘、王珪、韓絳、王安石及第諸人來謁，同叔待安石獨異。

長編一三五慶曆二年三月：「乙丑御崇政殿賜進士楊寘等二百三十七人及第。」宋會要選舉二之

七：「慶曆二年四月二十三日詔「新及第進士第一人楊寘爲將作監丞第二人王珪爲大理評事第

三人韓絳爲太子中允並通判第四人王安石爲校書郎」宋史十一仁宗紀亦云事在慶曆二年宋史

四四三楊寘傳亦云是慶曆二年進士王銍默記獨云在慶曆三年。（全文見下）如非誤記即是列本

之誤默記又一條云：「王荊公於楊寘榜下第四人及第，是時晏元獻爲樞密使上令十人往謝」十人

謂前十名自然包括楊王等四人在內此四人惟楊寘及第後不久卽卒餘三人俱位至宰相王安石詩

所謂：「須信朝家重儒術一時同榜用三人」是也。

原譜繫王安石及第來謁事於慶曆三年當是誤據默記今增改移置默記此條全文原譜不載補錄於

下。

「慶曆三年，應作二年，見上。御試進士時晏元獻爲樞密使。楊察晏壻也。時自知制誥避親勾當三班院。察之弟寘時就試畢負魁天下望未放榜閒，將先宣示兩府，上十人卷子寘因以小賦求察問晏公已之高下焉。晏公明日入對見寘之賦已考定第四人出以語察察密以報寘。而寘試罷與酒徒飲酒肆聞之以手擊案歎曰：「不知那個衛子奪吾狀元矣。」不久唱名再三考定第一人卷子進御上不懌曰『此語忌不可魁天下』即王荊公卷子第二人卷子卽王珪以故事有官人不爲狀元令取第三人卽殿中丞韓絳遂取第四人卷子進呈上欣然曰『若楊寘可矣』復以第一人爲第四人寘方以鄙語罵時不知自爲第一人也然荊公平生未嘗略語及嘗考中狀元其氣量高大視科第爲何等事而增重耶。」按此事之眞實性甚爲可疑科第中與不中及其名次，在未放榜前自屬機密同叔素性謹愼；豈能洩露卽使洩露楊寘雖狂亦不敢於酒肆中公言之也爾雅翼「鱸一名爲衛」衛子卽鱸子

慶曆三年癸未　（四十二三八）

三月戊子自樞密使檢校太尉授依前刑部尚書同中書門下平章事兼樞密使集賢殿大學士。

原譜作「三月戊子自檢校太尉刑部尚書同平章事加同中書門下平章事集賢殿學士兼樞密使」今據宋宰輔編年錄卷五及宋朝大詔令集卷五十四改定宋時宰相照例爲大學士。原譜偶脫大字，或是排印之誤拜相制原譜不載見宋宰輔編年錄及宋大詔所載官爵較編年錄詳備今照錄於下：古之有天下者曷嘗不疇之庶工審求良弼剸屬時柄協宣化風朕承三聖之休總萬幾之要爰立作相，

必惟其人推忠佐理功臣、樞密使開府儀同三司、檢校太尉行刑部尚書同中書門下平章事、上柱國臨淄郡開國公食邑九千五百戶，食實封二千七百戶晏殊文經朝獻器適時用夙事聖考見知沖人向以儲禁之師臣委知樞密之武事忠勞形於夙夜謀略制於邊陲宜正台鉉之司尚參兵樞之議盍升華於書殿更衍食於眞封雖倚大謀且旌舊德於戲！百官各稱其位萬物各得其宜是謂天子之毗，非曰宰相之任勉圖丕績式孚羣瞻可特授依前刑部尚書同中書門下平章事兼樞密使集賢殿大學士加食邑一千戶，實封四百戶，仍賜推忠協謀佐理功臣。

據此制文知封臨淄公最晚在任樞相時原譜繫於皇祐五年，非是。

原譜（頁四十二二三八）晏公爲相至　謂辭樞密使也云云。今按長編一四二、慶曆三年八月丁未、富弼復爲樞密副使條云「晏殊以弱其女壻引嫌求罷相上不許又求解樞密使亦不許」是爲「求去」之詳細情形非僅辭樞密也。

原譜（頁四十三二三九）元昊稱臣至當八月前事也云云。今按：琬琰集中編李清臣撰韓琦行狀云：

「邊事雖欲講解元昊猶上書邀朝廷其輕者欲自建元爲父子呼兀卒及令我使與陪臣爲列二府遂欲從之公獨謂不可許數廷議衆尚不從公持之愈堅故晏丞相至變色而起又多所要請兩府厭兵欲姑從如公言長編一四二、慶曆三年七月：「癸已元昊既不肯稱臣如定等來、又多所要請兩府厭兵欲姑從之。獨韓琦以爲不可、屢奏對於上前晏殊曰『衆議已同惟韓琦獨異』上顧問琦琦歷陳其不便上曰：『更審議之』」及至中書琦持不可盍堅殊變色而起」」此兩段記載較原譜所引韓琦傳爲詳錄之以

見同叔性格頗爲「剛峻悁急」，語見原譜頁二、一九八。而同叔對外政策偏於「息事寧人」，亦可於此見之，參閱去年韓琦上疏條陳先行七事救弊八事在本年七月甲午見長編一四二。

原譜王安石及第來謁及註文引默記云云應移置去年說見前。

五月，所薦人凌景陽爲歐陽修王素奏劾。

長編一四一慶曆三年五月：「己巳罷屯田員外郎凌景陽、昭信節度掌書記魏廷堅、鄭州觀察判官夏有章召試學士院，初晏殊夏竦呂夷簡各薦景陽廷堅有章既得旨召試而諫官王素歐陽修言景陽給婚非類有章嘗坐贓而廷堅亦有踰濫之罪故皆罷之。」歐陽修文集卷九十七論凌景陽三人不宜與舘職奏狀：「如凌景陽者粗親文學本實凡庸近又聞與在京酒店戶孫氏結婚推此一節其他可知物論喧然共以爲醜此豈足以當國家優待賢材之選。……凌景陽今已就試乞不與舘職。」原註云：「景陽轉一官知和州。……景陽集賢晏公擧」歐陽於同叔擧薦之人如此嚴劾不留餘地又頻頻上奏論事同叔之不喜歐陽，似不僅爲咏雪一詩也。歐集此奏原註云慶曆五年上，而中有「臣職在諫諍忝司耳目」之語本年正在諫院至五年則已出任外官矣五年斷是三年之誤此事原譜不載今補。

八月丁酉提擧刪定天聖編敕。

長編一四二慶曆三年八月：「天聖編敕既施行，自景祐二年至今所增又四千七百餘條。丁酉，復命官刪定翰林學士吳育侍御史知雜事魚周詢權判大理寺杜會知諫院王素歐陽修並爲詳定官宰臣晏殊，參知政事賈昌朝提擧」此事原譜不載今補。

慶曆四年甲申　（四十六二四二）

長編一五二慶曆四年九月：「庚午，刑部尚書、平章事、兼樞密使晏殊罷爲工部尚書知潁州。殊初入相，

擢歐陽等爲諫官，既而苦其論事煩數或面折之。（竊按：參閱上年淩景陽事。）及修出爲河北都轉運

使諫官奏留修不許。孫甫蔡襄遂言章懿誕生聖躬爲天下主，而殊嘗被詔誌章懿墓沒而不言，又奏論

殊役官兵治僦舍以規利，殊坐是黜然殊以章獻方臨朝，故誌不敢斥言，而所役兵乃輔臣例宣借者，又

役使自其甥楊文仲時以謂非殊之罪云」按長編記孫蔡論奏章懿（李宸妃）墓誌及役兵規利諸

事與宋史本傳相同，所據必是官書官書所據亦卽孫蔡奏疏原譜據龍川別志以爲因宸妃墓誌而罷

官，乃明道二年罷參政時事，蓋不然也。今補錄長編原文如右。

宋祁所撰罷相制詞集中不載，原譜惜其不可見。今按此制見於宋大詔令集六十七、及宰輔編年錄卷

五。宋大詔所載官職較編年錄詳備，今照錄於下。

夫乾台之任，鼎足承君奮時謨明，均國休戚既不敏委政輔臣，冀成斷金之情，以濟涉淵之懼。苟昧茲

道，疇爲協恭推忠協謀佐理功臣開府儀同三司行刑部尚書同中書門下平章事集賢殿大學士兼樞

密使、上柱國臨淄郡開國公食邑一萬五百戶食封三千一百戶晏殊夙有雅才，被遇正文考實參儲寀

之選因附天鱗之華程其器能與我朝柄，或間守屏翰，或主領劇煩比緣樞省之勞遂正宰輔編年錄作家司之

總屬邊場日矚調攗錄作調儀煩與、老師留屯旰食焦慮、而罔念艱疚頗圖宴安廣營產以殖私多役兵而

規利致乃公論達於予聞。永惟宰輔之方思全進退之禮俾上機政改秩冬官仍委州邦、且遷京邑於戲！

慶曆五年乙酉　（五十二四六）

承弼未驗罷免所宜眷舊人之弗忘匪至公之獲己當體恩遇毋怠省循可特授行工部尚書、知潁州軍州事管內勸農使管勾開治河道事散官勳封食邑食實封如故。

原譜云本年改刑部尚書今按其事在皇祐元年知陳州時本年疑是改禮部尚書說見下。

仁宗皇祐元年己丑　（五十三二四九）

七月癸卯改刑部尚書

原譜據涑水紀聞以爲改刑部尚書在慶曆五年今按長編一六七皇祐元年秋七月：「癸卯禮部尚書知陳州晏殊爲刑部尚書……上方念執政舊臣宰相文彥博因贊以推恩故涑等十四人皆遷官加職」涑等十四人謂與同叔同時遷官之夏涑等也此事載在史書自無疑問涑水紀聞云「慶曆五年正月一日見任兩制以上尚書刑部晏殊」此刑部應是工部或禮部之誤宋制工部尚書例轉禮部尚書同叔慶曆四年罷相以工部尚書知潁州而本年已是禮部其升轉當在慶曆五年至本年之間長編同上條又云：「侍御史知雜事何郯、監察御史陳旭等言『伏見前任兩府臣僚繼有除拜非復差功計勞特出一切恩命近時典故未見此比物議喧然不知其由……惟晏殊前已爲刑部尚書朝廷若以左降歲久自從牽復恩例」上諭郯旭等以「朝廷寵念舊臣特與改官即非常例也」郯旭等乃不致言」據此可知同時遷官十四人只有同叔合於常例觀「左降歲久」之言亦足證明遷刑部不在慶曆五年。

皇祐二年庚寅　（五十四、二五〇）

　長編一七五皇祐五年閏七月辛未條云：「知永興軍晏殊秩將滿。」自五年秋上溯至本年秋，恰合三年一任，是爲本年始知永興軍之明證原譜未載今補。

皇祐三年辛卯　（五十五、二五一）

　辟張洞事應移置去年歐陽修集送張赴永興詩編於去年，原譜卽據以考定同叔知永興時期。去年既已送行自不能至本年始辟官也周盆公集云在皇祐三年，若非誤記卽是刊本二三兩字形近之誤。

皇祐五年癸巳　（五十六、二五二）

　長編一七五皇祐五年八月：「戊申，觀文殿大學士、吏部尙書、新知秦州文彥博爲忠武節度使，知永興軍兼秦鳳路兵馬事」是爲同叔本年自永興徙知河南之確期及明證與原譜所引宋元憲集正合。

　原譜繫封臨淄公事於本年非是說見前。

仁宗至和元年甲午　（五十七、二五三）

　長編一七六至和元年八月：「癸卯，詔觀文殿大學士晏殊五日一赴內殿起居壬子，詔觀文殿大學士晏殊赴經筵賜坐杌如宰相儀」

　右兩事原譜不載應補爲「八月疾少間侍講邇英閣」條註文。

至和二年乙未　（五十七、二五三）

　原譜云：「諡元獻蘇頌爲諡議」註引石林燕語云：「其議今在蘇魏公集，」而未錄全文今按：此議在

一九六

蘇魏公集卷二十，題爲「司空侍中臨淄公晏殊諡元獻議」予既備錄同叔歷官制詞，今亦錄此諡議
於下。

大理寺丞舘閣校勘同知禮院蘇頌原作蘇某，乃編集時其子孫避諱 議曰：終官由三品而上，得以諡易名，非特寵貴臣而
假優禮，將以因郵典而示勸監舉字之美惡視行之賢否矣。至公之道也其法曰：『主善行德曰元文賢有
成曰獻』惟二義之美合於故相司空臨淄公之行爲宜矣。司空神機警異器蘊素就初起江介已被先
帝知獎訓言敦勉許以遠至歷文舘登掖翼儲闈直禁署寵榮便蕃待遇莫貳聖皇纂嗣注意舊乃
踐樞極乃贊豪卿出藩入輔垂二十年而至於大任若其操履端固議論誠慇居官任職所至有聲讜言
嘉謨入則造膝辟在近密見謂忠謹如張少孺□居朝位除擬公當若崔貽孫至於好善樂善特出天性
平生以風鑒自許未嘗用喜愠加人此又人之難能也故士或被薦用者至有十數年間躋顯塗置廊廟。
廣與陳蕃並爲三司漢史紀之。謝安引從子幼度往備北陲晉人爲善焉較之前良，在我無愧可謂能知
人矣。公不私矣始以文藝自著資適逢世進官早成遍歷華要總幾宥登宰府持憲綱主邦計爵祿名數
極矣而處之若無有也遇事持正動循規準不爲勢恬不爲利回篤志文史老而益堅作爲文章蹈道自
信蓋得四教之忠信三德之剛柔禮之溫厚傳經義以飾行事宜乎遭會兩朝大節無玷可謂
能保躬者矣有始卒者矣夫委質入朝當政任事有知人之明而濟以不私行已不謂之主善行德乎？保躬
而由禮則行已而有始卒得不謂之文賢有成乎？前考功狀司空功閥且告葬期請以元獻諡謹議。

道光泰州志載有同叔事跡數條,甚荒謬,原譜未載,今彙錄於下。

卷十三秩官表「晏殊,撫州人官泰州西溪有傳府志據雍正府志列入知軍誤」

卷二十名宦「晏殊字同叔撫州人嘗官泰州西溪鎮民思不忘改名晏溪鎮有書院、南風亭皆殊建。歷官觀文殿大學士終」

卷十九冢墓「晏殊墓,在州治東北一里許大寧阡之原,夫人康氏祔。」原註云:「按殊,撫州臨川人,曾監西溪鹽倉後未至此子孫亦未遷居泰州,墓不應在此地錄之俟考」

卷十二祠祀門「晏公廟在西門內經武橋祁水神一在千戶所一在荻柴巷一在北門外新橋」

今按同叔平生踪跡未嘗至泰州,葬許州陽翟縣則明見於歐撰神道碑夫人亦不姓康泰州志之謬,自不待言范仲淹會監泰州西溪鎮鹽稅又曾修泰州海堰以衛民田見范文正公集附錄年譜天聖四年、及長編一○四天聖四年八月丁亥條泰州志所載蓋皆仲淹事晏范為同時人名位相埒其姓氏讀音又近歲月既久輾轉傳訛遂致以范為晏仲淹墓亦不在泰州所謂晏公墓疑是另一姓晏者民間既以范為晏自可能以此晏為彼晏也各地方志纂修者多為鄉曲陋儒此等訛誤往往不免。

哲宗元祐六年辛未　（六十四、二六○）

正月,知止知蔡州。三月為少府監。

長編四五四元祐六年正月「壬午,左中散大夫主客郎中晏知止知蔡州。」同書四五六元祐六年三月:「辛巳,左中散大夫晏知止為少府監。」

知止知潁州。

長編四七〇，元祐七年二月：「辛酉，少府監晏知止知潁州」同叔於慶曆四年罷相，以工部尚書知潁州父子先後知潁相距四十八年。此時知止之年恐亦近遲暮矣。

右所記知止事原譜無之今補。

右所補正大小約八十餘事。其資料之主要來源，不出以下諸書宋史、續資治通鑑長編、宋會要、宋宰輔編年錄、宋朝大詔令集。而宋會要並未詳閱此外則名臣碑傳琬琰集范仲淹年譜樓鑰攻媿集道光泰州志等各朵一條或數條而已。若詳閱會要及宋人文集筆記所得或不止此數以夏氏之續學用力既勤用心甚細。而缺誤有如此者然此事固不能專議夏氏也。十年以前予曾撰陳簡齋年譜載於幼獅學報當時亦頗爲朋輩所稱許其後涉獵羣書續加增補頃已寫成定稿較之舊作多出約五分之一其情形與夏著晏譜正復相類乃知考據之學竟如無底深壑欲求其毫髮無遺憾眞所謂「頭白可期汗青無日」豈非可爲而不可爲者乎？雖然，項蓮生之言曰：「不爲無益之事何以遣有涯之生？」聞者哀之。八表同昏六旬已過予今爲此亦不過以之「耗壯心消短景」而已搜殘舉碎所得幾何固未敢謂其必賢於博奕也。鄭騫附記。

晏叔原繫年新考

本篇爲「夏著二晏年譜補正」之一部分，提出單行，以清眉目讀者須合併觀之。

叔原約生於本年前後。

仁宗慶曆八年戊子西元一〇四八（五十二，二四八）

叔原宋史無傳晁說之會爲誌墓今亦不存諸書偶記軼事，亦無有關生卒之確切資料。欲考證此一問題僅有兩項論據。其一叔原爲同叔之暮子其二叔原當宋徽宗崇寧四年卽西元一一〇五尚在仕途。前者久爲人所共知後者則近始發現黃山谷作小山詞序「晏叔原臨淄公之暮子也」邵氏聞見後錄卷十九「晏叔原臨淄公晚子」：暮晚意同是爲前說之來源後說則見於宋會要刑法四獄空門，其文云「徽宗崇寧四年閏二月六日詔開封府獄空王寧特轉兩官經獄空推官晏幾道何述李注推官轉管勾使院買炎並轉一官仍賜章服」又云「五年十月三日開封府尹時彥奏『開封府一歲內四次獄空乞宣付史館』從之」叔原於崇寧四年閏二月已經過兩次獄空可知三年卽已在開封推官任五年十月仍否在任，無從查考。叔原如生於同叔卒前十年暮子者也同叔卒於至和二年西元一〇五五年六十五歲叔原所生之子也故可假定其生年不早於慶曆五年一〇四五卽同叔五十五歲時依照一般人以上卽不得稱爲暮子故可假定其生年不早於慶曆五年一〇四五卽同叔五十五歲時依照一般人

生理狀況，六十歲以後生子者較爲少見，而同叔六十三四歲時卽已衰病，且叔原之下尚有一弟，均見

夏譜，故可假定叔原生年不晚於皇祐二年一〇五〇卽同叔六十歲時。上下限既已大致推定叔原生

年當在慶曆皇祐之間。（本年之明年卽皇祐元年）

宛譜及夏譜所假定之叔原生年俱較予說爲早，宛譜於慶曆元年西元一〇四一云：「鄭俠生。小山最

遲亦應生於此年，小山平生交游之可考者惟黃庭堅與鄭俠而已。本年譜因小山生卒既不可考，只得

假定與鄭俠年歲相仿彿。聊志大概。按花菴詞選謂其於慶曆中曾作鷓鴣天詞，大稱上意。查慶曆僅八

年，縱小山如乃父之七歲能文，且作鷓鴣天於慶曆之末，最遲亦應生於此年，或已生數歲矣」夏譜於

天聖八年西元一〇三〇云：「叔原約生於此時，黃庭堅小山詞序稱叔原爲同叔之暮子，而生卒年歲

無考。宋元憲集二十五明道二年爲同叔第五子明遠作可祕書省校書郎制謂明遠『率在妙齡』叔

原若幼于明遠，其時當未成年。又黃昇花菴詞選三叔原鷓鴣天注云：『慶曆中開封府與棘寺同日奏

獄空仁宗於宮中晏樂宣晏叔原作此，大稱上意』是慶曆中叔原至少已十餘歲，以此互推當生此年

左右。（頁三十二二六）此兩說均難成立其證有三。

第一叔原如生於慶曆元年或更早，至崇寧四年已六十五歲以上，如生於天聖八年左右則已七十六

七開封府推官職務甚繁，而名位不高，以公言之當時朝廷不能用耆老之人任此繁缺，以個人言之叔

原故相之子。「磊隗權奇」亦不肯以遲暮之年屈就此職。

（自注）據此可知開封府推官爲繁劇職務，非六七十歲人所能勝任。據東坡年譜，其事在熙寧四年，東坡三十六歲，卽叔原任推官之前三十四年。

據東坡年譜，其事在熙寧四年，東坡三十六歲，卽叔原任推官之前三十四年。

宋史三三八蘇軾傳：「軾退言於同列，安石不悅，命權開封府推官，將困之以事。軾決斷精敏，聲聞

益遠」。

二〇一

第二如宛說則叔原生於同叔卒前十四五年，同叔年五十左右。如夏說則生於卒前二十餘年，年甫四

十。與「暮子」之說顯然不合。

第三黃山谷爲小山詞作序全是平輩而年齒相若或更稍長者語氣。山谷生於慶曆五年西元一〇四

五如宛說則叔原長於山谷五歲以上如夏說則多至十五歲左右依宋人習慣年長於己七八歲卽可

尊爲前輩十五六歲者更不待言叔原年齡果長於山谷序文措詞不應如此「老氣橫秋」山谷集中

與叔原唱和諸詩亦均是平交口氣（詳見後文）

再觀夏宛兩說之論據則僅有花菴詞選所謂叔原慶曆中曾作鷓鴣天詞一事今按此詞決非慶曆中

作。第一予爲此徧閱宋史仁宗紀刑法志及宋會要刑法門慶曆八年之中絕無「開封府與棘寺同日

奏獄空」之記載第二花菴所選鷓鴣天詞今本小山詞中亦有之其全首云「碧藕花開水殿涼萬年

枝上（小山詞作枝外）轉紅陽昇平歌管隨天仗祥瑞封章滿御牀。金掌露玉爐香歲華方共聖恩長皇州又奏

園扉靜十樣宮眉捧壽觴」慶曆中西有元昊之叛變北有契丹之乘機勒索非慶曆昇平獻祥瑞之時仁

宗尤不喜所謂祥瑞此兩句却與徽宗之好音樂信道教完全符合「皇州又奏圜扉靜」則確是「開

封獄空」有此二證可知花菴所謂「慶曆獄空」實爲崇寧獄空之誤傳叔原以獄空轉官在閏二月，

而此詞云「碧藕花開」乃是夏景蓋崇寧四五年間開封府會有多次獄空也。（見前引宋會要）黃

昇爲南宋末年人去叔原時代已遠輾轉訛傳自屬難免之事夏宛所據僅此孤證又不可信反證則多

而有力其誤自不待言。

夏譜（唐宋詞人年譜本頁五一〇）承敎錄載張君之說云：「花菴記慶曆中仁宗宣叔原作鷓鴣天詞冏示疑非事實，可謂卓識。惟其詞具在，未必盡誣。意花菴誤以元獻詞爲小山作，如晁无咎以小山『舞低楊柳樓心月，歌盡桃花扇底風』二語爲元獻詞，未可知也」。據此知夏氏於年譜發表後亦自疑其說，但不知覆張之信所疑如何耳。至於張氏謂花菴誤以元獻詞爲小山作，則又是鑿空之談，節外生枝。慶曆元年至四年同叔爲樞密使爲宰相，四年秋至八年則出知潁州。出知潁州樞相重臣無被宣作小詞之理，外郡守臣更無從召總緣夏張兩氏俱未見宋會要之記載，故對於花菴之說始終疑而不決張氏又云「尊譜謂元豐中叔原監許田鎭時年已五十餘錄所爲詞呈韓維報書稱叔原爲郎君以五十餘歲之人而以郎君相稱殊不近理，曩嘗疑之。如將叔原生平推遲十五年至二十年其時叔原不過三十餘歲，則韓維郎君之稱似無不合。」其說未爲無理但郎君之稱乃韓維就其與晏氏父子之關係而言似與年齡無關故未採爲夏說之反證。

徽宗政和末西元一一一八

叔原可能卒於此時前後年約七十左右。

夏譜承敎錄（頁數見上）載張君之說云：

云：『晏叔原近作鷓鴣天曲歌詠太平輒擬之爲十篇野人久去輦轂不得目覩盛事姑誦所聞萬一而已。』檢今本晏詞無此作惟據晁詞第七首『須知大觀崇寧事不愧生民下武篇』二語知晁序所云『叔原近作』亦必作於大觀年間是叔原大觀時猶在也尊著二晏年譜認定叔原約卒於崇寧五年似

神宗熙寧七年　（六十二五六）

以上於叔原生卒年大致考定以下卽據此作事蹟繫年。本篇僅與叔原生卒有關之紀年加註西元，餘者從略。

誤且自相矛盾矣。

一首卽花菴詞選所謂慶曆獄空時作者夏譜旣信花菴之說又謂其爲崇寧大觀時作是其說不惟失生於慶曆皇祐間享年約七十左右此雖亦屬猜測之詞，無從確定但較夏譜似更近實「碧藕花開」志之言叔原退居後似尙有若干年優游歲月政和以後則絕無事跡可考其卒可能在政和之末上距是大觀中作證以晁元禮詞叔原大觀中尙在自無問題大觀四年其後卽爲政和政和有八年觀漫年五月復相三年六月再罷叔原崇寧四年猶在開封推官任內漫志叙蔡京求詞於退居賜第之後當蔡京權勢正盛之時據宋史二一二宰輔表蔡京於崇寧元年七月拜相至五年二月罷次年卽大觀元云云』『曉日迎長歲歲同云云』竟無一語及蔡者』漫志特別指出「無一語及蔡者」當是作於居京城賜第不踐諸貴之門蔡京重九多至日遺客求長短句欣然兩爲作鷓鴣天，『九日悲秋不到心叔原卒於大觀政和間或較近實也』今按夏氏所謂碧鷄漫志卷二其原文云：『叔原年未至乞身退故晁氏擬之衍爲十首崇寧五年之次年卽爲大觀，則大觀間叔原當尙健在拙譜應依張先說改爲原引誤作『處處』同」『碧藕花開水殿涼』諸首前二首碧鷄漫志卷二云由蔡京遺客求叔原作當時流傳必盛

原引誤作『處處』

乎早了一些」夏氏附註云：「晁氏所謂叔原鷓鴣天詞，當指『九日悲秋不到心』『曉日迎長歲歲

叔原以鄭俠上書事下獄，在本年歲暮夏譜考證不誤。但云叔原此時約四五十歲；從予說應改爲二十

六歲左右。

元豐二年、三年

此二年中叔原在開封，與黃山谷、王稚川諸人同游唱和。

夏譜（唐宋詞人年譜本頁五一一）承教錄載劉君之說云：「山谷外集卷七有『次韻答叔原會寂

照房呈稚川』『同王稚川晏叔原飯寂照房』『次韻叔原會寂照房』『次韻稚川得寂字』四詩卷

十四有『自咸平至太康鞍馬間得十小詩寄懷晏叔原，並問王稚川行李鵝兒黃似酒，對酒愛新鵝』此

他日醉時與叔原所詠因以爲韻」詩前者元豐三年罷北京教官後赴吏部，在汴京時作後者則元豐

七年由吉州太和過揚州、泗州赴德平鎮，途中所作『鵝兒黃似酒對酒愛新鵝』原詩已不見錄意者

亦元豐三年在京時作也。內集別有『次韻王稚川客舍二首』及『欸乃歌二章戲王稚川』各詩註

『王茲稚川元豐初調官京師寓家鼎州，親年九十餘矣』此數詩均有年月可考可補入譜」今按山

谷詩房字韻第一首云：「月色麗雙闕雪雲浮建章苦寒無處避惟欲酒中藏」房字韻第二首云「兼

葭落鳧雁秋色媚橫塘」寂字韻又有：「還歸理編冊長安千門雪」之語諸詩明係秋冬兩季而非同

時所作任淵註山谷內集目錄附年譜云「元豐三年庚申是歲春山谷在京師蓋罷北京教官後赴吏

部改官得知吉州太和縣其秋自汴京歸江南」三年秋已歸江南冬日之詩自是二年所作其罷北京

教官赴汴京實應在二年而非三年春也。

此事夏譜不載今補。

元豐五年 （六十二二五八）

夏譜云「叔原監許田鎮，寫新詞獻韓維，約在此時」考證精確但云此年叔原約五十餘歲從予說應改爲三十五歲左右今本小山詞中有崇寧大觀間作品可知獻韓維者只是其中之一部分。

元豐七年

黃山谷有小詩十首寄懷叔原。

見前引承敎錄劉君說此十首作於本年見史容註山谷外集目錄此事夏譜不載今補。

哲宗元祐三年 （六十四二六○）

夏譜「蘇軾欲因黃庭堅見叔原，叔原辭之」及附註云云其考證大致可信但云「叔原此時五十餘歲從予說應改爲四十歲左右更不能以碧鷄漫志「年未至乞身」云云爲叔原生於天聖末之一證。夏氏之誤一因未能切實注意叔原爲同叔「暮子」一因未見宋會要有關叔原之記載而輕信花菴詞選慶曆獄空小山作詞之說如依照予所推定叔原退居在大觀中年約六十稍過與「年未至乞身」之語正合。（古者七十致仕）

徽宗建中靖國元年 （六十五二六一）

夏譜云「小山詞結集約在此年前」附註云「小山詞自序：『七月己巳，爲高平公綴輯成編』」范姓望出高平宋人稱范仲淹純仁父子爲高平公梅堯臣宛陵集有聞高平公姐謝述哀三首皇祐四年作，

蓋挽仲淹之詩仲淹卒時，叔原方二十左右，詞序所稱高平公殆指純仁。宛書城謂：「純仁元祐四年知

潁昌府見宰輔表，蓋代韓縝任是年七月適有己巳日，或小山初寫稿獻縝，至是復編集獻范。」按叔原

寫詞上府帥韓少師是韓維而非縝，已辨于元豐五年譜據宋史三一四范仲淹傳及曾肇范忠宣公墓

誌銘純仁卒于此年，小山詞如爲純仁綴緝成編，則必在此年之前，其時叔原已六七十歲矣」今按晏

范世交且必有相當高位始得以郡望而稱公高平公爲范純仁綴緝成編並。第一，硯北雜志上引邵澤民云：

作自序則只能云在元祐之初不能如宛說定爲元祐四年其論證如下。

「元祐中叔原以長短句行」第二，小山詞自序云「叔原往者浮沉酒中……追惟往昔過從飲酒之

人或壠木已長或病不偶考其篇中所記悲歡離合之事如幻如電如昨夢前塵」全是中年人語氣其

時至少三十五歲以上第三,據陳垣二十史朔閏表紹聖二年及三年之七月均無己巳日至四年七月，

純仁已遠謫永州且雙目失明。（見後表） 據此三證可以初步考定編集自序應在元祐元年以後紹

聖元年以前即叔原四十左右至四十八九歲之間依常理及古時交通郵遞情形推測叔原爲范編錄

詞集總應在兩人同處一地之時今據宋史十七哲宗紀二一二宰輔表三一四純仁傳及續資治通鑑

長編諸書爲元祐紹聖首尾十二年中純仁出處踪跡列一簡表以期更進一步求得較爲確切之編集

作序年分表列紀年上加圈者其年七月有己巳日加×者無之。

○元祐元年閏二月同知樞密院紀表

○二年，在知院任。

○三年四月自知院拜相紀表

○四年六月甲辰（初五日）罷相知潁昌紀表

○五年五月自潁昌移知太原 長編四四二

○六年十一月自太原移知河南 長編四六八

×七年在河南任。

×八年三月自河南移知潁昌 長編四八二

　　　　　　　七月自潁昌召還拜相紀表

○紹聖元年四月罷相知潁昌紀表

×二年九月自陳州移知隨州 長編拾補十二 何時自潁昌移陳州未詳。

×三年在隨州任。

○四年二月自隨州謫永州，時已失明 紀表本傳

此時期中純仁踪跡已詳右表，叔原踪跡雖難考定但，以蘇東坡欲因黃山谷見叔原一事證之，元祐元二三年叔原當在開封，（參閱夏譜頁六十四、二六○）此三年正為純仁在朝執政之時，而各年七月又均有己巳日故予以為編集自序當不出此三年，山谷所作小山詞序亦可能與自序同時。雖文獻不足僅能猜測，而去事實或不甚遠。宛書城以為在元祐四年，則可能性不大。純仁於其年六月初五日罷相出知潁昌，而七月己巳是初一日二者相距不及一月，編集之事無論純仁索閱或叔原自動投贈無

論面交或郵遞均不應如此促迫。

小山詞之結集至少有三次第一次爲元豐五年手寫投贈韓維,第二次爲元祐初爲高平公綴緝成編,第三次則爲今日通行之本今本爲叔原手定或後人編錄無從查考但其中有崇寧大觀間作品已見前文當然非投贈韓范之稿。而韓范兩稿相去五六年其間自亦有所增刪改易夏譜云小山詞結集約在建中靖國元年之前其言殊爲含胡籠統若云贈韓贈范之稿則非足本全集若云今本則與事實不符矣。

閏二月,叔原在開封府推官任,以兩經獄空轉一官、並賜章服。

八月,設大晟府。

獄空轉官事詳前宋史二十徽宗紀:「崇寧四年八月辛卯,賜新樂名大晟,置府建官。」同書一二九樂志則云在九月。據王國維清眞先生遺事周邦彥提舉大晟府在政和六年,其時叔原是否尚在無從確定。

綜觀上文叔原生年至早在慶曆之末,卒年至早在政和之初。其年齡蓋少於東坡,長於方囘美成,而與山谷少游相伯仲實爲北宋後期詞人但因係同叔之子,其作品之風格、形式又近於前期宋詞,遂易使人發生錯覺耳。

珠玉詞版本考

　　晏殊珠玉詞的版本，我見過的有五種：明吳訥唐宋名賢百家詞本，毛氏汲古閣宋六十名家詞本，清四庫全書本晏端書輯本民國林大椿校印本都是一卷；此外清胡亦堂輯本勞格補輯本元獻遺文附有詞二十餘首雖非全帙却有若干處可供校刊我沒見過的有一種明鈔十六家詞本。

　　吳訥的唐宋名賢百家詞流傳不廣清朝很少人知道有此書民國以後才發現天津圖書館有一部舊鈔本，四明范氏天一閣舊藏此本目錄有一百家實存九十家宋人之作居多汲古閣的宋六十名家詞即取材於此書，吳訥是毛子晉的鄉先輩北平圖書館照鈔一部此書才得重與世人相見（附記）此書收珠玉詞一卷共一百三十九首其中有采桑子三首重出實數一百三十六首陳振孫直齋書錄解題著錄宋時長沙刻本一卷卷數與此相合在宋人選本上見到的大晏詞以吳本爲最早錯誤也最少。

　　名臣錄稱殊詞名珠玉集張子野爲之序子野張先字也今卷首無先序蓋傳寫佚之矣。這是說毛本吳本亦無張序也許是傳寫遺漏也許宋時印珠玉詞即未收張序總之現存珠玉詞各本要以吳本爲最早錯誤也最少。

　　毛氏汲古閣本六十家詞原刻之外有光緒時汪氏覆刻本上海書坊影印本中華書局四部備要本商務印書館學生國學基本叢書本雜誌公司文學珍本叢書本書運頗爲亨通可惜原刻校勘不精翻印諸本陳陳相因，

實在不算善本。此本不但流傳最廣，而且上承吳本，下啓四庫、晏端書、林大椿諸本，是現存諸本的中樞。此本共收詞一百三十一首目錄次序和吳本全不一樣所收的詞也小有出入乍看好像是別有所據細加考查實在是改編吳本不過添些錯字而已。

毛本比吳本多清商怨一首但毛氏在此調下注云：「向誤入歐集按詩話『或問元獻公雁過南雲』云云,確是公作今增入」毛本比吳本少浣溪沙（吳本題攤破浣溪沙）一首訴衷情一首蝶戀花二首漁家傲一首阮郎歸一首共六首但毛氏在此諸調之下均注有「舊刻若干首考某首是某人作今刪去」等字樣其注明刪去者即是上文所舉六首之五只有阮郎歸未注明,在毛刻六一詞裏卻有這一首注云「或刻晏同叔」此外,吳本重出的三首朵桑子毛本也把他們刪去如此看來收詞不同是毛氏自行增刪的結果,並非另據其他本子。

吳本有鵲踏枝二首蝶戀花七首這是同調異名毛本合併題為蝶戀花,於調名下注云:「舊七首考『玉椀氷寒消暑氣』是子瞻作,『梨葉疎紅蟬韻歇』是永叔作今刪去又末二首向另刻鵲踏枝考是一調今併入仍七首」毛氏刪去的兩首在蝶戀花調下所謂末二首即「檻菊愁煙」及「紫府羣仙」吳本此二首正是題為鵲踏枝這一點更可證明毛本是改編吳本而成至於目錄各調孰前孰後的次序雖與吳本不一樣每調中諸詞的次序卻完全相同可見目錄次序之不同也是毛氏按調之長短改編並無旁的依據。

一般目錄及校勘學者反對任意改變舊本次序有時有些道理但像吳本珠玉詞的次序,既非編年又非按調之長短毛氏把他改編似無不可。不過他刪去若干首詞,有些武斷,宋初詞人作品互見的很多,沒有確證不能斷定屬於某人豈可任意刪削尤其字句之間毛本錯誤很多翻印諸本都未改正今舉出數例於下。

酒闌人散草草閒階獨倚梧桐。記得去年今日，依前黃葉西風。（清平樂）

換頭第一句「草」字不協韻清平樂從來無此作法歷代詩餘作「酒闌人散匆匆」晏端書本從之，韻是

對了，但仍是臆改吳本及元獻遺文均作「忡忡」方是正文。「憂心忡忡」是詩經成句宋人詞用「忡忡」的

另外還有幾處當初不過因爲忡忡與草草二字的別體「艸艸」形近而誤。

燭飄花香掩爐中夜酒初醒翠樓殘照兩三聲窗外月朦朧。（喜遷鶯）

爐字應仄而平中夜而有殘照且以聲計均不可通我曾疑爐是爐之誤照是點之誤後見吳本證明確是如此。此

外諸本只有晏端書本改爐爲爐

靜對西風脈脈金蕊綻粉紅如滴向蘭堂莫厭重新免清夜微寒漸逼。（睿恩新）

紅絲一曲傍階砌珠露下獨呈纖麗……向晚翠花新悴放朵朵似延秋意（同上）

「向蘭堂莫厭重新」單講已覺費解與下句更連接不上吳本作「向蘭堂莫厭重深」意思便與下句聯貫吳

本一曲作一簇描寫清楚得多。「翠花新悴」意雖可通但新字應仄吳本作「欲悴」的確比「新悴」起調。

留花不住怨花飛向南圍情緒依依可惜倒紅斜向一枝枝經宿雨又離披（鳳銜杯）

柳條花類惱青春更那堪飛綠紛紛（同上）

「倒紅斜向」講不下去胡亦堂輯本及花草粹編均作「斜白，此詞又見杜安世壽域詞亦作「斜白，如

此便無疑問吳本亦作「斜向」可見沿誤已久自古以來只有飛紅並無飛綠吳本作「飛絮」可知是形近之

誤。

「荷葉初開猶半捲荷花欲拆須微綻此葉此花眞可羨，秋水畔青涼綠映紅粧面。（漁家傲）

粉面啼紅腰束素當年拾翠曾相過密意深情誰與訴空怨慕西池夜夜風兼露（同上）

「青涼映紅妝面」令人目迷五色莫名其妙吳本綠作纖這就對了青涼纖比荷葉紅妝面比荷花很生動。（

青涼纖是宋時名詞趙令時侯鯖錄云「劉子儀三入翰林，不懌……移疾不出朝士問侯者繼至詢之曰『虛

熱上攻』石表從在座曰：『只消一服清涼散』意謂兩府始得用青涼傘也」纖即傘之本字）「相過」的過

字不協韻彷彿記得某書說是借協閩音吳本作「相遇」不借閩音即可協韻了。

嘉宴淩晨啓金鴨飄香細鳳竹鸞絲清歌妙舞畫呈游藝（連理枝）

「畫呈」不通吳本作「盡呈」正是總結上文兩句晏端書本作「畫堂」意雖能通卻甚勉強遠不如「盡呈」

生動顯然是臆改。

以上不過舉出毛本錯誤之一部分此外諸本異文可資比較的還很多宛敏灝的「二晏及其詞」裏附有

「珠玉詞箋校勘記」很精詳但他沒見過吳本所以尙有遺漏之處。

四庫全書收珠玉詞一卷全同毛本沒有討論的必要晏端書是清咸豐時人作過河督是晏殊的後裔他在

揚州刊印珠玉詞一卷題為「珠玉詞鈔」從他的自序裏知道他是先從歷代詩餘鈔出若干首後來又見到毛

本去其重複合併而成此書並沒有見過旁的本子所以次序和吳本毛本都不一樣所收詞也多出六首歷代詩

餘是不可靠的書常常把作者弄錯又常亂改字句珠玉詞鈔多出來的六首詞便是從歷代詩餘鈔出來的多半是

誤收字句與他本不同處也是根據歷代詩餘校改甚而還有晏端書個人的臆改所以珠玉詞鈔只是歷代詩餘

和毛本二位一體的化身而加上些誤收、誤校，不算珠玉詞的別本，更不能算善本。（晏本較吳本及毛本多出來的六首是如夢令、玉樓春破陣子玉樓春人各一首憶人人二首只有玉樓春確是大晏作品有趙與峕賓退錄所載晏小山和蒲傳正間答之語可證如夢令見於草堂詩餘破陣子見於唐宋名賢絕妙詞選都是宋人選本比較可信玉樓人和憶人人等三首便靠不住了。這三首見於黃大與編的梅苑原無作者名，因爲在各詞前面的一首恰好都是大晏詞，於是輯歷代詩餘的人認爲也是大晏作品不知梅苑上有很多無名氏的詞與其前一首的作者並無關係梅苑還有六么令及蝶戀花各一首題「晏丞相作」歷代詩餘並未錄入晏本因之也就沒有這兩首詞又見晏幾道小山詞風格意境也極似小晏黃大與誤子爲父了。

林大椿校本由商務印書館出版全依毛本只多出補遺三首即上文所舉玉樓春如夢令及破陣子字句略有校勘而毛本錯誤完全照舊只算重印毛本罷了。胡亦堂勞格所輯元獻遺文收入李氏宜秋館印宋人甲乙丙丁集中所收諸詞字句多有與各本不同處不知所據爲何但強半是因爲看不懂原詞而妄改的。例如「一向年光有限身」輯本一向作已是；「人生幾度三台」輯本竟改三台爲樓臺「爭奈向千留萬留不住」輯本改爭奈向爲爭奈何，而且注云「毛刻作向非是。」這是個不全的輯本無關重要但妄改之處不可不辨。

上述我見過的數種之外還有我未見過的一種明鈔十六家詞本此書現藏江蘇省立國學圖書館，舊藏錢唐丁氏八千卷樓見於丁氏的善本書室藏書志。據宛敏灝撰二晏及其詞第十五及十九兩章所述此書所收珠玉詞也是一卷也沒有張先序詞數及目錄次序完全和吳本一樣連吳本重出的三首采桑子也照樣重出字句間小有異同而大體上不如吳本。從以上幾點看來此本與吳本確是同出一源，或者就是從吳本鈔出也未可知。

我既未見過此本當然不能多談，留待將來見到時再說吧。但既與吳本一樣，將來能見到固好，見不到似也不甚

重要。（宛氏並未見過吳本上述一切，我是從他所列此本與毛本目錄對照表及校勘記推測得知的。）

（附記）這是我的一篇舊稿作於民國二十三或二十四年，曾載於天津益世報五十六年深秋改訂重寫。

我作此文時，吳訥的唐宋名賢百家詞只有鈔本其後不久商務印書館即將此書排印出來所印不多現在

已不易得。還有文中所說「一般目錄及校勘學者反對任意改變舊本次序有時有些道理」照我近年的

見解應改「有時有些道理」爲「很有道理」或「自有其道理」但爲保存我以前的見解並未改動我

修改其他舊稿時也是這種態度如非絕對錯誤儘量保持原狀。

馮惟敏及其著述 本篇各條註文均在其本段之後

引　論

世之談曲者每以為元人製作獨有千古，審諦此言實非確論。雜劇傳奇不在本文範圍之內，未遑具說；若夫散曲則朱明一代別擅勝場絕非元人所能籠罩。元人散曲高渾瀾爛（註一）不能不推為精品妙製，然以體製言則小令大佳，而套數猶未發展至成熟完備之域，以內容言則幾乎千篇一律弔古也。厭世也，警悟也，散誕逍遙也，林泉逸興與風月柔情搖筆即來，觸目皆是。擬之於詞與五代宋初之作適相彷彿，五代宋初之詞非不高妙然若無東坡少游以後諸大家詞之為詞，固未可知！東坡為豪放之首少游開婉麗之宗。自是以後各家作品涵蓋所及，乃不止於風花雪月離合悲歡。蓋凡作者之性情思想學問生活皆可於詞中求之，不僅慢詞長調為前此所稀見詞之一物。得與於著作之林文藝之府豈不以此哉！準是推論散曲之發揚光大固不能無待於明人矣。

（註一）「瀾爛」二字見貫雲石陽春白雪序。

明初散曲傳世者稀且多偏於「端謹嚴密」（註二）之一派，平鈍闒茸所不能免。論其內容亦無以大異於元人。至正嘉之世崑曲將興古調漸廢，而散曲作家忽然輩出婉麗則有王磐金鑾沈仕豪放則有康海王九思馮惟敏，而康王馮之作描寫其個人之生活表現其個人之性情風格理趣面目各殊，尤為超出元人而非同時婉麗

一派之所能及。至是而散曲境界始寬，堂廡始大體製內容乃臻完備；明人之所以別於元人者，固在此耳。

（註二）參閱散曲概論（散曲叢刊本）卷二派別第九。

三人之中馮氏又為傑出善乎近人任君之論曰：

馮惟敏海浮山堂詞稿四卷生龍活虎猶詞中之有辛棄疾，有明一代為最有生氣最有魄力之作矣。王世貞王驥德輩之品評皆嫌馮氏「本色過多北音太繁」「多俠寡馴時為紕類」蓋皆崑腔發生以後，南曲盛行時之議論殊不足據也。（註三）馮氏之長處正在本色與寡馴惟其如此乃能豪辣若論其失有因恣肆之極傷於獷悍者有因任情率性之極意近於頹唐不能凡百與會者至於全集之中，獨馮氏斯足責也。馮之意志亦極怨憤所異於康王者在怨憤便索性將全部怨憤痛快出之以示人較少做作而才氣之橫溢筆鋒之犀利無往而不淹蓋披靡篇幅雖多各能自舉不覺其濫亦非康王一派之所及也。（散曲概論卷二頁四十）。

馮曲之風格價值既如上述而其所以能到此地步者其來固有自焉。惟敏父裕生具剛直之性以理學名家，出為循良退耽風雅所生四子皆以文采學行著稱於時。（註四）惟敏秉遺傳承庭訓植身立行，酷肖其父其思想學術，則純粹儒家者流也其性情生活則詩人之性情生活也。少年踪跡遍遊五嶽南入黔北渡遼已得助於江山屢上春官輒摧勁翮復失意於科舉出為令倅則守正愛民不畏強禦退處山林則詩酒嘯歌，亦有以自樂其樂守正愛民而遭惡勢力之摧抑故悲憤詩酒嘯歌而故鄉擅林壑之美故恬適蘊蓄既厚內容充實此其所以能卓然特立，

自成一家。孟子曰：「頌其詩讀其書不知其人，可乎？」爰搜採羣籍寫爲此文惟敏生平於茲略見，聊供讀馮曲者之參考云爾。

（註三）　二王之論俱見後文。驥德論馮曲固多貶詞，世貞之論，則譽多於毀。世貞與惟敏同時，非崑曲盛行後人物。

（註四）　馮裕事跡見下。

傳

馮惟敏字汝行，自號海浮山人其先世居山東之臨朐。明初，募中國人實塞下，有名思忠者，徙遼之廣寧，是爲惟敏高祖。（註五）傳至惟敏父裕服官內地，携家屬還居山東，遂復臨朐舊籍。（註六）臨朐與益都接壤同屬青州府；裕家曾寓益都惟敏兄弟以益都籍應鄉試。（註七）裕卒葬益都城北十里之新店惟敏兄弟祔焉。（註八）故馮氏又占籍益都。

（註五）　明刻本李維楨大泌山房集卷六十五馮氏家傳。

（註六）　光緒臨朐縣志卷十四上馮裕傳。

（註七）　光緒山東通志卷九十二學校志舉人表。

（註八）　康熙益都縣縣志卷四陵墓同卷驛遞云「新店在城北十里。」

裕字伯順，少孤貧刻苦讀書喜理學師事義州賀欽得白沙陳獻章之傳成正德三年進士歷官南北，所至有

循聲惠政，在貴州久，威德懷苗夷以貴州按察副使致仕家居講學復好吟詩與海岱耆宿結詩社，「所唱和多清雅可觀」其曾孫琦輯爲海岱會集；又編其自所爲詩曰方伯集俱傳於世，裕性重厚剛介當官伉直有裁斷，「白首耆艾魁壘之士」也生五子少子惟直早卒其四人皆知名當世稱臨朐四馮長惟健次惟重三卽惟敏四惟訥。

惟健重訥俱能詩有集今存。（註九）

（註九）裕事跡詳見馮氏家傳，臨朐縣志，康熙益都志卷七皇明分省人物志卷九十七馮溥佳山堂詩集

王士禎序海岱會集見四庫提要一百八十九方伯集及惟健重訥詩集詳後著述。

惟敏正德六年辛未（一五一一）生於晉州官舍時裕方知晉州也（註一〇）數歲裕遷南京部曹惟敏隨任，居南京者十二年（註一一）裕出守甘蕭平涼改貴州石阡惟敏皆隨往（註一二）蓋自孩幼迄弱冠足跡所至已半中國矣惟惟敏能承家學聰穎過人（註一三）父課以六經諸子史含咀英華；（註一四）復多所博觀外家之語（註一五）詩文雅麗閎肆（註一六）雖在弱齡已驚長老在貴州七年（註一七）從父歸臨朐聲譽噪一時（註一八）晉陵王慎中督學山東自謂無書不讀少所推許及見惟敏文大賞異自以爲遜其才也（註一九）嘉靖十六年舉於鄉（註二〇）其明年，次兄惟重弟惟訥俱成進士。（註二一）惟敏與長兄惟健屢試南宮不第乃營別墅於臨朐海浮山下之冶源居焉。（註二二）臨朐在萬山中而水源四出實奧衍之區（註二三）冶源在城南二十五里尤爲邑中勝地碧湖淸泉煙水窗

靄古木千章修竹萬個夏不知暑多有餘淸雖處北地而風物之美不殊江南（註二四）惟敏遊釣其間浩歌自適忘

懷息機有終焉之志。

（註十一）俱見後年表。

（註十二）諸書俱未言惟敏曾至平涼。

若未至平涼，無由登西嶽也臨朐志馮裕傳云「命子惟健以眷屬居郡城而獨之平涼」今按惟重大行集

有在平涼所作詩可證臨朐志之誤惟健惟訥則奉母居青州見惟健陝門集隨任石阡事見家傳。

（註十三）康熙益都縣志卷九惟敏傳。

（註十四）家傳光緒臨朐縣志卷十四上惟敏傳。

（註十五十六）康熙益都志傳家傳。

（註十七）見後年表。

（註十八）臨朐志傳。

（註十九）臨朐志傳。

（註二十）光緒山東志舉人表。

（註二十一）光緒山東通志卷九十學校志進士表。

（註二十二）家傳。

（註二十三）光緒臨朐縣志三上山水。

（註二十四）冶源之勝詳見酈道元水經注巨洋水條（王先謙刻戴校本卷二十六）惟敏姪孫琦游冶

源記（萬歷刻本北海集卷十二）山左明詩鈔卷九引張廷棟語（陳田明詩紀事戊籤同）光緒臨朐縣

志卷三山水同書卷四古蹟門亭館類惟敏詩石門集有七里溪別墅海浮山堂詞稿卷二有環山別墅未詳

各在何地。

嘉靖丁巳戊午間，段顧言巡按山東，爲政貪酷，民甚苦之，惟敏亦被逮治，良久乃解(註二五)，惟敏既慨「在邑」

之「多糾纏」(註二六)應試春官，復久而無望，遂以嘉靖壬戌入京謁選。是年甲授直隸淶水知縣，時年五十二(註二七)

蓋家居垂三十年矣(註二八)。在官廉靜不擾，每出行以壺飧自隨，不煩里甲(註二九)時十年饑饉，百廢相仍，惟

敏居閒歲，學宮臺署，治廳城池郵舍道路，以次修治，多樹榆柳，繁茂成陰，行旅歌咏之。百里改觀，治蹟核最(註三〇)惟

然縣去京師近，豪民爲將軍爲校尉爲力士爲執金吾，爲中貴人兼併田地無算，而多逋租，惟敏摘其最負者懲之，

貧民以爲德，而勢族寡不便，謗訴四起(註三一)部使者亦憤惟敏異己，而深忌之，密遣人偵惟敏過失，無所得乃誣

以賣酒賣柳與民爭利當事者知其枉，謔以量才改邑吏部覆奏以惟敏「疎簡不堪臨民文雅猶足訓士」遂謫

鎮江府學教授(註三二)鎮江故多佳山水，教授官閒事簡，惟敏於府學建仰高亭，春秋佳日觴詠其中，生涯勝於在

淶水時，而鬱積不平之氣，終有未釋者也(註三三)聘典雲南鄉試，錄文多出其手(註三四)稍遷保定府通判，奉檄修

府志，集楊忠愍繼盛遺文行於世，陳郡利害十六事皆中竅綮(註三五)時惟敏年已六十，邁往之氣，稍稍衰矣，尊罏

之思無時或已(註三六)會左遷魯王府官，遂自免歸(註三七)構亭治源別墅，命之曰即江南，日與朋輩，觴詠歡燕。

(註三八)每當天日清澄，風雪暝霮時，棹煙艇上下，自歌所爲北調新聲，優遊卒歲(註三九)如是者近十載，遘疾卒

(註四〇)

(註二十五)　見後年表。

(註二六)　俞憲盛明百家詩本馮海浮集七里溪別墅詩云：「非無五畝宅，在邑多糾纏」石門集有懷

鳳洲使君詩云：「君子違吾邦，民今竟無祿，苛吏日盱盱，文學遭黜朴，遂令避世人，不敢留空谷。」

傳。

（註三十二）詞稿卷四附錄雙調新水令套序南呂一枝花套跋，卷一仙呂點絳唇「改官謝恩」套序，家傳。

（註三十一）家傳，臨朐志傳。

南呂一枝花套跋家傳。

（註三十）乾隆易州志卷十七重修三義祠碑記（惟敏撰）海浮山堂詞稿卷四附錄雙調新水令套序，

（註二十九）光緒益都縣圖志卷四十九惟敏傳。

（註二十七、二十八）見後年表。

（註三十三）參閱詞稿卷一在鎮江諸曲。

（註三十四、三十五）家傳。

（註三十六）參閱年表及詞稿卷一卷二在保定所作諸曲。

（註三十七）見年表。

（註三十八）家傳。

（註三十九）臨朐志傳。

（註四十）家傳；參閱年表。

惟敏名位不顯自放山水間不與世接類任達曠隳者流然家居獨嫻禮法，每歲首與子姪家宴為詩歌道天

倫樂事，必加勉勖卒之日侍者以朱衣進，搖首曰：「不當服此」時蓋有期喪云(註四一)在官勤政愛民，鋤奸剔蠹，

勇於任事廉峻自守，則又所謂循良之吏惟敏弟訥與人語諸兄學行亦多推惟敏(註四二)若夫詩酒風流謠歌遣

與間為「狴邪之鼓吹」則又文士之所以異於道學家者也。

（註四一）臨朐志傳家傳

（註四二）俞憲盛明百家詩本馮海浮集序傳。

惟敏有子四五人可考者二子復子升(註四三)孫瑗萬歷乙未進士官至山西參政補開原道有聲於時(註四

（註四四）光緒臨朐縣志卷十四上康熙益都志卷七光緒益都縣圖志卷四十九俱有馮瑗傳。

（註四三）石門集七歌行云「年來生長四五子玄冬落寞空山裏大者依希識姓名別時罨嬰病欲死」

諸書均云惟敏有子名子升據詞稿卷二歸田小令末一首鴻門奏凱歌補子復名。

四）

年表

明武宗正德六年　辛未（一五一一）　一歲

九月初旬生於晉州官舍。

詞稿卷一雙調新水令「庚午春試筆」套序：「余生於正德辛未。」仙呂點絳唇「郡廳自壽」套序：

「己巳菊月，余至保郡越半年矣。……自筮仕壬戌歲，初度皆有述，在郡無與偶者乃賦此以自廣」黃

鐘醉花陰「仰高亭自壽」套喜遷鶯曲：「正值着清秋天道，數重陽屈指非遙。」

光緒晉州志卷五官寮志「知州馮裕正德六年任」是否携眷雖難確考然裕自正德三年至本年，始終服官於外若未携眷則無從生育此時馮氏尚未囘居臨朐故鄉遠在遼左眷屬除隨任外亦無他處安頓也。

父裕三十二歲

裕享年六十七歲卒於嘉靖二十五年丙午，（詳見彼年。）

長兄惟健九歲次兄惟重八歲。

惟重卒於嘉靖十八年乙亥年三十六（詳彼年，）據此推算生於弘治十七年甲子家傳云：「惟重少伯兄一歲」可知惟健生於弘治十六年癸亥。

王九思（敬夫）四十四歲

明刻本溪陂集南曲次韻自序題「嘉靖乙巳春碧山七十八翁」據此推算生於成化四年戊子。

康海（德涵）三十七歲

馬理康對山墓誌（乾隆本康對山集附錄）公生成化乙未六月二十日。

楊愼（用修）二十四歲

李開先（伯華）十一歲

弘治元年戊申生，（見程封改編楊文憲公年譜）

弘治十四年辛酉生,見陸心源三續疑年錄。

正德七年　壬申　二歲

弟惟訥生

盛明百家詩本馮海浮集,「舍弟留滯隴西屢歲不遷山居馳念悵然有作」詩云:「弟乃齊余肩,少余一歲強」蓋惟敏生於去年秋惟訥生於今年冬也。

正德十年　乙亥　五歲

新水令「留別邢雉山」套序:「僕垂髫隨宦皓首重來」(參閱後文嘉靖六年)

隨父裕往南京

家傳:「裕自知晉州遷南京戶部員外郎。」晉州志云,裕後任知州尙繼美正德十年任。詞稿卷一雙調

正德十六年　辛巳　十一歲

徐渭(文長)生。(見吳修續疑年錄)

世宗嘉靖四年　乙酉　十五歲

盛明百家詩本馮海浮集「舍弟留滯隴西……」詩自敍兒時生活云,「七歲嫻禮儀,灑掃闥中堂,八歲間奇字十歲諧宮商,十二受遺經十五氣飛揚」

汪道昆(伯玉)生

見王世貞弇州四部續稿卷三十九贈吳大參明卿序(凌景埏詞隱先生年譜(燕京大學文學年報

嘉靖五年　丙戌　十六歲

第五期）引。

王世貞（元美）生（錢大昕弇州山人年譜）

嘉靖六年　丁亥　十七歲

在南京父裕調甘肅平涼知府，攜眷自南京赴任道出青州，上冢，會親故留惟健惟訥奉母居青，攜惟重惟敏

赴平涼，至是馮氏遂復舊籍。

自乙亥至此居南京首尾十二年，中間或曾至鳳陽。在南京時兄惟健惟重與諸名士結文社，惟敏與焉，識許

石城邢雉山諸人。

家傳云裕「遷南京戶部員外郎，督儲中都（鳳陽）稍遷郎中久之遷知平涼府以後期改知石阡。」

石門集宦適軒賦序云「嘉靖戊子春，余方束髮從家君薄遊南中，蓋自司徒大夫出守平涼，尋調石阡」

既云「尋調」在平涼當不足一年，明年已遊南中矣，調平涼事，應在本年無疑，詞稿卷一雙調新水

令「留別邢雉山」套作於嘉靖四十五年丙寅（詳後）序中有「僕垂髫隨宦皓首重來」語曲中

有「憶金陵佳麗帝王州，四十年感時懷舊」語自丙寅上溯四十年正本年也馮惟重大行集在固原

及平涼所作詩皆言雪景到平涼在秋冬間道經青州，則夏日事。

過青上冢留眷居青事見光緒臨朐縣志卷十四上馮裕傳光緒益都縣圖志卷四十九同，（參閱前文

本傳及注釋第十二條）家傳敘還居臨朐事於官南京戶部郎中時與諸書皆不合蓋約略言之不如

兩志之翔實。

光緒益都縣圖志卷四十九馮惟健傳云「從父官南京,與諸名士結文社」;康熙益都志卷九惟重傳

云「憲副公(裕)官留曹公從之留都,與許石城邢雉山諸公講業青溪之上」詞稿別邢曲之前,有

「贈許石城」南呂一枝花套,亦丙寅作別邢曲序中又有「慨舊識之無多樂新知之畢聚」語,據以

上諸事可知惟敏與邢許爲老友其相識則在此數年中結文社時。

嘉靖七年　戊子　十八歲

自甘肅平涼隨父往貴州石阡。(見上年)

長兄惟健舉於鄉。(見光緒山東通志卷九十二舉人表)

嘉靖十二年　癸巳　二十三歲

父裕自石阡知府升任貴州按察司副使,隨往貴筑。兄惟健自山東來省親。

惟健陝門集南征賦跋石阡父老歌其父之功德云「太守之來也,六載於茲矣,……今持憲臺,省覈廉

墨。」繼云:「於是乎我僕彷徨乃臨脫夫祥炯之江,見閻山夫子於貴竹之舘。」閻山裕自號也,據此賦

可知裕守石阡六年而升任按察副使,陝門集又有聖泉賦亦本年省親時作。

嘉靖十三年　甲午　二十四歲

父裕致仕,從歸臨朐。

康熙益都縣志卷七馮裕傳云:「出守貴州,遷按察司副使,後先七年」家傳云:「自貴州致仕歸。」證

以前引陂門集南征賦，七年之說可信也。自戊子下數七年，應在本年。

次兄惟重弟惟訥並舉於鄉。（見光緒山東志舉人表）

張獻翼（幼于）生

王世貞弇州集卷十八（康熙二十一年郢雪書林本）張幼于生志云：「世貞長幼于八歲。」世貞嘉
靖五年丙戌生（見前）據此推算石門集有贈幼于詩。

嘉靖十六年　丁酉　二十七歲

秋舉於鄉。（光緒山東通志舉人表）

詞稿卷四正宮端正好「呂純陽三界一覽」套序，敍本年春就一道士處扶箕詢休咎事可參閱；此套
序中亦言本年秋領鄉荐與山東通志合。

晉陵王慎中時為提學僉事賞識惟敏文，自以為不及。

事見前文本傳嘉靖山東通志（萬曆丙辰續刻）卷十職官：「僉事王慎中嘉靖十五年閏十二月到
任管理學道事」

嘉靖十七年　戊戌　二十八歲

與兄惟重弟惟訥同赴北京會試惟重、惟訥成進士惟惟敏落第長兄惟健亦在北京，但未應試。
惟重惟訥本年登第見光緒山東通志進士表惟敏去年已領鄉荐本年兄弟皆赴會試，自無獨居不往
之理陂門集有「三月十五日羣士應制吾視弟於闕門遇雨」詩又「十九日傳制兩弟為余道其事

喜而述焉」詩後一首即敘兩弟登第事，詩中無應試不第語意，蓋屢試不第，已絕意進取，其入京乃監

護諸弟也。

至廣寧省墓。

嘉靖十八年　己亥　二十九歲

事見詞稿卷二歸田小令末一首鴻門奏凱歌自注，當在落第之後。

次兄惟重卒於廬江年三十六。

家傳：「惟重舉進士授行人，蕭皇帝南狩，奉命告湖湘，走烈暑中及廬江而疽發於背遂卒」

縣圖志卷四十九惟重傳云「年僅三十六」按嘉靖南巡在本年春夏間見明史卷十七本紀。光緒益都

嘉靖十九年　庚子　三十歲

康海（德涵）卒年六十六。（乾隆刻本康對山集附錄墓誌銘）

嘉靖二十五年　丙午　三十六歲

父裕卒年六十七。

家傳「裕卒年六十七」又云：「惟訥官揚州府同知，以父喪歸，服除，除松江。」檢雍正及嘉慶揚州府

志秩官表均未載惟訥在官年月。嘉慶松江府志卷三十六職官表：「同知馮惟訥嘉靖二十七年任」

（惟訥光祿集有詩題云「余解陽羨十年矣己酉夏分牧吳淞以吏事再至」已酉為嘉靖二十八年，

似與松江志不合但細審文義所謂己酉夏乃再至陽羨之年非始至松江之年）松江志記二十七年

任同知者惟訥之前尚有一畢某惟訥到任當在是年秋冬間，自此上溯二十七個月裕卒當在本年。

陂門集「南省」詩序云「先府君嘗令華亭爰歷三紀季弟惟訥復佐松郡裕令華亭在正德戊辰己巳間見光緒華亭縣志卷十一職官自此下數三紀應是甲辰乙巳間與松江志及光祿集均不合蓋舉成數言之非恰爲三紀也

方伯集「幽居」詩云「解綬二十載卜築此屋廬」裕自甲午致仕至此首尾僅十三年，「二十」恐是「十二」之誤否則亦是舉成數也。

嘉靖二十九年　庚戌　四十歲

湯顯祖（義仍）生。（近人徐君撰湯顯祖年譜）

嘉靖三十年　辛亥　四十一歲

王九思（敬夫）卒年八十四（列朝詩集小傳）

嘉靖三十一年　壬子　四十二歲

與臨朐知縣王家士剏修縣志。

光緒臨朐縣志卷十三宦績「知縣王家士字汝希河南光山人舉人嘉靖二十六年任。（按嘉靖三十二年去職見卷十一秩官表）興學舉廢好以儒術飾吏治縣故無志舊聞闕如家士始與邑人馮惟敏徵文考獻勒爲成書」同書凡例：「舊志創於明嘉靖三十一年董其事者知縣王家士總纂者邑人馮惟敏今不不存」

嘉靖三十二年　癸丑　四十三歲

沈璟（伯英）生。（淩景埏詞隱先生年譜，燕京大學文學年報第五期）

嘉靖三十五年　丙辰　四十六歲

王世貞為青州兵備副使。

見青州府志卷三十六名宦傳石門集「有懷鳳洲使君」詩所云云（引見前文）蓋鳳洲去後之思，兼致憾於段顧言也。（見下年）

嘉靖三十七年　戊午　四十八歲

段顧言為山東巡按，貪虐無厭齊魯之民苦之。惟敏亦被逮至歷城久之乃解時兪憲為山東左參政因得縱觀惟敏詩文。

兪憲盛明百家詩馮海浮集序傳：「予參東藩海浮忽為一巡院所虐，逮繫省城，因得縱觀其詩文……其所指巡院即『七歌行』自注，『墨吏扇禍齊魯間六郡甚苦之余亦致至歷下良久乃解』者也。蓋嘉靖丁戊間段侍御顧言云」七歌行」見石門集詞稿卷二醉太平「戊午感事」卷四正宮端正好「三界一覽」般涉調耍孩兒「骷髏訴寃」又「財神述寃」皆為段作也嘉靖山東通志（萬曆丙辰續刻）卷十職官「巡按監察御史段顧言字汝行遼化人進士嘉靖三十六年任裴天裕三十七年任」詞稿「財神述寃」套自注云「獨留二年，六郡之財悉歸私室而後去。」段之任期蓋去年今年兩整年段去裴來當在本年歲杪。

馮惟敏及其著述

二三一

據嘉靖山東通志知段顧言前任巡按爲毛鵬，其人以正直廉潔稱，卽今京劇「四進士」中之一進士。

醉太平「戊午感事」曲云「包龍圖任滿于定國遷官」卽謂毛也。

嘉靖三十八年　己未　四十九歲

楊愼（用修）卒年七十二（見程封改編楊文憲公年譜予原稿誤作六十六歲）

嘉靖四十一年　壬戌　五十二歲

，春入京謁選六月授直隸淶水縣知縣。

入京時道經歷城遇沈仕（戀學）

家傳「謁選授知淶水縣事」詞稿卷一仙呂點絳唇「郡廳自壽」套序：「自筮仕壬戌歲，初度皆有

逃」詞稿自序「壬戌春余策款段出山中遂浪跡風塵雲水間」。光祿集「發淶水後寄別家兄」詩

序：「壬戌仲夏家兄海浮解褐補淶水令」詞稿卷一雙調新水令「訪沈青門乞畫」套序：「青門之

名余耳之舊矣壬戌早春歷城邂逅西館燕嬉時余猶書生也」

嘉靖四十二年　癸亥　五十三歲

在淶水任秋解官歸臨朐。

在淶水政績及罷官詳情見前文本傳。

朝天子「解官至舍」二十首自注云「余以癸亥秋解官自分優游山水，無意世事」詞稿卷一雙調

新水令「仰高亭自壽」套自注「余以乙丑冬客潤州」。據此二事知本年解官後曾歸臨朐閒住年餘。

嘉靖四十四年　乙丑　五十五歲

改鎮江府學教授春自臨朐入京陛謝。在京訪沈懋仕（懋學）乞畫至晚於冬日到鎮江。

詞稿卷一仙呂點絳唇「改官謝恩」套自序：「初解邑綬臺章諷以量材改邑章下天曹，覆奏謹按臣敏『疎簡不堪臨民文雅猶足訓士』制曰可！遂擢鎮江教事昧爽陛謝喜而製此」雙調新水令「訪沈青門乞畫」套自序」余令以曠官赴調復得周旋談笑京邸間因乞作畫」其上文敘壬戌邂逅歷城事京邸乞畫當在本年陛謝時曲中有云「故園此日花如繡蘭舟蕩漾閑春畫」，可知入京在春日。

據上文所引「余以乙丑冬客潤州」之語知到鎮江最晚在冬日。

嘉靖四十五年　丙寅　五十六歲

在鎮江任春至南京參謁留臺與許石城邢雉山諸人話舊識金鑾（白嶼）於友人席上是年作仰高亭於鎮江府學。

詞稿卷一南呂一枝花「贈許石城」套自序：「丙寅春，余以移官京口，參謁留臺，過訪奉常許石翁。」雙調新水令「留別邢雉山」套自序：「僕垂髫隨宦，皓首重來，慨舊識之無多，樂新知之畢聚」黃鍾醉花陰「酬金白嶼」套序「秋潤雅招春園好會得白嶼之老友聆黃鍾之希聲……恨相知之既晚，計信宿之無餘」三曲銜接編次自是同時之作金鑾固常住南京也雙調新水令「仰高亭自壽」套自注「丙寅作仰高亭於尊經閣之北舊膳堂遺址也……丙寅之秋自壽於亭中」

閏十月刻山堂輯稿海浮山堂詞稿。（見詞稿自序詳後著述）

馮惟敏及其著述

二三三

穆宗隆慶元年　丁卯　五十七歲

在鎮江任應聘典雲南鄉試。

家傳「聘典雲南試錄文多出其手。」雙調新水令「仰高亭自壽」套自注：「丁卯應滇闈之聘。」

姪子履舉於鄉（光緒山東通志舉人表）

子履惟重子光緒臨朐志卷十四有傳。

隆慶二年　戊辰　五十八歲

在鎮江任。

李開先（伯華）卒，年六十八。（三續疑年錄）

據詞稿卷一中呂粉蝶兒「辭署縣印」套知在鎮江時曾兼攝丹徒縣不知事在何年附識於此。

隆慶三年　己巳　五十九歲

春自鎮江教授調保定通判是秋，嬰腦疾。

家傳「自鎮江教授稍遷判保定府」詞稿卷一仙呂點絳唇「郡廳自壽」套序「已巳菊月，余至保郡閱半年矣」雙調新水令「庚午春試筆」套序「自去秋出城毒霧淫於五內醫慎宣洩遂嬰腦疾。雖勉慕微祿時時強起然風寒易薄勤力不任從此矣。」（末句似脫一字）

隆慶四年　庚午　六十歲

在保定任修府志集楊繼盛遺文行世陳郡利害十六事。（見家傳事或在明年，或在去年姑繫於此）署滿

城縣事，旋辭石臻爲作寫真及海浮山村圖。

詞稿卷二醉太平「庚午郡廳自壽」第六首云：「正管著府廳，又署著滿城」卷一有中呂粉蝶兒「辭署縣印」套可參閱正宮端正好「六秩寫真」套序云「林山山人數年前以繪事謁余於淶水，

隆慶五年　辛未　六十一歲

在保定任春弟惟訥自江西左布政使入覲尋以光祿卿致仕歸臨朐惟敏送之雄州，約同歸隱歲暮，改魯王府審理所審理辭免未赴明年早春遂去官歸臨朐。（詳下年）

今年至保州見余山人謂余貌猶昔也……因問之曰『若能爲海翁畫像乎?』山人笑而諾焉乃作畫二幅其一則海浮山村圖云山人石臻行唐人」

隆慶六年　壬申　六十二歲

春自保定歸臨朐構卽江南亭於冶源別業（家傳。

詞稿卷一商調集賢賓「舍弟乞休」套序云：「舍弟少洲子，辛未自江省左轄入覲……乃請老。」仙呂點絳唇「量移東歸逃喜」套序云「是年春舍弟得旨東歸，余是以有雄州之會相將同隱南山廿。弟不可曰『不告而去非禮也』……至是擢魯士師遂行」此兩套之間夾雙調新水令「送李閣老南歸」一套序稱「石鹿翁」「賢相」曲云「狀元歸去」「兩朝元老」蓋李春芳也春芳致仕在辛未五月見明史卷一百一十宰輔表可知三曲均辛未作點絳唇序中之是年蓋蒙集賢賓序中之辛未而言詞稿卷二歸田小令胡十八曲題亦云「辛未量移東歸」據此則惟敏兄弟歸田均在辛未矣。

馮惟敏及其著述

二三五

然詞稿卷一商調集賢賓「歸田自壽」套序，又云「壬申歸田」，卷二歸田小令朝天子「將歸得舍

弟書」亦云「去春啊你囬今春啊俺歸」可知奉量移之命在辛未歲暮自保定啓行則已在壬申早

春也。

點絳唇「量移東歸」套曲文有「佐的是千里邦畿頭一郡，輔的是九朝藩國上十王，端的是長沙太

傅江都相」之語家傳敘此事云「左遷王官」可知所謂魯士師蓋魯王官屬嘉靖山東通志（萬曆

續刻本）卷九封建「魯王開府兗州王府官屬有審理所置審理正一人審理副一人」顧名思義魯

士師蓋卽魯王府審理也點絳唇曲文又云「啓賢明一字王感仁恩千歲昌代陪臣上表章賜山人歸

故鄉」家傳云：「左遷王官遂歸」可知未赴兗州卽歸臨朐。

弟惟訥卒年六十一。

詞稿卷一商調集賢賓「歸田自壽」套序云：「壬申歸田，而是歲余弟不祿。」惟訥生於正德七年壬

申見前其人歸田僅年餘也。

神宗萬曆元年　癸酉　六十三歲

姪子咸舉於鄉。（光緒山東通志舉人表）

子咸惟健子光緒臨朐志卷十四上有傳。

集中套曲題干支者止於本年此後只有雙調新水令「題劉伊坡壽域」一套蓋家居恬適，無話可說，無事

可寫，故不再作套曲也。

萬曆二年　甲戌　六十四歲

除名。詞稿卷二歸田小令有「閱報除名」折桂令四首編於「甲戌新春試筆」仙桂引之後。

馮夢龍生。(容肇祖馮夢龍的生平及其著述)

萬曆四年　丙子　六十六歲

姪孫琦舉於鄉。(光緒山東通志舉人表)詞稿卷二歸田小令有「送琦孫鄉試」折桂令琦惟重孫子履子明史卷二一六有傳;

萬曆五年　丁丑　六十七歲

姪孫琦成進士。(光緒山東通志進士表)詞稿卷二歸田小令有「夜聞琦捷口占」朝天子二首。

萬曆六年　戊寅　(一五七八)　六十八歲

命男子復至廣寧省墓

詞稿卷二歸田小令有「復兒度遼省墓」鴻門奏凱歌二首,編於「戊寅試筆」清江引之後,自注云:「余戊戌東歸一展墓逮今四十年始遣子復」

是年卒?詞稿卷二共分兩部,首爲「歸田小令」編至「度遼省墓」鴻門奏凱歌爲止;自「解任後聞變有感」

仙子步蟾宮以下原本另題「海浮山堂詞稿小令」，中皆庚午以前之作全集紀年，無較戊寅更晚者，戊寅所作曲亦僅「試筆」清江引及「省墓」鴻門奏凱歌兩題十二首或卽卒於本年。「或卽」原稿作「蓋卽」，太育定集時改正。——編

著　述

（一）專著：

臨朐縣志

　　未見傳本詳年表四十二歲。

保定府志

　　未見傳本詳年表六十歲。

（二）文：

礦洞議（見光緒臨朐縣志卷十六雜記，似非全篇）

重修三義祠碑記（見乾隆易州志卷十七藝文）

海浮山堂詞稿自序（見詞稿卷首）

　　家傳稱惟敏爲文閎肆萬言可立就，王愼中自以爲遜其才又云：「其文不爲刻削語，情事若指掌上。」然惟敏文只存以上三篇餘文未見。（套曲小序多成篇者以非專文故未計入詞稿（原刻本）卷四

附錄，南呂一枝花套題注云「有引見文稿」此文稿當是惟敏自編曾否付刻今不可考詞稿自序云，

「刻山堂輯稿於潤州」輯稿今佚其中或有文耶？

（三）賦詩：

馮詩：

石門集一卷（又名別駕集）

萬曆二十四年丙申康丕揚選姪孫琦校刻本；與兄惟健陵門集（又名孝廉集）惟重大行集，弟惟訥

光祿集合稱四馮先生集有康丕揚序冠以父裕方伯集（前附家傳）稱五大夫集光緒臨朐縣志卷

九上藝文著錄原本寫刻頗精燕京大學圖書館藏。

馮海浮集一卷

隆慶中俞憲編刻盛明百家詩本前有俞撰序傳題隆慶戊辰夏時惟敏方在鎮江。

石門集為選本盛明百家詩刻於惟敏生前故皆非全集而互有異同石門集收賦二篇詩一百五十四

首盛明百家收詩一百五十三首兩本相合去其重複得賦二篇古近體詩二百四十三首乾隆易州志

卷十八又有七律一首題為「仙臺」為兩本所無傳世惟敏詩賦蓋盡於此矣臨朐縣志又著錄山堂

詩稿無卷數其書未見或卽山堂輯稿耶？

附錄詩話：

「海浮詞雕逸而氣弱律雖協而調卑。」（朱觀熰海嶽靈秀集（原書未見）此據陳田明詩紀事戊

籤卷八所引王兆雲皇明詞林人物考卷九云「詞雕逸而氣未雄律雖協而調少遜」似卽襲用朱氏

之言）。

「馮汝行如幽州馬客雖見伉俍，殊乏都雅。」（王世貞藝苑巵言卷六）

「惟敏詩雖未工亦齊魯間一才人也。」（錢謙益列朝詩集丁集二）

「臨胊四馮朱中立首推汝強詩王秋史謂汝威爲四集之冠朱竹垞謂汝言詩『華整可觀，其賈氏之偉節乎』余謂終不若汝行之才氣縱橫也。」（陳田明詩紀事戊籤卷八）

（明詩綜靜志居詩話山左明詩鈔諸書或鈔錄上述評語或記載冶源風物於惟敏詩無所論列均不錄。）

（四）詞：

未見詞稿卷二小令中有浪淘沙，然此調詞曲兩用詞稿所載亦是曲體，非詞體，惟敏遂無一詞傳後也。

（五）曲：

一、散曲

海浮山堂詞稿四卷

馮氏家刻本　　散曲叢刊本（中華書局出版）

卷一大令（卽套數）　三十二套皆北曲。明汪氏環翠堂刻坐隱先生選本。

卷二(1)歸田小令二百二十七首（外耍孩兒「十自由」散曲叢刊本移於卷四之末）

(2)海浮山堂小令一百六十六首

卷三擊節（或作筑，非是）餘音散套十一套，南北俱有，內僧尼共犯第一折，與附錄重實得十套。雜曲

小令一百三十九首，（原本一百三十六首散曲叢刊本據汪刻選本增補三首）內南倚馬待風

雲「悼妓琴仙」四首南黃鶯兒「贈妓仙臺」四首重見卷二實得一百三十一首此卷皆狎邪

謔浪之作明人結習存而不論可也。

卷四附錄(1)套數五套皆悲憤寓言之作散曲叢刊本移卷二之要孩兒「十自由」於此。

(2)雜劇二本玉殿傳臚　僧尼共犯

散曲叢刊本刪去此二種。

馮氏家刻本前有惟敏手書自序，署「丙寅閏月，嘉靖四十五年也序云：「余弟往在秦州刻詩紀以

其羨刻石門樂府余今刻山堂輯稿於澗州旣迄工乃別輯此卷刻之亦惜其羨耳」今所見本載丙寅

以後曲甚多自是後來印本全書依分類編次井然各曲後時有自記蓋惟敏晚年手訂本而仍用原

序刊全書四卷卷爲一冊每冊封皮皆有寫刻題籤曰「海浮馮先生詞稿」蓋馮氏後人印本觀其刻

工字體至晚在萬曆末年而書中所收萬曆初年作品甚多故可定爲萬曆中葉刻本傳世馮曲舊刻只

有此本且甚稀見或題嘉靖刻本蓋據卷首舊序也。嘉靖丙寅原刻，今已不可復見光緒臨朐志卷九上

藝文著錄「山堂詞稿」注云「舊志云四卷今考原書只二卷」舊志之四卷當卽今所見者二卷之

原書或卽丙寅刻本耶抑卽四卷本之前二卷耶？無從稽考矣。

散曲叢刊本卽據家刻本覆印誤字尚不甚多；惟有較大錯誤三端不可不辨：

一、卷二卷三有重出之曲八首，（見前）未能校出刪去。

二、卷四附錄散套皆悲憤寓言之作故歸附錄叢刊移卷二之耍孩兒「十自由」於此風格性質全不相同殊失編次原意且耍孩兒原在歸田小令中係依年編入者馮氏原意蓋以之爲重頭而不以之爲套數故原刻本僅有耍孩兒總題每支曲並未冠以第幾煞字樣末曲亦無尾聲字樣叢刊擅爲添入更嫌武斷。

三、卷二之歸田小令止於鴻門奏凱歌「復兒度遼省臺」自仙子步蟾宮「解任後聞變有感」以下原刻本另題「海浮山堂詞稿小令」書口記頁數處於歸田小令則云「田若干頁」於海浮山堂小令則云「小若干頁」頁數各爲起訖二者雖居同卷實分兩部後者百餘首皆歸田以前作其中有題干支者有未題者叢刊刪去『海浮山堂詞稿小令』一行字樣連接排印頁數亦直數下去遂若此一卷小令皆是歸田以後所作原來編次爲之紊亂。

汪氏環翠堂刻坐隱先生選本原書余未之見於曲譜卷一（散曲叢刊本）曲譜曾據校原刻本異文附於散曲叢刊本各曲之後共約五十條多妄改處今附舉十例如下（卷數頁數據散曲叢刊本）

一、卷一頁十下八煞「又無獄囚『干係』擔驚怕」「干係」一語至今北方仍有之即關係責任之意因恐獄囚逃逸故常擔驚怕是作官人感慨語汪本改「干係」爲「柱繫」似是因恐柱入人罪而擔驚怕變成作賊心虛去原意未免太遠

二、卷二頁五下「灌園」「行人笑俺擡高價」原刻本「行」字上有「路」字南宮詞紀同汪本

刪去「路」字叢刊從之今按，「路行人」三字北地方言中常用之此句加一襯字音調亦較諧

婉不應刪去。

三、卷二頁十五下：

「止不過蝸角虛名，又不是都督王侯。」語氣悲憤雄直汪本改作「只今日遠離

風塵落得個高臥林丘」語氣緩懈原意全失且與上文合讀文義亦不貫串。

四、卷二頁二十一上「苦雨」「恰纔慶雨澤豈料爲民害」「澤」字借入爲平叶皆來韻此例北

曲中甚多汪本改作「顏纔得雨開心轉憂霖害」鄰於不通矣。

五、卷二頁二十二下第三行「街前翻巨浪」以下數句雖近粗俚却是字字本色汪本所改塗飾太

甚凡脂俗艷令人不快此等處改者或猶自鳴得意也。（原文太長不錄）

六、卷二頁二十五下「書蟲」「捻著你命難饒」「饒」字有「很」像汪本改作「命難逃」太老

實矣。

七、卷二頁三十五下朝天子：「小則小合爻象。」謂房屋之合格局者爲「合爻象」至今北京尚有

此方言特說話時音轉爲「爻性」耳汪本改爲「玄情圖」蓋不識原意也。

八、卷二頁四十二上對玉環帶過清江引：「萬柳千鶯，終朝不住鳴，一水孤清通宵不斷聲」寫冶源

景物也冶源以泉竹勝故有孤清水聲不斷之喻汪本改作「柳岸千鶯終朝覷睆鳴漁浦楊舲通

宵款乃聲」詞則美矣奈非本地風光何！

九、同卷同頁雁兒落帶得勝令：「傳鑼的緊緊篩喝號的哀哀叫」確是北方旅夜情景逼眞汪本改

作「雨珠兒緊緊傾雁陣兒哀哀叫」，誠所謂嚮壁虛造。

十、卷三頁二十三下「四景閨詞」「畫堂深『淸畫』永」，汪本改「淸畫」爲「春畫」，因上文有「淸幽」字也不知此爲四景第二首所說是夏天耶？金成鐵如此之多誠馮曲諸刻之最劣者其所改又多似是而非更易貽誤後學余所以不憚爲之指出也。

其他類此者約當全部異文十分之九點金成鐵如此之多誠馮曲諸刻之最劣者其所改又多似是而非更易貽誤後學余所以不憚爲之指出也。

二、劇曲：

梁狀元不伏老玉殿傳臚記

海浮山堂詞稿附錄本　盛明雜劇二集本

此爲五折雜劇惟敏父裕次兄惟重弟惟訥皆成進士獨惟敏與長兄惟健屢試不第，是爲惟敏一生最大憾事。詞稿卷二仙桂引「思歸」曲云：「好功名少了半截」此劇之所爲作也。

僧尼共犯

此劇除詞稿附錄外未見第二本。原題僧尼共犯傳奇實四折雜劇。此劇與擊節餘音中之「勸色目人還俗」套俱可見惟敏之學純宗儒家不以他教爲然，非純爲滑稽戲謔之作也。曲文質樸頗得元人本色之妙。按：此劇已收入「孤本元明雜劇」，其書爲本文發表後印行者，故未之及。

附錄曲話：

「北調近時馮通判惟敏獨爲傑出其板眼務頭，攛搶緊緩，無不曲盡，而才氣亦足發之。止用本色過

多,北音太繁,爲白璧微纇耳。」(王世貞弇州山人四部稿卷一百五十二藝苑巵言附錄一 (明刻足本通行本藝苑巵言無此卷)

「塡詞尤號當家,西北人往往被之絃索。」(家傳)

「王渼陂馮海浮咏鞋杯諸曲亦多巧句亦未免間以粗豪語不無遺恨耳。」(王驥德曲律卷三論詠物)

「馮才氣勃勃,時見紕纇,常多俠而寡馴。」(同書卷四)

「康對山王渼陂常樓居馮海浮直是粗豪原非本色。」(同上)

「元人俱嫻北調而不及南音。……康對山王渼陂二太史俱以北擅場並不染指於南。……章邱李中麓太常亦以塡詞名與康王俱□□□友而不嫻度曲……且不知南曲之有入聲自以中原音韻叶之以致吳儂見誚同時惟臨朐馮海浮差爲當行亦以不作南詞耳。」(沈德符顧曲雜言) (按惟敏集中非絕無南曲特數量極少)

「馮侍御綺筆鮮妍」(鬱藍生曲品卷上)

按曲品著錄不作傳奇而作散曲者二十五人中有惟敏名,復於二十五人各繫評語。此二十五人中無第二姓馮者,上引評語當然係指惟敏。「綺筆鮮妍」之評,於馮惟敏未作過侍御想是傳誤曲作風亦不相合或專指所作南曲?

「余所見梁狀元不伏老雜劇當在王渼陂杜甫春遊之上。」(錢謙益列朝詩集丁集二)

「蝸亭雜訂云『或謂馮汝行梁狀元不伏老雜劇，當在王漢陂杜甫遊春之上。』四友齋叢說云：

『漢陂杜甫遊春雜劇金元人猶當北面何況近代』」（焦循劇說卷三）

「曲始於元大抵貴行不貴藻麗明如湯菊莊馮海浮陳秋碧輩雖無崑本而製曲直闖其藩元音未絕。」（李調元雨村曲話卷下）（按調元似未見馮撰雜劇故云無崑本）

「海浮山東人故所作粗豪之氣咄咄逼人是大宜於北者以之為南曲乃嫌叫囂矣。」（曲譜卷一）

「海浮曲全是一團拴縛不住的豪氣然而能排奡而能安帖詞中之辛稼軒陳迦陵也。」（同上）（按以馮曲擬辛詞似覺稍遜若陳其年之詞叫囂粗獷其中索然不能比擬辛馮也。）

「此公下筆無論為『丹丘體豪放不羈』為『淮南體趣高氣勁』為『草堂體山林泉石，』為『香奩體脂粉釵裙』都異樣寫得出說得透不僅『騷人』一體嘲譏戲謔者顛狂欲絕也。（同上）（按曠達之中多憤激之氣，文字亦覺過於急迫乏安雅之致如塞鴻秋『乞休』（原曲見詞稿卷二頁八下）然尚嫌曠達

六）則較為閑靜不病乖張且結語緊得剛好有風起雲從水流花逐之概也。」（同上）（按曠達之中若無憤激則非海浮曲矣。

「以曲為家訓，海浮之創作也，論其詞，尚警切清新，不同腐俗。」（同上）

「論才情橫溢氣象萬千明曲中眞罕有敵海浮者馮鴻門奏凱歌『謝諸公枉駕』（原曲見詞稿卷

二四六

二頁三十二下），前調『謝會友枉顧』（原見見同上），高趣涵空英姿颯爽又純以跌宕風流，淵雅沈穆勝而本來踔厲蹈揚之面目則收拾淨盡一毫不露才人之筆直無往而不可也」（同上）

海浮情詞具本來面目者玉胞肚（原曲見詞稿卷三頁三十五上）其較爲蘊藉者如倚馬待風雲

『悼琴仙』前半『原曲見詞稿卷二頁五十六上）花開三句悽婉無限，在南詞柔靡一派中的是

當行月兒高『閨情』『月缺重門靜』云云（原曲見詞稿卷二頁五十七下）雖是南詞而確傳

元人敷粉作色鉤勒點染之秘斯不可多得也。」（同上）

民國二十九年燕京學報二十八期。

陳鐸（大聲）及其詞曲

北曲盛於元，南曲盛於明，這是人所共知的事實。元曲作品無論散曲、雜劇都是北曲，只在元末二三十年也就是順帝一朝才有少數南曲入明以後洪武、建文、永樂、宣德這一段時期北曲始保持優勢當時大曲家周憲王朱有燉所作雜劇散曲教坊所編雜劇都是用北曲寫的。直到成化、弘治、正德、嘉靖，百年之間，（西元一四六五──一五六六北曲才逐漸消沉南曲南曲開始盛行嘉靖後期北曲更露衰相到了隆慶、萬曆遂一蹶不振從此南曲發展如日中天。所以論到明代南北曲的升沉消長當以上述四朝百年爲其樞紐陳鐸卽是這百年中大多數的曲家他生長於南北交替時期北歌猶盛南調方興所以他的曲子兼擅南北正如同五四以來數十年中大多數人文言白話都拿得起來他提到明人提到陳鐸多稱贊他的南曲只有沈德符說他南北並長梁辰魚則說他「精專北調脫略南歌楚學齊言殊非本色婦作家婦終不似眞。」（以上沈梁兩說全文見後）我很贊同梁氏的見解他的南曲或不致如梁氏所說的那樣「外行」其北曲之精麗工整確實勝於所作南曲但爲明代多數人所忽略。而且現存他的兩部曲集秋碧樂府與梨雲寄傲只收錄了他的少數作品大部分北套數及若干南套散見於明代各種曲選讀讀者無從薈萃而觀其全因此本文主旨卽在敍述他的生平擇要輯錄前人對他作品的評論考定他的著作並輯補他的作品南北曲之外他的詞曾經近人況周儀在蕙風詞話上極力推崇許爲明代第一而深慨於他的詞集「得而復失」未能刊布流傳究竟他的詞是否眞己「失傳」是否眞如況氏所說那樣了不起，

二四八

則是本文所要談到的另一主題。在這裏，我先透露一句：他的詞集並未失傳。

陳鐸事蹟及作品評論輯要

陳鐸明史無傳其生平事蹟大略見於錢謙益列朝詩集小傳，此外明人筆記及曲話裏又有若干關於他的記載及評論現在把上述資料擇要鈔錄於後各條次序按照其內容性質排列，而不拘於原書作者時代的先後。

據「八十九種明代傳記引得」萬斯同的明史列傳稿卷三百八十七，曹溶的明人小傳卷二都有陳鐸傳手邊無此二書只好留俟他日增補如遍翻明人文集筆記，可能還有若干資料也可能沒有總之我不能再作那種「搜殘舉碎」的傻事了。——「搜殘舉碎」是姚惜抱譏評乾嘉考據末流的話。

陳鐸，字大聲，下邳人家於金陵睢寧伯文之曾孫，都督政之孫，以世襲官指揮風流倜儻，以樂府名於世所爲散套穩協流麗被之絲竹，審宮節羽不差毫末。居第之南有秋碧軒，七一居精潔絕塵，通人勝流過從談讌山水仿沈啓南自爲詩題其上人知大聲善樂府不知其能畫又不知其工於詩也。成化中江陰卞華伯序其香月亭詩以爲用意和平不務雕刻深入虞楊范揭之閫奧而漸登盛唐作者之階梯廣陵張佐曰：「大聲屏執綺之習肆於吟咏其於經傳子史百家九流莫不貫穿當見可齋樂府有甲乙交叉之句，出於珞珠子消息賦，非但求爲押韻而拾此成語貫之詞意不加雕琢非所蘊淵博能爾哉？」周暉金陵遺事載其齋居詩云：「晚樹低分霧春雲淡隔城」夜行云「山月巧窺人影瘦夜涼先向客衣生」送毛都督云「刁斗夜嚴山月冷

旌旗晴散野雲平」皆可誦也。（錢謙益列朝詩集小傳丙集）

合肥陳文者南北征伐累立戰功亦（蔡）遷亞也文少孤事母至孝元季翠家歸太祖積官都督僉事卒追

封東海侯謚孝勇明臣得謚孝者文一人而已。（明史一三四蔡遷傳按列朝詩集小傳稱文爲雎寧伯當是

生前封爵明史一六八另有一陳文英時人乃文人而非武臣

陳政洪武初從征曉勇過人所向有功累遷中府都督。（邛州志十五）

大聲爲武弁嘗以運事至都門客召宴命教坊子弟度曲侑之大聲隨處雌黃其人拒不服蓋初未知大聲之

精於音律也大聲乃手攬其琵琶從座上快彈唱一曲諸子弟不覺駭伏跪地叩頭曰「吾儕未嘗聞且見也。

稱之日樂王自後敎坊子弟無人不願請見者歸來問餒不絕於歲時」顧起元客座贅語髯仙秋碧聯句條

指揮陳鐸以詞曲馳名偶因衞事謁魏國公於本府徐公問：「可是能詞曲之陳鐸乎」陳應之曰：「是」又

問：「能唱乎」陳遂袖中取出牙板高歌一曲徐公揮之去廼曰「陳鐸金帶指揮不與朝廷作事牙板隨身

何其卑也」（周暉金陵瑣事）

陳鐸字大聲有秋碧樂府梨雲寄傲公餘漫興行於世詠閨情三弄梅花一闋頗稱作家所爲散套穩協流麗

被之絲竹審宮節羽不差毫末。（周暉金陵瑣事曲品）

陳大聲金陵將家子所爲散套既多鈔襲亦淺才情然字句流麗可入絃索三弄梅花一闋頗稱作家。（王世

貞曲藻按三弄梅花係中呂粉蝶兒南北合套見秋碧樂府）

陳秋碧南音嘹亮。（呂天成曲品）

近日爲詞者：（以下敘北曲作家，無大聲名字從略。）南則金陵陳大聲、金在衡武林沈靑門、吳唐伯虎、祝希

哲梁伯龍，而陳梁最著……陳梁多大套頗著才情然多俗意陳語伯仲間耳（王驥德曲律卷四）

沈靑門，陳大聲輩南詞宗匠，皆本朝成化弘治間人。

今人但知陳大聲南調之工耳其北一枝花天空碧水澄全套，與馬致遠百歲光陰，皆咏秋景眞堪伯仲又題

情新水令碧桃花外一聲鍾全套，亦綿麗不減元人本朝詞手似無勝之者陳名鐸，號秋碧，大聲其字也金陵

人官指揮使今皆不知其爲何代何方人矣。（以上兩條俱沈德符顧曲雜言天空碧水澄套見秋碧樂府碧

桃花外套見後北曲補輯。）

白下陳公南都俠客，凝情於可雪，寄傲於梨雲，實聲苑之通侯，詞林之開士也。但其精專北調脫略南歌楚學

齊言殊非本色婢作家婦終不似眞。（梁辰魚江東白苧上卷初夏題情改定陳大聲原作套小序）

綜合以上資料概述如下陳鐸字大聲號秋碧祖籍合肥（今安徽合肥縣）遷居下邳（今江蘇邳縣）最後定

居金陵（今南京）其時當在洪武年間，到了陳鐸這一代已在南京住了幾十年他是明朝開國勛臣之後世襲

指揮使（註）這是武職所以有些書稱他爲將家子武弁他本人則是一位學問淵博能詩善畫精音律詞曲的

文人名士家境大概相當富饒他的生卒年難於確考列朝詩集小傳說「成化中江陰卞華伯序其香月亭

詩」既然詩已成集他至少二十幾歲顧曲雜言說他是成化弘治間人千頃堂書目卷二十二把他的集

子列於正德年間據此推測他如果享年七十左右大約生於正統之末卒於嘉靖之初以西曆紀元而言他在世

的時間約爲十五世紀後半及十六世紀早期關於他作品的評價留待下文著作考中再講。

（註）據明史七十六職官志，南北兩京俱有指揮使司其下分爲若干衞，每衞各有名目，如錦衣衞濟州衞之類職掌拱衞宮制守護京城大聲世居南京任職當在其地千頃堂書目二十二秋碧軒集條注文云大聲世襲濟州衞指揮陳貽祓金陵園墅志云是錦衣衞指揮未詳孰是。

陳鐸著作考

陳鐸的著作明史藝文志不收今據千頃堂書目等記載考定其名目及存佚如下：

秋碧軒集五卷香月亭集不分卷（俱詩文集）

千頃堂書目二十二集部別集類著錄「陳鐸秋碧軒集五卷又香月亭集」按：大聲居第有秋碧軒七一居、香月亭雪秀亭卜華伯曾爲香月亭詩作序俱見前引列朝詩集小傳又見金陵園墅志這兩部列入別集而不入詞曲類當然是詩文集可能都是詩集惜未見傳本。

草堂餘意（和宋人詞）

千頃堂書目三十二集部詞曲類著錄「草堂餘意一卷」注云「陳鐸選宋詞，附以已作。」按此書現存分爲上下兩卷詳見下文。

秋碧樂府梨雲寄傲公餘漫興。（俱曲集）

千頃堂書目三十二詞曲類著錄：「秋碧樂府二卷又梨雲寄傲詞一卷」周暉金陵瑣事曲品：「陳鐸字大聲有秋碧樂府梨雲寄傲公餘漫興行於世」按秋碧樂府與梨雲寄傲現存各一卷收入飲虹簃所刻曲下

文另詳。

公餘漫興未見傳本，既與上兩書一同列入「曲品」，當然也是南北曲集。

碧秋軒稿、可雪齋稿、月香亭稿。（俱曲集）

千頃堂書目三十二著錄此三書各一卷，沒有作者姓名，但緊接在秋碧樂府及梨雲寄傲之後，原書未見，不知內容如何。梁辰魚江東白苧云「白下陳公南都俠客，凝情於可雪，寄傲於梨雲」（全文見前）據此知可雪齋稿亦是大聲曲集。前引列朝詩集小傳張佐所說可齋樂府，蓋即此書。碧秋軒與秋碧軒、月香亭稿與香月亭，都是顛倒二字，顯然是「故作狡獪」。這兩部書與可雪齋稿接連並列於詞曲類，其為曲集大概無問題。

七一居士滑稽餘音（曲集？）

千頃堂書目二十二詞曲類著錄此書二卷，注云不知撰人，今未見傳本。據前引列朝詩集小傳，大聲居第有七一居，可知此書亦大聲所撰。北宮詞紀外集所載大聲游戲小令，如嘲禿子、瞎子等，大概都在此書中。

綜合以上記載，大聲的著作有詩文集兩種、詞集一種、曲集七種，共十種。未見傳本的是秋碧軒集、香月亭集、公餘漫興、碧秋軒稿、可雪齋稿、月香亭稿、七一居士滑稽餘音等七種「存而不論」；以下就現有傳本的三種分別作一較詳的敍述。

秋碧樂府與梨雲寄傲

這兩部曲集收入盧氏飲虹簃所刻曲，原本已不易得，現有臺灣世界書局影印本，盧氏未言所據大概是明

刻本千頃堂書目著錄秋碧樂府是二卷今本則不分卷照今本形式來看應是合併而非殘缺。這個集子共收南

套數六套商調鶯啼序孤幃一點殘燈仙呂山坡羊風兒疎刺刺吹動南呂香遍滿因他消瘦南呂（應作仙呂）

一封書池冰泮乍暖中呂好事近兜的上心來中呂好事近天氣暖如春北套數三套雙調夜行船減盡容光知為

誰商調集賢賓敞南樓夜深簾半捲南呂一枝花天空碧水澄南北合套二商南呂梧桐樹漫漫瑞雪舖中呂粉蝶兒

三弄梅花南小令四十八首中呂駐雲飛中呂鎖南枝雙調風入松二犯江兒水南呂一江風仙呂醉羅歌商調黃

鶯兒中呂駐馬聽商調嬌鶯兒中呂普天樂以上駐雲飛及醉羅歌各八首其餘各四首北小令十八首雙調胡十

八八首雙調水仙子四首雙調河西六娘子六首這部曲集編次很亂南北令套錯綜雜出看不出有甚麼標準。

梨雲寄傲千頃堂書目作梨雲寄傲詞明人習慣常是管曲叫作詞宋人則有時管詞叫作曲或曲子詞字之

有無並無關係今本無之反覺爽快些此書全收小令沒有套數共計北小令一百零四首小梁州十八沉醉東風

二十五寨兒令二蟾宮（即折桂令）十六梧葉兒十一水仙子二落梅風七雁兒落帶得勝令三脫布衫帶小梁

州一滿庭芳三朝天子十三清江引二一半兒一（以上次序依原書一調數見者合併計算）南小令則只有錦

屏樂四首此書本是一部北小令集所以原書在錦屏樂調名上特加「南詞」二字。

以上秋碧樂府梨雲寄傲兩書合計只有南套六北套三南北合套二南小令五十二北小令一百二十二。

令還算不少套數則共只有十一套區區之數與作者的鼎鼎大名不相稱他的七種曲集只存其二這種情形自

不足怪好在明代各種曲選收錄他的作品不少可以輯補民國三十六七年間我在上海暨南大學教書有一位

同事黃先生他是教數學的却對詞曲很有興趣他曾編有「陳大聲曲輯錄」我那時意不在此未曾傳鈔連目

錄也沒有鈔存。二十年來音訊隔絕，每一念及耿耿莫釋。現在我自己輯錄了一部分爲南曲北曲兩部份目錄見

後小令輯補不多套數則多出四十餘套約爲秋碧梨雲兩集所收的四倍庶幾可以彌補多年來的遺憾有幾部

明代曲選如吳歈萃雅珊珊集等在臺無從覓讀這個補輯可能不十分完備但遺珠極少可以斷言

草 堂 餘 意

這是陳鐸的詞取草堂詩餘所載唐宋人作品依韻和作，分爲春夏秋冬四意，所以名爲草堂餘意。我最初知

道陳詞是從沉周儀的蕙風詞話上看來的。詞話卷五有這樣一段。

陳大聲詞全明不能有二坐隱先生草堂餘意，甲辰春半唐假去，即付乎民，蓋亦契賞之至。寫甫竟半唐自

揚之蘇，嬰疾遽歿，元書及樣本並失去，不復可求。其詞境約略在余心目中，兼樂章之敷腴，清真之沉着，激玉

之綿麗，南渡作者非上馴未易方駕。明詞往往爲人指摘，一陳先生掩百瑕而有餘。是書失傳，明詞之不幸，半

唐之隱恫矣。（以下敘大聲生平及著述甚簡略，無出前引諸書之外者，不具錄。）

清末詞人王鵬運別號半塘，有時亦作半唐；甲辰是清光緒三十年，即民國前八年。況周儀晚年，避清宣統帝溥儀

的名字改名周頤。況在清末民初詞名頗盛，他的詞實在並不太好，比同時的鄭文焯朱孝臧差多了。他的蕙風詞

話却有些精闢獨到的議論。他把陳詞捧得這樣高，我當然很想能有機會遇到這本「全明第一」的詞集。直到

民國五十四年也就是初讀蕙風詞話以後二十多年，我在中央研究院歷史語言研究所圖書館看到這本書的

顯微膠捲才知道並未「失傳」。當時商得該館同意複製了一份照片。原書是明刻本國立北平圖書館藏書，對

日抗戰期間與其他善本珍籍存放在美國國會圖書館現已運回臺灣沒有運回以前臺灣香港兩地只有這些

書籍的顯微膠捲抗戰之前兩三年我撰寫辛稼軒年譜及稼軒詞校注常到北平圖書館那時還未讀過蕙風詞

話即使知道該館藏有此書也不會注意我閱讀全書照片之後却不禁大為失望因為照每首詞下所題作者姓

名去看大多數是宋人詞有幾首唐五代作品只有少數題名陳大聲（當時只有一個大概印象未曾細數最近

逐首統計全書一百四十七首只有三十五首題陳作）於是我懷疑這本草堂餘意是否況蕙風所說的那一本。

其後不久我去美國教書這個問題也就擱下了。

從美國回來又兩年多偶然翻閱明人陳霆的渚山堂詞話其中有三條批評大聲的詞，錄出如下。

江東陳鐸大聲嘗和草堂詩餘幾及其半輒復刊布江湖間論者謂其以一人心力而欲追襲羣賢之華妙徒

負不自量之譏蓋前輩和唐音者胥以此故爲大力所不許大聲復冒此禁何也然以其酷擬前人故其篇中

亦時有佳句四言如「嬌雲送馬高林囘鳥遠波低雁」（水龍吟）五言如「飛夢去江干又添驢背寒」

（重疊金）「饑鳥啄瓊樹寒波淨銀塘」（紅林擒近）「香浮殘雪動影弄寒蟾小」（早梅芳）六言如「長

日餘花自落無風弱柳還搖」（西江月）「楊柳倚風清瘦花枝照水分明」「明月爲誰圓缺浮雲隨意

陰晴」（俱八六子）七言如「花蕊暗隨蜂作蜜溪雲還伴鶴歸巢」（浣溪沙）「欲將離恨付春江春

江又恐東流去」（踏莎行）「千里青山勞望眼行人更比青山遠」（蝶戀花）「秋水無痕涵上下浮

雲有意遮西北」（滿江紅）散句如「東風路多少小燕閒庭亂鶯芳樹」（瑞龍吟）「綠雲盡逐東風

散惟有花陰層疊」（酹江月）「九十韶光自不容何必憎風雨」（卜算子）「暮山高下暮雲平行人不渡，

只有斷橋橫。」（臨江仙）「清溪流水，斜橋淡月，不減山陰好。」（青玉案）「春城晚，霏霏滿湖烟雨斷腸無奈落花飛絮」凡此皆頗婉約清麗，使其用為已調當必擅聲一時而以之追步古作遂蹈村婦鬭美毛施之失蓋不善用其長者也。（所引斷句下括弧內調名原書無之今查明注出）

歐公有句云：「平蕪盡處是春山行人更在春山外」陳大聲體之作蝶戀花落句云：「千里青山勞望眼，行人青山盡處行人少」或者謂其襲歐公要之字語雖近而用意則別此與大聲之鈍自謂不侔。又向作踏莎行末云「欲將歸信問行人更比青山遠。」雖面目稍更而意句仍昔然則偷句之鈍何可避也予所選數首外求其近似者蓋少。（按學

「金猊瑞腦噴香霧向晚寒多深閑戶窗明殘雪積飛瓊風起亂雲飄散（按草堂餘意作敗）絮。錦幃細看霓裳舞小玉銀箏學鶯語梅香滿座襲人衣誰道江橋無覓處」此陳大聲冬雪詞也寄木蘭花令。論者謂其有宋人風致使雜之草堂集中未必可辨也雖然大聲和草堂自予所選數首外求其近似者蓋少。（按：

鶯語之鶯字應用仄聲若改為燕語又非原意）

陳霆與陳鐸是同時人他對於大聲作品頗有微辭與蕙風詞話大相逕庭此事引起我的興趣於是又把那份照片拿出來翻閱這一來才見到此書眞相我發見開卷第一首瑞龍吟作者題周美成卻不像我所記憶的那一首周詞取清眞集對照原來這首瑞龍吟與周作詞句全異而押韻全同再對一對第二首題爲黄山谷作的鴦山溪也是一樣情形當時我已明白這是怎麼回事興把草堂詩餘跟此書各詞逐一核對果然題名宋人或唐五代人的都是韻同詞異；題名陳大聲的我也都依照韻字找到了原作只有七首找不到也不見於所題原作者（歐陽永叔秦少游）的本集可能是大聲所見草堂詩餘與今本不同草堂詩餘本來是有許多版本的總之這部書

是陳大聲依韻和草堂諸詞已無問題王半塘的「隱恫」、況蕙風的「遺憾」終於彌補上了。

「坐隱先生」不是陳鐸乃是汪道昆的別號，汪是嘉靖萬曆間人講時代是陳的後輩其人有點狂妄見於列朝詩集小傳丁集他曾選刻馮惟敏的海浮山堂曲妄改原文之處甚多詳見拙著「馮惟敏及其著述」（哈佛燕京學社燕京學報第二十八期民國二十九年出版）這本草堂餘意一定是他刊行的所以全名是「坐隱先生精訂草堂餘意加了「精訂」二字但渚山堂詞話所引木蘭花令及一切斷句都在其內文字也只有木蘭花令散字與敗字不同草堂詩餘原書共收詞三百六十四首（據四印齋覆刻陳鍾秀本）草堂餘意共一百四十七首渚山堂詞話說大聲所和幾及其半這個數目也相符可見汪道昆對此書頗為忠實沒有像選印馮海浮曲那樣亂改也沒有刪削至於同是陳大聲的和詞而或題原作者或題大聲以致把後人搞胡塗了而誤以為這部書大多數是宋人作品則不知是大聲原刻本即已如此或是坐隱先生精訂的「妙事」其實這一點在第一次見到此書時就應當看得出來而我竟未加理會固然是粗心之過但也因為那時我正在辦理出國手續既忙且亂根本定不下心去細看我所以斷定汪刻之前有原刻本則是根據渚山堂詞話詞話作於嘉靖九年庚寅見作者自序其時代在汪道昆「坐隱」之前序中已云「輒復刊布於江湖間」汪刻本分作兩卷千頃堂書目著錄為一卷只題草堂餘意沒有「坐隱先生精訂」字樣可能即是原刻本千頃堂於題下注云「陳鐸選宋詞附以已作」好像也是或題原作者或題陳大聲又像是錄原作於前附已作於後未見其書只好存而不論了。

前面已提到蕙風詞話與渚山堂詞話對陳詞所持看法不同讀過草堂餘意全書之後我以為蕙風未免溢美渚山堂則是持平之論但明代是詞的衰落時期真正像樣的作品沒有幾首陳詞比起五代兩宋當然差得很

遠，在明詞之中卻也要算第一流作品二陳同時難免有些文人相輕況蕙風是後代人看厭了明詞之後，忽見陳作自然視爲鳳毛麟角了。至於陳的南北曲，在當時雖負盛名卻只能算第二流他的曲只是如金陵瑣事曲品所謂「穩協流麗」而已並沒有新詞藻新意境更看不出甚麼性情襟抱。王世貞曲藻說他「既多鈔襲，亦淺才情」即是此意他只能與沈仕王磐等並駕齊驅較之康海王九思馮惟敏金鑾梁辰魚諸人是頗有遜色的。

陳鐸南曲輯補目錄

引據書目及其簡稱

仙呂一封書犯駕鴛一葉墜井。（韻選十五南紀一九宮無作者名，但其前一套題爲陳作）

仙呂桂枝香畫樓頻倚。（萃雅元卷逸響風卷三籟上）

按此套雜用支思齊微魚模三韻，而詞藻意境仍甚平凡，可見作者才情之枯窘，恐非陳作。

正宮錦庭樂被兒餘。（南紀一萃雅亨集逸響花卷吳騷一三籟上）

正宮普天樂四時歡千金笑。（逸響風卷）

中呂泣顏回萬卉花王。（逸響花卷）

此套九宮南紀一三籟上，俱題無名氏，吳騷一題李東陽，逸響則云陳作未詳孰是。

中呂黑麻序點檢梅花。（韻選十一南紀一萃雅元卷逸響風卷吳騷四三籟下）　逸響收入仙呂入雙調。

中呂榴花泣佳期重會。（萃雅亨集三籟上南紀一題無名氏）

此套他書不載詞語庸俗恐非陳作。

南呂梧桐樹香醪爲解愁。（韻選十六南紀一吳騷三）　吳騷收入商調，首曲名金梧桐。

逸響花卷題鄭虛舟作。

南呂梧桐樹深深繡幕遮。（韻選十四南紀二太霞十一）

南呂梁州賀新郎西園暮景。（韻選十三南紀一吳騷二三籟上）

此套韻選南紀俱題爲「陳秋碧作梁少白改定」吳騷三籟則迂題陳作未云梁改。按此套亦收入梁撰江東白苧卷上題云「初夏題情改定陳大聲原作」並有小序說明改定之由序中有云「因原詞而稍易其

字，仿舊譜而略損其煩。」可知所改不多，今諸書所載詞句互有異同，無從考定孰爲原作、孰爲改筆。

黃鍾畫眉序花月滿春城（南紀二）

越調小桃紅暗思昔日配春嬌（萃雅元卷逸響風卷吳騷三三籟下）

按吳騷云王元和作萃雅逸響三籟俱云陳作未詳孰是似應從多數。

商調集賢賓今年牡丹花較遲（韻選四南紀一逸響花卷）

商調二郎神芭蕉裏（萃雅元卷三籟下）

雙調十二紅伴孤燈（南紀一吳騷四）

仙呂入雙調步步嬌昨夜春歸（萃雅元卷逸響風卷三籟下）

南紀一載此套王雅宜按：王寵字履吉號雅宜山人正嘉間蘇州人有雅宜山人集十卷行世只收詩文不收詞曲故此套及後小令仙呂二犯桂枝香四首俱未能確定究爲陳或王作但以詞藻風格言輕倩流麗似與大聲其他作品不同文徵明甫田集三十一王履吉墓誌銘及雅宜集諸家序跋俱不言其能詞曲蓋偶然弄筆作品不多且亦不欲以此自見也。

以上十六套其中仙呂桂枝香中呂泣顏囘仙呂入雙調步步嬌三套恐非陳作，正宮普天樂中呂榴花泣越調小桃紅三套亦有問題。九宮及韻選五俱載南呂梧桐樹漫漫瑞雪舖套乃摘錄此一南北合套中之南曲部分全套見秋碧樂府吳騷三亦載此題云：「陳秋碧作王百穀改」曲調文字均與秋碧樂府小異想卽百穀所改重編秋碧樂府當以此改本附入韻選十三及吳騷二俱載中呂泣顏囘薄倖忒情雜套乃摘錄中呂

粉蝶兒三弄梅花之南曲部分全套亦見秋碧樂府。九宮載中呂好事近談笑有鴻儒套，乃摘錄中呂粉蝶兒萬卷圖書之南曲部分見後北曲輯補。

小令二十八首

仙呂二犯桂枝香四首韶光似酒池塘畫永月懸冰鏡鴛霜重。

右四曲分咏春夏秋冬四景，自是「重頭」。萃雅亨集、逸響花卷及三籟下，四首全錄，俱云陳作；吳騷一全錄，題文衡山（徵明）南紀四摘錄第一及第四曲題王雅宜韻選十六錄第一卷一錄第二第四云無名氏按：大聲南京人雅宜衡山俱蘇州人右曲第四有「最苦纔酣睡寒山寺巳鐘」兩句乃蘇州本地風光當然南京人亦可用蘇州事又無從證明大聲未到過蘇州；但就詞藻風格觀之此四首似與大聲其他作品不類而頗似南紀一題為雅宜作之仙呂入雙調步步嬌套（見前）至於文衡山所撰甫田集中只有詩文並無詞曲其筆墨亦與曲不近此四首似應屬雅宜。

中呂駐雲飛四首舊日張郎嬾上妝樓數盡歸鴉薄分劉晨。

右四首南紀四全錄第一首在一處餘三首在另一處四首詞意亦不相屬當非「重頭」韻選二錄第一、三錄第三、卷七錄第四太霞十四錄第三諸書俱云陳大聲作。

中呂駐雲飛四首那值殘春上妝樓今夜傷離許配雄雌。

右四首三籟下全錄題陳大聲他處未見三籟調名下注云「集古曲句」。按四首詞意聯貫且均係集古曲句，自是重頭。

中呂駐雲飛皓齒纖腰。（韻選十一）

中呂駐馬聽滿腹才學。（太霞十四）

雙調風入松四首想才郎一去杳無憑想才郎一去了許多時想才郎一去不回來。想才郎一去半年餘。第一首又

右四首見太霞十四與秋碧樂府所載想才郎心性似楊花等四首合題「風情八曲」蓋重頭也。

見韻選十五第三首見韻選六第四首見韻選五韻選未收第二首乃因韻雜支思齊微之故。

仙呂入雙調玉抱肚四首安排青眼春雲遮映愁心遙送鶯啼時候。

右四首三籟下全錄調名下注云「咏柳」題陳大聲作南紀四錄第二、三、四，韻選十五錄第二、卷一錄第三、

卷十六錄第四、兩書俱題無名氏萃雅亨卷錄第一、二、四云是陳作按此四首俱爲咏柳自是重頭南紀及韻

選不錄第一首想是因其韻雜之故。（眼年南殘看等五字押韻）至於是否陳作無從考定其詞藻風格頗

近似或題爲王雅宜作之二犯桂枝香（見前）

仙呂入雙調玉抱肚四首君心忒忍危樓獨倚湘簾高掛羅衣寬褪。

右四曲萃雅亨集及三籟下全錄俱題陳作三籟與前「安排青眼」等四曲同列，有附注云：「前四曲咏柳，

後四曲閨情時本混刻今查正」可知此亦是重頭曲南紀四錄第四曲題無名氏。

仙呂入雙調玉抱肚兩首陌頭楊柳綠窗低亞。

右兩曲見三籟下低格夾附於閨情四首之間，注云：「時本有之」。萃雅亨集則與前「君心忒忍」等四曲

同列巡題陳作南紀四題無名氏。

右小令二十八首其中仙呂二犯桂枝香四首及最後兩首玉抱肚，恐非陳作。

陳鐸北曲輯補目錄

引據書目及其簡稱

盛世新聲（盛世）　正德十二年北京書坊刊行

詞林摘艷（摘艷）　嘉靖四年東吳張祿刊行

雍熙樂府（雍熙）　嘉靖四十五年郭勛刊行

北宮詞紀（北紀）　萬曆三十二年陳所聞編選

吳騷合編（吳騷）　崇禎十年張旭初編選

套數三十六套（內兩套存疑）

黃鍾醉花陰七套窗外芭蕉戰秋雨。（摘艷九。雍熙一北紀六吳騷四附錄）楊柳橫塘淡烟鎖。（盛世二摘艷九。

雍熙一北紀一）破鏡重圓帶重結。（摘艷九。雍熙一北紀五）雨順風調萬民喜。（雍熙一北紀一）深淺

荷花二三里。（雍熙一北紀一）

簾捲輕寒杏花雨。（北紀六）今歲江梅試花早。（北紀六）

正宮端正好一套珊枕畔麝蘭香。（北紀六吳騷四附錄）

仙呂村里迓鼓兩套淮水上綵舟無數。（盛世四摘艷四雍熙四北紀一）正值着太平時序。（盛世四摘艷四雍

熙四雍熙此套首曲題節節高，卽村里迓鼓之別名。

南呂一枝花十套皇都錦繡城（盛世六摘艷六雍熙八） 草堂外嵐光映日妍（雍熙九北紀一） 清風臥楊孤。

（雍熙九北紀三） 不沾朝野名。（雍熙九北紀三） 清光亂乳鴉。（雍熙九北紀四） 包含着世外情（雍

熙九北紀五） 正楊柳成陰覆短墻。（雍熙十北紀一） 詩成奪錦袍。（北紀一） 勸金杯竹葉香（北紀二）

千金玉體輕。（吳騷四附錄按此套僅見吳騷載之詞語庸俗恐非陳作）

中呂粉蝶兒兩套萬斛秋香。（北紀一） 冷雨梧桐。（北紀六） 瑣窗寒井梧秋到早。（摘艷七。

商調集賢賓兩套憶吹簫玉人何處也。（摘艷七雍熙十四北紀六吳騷四附錄。）

雍熙十四北紀六）

越調鬭鵪鶉兩套帝業南都。（盛世八摘艷十雍熙十三北紀一北詞廣正譜引此套之靑山口曲） 珠履瓊簪。

（盛世八摘艷十雍熙十三北紀六）

雙調夜行船兩套缺月風簾碎影飾。（雍熙十二北紀六） 席上催花送酒籌。（北紀一按雍熙十二有射覆分題

換酒籌一套全用大聲此套韻不知誰作）

附辨摘艷五收「夜行船花柳鄉中自在仙」套題爲「西湖」作者陳大聲雍熙十二收此套題爲「送景

賢囘虎林」無作者名北紀四題爲「送楊景言囘杭州」作者湯菊莊（式）按楊遯字景賢一作景言元

末明初人見錄鬼簿，與菊莊同時大聲時代遠在其後菊莊所撰筆花集中有此套，自是湯作。

雙調行香子一套朝也相思。（北紀六）

陳鐸大聲及其詞曲

雙調新水令四套碧桃花外一聲鐘（摘艷五雍熙十一）白蘋風細一絲輕。（雍熙十北紀三）綠楊溪上木蘭

橈（雍熙十一北紀四）枕痕一線粉香殘。（雍熙十一北紀六）

沈璟曾翻此套爲南中呂石榴花見吳騷卷二云是「元詞」吳騷卷四又云是周秋汀作。按沈德符顧曲雜

言曾稱許大聲此套已見前引錄李開先所撰「詞套」亦云是大聲作此套仍屬大聲爲是。

黃鍾醉花陰南北合套簾捲東風畫堂曉。（雍熙一北紀一）

雍熙題云「富文堂陳大聲徐子仁聯」北紀題云「富文堂初夏讌集，陳大聲徐子仁聯」。題下注云：「徐

諱霖號九峰一號髯仙秣陵人」通行本北紀此處有殘缺今據新印增補本按兩人聯句可能一人作北曲，

一人作南曲陳徐執南執北，已無可考顧起元客座贅語曾記富文堂陳徐聯句事但非此套詳見後雙調新

水令合套。

中呂粉蝶兒南北合套萬卷圖書。（雍熙六北紀一）

雍熙題云「富文堂，富文堂陳大聲作」北紀題云：「富文堂讌賞，作者亦爲大聲。

雙調新水令南北合套富文堂內四時春（雍熙十一）

此套僅見於雍熙，題云「富文堂」無作者名按顧起元客座贅語髯仙秋碧聯句條云：「黃琳美之元宵宴

集富文堂，大呼角伎集樂人賞之徐子仁與大聲揮翰聯句，甫畢一調即

令工肄習既成合而奏之至今傳爲勝事」右黃鍾醉花陰套爲初夏宴集而非元宵，中呂粉蝶兒套爲大聲

獨作而非聯句，此新水令套有「花炬暈方溫爐香火正燉馢口膻韡聒耳笙簧」諸語甚似元宵景物疑卽

起元所敍者，未能肯定，姑收錄之。

以上共三十六套其中南呂一枝花千金玉體輕雙調新水令富文堂內兩套存疑。

小令十六首

正宮小梁州二首酒坊茶肆。

正宮醉太平二首燒丹趕腳。

中呂滿庭芳五首禿子啞子瞎子瘸子豁子。

中呂紅繡鞋三首彈棉花裁縫磨鏡。

雙調水仙子三首嘲妓泥人兒嘲風月二首。

雙調沉醉東風咏蚊蚤。

以上小令十六首見北紀外集卷二疑皆七一居士滑稽餘音中作品。

民國五十八年，國語日報書和人副刊。

發表後續有增改五十九年冬定稿。

朱熹八朝名臣言行錄的原本與刪節本

朱子所編五朝名臣言行錄十卷、三朝名臣言行錄十四卷，合稱八朝名臣言行錄，是一部很好的宋人傳記資料，是研究宋史的重要參考書之一。這部書有兩種版本，內容差別很大。其一是四部叢刊初集所收宋本分五朝及三朝兩部而實爲一書，這是我所謂原本下文亦稱叢刊本。其二是五集合印本通稱宋名臣言行錄五朝部分稱前集三朝部分稱後集，加上宋理宗時人李幼武所編續集、別集、外集共爲五集。（續集全名皇朝名臣言行續錄別集全名四朝名臣言行錄外集全名皇朝道學名臣言行外錄）這是我所謂刪節本下文稱爲李本亦稱文海本李是刪節者的姓，文海是影印此本的書店。刪節本有明代刊本數種，俱不多見。通行的是清道光元年（辛巳）洪瑩仿宋刻本或同治七年（戊辰）臨川桂氏重刻洪本。最近臺灣文海出版社印行的宋史資料萃編第一輯收有此書，即是據桂氏本影印其前有宋人李居安序云：

本朝名臣一言一行史筆所錄法當詳瞻然。始初之正本固詳瞻矣，而統紀之漫漶近世之纂要雕剪截矣，而顛末之參差。每參錯而並觀懼覽者之不一點勘訂正有宗有元不繁不簡，此本殆庶幾乎試刻諸梓與有志於斯文者共實祐戊午中和節廬陵李居安。

序後有兩行云「晦菴先生朱熹纂集太平老圃李衡校正。」我想李衡與李居安是一個人，詩經上說「衡門之下可以棲遲。」「太平老圃」當然是安居的。編其餘三集的李幼武則是李衡的族人見續集趙崇砼序。根據李

居安序文。此書在當時可能另有其他刪節本,但現行本是李衡所刪無疑;我所見到的三種明刊本,都有李序及「太平老圃李衡校正」字樣為了避免「刪」字太多而混淆不清所以我把刪節本稱為李本。

四部叢刊初編書錄提要云:

世行名臣言行錄皆與李幼武續錄並為一書,陳均編年備要引用書名即然是朱子單行之本,宋季已罕傳矣惟直齋書錄載八朝名臣言行錄二十四卷為著錄家所僅見取校洪瑩仿宋刊本方知刪削甚多則此洵為朱子原書也。

這段話雖正確而太簡略本文主旨即是要將刪削的情形詳細舉出以證明欲讀此書必須用原本因為李本各人小傳太簡略,事跡整條刪去者太多而且時常因節錄的方法拙劣將原文弄得走了樣或者事情首尾不全,或者前後文不聯貫或者一兩字之差而與原文意懸殊。

此書五朝部分共收五十八人,附見三人三朝部分共收四十二人,附見二人。每人都有一篇小傳,隨後是引自各書的事跡,少者四五條多者百餘條李本人數並無增減只邵雍一人自後集移入外集小傳及事跡則大刀闊斧的猛刪從下列統計數字可以看出:

(1)總數統計

五朝諸人小傳共七千零三十二字,刪去五千九百三十四字餘一千零九十八字;事跡共七百九十六條,刪去二百三十三條,餘五百六十三條三朝諸人小傳共七千七百十五字刪去六千五百四十一字餘一千一百七十四字事跡共一千一百六十條刪去四百八十七條餘六百七十三條。

(2)個人詳細統計（每人名下四個數目字，第一個是原本小傳字數，第二個是李本小傳字數，第三個是原本事跡條數，第四個是李本事跡條數各項數字可能有極微小的出入李本的條數是把全錄原文及節錄原文二者合計的（詳見下文。）

五朝：

趙普 一六〇 三一 一九 一九　曹彬 三三 三四 一九 一三　范質 一〇四 一七 一九 八

李昉 八五 一三 六 六　呂蒙正 一〇二 一六 八 七　張齊賢 二一七 一六 四 四　呂端 七二 一二 七 七

李沆 四二 三一 一五 一五　王旦 三二 三〇 四六 三三　向敏中 二一〇 二三 五 四　陳恕 八七 一四

張詠 一三六 一五 五三 三七　馬知節 六二 一五 一五 七　曹瑋 一五〇 二三 一三 七　畢士安 三五 一三 六 四

寇準 一三三 一三 三五 二四　高瓊 九二 二五 一三　楊億 一四六 三三 一三 一〇　王曙 二一〇 二〇 一五　王曾

种世衡 九〇 三二 一五 一一　李迪 一六〇 二六 九 七　龐籍 一五二 二〇 一五四 八　狄青 二一六 一七 一六 一四　吳育 一四一 二三 一〇 六

呂夷簡 一五五 三三 四四 三〇　魯宗道 七二 一六 四 三　陳堯佐 一三六 三三 六一一　杜衍 一六三 三一 三三 七　范仲淹 三四三 二六 五六

程琳 一三五 一五 三 三　薛奎 二二 一七 八 六　晏殊 一四〇 二四 一三 六　宋庠 一四〇 二〇

王堯臣 一〇四 一九 九 三　蔡齊 八九 一二 三　王曙 二一〇 二〇 一五　王會

僞 二一〇 二〇 一三 八　包拯 一〇二 二六 八 五　田錫 二六 七五　王德用 三一〇 二〇 四 三　王禹

余靖 一三〇 二三 三 六　孫奭 二二 二六 八 七　孔道輔 九〇 二六 六 五　李及 八四 二六 四 三

胡瑗 一三六 二一 一七 三　王質 九六 三〇 二一 五　孫甫 二二 三三 一六 一〇　尹洙 一三〇 一九

野、林逋）六二 三三 三五 四　余靖 一三〇 二三 三 六　孫甫 二二 三三 一六 一〇　孫復 八七 二三 五五　石介 九五 一四 一〇 七

陳摶（附种放、魏

蘇

洵一○五　三　五五

三朝：　韓琦三元、元、一三三、六六　富弼二○三、二四、巽二、四一　歐陽修三元、二○、哭、四三　文彥博三○七、三一

云二　趙概三五、二四、一○、三　吳奎一一○、二六、九五　張方平二○五、二九、一八　胡宿九、二一、一七

九　蔡襄二六、二四、四八　王素三三、三三、三六　劉敞一○九、二四、八七　范鎮三五、二一、二九、一六　唐介三三、二○、二四、一三

趙抃一五、二○、二七、一六　呂誨三三、三五、三六　彭思永二五七、三、七○、四二　司馬康二六、六、四二　曾

公亮一五一、二六、九六　王安石二六八、三、二四、四　司馬光三五七、三、七○、四二

呂公著三○三、二三、二三六　呂希哲一○一、二五、二四、一一（又見李本外錄事跡較原本增多此處據李本後集

計算。

五　韓絳三三三、三○、二○、八　韓維三三五、三三、三八　傅堯俞一七、一三、三九　蘇軾三一○、四三、三五　蘇轍三一○、二五、三五

范純仁二五○、二○、四三、二七　王存一四六、一五、七四　蘇頌三三、一七、二九、一七　彭汝礪三三、一○、三四

嚴叟四五、一六、三六、八　劉安世三三、三三、三七、三　范祖禹一六、二七、四五、六　劉摯一五四、一五、三○、六　王

字、事跡五條一字未刪，此為全書僅見之例）　陳瓘三三、三三、四○、五　鄒浩（李本移入外錄小傳

與原本大致略同事跡較原本增多；　陳襄三三、三三、一○　劉恕二三、三三、二八

徐積六、二○、六、一○　陳師道（原本無小傳以謝克家所撰文集序代之李本另撰小傳二十四字。謝撰

文集序共二百四十九字李本刪存五十六字事跡李本同原本但多刪節並分原本第三條正文及小注

爲兩條此人未計入總數統計）

朱熹八朝名臣言行錄的原本與刪節本

右列韓琦呂公著范純仁范祖禹四人原本各缺一頁，故事跡數目可能較右所統計者各多一兩條。

綜計全書小傳部分約刪去五分之四強事跡部分照上面所列條數似只刪去五分之二弱實際絕不止此數至少是五分之三因爲存留諸條有許多是節錄並非全文，而且原書有若干條附有小注這些小注實際上也都刪去了全書正錄及附見外集卷二人小傳全部大刪事跡多數被刪只有三朝卷十三的鄒浩全部保留卷八的呂希哲重見外集卷十四的邵雍移入外集二人事跡較原本增多數像這樣「刼餘」的本子如何能用？不幸的是從南宋中葉有了五集合刻本以後朱子原本即「隱晦不彰」明清以來一般學者所用都是李衡刪本直到四部叢刊出版原本才「再顯於世」「讀書須求善本」。此書是一個很好的例證。

刪得太多雖可從數字上看出讀者當然還是「願聞其詳」改得走了樣更非舉例不能明瞭下面就從五朝及三朝各舉一人爲例詳細說明五朝取卷六的呂夷簡三朝取卷十二的劉安世我所以取這兩個人並非他們被刪改的情形比旁人顯明突出而是因爲他們都是朱子此書的「問題人物」此書關於呂夷簡的記載在朱子生前即已引起問題劉安世部分則是自目四庫全書提要以來評論此書的主題之一以上事件詳見余嘉錫著四庫提要辨證卷六（藝文書局本三二三至三二二頁）與本文無直接關係不具引。

呂夷簡小傳原本如下：（叢刊本五朝卷六頁一）

公名夷簡字坦夫其先萊州人徙壽州進士及第補絳州推官通判通州、知濱州，擢提點兩浙刑獄入爲侍御史知雜事改起居舍人同知通進銀臺知制誥兩川饑爲安撫使權知開封府仁宗即位拜參知政事進戶部侍郎同平章事出判陳州歲中復相封申國公出判許州徙天雄軍未幾復入相徙封許國公兼樞密使拜司

室,平章軍國重事。慶曆三年請老,以太尉致仕薨,年六十五。配食仁宗廟庭。

李本如下:(文海本前集卷六頁一,即總頁數一八九)

字坦夫,其先萊州人,徙壽州進士及第,相仁宗,配享廟庭。

劉安世小傳原本如下:(叢刊本三朝卷十二之三頁一)

公名安世,字器之。大名人。中熙寧六年進士第,歷洺州司法參軍河南府左軍巡判官。哲宗即位,除秘書省正

字,擢右正言。遷起居舍人兼左司諫。又遷左諫議大夫。除中書舍人辭不拜以集賢殿修撰提舉西京崇福宮。

俄復除寶文閣待制樞密都承旨出知眞定府落職知南安軍改提舉洪州玉隆觀南安軍居住責授少府少

監分司南京新州別駕英州安置元符初移梅州徽宗即位移衡州尋改濮州團練副使鼎州居住未行除修

撰知鄆州,待制知眞定府罷知潞州落職知沂州貶信陽軍除名勒停送峽州編管久之提舉南京鴻慶宮復

直龍圖閣宣和七年卒年七十八。

李本如下:(文海本後集卷十二頁五,即總頁七二九):

字器之大名人中進士第事神宗哲宗官至左諫議大夫。

李本所有諸人小傳都是這樣刪法一兩百字的原文只剩二十多字甚至十餘字,甚麼事情都沒有了,完全不像

一篇小傳。其為荒率簡陋,一望而知,無須多加說明,也許有人以為原本小傳只是一堆官銜,刪之無妨,卻不知這

些小傳乃是後面許多條事蹟的綱領,而且與其他宋人傳記如隆平集東都事略宋史列傳等對照參閱還可收

考訂異同以及補正漏誤的效果,這是重要史料,如何可以猛刪?

事跡部分的刪節情形則共有三種第一、照原本存錄或略有刪節下面用存字標出第二、刪節甚多用節字標出有時原本附有小注李本去其正文而僅留小注或去其小注而僅留正文此種情形也用節字標出第三、全條刪去用刪字標出此外偶有特殊情形則分別說明。

呂夷簡事跡見叢刊五朝卷六頁一至十八文海前集卷六頁一至六即總頁一八九至一九○原本共四十四條李本照存或略有刪節者十四條刪節甚多者六條全條刪去者二十四條共餘二十條細目如下

第一條「歲大水」刪。　二「河北自五代末即算田賦」存。　三「祥符末王沂公」節。　四「祥符中營繕宮館」五「嶺南獲賊」六「歲旱蝗」七「寇忠愍公知永興軍」八「時有習妖術者」九「祥符中崇奉天書」十「入內押班」十一「眞廟升祔」十二「太后初聽朝」十三「天聖郊燔」十四「曹利用得罪」以上共十一條俱刪。　十五「玉清宮災」存。　十六「公以主上方富春秋」存。　十七「太后親祠太廟」刪。　十八「初章懿之誕上也」節（刪去正文僅留小注）。　十九「公在章獻朝」二十「太后嘗欲進荊王為皇太叔」二十一「大內災」以上共三條俱存。　二十二「明肅太后臨朝」刪。二十三「契丹遣使借兵」存。　二十四「章獻嘗為大車」刪。　二十五「章獻明肅之盛」刪。　二十六「章獻公以忠義」存。　二十七「上以章惠有保護之勤」刪。　二十八「天下學校久廢」存。　二十九「寇忠愍公以忠義⋯」刪。　三十「長秋虛位」刪。　三十一「寶元中御史府」存。　三十二「初元昊拒命」存。　三十三「景祐中呂許公執政」節（僅留正文刪去小注）。　三十四「某公惡韓富范」節。　三十五「王洙修理武聖略⋯」刪。　三十六「景祐末西鄙用兵」刪。　三十七「仁宗以西

戎方熾」存。　三十八「慶曆初仁宗服藥」刪。　三十九「呂相在中書」存。　四十「文靖夫人」刪。　四十一「公感風眩」節。　四十二「公薨於鄭」存。　四十三「上嘗大書」節。　四十四「公於天下事」刪。

右列第三條原本如下（叢刊五朝卷六之一、頁二）：

祥符末王沂公知制誥朝望日重一日至中書見王文正公，「君識一呂夷簡否？」沂公曰：「不識也」退而訪諸人。許公時為太常博士通判濱州人多稱其才者他日復見文正復問如初沂公曰：「公前問及此人退而訪之」具所聞以告文正曰：「此人異日與舍人對秉鈞軸」沂公曰：「公何以知之」曰「吾亦不識但以其奏請得之」沂公曰：「奏請何事？」曰「如不稅農器等數事」時沂公自待已不淺聞文正之言不信也。姑應之曰「諾！」既而許公自濱罷擢提點兩浙刑獄未幾為侍從及丁晉公敗沂公引為執政卒與沂公並相沂公從容道文正語二公皆嗟歎以為非所及其後張公安道得其事於許公故於許公神道碑略敍一二。

李本如下：（文海前集卷六頁一、總頁一八九）

祥符末王沂公知制誥朝望日重一日至中書見王文正公問「君識一呂夷簡否？」沂公曰：「不識也。文正曰「此人異日與舍人對秉鈞軸」沂公曰：「何以知之」曰「吾亦不識但以其奏請得之」沂公曰：「奏請何事？」曰「如不稅農器等數事」卒與沂公並相。

這樣刪節事體全無曲折文章氣貌全非好像一棵枝葉扶疏的樹被剪伐得幾乎成了光桿。

第十八條見叢刊五朝卷六頁五、文海前集卷六頁一，即總頁一九零文長不錄原文連同小注是呂夷簡行狀、聞見錄龍川志三者關於李宸妃（章懿皇后）事件的記載，詳略不同敍述各異三者合觀這件事才得首尾分明，而且對照看起來甚富趣味李本刪去行狀僅存聞見錄及敍事最簡略的龍川志既失紀載之詳又失對照之趣這是李本一貫的簡陋作風。

第四十一條原本如下：（見叢刊五朝卷六頁十七）

公感風眩天子憂甚手詔拜司空平章軍國重事三日一入中書公表固辭御府出萬金藥上賜公手詔曰「古人有言髭可療疾雖無痊驗今朕剪髭合湯藥表予意也卿久病中書密院臣僚全然不勾當公事住滯卿錄可以委任臣僚三五人來卿更調攝，副朕眷焉更有西北兩事仔細一一奏來」公首奏陳西北事機因薦范仲淹韓琦文彥博龐籍梁適曾公亮等數人後皆大用。

李本至「表予意也」爲止以下完全刪去見文海前集卷六頁五、即總頁一九九。

此條原文分爲三段前段表示仁宗優禮大臣中段表示優禮之餘仍有公務上的要求三段表示呂夷簡爲國進賢，所薦舉的都是後來的名臣並有他的政敵范仲淹在內被刪之後原文意義丟掉大牛而且丟掉的是重要部分。

劉安世小傳刪節情形已見前安世事跡見叢刊三朝卷十二之三頁一至三十一，文海後集卷十二頁五至十二、即總頁七二九至七四四原本共三十七條李本照存或略刪者僅七條刪節甚多者十四條全刪者十六條，應存二十一條但李本取原本第二條之小注改爲正文兩條又合併原本第二十一及二十二兩條爲一故共有

二十二條。

細目如下：

第一條「公儀狀魁碩」：刪。　二「開府公與司馬溫公」：正文刪節甚多，小注兩條改爲正文。　三「溫公薦充館職」節（刪去小注，僅留正文）。　四「自王荊公」刪（僅存最後「擢右正言」四字併入下第五條）　五「是時差除頗多」存。　六「胡宗愈除右丞」刪。　七「章惇於崑山縣」刪。　八「李常始阿附王荊公」節。　九「蔡確雕貶」節。　十「始公論蔡確」刪。　十一「遷起居舍人」：節。　十二「自崇慶垂簾」節。　十三「公徧歷言路」存。　十四「公日安世作都承旨待制」刪。　十五「元祐中詔議北郊典禮」刪。　十六「宣仁后晏駕」存。　十七「公度嶺」刪。　十八「公言安世初到南方」刪。　十九「紹聖初黨禍初起」存。　二十「惇卜用事」存。　二十一「先是文及甫」節。　二十二「公在貶所」節錄一部分併入上條。　二十三「惇卜謀害公，曾子宣爲右相」，二十四「曾子宣爲右相」刪。　二十五「公知潞州」以上三條俱刪。　二十六「公日安世初除諫官」節。　二十七「公日今人咸言」刪。　二十八「先是建中年間」：節。　二十九「公日士夫知舊」刪。　三十「先生日金陵」：節。　三十一「先生因言及王荊公學問」：節。　三十三「器之言安世初登第」：　三十四「胡理問日：刪。　三十五「與黃鞶用和」刪。　三十六「公自宣和乙巳」節。　三十七「昔有與蘇子瞻」存。

右列第二條原本如下：（叢刊三朝卷十二之三、頁二）

開府公與司馬溫公爲同年契因遂從學於溫公熙寧六年舉進士不就選，逕歸洛溫公日：「何爲不仕？」公以漆雕開「斯未能信」之語以對溫公悅復從學者數年一日避席間盡心行己之要可以終身行之者溫

公曰：「其誠乎吾平生力行之，未嘗須臾離也。故立朝行己，俯仰無愧爾。」公問行之何先溫公曰：「自不妄語始」自是拳拳弗失，終身行之。調洺州司法參軍，時吳守禮爲河北轉運使，嚴明守法，官吏畏之。吳一日間，有人告司戶贓污，如何？公對不知吳不悅，明日閱視倉庫，召司戶者謂曰：「人訴爾有贓，本來按爾今劉司法言爾無之，姑去」於是衆方知公長者。然公心常不自快曰「司戶實有贓，而我不以誠告，吾其違溫公教乎」後因讀揚子雲「君子避礙通諸理」而後意方釋然言不必信此而後可

李本（文海後集卷十三頁五卽總頁七二九）刪去首句「開府」二字及「調洺州司法參軍」以下一大段。

於是這一條只剩下若干空話，全無事實發揮。「開府公」是安世的父親劉航，李本竟刪去「開府」，只留「公」字變成劉安世自己與司馬溫公爲同年契因同年而成爲師生所以出此大錯，我想是原本「因逑從學於溫公」句上省略了一個「公」字把李君弄胡塗了本條小注第二段引道護錄云：「公言安世平生只是一個誠字」李本改爲「溫公言安世平生只是一個誠字」劉安世又變成了司馬溫公安世自道之言也就成了溫公誇獎他的話了衡以李本他處荒謬的例子開府二字一定是他刪的的溫字一定是他加的並不是刊時脫字或衍文。我所見明刊本三種都是如此。

第八條「李常始阿附王荊公」云云見叢刊三朝前集卷十二之三、頁七文長不錄李本見文海後集卷十二、頁六卽總頁七三一，刪去前面一大段而從「會知漢陽軍吳處厚上蔡確安州所爲謗詩」開始其下又刪去很多原文共五百八十字李本只餘一百三十七字這眞是胡鬧從文法方面說刪去上文則「會」字突如其來，

毫無着落從事實方面說參奏蔡確是安世平生大事也是北宋後期黨爭的大事敍述只應求詳豈可如此草率！

原本第二十八條如下：（叢刊三朝卷十二之三頁二十五）

先是建中年間公與蘇子瞻自嶺外同歸道出金陵時有吏人吳默者以詩贄二公子瞻稱之跋數語於詩後，公亦題其末以勉其學是後內侍梁師成得幸自謂子瞻遺腹子與一二故家稍稍親厚默知其說因攜二公所跋詩詞之梁甚悅奏之以官至宣和間梁益大用以太傅直睿思殿參可三省樞密院事貴震一時雖蔡京童貫皆出其下是時默改名可爲正使師成令可自京師來宋欲鈎致公引以大用且以書抵公可至三日然後敢出之且道所以來之意大概以諸孫未仕爲言以動公公謝曰「吾若爲子孫計則不至是矣且吾廢斥幾三十年未嘗曾有點墨與當朝權貴吾欲爲元祐完人不可破戒」乃還其書而不答人皆爲公危之而公自若也。

李本如下：（文海後集卷十二、頁十即總頁七四零）

建中間公與蘇子瞻自嶺外同歸，至宣和間內侍梁師成得幸，貴震一時，雖蔡京童貫皆出其下。師成令可自京師來宋欲鈎致公，引以大用且以書抵公可至三日然後敢出之且道所以來之意大概以諸孫求仕爲言以動公公謝曰「吾若爲子孫計則不至是矣且吾廢斥幾三十年未嘗有一點墨與當朝權貴吾欲爲元祐完人不可破戒。」乃還其書而不答。人皆爲公危之。而公自若也。

删去吳默獻詩改名及梁師成自謂子瞻遺腹子各節，把一件完整的故事弄得支離破碎，來龍去脈全不清楚這種「傷筋動骨」的辦法在李本中例子很多原本「諸孫未仕」意思是說「諸孫還沒有作官作祖父的何不

替他們想想辦法」，李本作「諸孫求仕」，一字之差而文意大相逕庭其祖爲「元祐完人」而諸孫「求」仕於佞倖滿朝之時眞成不肖子孫了這個「求」字明刊本三種與今本一致可見並非偶然誤刊

原本第三十六條如下（叢刊三朝卷十二之三頁三十）：

公自宣和乙巳歲元日以後謝絕賓客四方書問皆不啟封家事無巨細悉不問中慎（原注「御名避孝宗諱」）無置一物於是家人始爲公憂夏六月丙午忽大風飛瓦驟雨如注雷電晝晦於公正寢人皆駭懼而走及雨止辨色公已終矣聞者咸異焉葬開封府以文弔之日：「刼火洞然不燼惟玉」搢紳往往傳誦以爲切當。

李文如下：（文海後集卷十二頁十二卽總頁七四三）

公自宣和元日以後謝絕賓客四方書問皆不啟封家事無巨細悉不問。夏六月丙午忽大風飛瓦驟雨如注，雷電晝晦於公正寢人皆駭懼而走及雨止辨色公已終矣聞者咸異焉及葬楊中立以文弔之日：「刼火洞然不燼惟玉」搢紳往往傳誦以爲切當。（下略）

刪去「乙巳歲」三字使人不知安世卒於何年「葬開封府」云云改爲「及葬」二字使人不知安世葬於何地刪改雖不多却是兩個要點雖未傷筋動骨却在致命處下刀這種情形與上文第二條的「開府」「溫公」

第二十八條的「未仕」「求仕」決不是偶然的脫字衍文或形近之誤而是一貫的妄刪妄改。

洪瑩印行李本會請顧千里詳細校勘整理據顧氏跋文可知李本乃是標準的粗劣坊本所謂「麻沙惡槧」

李衡這個人恐怕也就是當時書坊請來編書的多烘先生文理並不太通順看他所寫序文卽知更談不到學識，

所以才這樣狂刪妄改編續集、集別集外集的李幼武比他這位「宗人」也高明不了多少他所編的三集，簡陋粗

牽引錄各條不注出處比起朱子的書差得太遠只因其中有若干他處所無的資料又是與「朱子」著作合印，

故得附驥而行至今不廢而且「謬種流傳」竟使朱子原書真相幾乎湮沒

最後要說到李本僅有的一點好處，那就是可以補充原本的缺頁原本五朝部分無缺頁。三朝缺卷一第十

七頁，卷八第二十六頁共缺四頁。原本根據李本，可補充如下。

卷一第十七頁可補「歲大歉爲法賑之活飢人七百萬鄰城旁路刺取其法視中山隱然爲雄鎮聲動虜中」

三十三字及小注「行狀」二字此三十三字與上下文即十六頁之末與十八頁之首均不銜接當是另一條

之殘文同頁又可補「定卒惡米陳下……一軍股慄」全條一百字及小注「遺事」二字以上二者共一百

三十七字照原本行款計算字數假定有兩三處提行所補約半頁餘。（此兩條見文海後集卷一頁六即總頁

三七四）

卷八第二十六頁可補「哲宗即位公爲邇英侍讀，始至，上言曰：「人君即位之始，當正始以正天下，修德以安

百姓修德」三十六字。與下文即二十七頁之首銜接。（此條見文海後集卷八頁五即總頁六三五）

卷十一第十九頁可補「士未嘗知出於公公亦未嘗示恩意於人人或謂公曰『身爲宰相豈可不牢籠天下

士使知出於門下！』公曰：『但願朝廷進用不失正人何必須使知出我門下耶』六十一字又小注「言行錄」

三字與上文即十八頁之末銜接。（此條見文海後集卷十一頁四即總頁七百）

卷十三第十頁因李本有刪節正在此頁中故無可補。

以上所補雖不甚多，總算是李本的一點貢獻當然，原本不能說是毫無錯字，也許李本有若干可以校正原本錯字之處這要有待於學者細心勘對但千萬要記住不可輕易據李本校改原本。

附　記

我撰寫本文時發現兩個小問題，與本文主旨並無關係；但既已發現不妨記在這裏其一原本呂夷簡事跡第一條小注云「李宗諤撰行狀」李本亦有此注這是錯誤的呂夷簡神道碑張方平撰見於方平的樂全集卷三六行狀未詳何人所作但決不會是李宗諤夷簡卒於慶曆四年即西元一零肆肆宗諤卒於大中祥符六年一零一三比夷簡早死三十一年此事不像是刊刻或傳寫之誤，可能是朱子偶然誤記或筆誤姜亮夫歷代名人年里碑傳綜表云宗諤卒於大中祥符五年夷簡卒於慶曆三年陸心源三續疑年錄卷三三云夷簡卒於慶曆二年，都是錯的，我另有考證此處不詳述了。

其二劉安世事跡第二十八條云：「是後內侍梁師成得幸自謂子瞻遺腹子」宋史四六八師成傳則云「自言蘇軾出子」。傳又云「〔師成〕政和間得君貴幸……王黼父事之」。黼生於神宗元豐二年見幼獅學誌六卷二期拙著宋人生卒考示例到了政和年間已三十多歲師成此時既已「得君貴幸」又被三十多歲的人「父事之」其年齡至少四五十歲東坡卒於建中靖國元年下距政和不過十餘年，師成若自稱東坡遺腹子豈不顯露破綻所以應從史作「出子」出子的意思是出妾之子以上只是姑就師成自己所說考證至於他是否真的是東坡的孩子那是另一問題據我看，可能性不多。「婦人既孕而夫死所生之子謂之遺腹子」這是遺腹子

的正常解釋。不知既孕而因事被趕出家庭，所生之子是否也可謂之遺腹前者是遺之於身後後者則是遺之於門外前者是遺留後者是遺棄如果是這樣遺腹子的意義即與出子相同用不着考辨了。這是我偶然的想法。

民國五十六年中央圖書館館刊新一卷二期。

朱熹八朝名臣言行錄的原本與刪節本

蘇東坡的先世及其親屬

本文所謂先世，包括東坡的遠祖到會祖，都是他沒有見過面的；親屬則從他祖父到他的孫輩一共五代。包括本房和別房男的及女的，文中敍述都經過考證為了篇幅及本刊性質考證過程均略去不談遇有必須解釋之處，在文後分別註明。

東坡的籍實是眉州眉山，即現在四川省眉山縣。蘇氏原是北方大族周朝時居住於河南、河內蘇氏〕註一蘇秦屬於這一支；漢高祖時遷入關中稱為〔扶風蘇氏〕註二這一支的名人是蘇武東漢順帝時扶風蘇氏的蘇章作冀州刺史改任并州他的子孫卻住在趙郡從此又有了〔趙郡蘇氏〕眉州在中國西南角上是個僻遠的地方，中原人士很少去蘇家人首先來到其地的是唐朝的蘇味道他是趙郡欒城縣人，註三武后時以文學起家官至鳳閣侍郎同鳳閣鑾臺平章事乃宰相之職後來因事貶為眉州刺史又改益州長史他去上任死在半路。（舊唐書卷九十四新唐書卷一百十四有傳）他的一個兒子（不知其名）囘不去北方留在眉州子孫世居其地，這就是〔眉州蘇氏〕的始祖。

從初唐到五代約三百年，眉州蘇氏始終僻處邊遠沒有出過甚麼人物東坡的高祖名祜，是五代時人曾祖名果，死時已是宋太宗淳化五年。蘇祜這個人生於唐昭宣帝天祐二年西元九〇五，即朱溫篡唐之前年餘，死於周世宗顯德五年西元九五八即趙宋繼周之前年餘一生五十四年恰好「與五代相終始」註四這兩個人都

二八四

是眉山的尋常百姓，不見經傳只從蘇洵的蘇氏族譜知道他們的名字及一些事跡。東坡生於仁宗景祐三年一

〇三六註五 已近北宋中葉沒有見過他的高祖及曾祖。

常有些人像祖父更過於像父親這在遺傳學上怎樣解釋？我不懂我只是從史傳記載及個人耳聞目見理會到這種情形讀了東坡祖父蘇序的幾篇傳記註六 使我覺得東坡的性格才能以及行事很像他祖父可以說東坡是他祖父的擴展讀書比他祖父多眼界比他祖父廣本質則是大致相同的蘇序跟他的祖先一樣終老故鄉沒有出來作事因為他兒子蘇渙作官朝廷照例授給他一個虛銜大理評事身後又贈職方員外郎蘇洵在族譜後錄裏說他「先子少孤喜為善而不好讀書晚乃為詩能自道敏捷立成凡數十年得數千篇上自朝廷郡邑之事下至鄉閭子孫畋漁治生之意皆見於詩觀其詩雖不工然有以知其表裏洞達豁然偉人也」這數千首詩如能傳到現在在文學史上也許沒有多大意義在社會農村風土人情的史料上一定很有價值可惜的很！

蘇序的夫人史氏也是眉山人他們有三個兒子蘇渙是老二蘇洵最小老大名叫蘇澹早卒沒有甚麼事跡可敍蘇渙則是眉山蘇氏頭一個讀書登第聲名官職相當高的人物他是宋仁宗天聖二年進士作祥符縣知縣衡州太守最後作利州路提點刑獄死在任上他是一個很能幹正直的官吏好讀書能詩有詩文集若干卷現已失傳這個人沒有特別出色之處比起他的兄弟和兩個姪兒差的很遠但在他以前不懂蘇家全眉山縣像他這樣讀書仕宦的人也很少三蘇父子兄弟離開故鄉而向外發展總是受了他的影響啓發註七

蘇澹有兩個兒子位佾兩個孫子不知其名蘇渙有三子不欺不疑不危四個女兒十二個孫子千乘千運千之千能千里千秋千經千傑千尋千億時暉十個孫女十二個曾孫男女這些都是東坡的從兄從姪姪孫等蘇

蘇東坡的先世及其親屬

二八五

澹一房人丁稀少；蘇渙一房頗爲興旺，可是一個知名之士也沒有，有一個叫蘇元老的，是東坡的姪孫，東坡文集中有給他的四封信，不知是那一房的。

洵、軾、轍這三蘇的事蹟，一般人都很熟悉，而且不是三言兩語所能寫完，所以本文只敍述他們的親屬及與親屬有關事項。這老泉夫人姓程眉山人大理寺丞程文應的女兒比老泉小一歲，十八歲時出嫁。程家很富有蘇家經濟情形不大好老泉讀書甚晚，不盡是因爲「少不喜學」家境不裕需要他謀生養家也是原因之一。他發憤讀書之始，還在顧慮到家庭經濟問題程夫人把她自己的粧奩等物賣掉用作資本來經營生計數年之間居然漸成富有老泉才得以「專志於學遂成大儒」可見程夫人是個很精明能幹的婦女她又「喜讀書皆識其大義」東坡兄弟幼年時曾受過很好的母教後來兩人同年登第；不幸得很程夫人在他們登第之後不過月餘就去世了年僅四十八歲註八：

程夫人共生三男三女老大景先註九　去世很早只剩下東坡子由兩人。三女都是東坡的姐姐最小的最長壽也只有十九歲出嫁不久就死了，其餘兩姊妹都是早亡未嫁小說戲劇所傳蘇小妹秦少游的故事完全是編造出來的，註一〇眞正是「齊東野人之語」

東坡這個人眞是天生的「剋妻命」兩妻一妾都先他去世這三人恰好都姓王他的原配王弗，眉州青神縣人（今四川縣名），鄉貢進士王方的女兒後來封爲通義郡君她比東坡小三歲十六歲結婚死時只有二十七歲東坡江神子詞「十年生死兩茫茫」即是爲通義君作繼配王閏之是王弗的堂妹封同安郡君，故稱同安君比東坡小十二歲結婚大槪是在她二十一歲時不能確定比她堂姊活得長但也不過四十六歲。

王朝雲，錢塘人，她最初到蘇家時只有十二歲，後來東坡納之為妾。東坡南遷時同安君已去世一年，朝雲隨同前往，不久死於惠州（今廣東惠陽）年三十四。東坡已是周甲老人此後即未再娶通義君生了一個兒子名邁同安君生迨過兩人朝雲生子名遯兩歲夭折東坡沒有女兒。

蘇家祖孫三世四人序洵軾轍夫妻偕老而同享大年者只有蘇轍跟他的夫人史氏史氏也是蘇家的同鄉，少於子由兩歲子由十七歲史氏十五歲就結婚了，這樣的早婚，在以前並不希奇子由享壽七十四史氏七十七，婚後生活五十七年可謂長久他們有三個兒子女兒多少未詳只知道子由四十一歲謫筠州時已有七女其中註二

一個謫筠後不久夭折。

東坡有三子邁迨過。十二孫簞符箕筌籌五人是邁的兒子；簞籍節笈箪篆箚七人是過的兒子。註二迨無子東坡生前見到的是簞符箕筌籌六人子由也是三子遲适遯（原名遠）六孫簡策是遲的兒子籍範是适的兒子筠籊是遯的兒子每人每個

東坡歿後葬在汝州郟城（今河南郟縣）但他有些田產在常州（今江蘇武進縣）；子由也葬在郟城他晚年則住在潁昌（今河南許昌縣）所以他們的子孫分住於這三個地方從東坡弟兄以後對眉山的老家就漸漸疏隔了東坡歿於徽宗建中靖國元年西元一一〇一下距高宗建炎元年一一二七年宋室南渡不過二十六年子由歿於徽宗政和二年一一一二距南渡十五年因此小輩諸蘇大部分都從北宋進入南宋只有蘇過確知其死於南渡之前三年餘。

東坡的子姪及諸孫比較有名的是過遲符籊四人恰好是一子一姪一孫一姪孫。

蘇過，字叔黨，自號斜川居士是東坡最小的兒子也是他最喜歡的兒子。他曾隨父到海南島，是衰年遠謫中的惟一慰藉東坡身後不久黨禁大興，蘇過因之始終不甚得意曾作過郾城知縣晚年作定州通判上任途中遇見強盜迫他入夥他當然不肯又跑不掉於是不停的喝了一夜酒就這樣醉死了年五十二歲時間是徽宗宣和五年一一二三。他的文章翰墨頗有父風當時稱爲「小坡」有斜川集六卷現存。

蘇遲字伯充是子由的長子南渡以前事跡不詳南渡初年官至工部侍郎高宗紹興五年告老，充徽猷閣待制提舉江州太平觀這在當時叫作奉祠只是個名義拿點俸祿並無實際職務他是蘇門中最長壽的一個英宗治平四年西元一〇六七歐陽修作蘇老泉墓誌敍述老泉的孫子有他和蘇邁兩人可見他最晚生於一〇六七，卒年則明見於建炎以來繫年要錄是紹興二十五年一一五五至少活了八十九歲身歷英仁哲徽欽高六朝東坡詩裏曾有幾處提到他東坡卒時他已三十多歲了他曾作過婺州太守退休後就同家人住在那裏死後葬在州屬蘭溪縣即現在浙江金華蘭溪一帶他的後裔從此就成了金華人。註一四

蘇符是東坡第二孫字仲虎他在高宗朝賜同進士出身後來作過中書舍人資善堂贊讀、禮部尚書權是暫代的意思禮部尚書之職他祖父也會作過他作事時正趕上高宗崇尚東坡文學所以官運頗順官職頗高後來因不贊成和議大受秦檜壓制只是奉祠閒居偶然派作外任官他晚年歸蜀紹興二十六年死在四川是蘇氏後人還鄉終老的他作的中書舍人是文學侍從之臣贊禮翊善是教太子讀書的學問文章當然不差但和蘇遲一樣沒有甚麼作品流傳下來。註一五

蘇籥字仲茲他作過太府監丞將作監丞都不是甚麼大事情這個人是以文字傳的他從十四歲到二十三

歲，一直跟着他祖父子由在一起，家學淵源，幼承庭訓，可惜才氣不夠，否則會大有可觀。他著有雙溪集十五卷，詩文不少但沒有甚麼必傳的佳作又有欒城遺言一卷記載他祖父晚年生活及議論是研究子由生平的資料之一。

南宋初年至中葉，蘇氏後人可考者還有東坡曾孫嶠峴，姪曾孫諤詡，姪玄孫林等都不是甚麼「要人，」「君子之澤、五世而斬」也就不必詳述了。

〔註 解〕

㈠ 河南、河內： 今河南省洛陽及其以北一帶。

㈡ 扶風： 今陝西長安附近。

㈢ 欒城： 今河北欒城縣。元末名學者蘇天爵即是欒城人趙郡見前篇。

㈣ 與五代相終始： 語見蘇洵嘉祐集卷十三蘇氏族譜後錄下篇。

㈤ 東坡生日是陰曆十二月十九陽曆已是一〇三七一月八日但普通仍作一〇三六生。

㈥ 蘇序的傳記有： 蘇軾東坡全集卷十六蘇廷評行狀曾鞏元豐類稿卷四十三蘇君墓誌銘及蘇氏族譜後錄下篇中的一段。

㈦ 蘇渙事跡見蘇轍欒城集卷二十五伯父墓表。

㈧ 程夫人事跡見司馬光溫國文正公文集卷七十六蘇主簿夫人墓誌銘。（要看四部叢刊本，四部備要本只有十四卷非全書）本段引號內諸語皆見墓誌。

蘇東坡的先世及其親屬

二八九

（九） 景先一作景山。

（一○） 有關東坡三個姊姊及俗傳蘇小妹故事的考證，非本文所能容納；此處只說明其事實。

（一一） 通義君事跡見東坡全集卷十五亡妻王氏墓誌銘朝雲墓誌銘見同卷同安君無墓誌事跡散見東坡集中。

（一二） 這裏所說東坡十二孫，是根據蘇轍欒城後集卷二十二亡兄子瞻墓誌及宋史蘇過傳（附東坡傳後）宋人傅藻撰東坡紀年錄則云東坡十四孫，較本文所述多出二人簞簟簞的名字又見於韓元吉的南澗甲乙稿東坡可能不止十二孫附誌於此以俟詳考。

（一三） 蘇過事跡見通行本斜川集附錄晁說之撰墓誌及王明清揮麈錄等書。

（一四） 蘇遲事跡見清人陸心源輯宋史翼卷四及元人吳師道敬鄉錄卷七。

（一五） 蘇符及下文蘇籀事跡俱見宋史翼卷四。

蘇東坡的乳母與蘇子由的保母

蘇東坡所作的墓誌銘並不甚多全集所收只有十幾篇其中有兩篇很短的：「乳母任氏墓誌銘、「保母楊氏墓誌銘」這兩篇各只一百多字篇幅雖短文字却很精切更可考見蘇氏家庭情形之一部分使一般人知道東坡子由兄弟有這樣兩個乳母和保母從前人研究文學作家的身世寫作家傳記對於他們的家庭情形私人生活尤其是他們家裏的女性往往不甚注意這是不對的現在先將這兩篇文章錄出加上簡單註釋然後合起來作一評介同時我又參考各項資料寫了一篇「蘇東坡的先世及其親屬」可與本篇合讀

乳母任氏墓誌銘註一

趙郡註二 蘇軾子瞻之乳母任氏，名採蓮眉之眉山人註三 父遂母李氏事先夫人三十有五年，註四 工巧勤儉至老不衰乳亡姊八娘與軾養視軾之子邁迨過皆有恩勞從軾官於杭密徐湖註五 謫於黃註六 元豐三年八月壬寅註七 卒於黃之臨皋亭享年七十有二註八 十月壬午註九 葬於黃之東阜黃岡縣之北。

銘曰生有以養之不必其子也死有以葬之不必其里也我祭其從與享之其魂氣無不之也註一〇

註一： 此文見東坡集卷三十九（七集本）據誌文知作於元豐三年其年東坡四十五歲任氏宋人王宗稷編東坡年譜作王氏乃形近之誤蘇集諸本均作任氏

註二：趙郡，今河北趙縣這是眉山蘇氏的祖籍，所以東坡作文常自稱「趙郡蘇軾」詳見另篇「蘇東坡的先世及其親屬」（一般辭典所謂古時某州或某郡即今某縣是指該州郡的首縣而言本篇即用其例。蘇氏祖籍是今河北欒城縣古時屬趙郡，所以蘇子由的文集稱欒城集。）

註三：眉之眉山今四川眉山縣宋時屬眉州。

註四：東坡的母親程夫人也是眉山人生於宋真宗大中祥符三年西元一零一零，卒於仁宗嘉祐二年一零五七年四十八歲事跡詳見「蘇東坡的先世及其親屬」。任氏比程夫人大一歲（參閱註八）從四十八歲往上推三十五年程夫人十三歲、任氏十四歲時即開始主僕關係一定是陪嫁使女程夫人十八歲出嫁，二十七歲生東坡任氏到蘇家在東坡出生之前九年。按足年計算，參閱後記。（程夫人十三、任氏十四，係

註五：宋時杭州今浙江杭縣密州今山東諸城縣徐州今江蘇銅山縣湖州今浙江吳興縣東坡曾作過杭州通判及其餘三州太守他也作過杭州太守那是後來的事。

註六：宋神宗元豐二年秋天，東坡在湖州任上，因爲作詩譏諷新法，被免官下獄。其年十二月二十九日（小除夕）定案謫黃州第二年即元豐三年二月初一日到黃先住在定慧禪院又搬到臨皋亭後赤壁賦：「步自雪堂將歸於臨皋。」任氏即卒於此地見下文。

註七：元豐三年是西元一零八零其年八月辛卯朔，壬寅是十二日。

註八：據享年七十二推算任氏生於宋真宗大中祥符二年西元一零零九，長於程夫人一歲，長東坡二十七歲蘇老泉與任氏同歲。

元豐三年十月己未朔，壬午是二十四日。

劉向論起昌陵疏「骨肉復歸於土命也魂氣則無不之也」　此銘是隔句押韻第一三五句養葬

享三字押仄聲韻第二四六句子里之三字平仄通押。

保母楊氏墓誌銘註一

先夫人之妾註二　楊氏，名金蟬，眉山人年三十始隸蘇氏註三　頹然順善也註四　為弟轍子由保母年六十八，熙寧十年六月己丑卒於徐州，註五　屬纊不亂，註六　子由官於宋，註七　載其柩殯註八　於開元寺。後八年，軾自黃移汝，過宋葬之於宋南三里廣壽院之西實元豐八年二月壬午也註一〇

銘曰百世之後陵谷異位。註一一　知其為蘇子之保母尚勿毀也註一二

註一：此文亦見東坡集卷三十九據誌文知作於元豐八年其年東坡五十歲。

註二：妾字有二義一是臣妾之妾即地位較高的女用人一是妻妾之妾即現在所謂姨太太古時女子自己謙稱為妾等於男子自稱為僕這裏所謂妾當然是女用人。（按此註有問題詳見後記）

註三：隸是屬的意思東坡用這個字顯示楊氏在蘇家的地位比任氏低據熙寧十年六十八歲推算楊氏與程夫人同年長於東坡二十六歲長子由二十九歲她三十歲正是子由降生之年即仁宗寶元二年西元一零三九極可能是因為程夫人又多了一個孩子而找她來作保母。

註四：禮記檀弓上「頹乎其順也」註云「頹順也」疏云「頹然不逆之意也」

註五：　熙寧，宋神宗年號，熙寧十年是西元一零七七年其年六月己卯朔，己丑是十一日楊氏卒於徐州，可知
　　　東坡知徐州時任氏楊氏都隨在任上子由其時亦在徐州見註七。

註六：　纊是新棉絮古代習俗人將死時把新棉絮放在其人口鼻上看棉絮是否被呼吸氣吹動以驗其何
　　　時死亡。因為人快死時呼吸急促棉絮易被吹動等到棉絮不動即可知呼吸已停禮記喪大記：「疾病男女，
　　　改服屬纊纊以俟絕氣」註云「纊今之新棉易動搖置口鼻之上以為候」所以人臨終時稱為屬纊屬纊不
　　　亂是說臨終照常安定不緊張慌亂。

註七：　宋時應天府舊名宋州，今河南商邱縣子由熙寧十年在其地任僉書南京判官。當年六月，子由到徐
　　　州去看東坡楊氏死時子由東坡都在身側。（宋朝四京東京開封府是首都即今河南開封應天府是南京；
　　　西京河南府今河南洛陽北京大名府今河北大名）

註八：　殯字作名詞用是已入殮的棺材。此處作動詞用，即停放棺材。

註九：　東坡謫居黃州四年多，到元豐七年，朝廷命他到汝州去居住即今河南臨汝縣氣候交通、生活
　　　環境，一切都比黃州好這種情形當時叫作「量移」往往是恢復任用的第一步行動也就比較自由東坡
　　　奉命後先由黃州東下到筠州（今江西高安）去看子由同程經過應天順便埋葬楊氏旋奉命常州是東坡
　　　即從應天到常州（今江蘇武進）始終沒有到汝州去葬楊氏時子由在續溪（今安徽績溪）知縣任上。

註十：　元豐八年二月乙丑朔壬午是十八日。

註十一：　詩小雅十月之交「高岸為谷深谷為陵。」劉向條災異封事：「陵谷易處，列星失行。」此銘改處

字爲位字,乃是爲了押韻。

註十二:此銘也是隔句押韻。一三兩句,後與母押二四兩句,位與毀押後母兩字都是有韻,與現代讀音小異。

像這樣一百多字的短篇墓主不是尋常婦女卽是夭折的青年事跡旣少無可叙述篇幅當然不長這是枯窘的題目文章很難出色;但要子細看並且放大來看才能欣賞領會。

這兩篇比較起來當然是任氏墓誌更好文字簡鍊而叙述周到情意深摯此文連誌帶銘共一百四十三個字,一個閒字沒有這是短篇文章的必要條件叙事方面能寫出一個終身寄食以他人之家爲家註一以他人之子孫爲子孫,「不識不知」誠懇勤儉而來到蘇家數十年中乳哺他和他姊姊養視他的三個兒子名分雖是主僕情義却等於家人骨肉。「工巧勤儉,至老不衰」寫任氏的性行;「皆有恩勞」寫任氏對他們兩代的愛護。

和他的母親在一起,在他未出生之前就來到蘇家南來北往而終於客死異鄉的老太太。另一面則又從字裏行間流露出東坡對於他這位老乳母的感念他特別點出「事先夫人三十有五年」使人知道此人從十幾歲就

「恩勞」二字下得重而恰當,如不是乳母東坡不會用這兩個字東坡最小的兒子蘇過生於熙寧五年西元一零七二東坡時在杭州通判任上那時任氏已六十四歲二十八九歲時乳哺東坡六十多歲時又養視他的小兒子,眞是「至老不衰」了從官杭密徐湖的時候太守的乳母總該很神氣東坡湖州被逮進京下獄這一段期間老太太一定也像關懷自己的親生子一樣憂急可惜她年紀大了,在東坡初謫時就死去沒能見到東坡再起而更爲顯達東坡始爲翰林學士時年五十一任氏若在年七十八也還不算太老銘文起首兩句是說奶起來的孩子註一一樣可以奉養她不必是她自己的孩子中兩句說死有葬身之地也就行了,不是必須歸葬故里這四句

蘇東坡的乳母與蘇子由的保母

無形中顯示出任氏暮年的心情末兩句則表示東坡會永遠祭祀她，她的魂氣也會隨時隨地享受這祭祀讀此

兩句仿彿聽見招魂的聲音「魂兮歸來」

楊氏是子由的保母但她在子由出生之年即來蘇家，東坡比子由只大三歲，也是她看着長起來的安葬那

年子由遠在續溪葬事由東坡料理墓誌銘也就由東坡來作這篇文章似不如任氏墓誌也實在比任誌難作此

人在蘇家「年資」較淺，與蘇氏母子兄弟的關係也較疏既非陪嫁使女保母當然也不如乳母親近作她的墓

誌更為無話可說無事可敍但仍可看出東坡的寫作技巧全篇誌銘合計共一百二十字銘文一百字銘文

二十字也是一個閒字沒有正面寫楊氏只有「頹然順善」「屬纊不亂」八個字却能看出這個老太太的性

格我想任氏一定比較能幹熱情楊氏則比較老實沉靜我們可以從這兩篇墓誌的簡單描寫想像兩位老太太

數十年共處的情形古人講究「分有親疏愛有差等」東坡作此兩文在用字造語上即顯示出這個意思敍任

氏年齡說享年七十二楊氏則只說年六十八而不用享字「恩勞」那樣的字面在楊誌裏找不到；銘詞也比任

銘差多了但是這短短的二十字却表現出東坡所特有的「兀傲自負」之氣這兩篇銘詞造句之雅鍊用韻之

精整配上誌文之修潔切當語淺意深情文並茂都是精心用意之作。

任氏墓誌提到她的父母却沒有提到他的丈夫和子女從前隨小姐出嫁的使女其歸宿不外兩途或由小

姐的丈夫納為姬妾或由主人代為擇壻出嫁而嫁出之後常是仍與主人家保持關係任氏如為老泉之妾與東

坡的關係就不止是乳母她的歸宿一定是後者可能是夫家生活清苦或與丈夫不和或者丈夫死去兒女養不

了她所以依靠蘇家隨着少主人游宦四方楊氏「年三十始隸蘇氏」一定是結婚之後來的但墓誌也沒有提

到她的丈夫子女。其所以跟着蘇氏兄弟在外面跑也總不出上述幾項原故。關於此點東坡既然未提，我們也就只好揣測了。

註一：任氏一生，十四歲以前在母家，十四歲到四十九歲服事東坡的母親，六十三四歲到七十二歲跟隨東坡游宦謫居只有五十歲到六十三歲這十三四年程夫人已故老泉父子在外任氏蹤跡不明可能在夫家也可能仍在蘇家綜計七十二年之中在蘇家至少四十幾年。

註二：奶字作動詞用包括乳哺及養視二義今北方俗語如此。

後　記

此文及下篇「蘇東坡的先世及其親屬」，在民國五十七年五月份國語日報副刊「古今文選」上發表，原係課本性質今改爲論文形式去年偶然翻閱近人丁傳靖輯錄的宋人軼事彙編其卷十二記東坡早年事跡諸條之後有丁氏的一段按語：「東坡乳母任氏名探蓮子由保母楊氏名金蟬。東坡所作兩銘皆無夫姓當即是老蘇妾於任氏謂『事先夫人三十五年』。卒時七十二（當作歲）然則爲蘇妾時年三十八矣」這段按語的後一半實在荒唐所謂「事先夫人三十五年」當然要從程夫人逝世之年往上算丁氏竟從任氏死的那一年往上算如果任氏死時程夫人尚在自可如此算法而實際上程夫人已死去二十年了而且任氏比東坡大二十七歲如三十八歲始爲蘇妾則是東坡十一二歲時還要吃奶若云「任氏先爲他人之妻來蘇家作乾母乳東坡及其姊到三十八歲時又爲老泉之妻」情理事實雖有此可能已近於

「想入非非」；何況「事先夫人三十五年」一端還是說不過去丁氏所算眞是一筆豈有此理的胡塗賬。

但他所謂：「皆無夫姓當卽是老蘇妾」則與我在此文中的說法可以並存毋寧說更爲近於事實因爲我

也只是推測並無確證；而任楊兩氏終身在蘇家又無夫姓自可能是老泉之妾古時士大夫的姬妾其身分

本來就是在主奴之間任楊旣無所出在家庭中自然更沒有正式地位民國五十九年記。古人文字所謂若干年

，有時是首尾合計，後者卽旒一年。我前文說任氏初事程夫人年十四、桯年十三，有時是十足年數，

是照十足三十五年計算。丁云「任氏爲蘇妾時年三十八」，則是首尾合計。

王獻之保母志辨偽

王獻之保母志註一 是件南宋人造的假古董文章是宋朝人作的，字是宋朝人寫的，刻在磚上埋在地下，再挖掘出來拿去騙人說是王獻之自撰親書這塊磚於宋寧宗嘉泰二年壬戌出土當時即有人認爲是僞造近年以來懷疑者更多但前人之說都是些簡單籠統的批評未見具體結論有時且未能擊中要害我很喜歡欣賞金石書畫品評鑒定則是外行偶有所見也極少筆之於文最近寫了一篇文章論到蘇東坡的乳母任氏保母楊氏兩篇墓誌我認爲這兩篇即是保母志作僞的藍本於是參考金石書籍寫成這篇辨僞作爲彼文的旁枝附錄旣非本行自知難免浮淺之譏。至於有關保母志出土年代出土經過及宋元明人懷疑或讚賞等一切資料均見於知不足齋叢書本葉紹翁四朝聞見錄戊集卷尾「秘書曲水硯」條及附錄各家題跋王昶金石萃編卷二十五著錄此志也附有一些資料讀者可以參閱本文不詳引。

保母志之僞第一在字體第二在文體第三在其他破綻先說字體保母志是行書頗像王羲之的蘭亭序。刻工也純熟這就是可疑之處因爲與時代不合王昶金石萃編陸耀遹金石續編陸增祥八瓊室金石補正及近人趙萬雲的漢魏南北朝墓志校釋這四部金石總彙所著錄的西晉南北朝磚石刻文加上日本人編的書道全集第二十六冊所收近年出土的六朝石刻去掉重複共有一千三百餘種其中屬於兩晉時期的有一百三十九種。

根據各書的說明來統計這一千三百餘種之中篆書除去用作碑額及誌蓋之外成段文字只有兩種行書一共

只有十四種其餘都是分書或正書註二篆書在漢朝已逐漸廢棄不用兩晉南北朝時使用之少乃是理所當然，

而且與本文主題無關可以不論行書則與本文有直接關係必須詳究。今將此十四種行書細目依年月次序列

在下面。

保母志 晉興寧三年，見
萃編卷二十五。

仳和寺造象記 北魏永平四年，見萃編卷
二十七及八瓊室卷十三。

趙阿歡等造象記 北魏神龜二年，見萃編卷
八瓊室卷十三，八瓊作神龜三年。

比邱慧暢造象記 北魏正光三年，見萃編卷
二十九及八瓊室卷十三。

尼妙暈造象記 北魏無年月，在正始年魯衆造
象上方，見八瓊室卷十三。

黃妙素造象記 北魏無年月，在正始年惠合造
象右上方，見八瓊室卷十三。

蘇方成造象記 西魏大統六年前後，見八瓊室卷十六。

歧法起造象記 西魏大統十六年，見萃編卷三十二。

強弩將軍造象記 東魏無年月，見萃編卷三
十二及八瓊室卷十七。

□中遷造象記 東魏無年月，見
萃編卷十七。

壽□造象記 同上。

朱顯愚造象記 北周保定四年，見
萃編卷三十六。

王念生造象記 同上。

程熙退造象記（北齊無年月，在武平三年曇山造象下方，見八瓊字卷二十。

從這個細目及上文所述統計可以看出三點第一行書都是刻石，絕不刻磚第二行書都是北朝後期出品兩晉

時絕對沒有。第三行書只限於造象記，墓碑墓誌都是分書或正書絕不用行書只有保母志是一千三百餘種之

中惟一的例外與上述三點完全相反。這還不可疑麼？

行書只刻於石而不刻於磚，可能因為磚文字數甚少也可能與古代磚石的質地有關，我非專家不敢妄談。

墓碑墓誌之所以必用分書或正書則其道理甚為顯明。這是紀念亡者慎終垂遠的大事，當然要用標準字體，一

筆一劃規規矩矩的去寫。篆書既廢只有用分隸正楷豈能像寫便條短束或文章起稿一樣，行書草字運筆如飛。

而分書正書形體方正筆劃清楚容易鐫刻行書及草書則筆劃鉤速繚繞線條又是圓的，刻這種字體，需要較高

的技術訓練，兩晉南北朝時代石刻以碑誌為主書寫碑誌又以分書正書為標準一般刻工所能的也就是

刻這兩種字體用不着也想不起來訓練他們去刻，分書正書所以直到北朝後期才偶然有行書的出現，如上

文所舉十三種而且都是粗製的劣品這十三種的搨片我雖沒見過但從萃編及八瓊室的著錄及說明，可以知

其粗劣至於兩晉的一百三十九種則保母志之外絕無行書足見那時的石工還不慣於刻這種字體甚至不會

刻。何以在舉世不為的情形之下會有這樣的保母志這是極不合理的事情。

綜合上文保母志的字體既不合書寫墓誌的習慣又超出了當時的鐫刻技術孤孤另另的混在數以百計

的分書正書石刻墓誌裏邊真是不倫不類面生可疑。

第二再論文體論到文體當然要把志文及其作偽藍本東坡二誌照錄於後以供讀者參考東坡二誌已見

另文，但為了對照方便不避重複依舊錄出。

保母　志註三

郎耶王獻之保母姓李，名意如，廣漢人也。在母家志行高秀歸王氏，柔順恭勤善屬文，能草書解釋老旨趣。年七十興寧三年，歲在乙丑二月六日無疾而終仲冬既望葬會稽山陰之黃閇岡下。殉以曲水小硯交螭方壺；樹雙松於墓上立貞石而志之悲夫後八百餘載知獻之保母宮於茲土者尚□□焉。

乳母任氏墓誌銘 東坡集卷三十九（七集本）

趙郡蘇軾子瞻之乳母任氏，名採蓮眉之眉山人父遂母李氏事先夫人三十有五年，工巧勤儉至老不衰乳亡姊八娘與軾養視軾之子邁迨過皆有恩勞從軾官於杭密徐湖謫於黃元豐三年八月壬寅卒於黃之臨皋亭享年七十有二十月壬午葬於黃之東阜黃岡縣之北銘曰：

生有以養之不必其子也死有以葬之不必其里也我祭其從與享之其魂氣無不之也。

保母楊氏墓誌銘 同上

先夫人之妾楊氏名金蟬，眉山人年三十始隸蘇氏頹然順善也為弟轍子由保母年六十八，熙寧十年六月己丑卒於徐州屬續不亂子由官於宋載其柩殯於開元寺後八年軾自黃遷汝過宋葬之於宋東南三里廣

壽院之西實元豐八年二月壬午也銘曰：

百世之後陵谷易位知其爲蘇子之保母尚勿毀也。

這篇王氏保母志流暢有餘而高古不足其體裁風格文法語彙完全不像六朝碑誌，也不像六朝小品，而很像唐宋以後的文章。命意布局、造句、用字尤其像東坡二誌開首幾句與任氏誌的銘詞太一樣、而故意不用銘詞的形式。「柔順恭勤」是「勤儉工巧」與「穎然順善」的結合體，「無疾而終」也極像是受了「屬纊不亂」的啓示。通觀全文簡直是以東坡的兩篇作架子，改頭換面添枝點葉而裝飾起來的。固然也可以說是東坡學保母志，但事實絕非如此。先不必問以東坡的才氣肯不肯這樣亦步亦趨的作單就時代而言保母志出土在東坡身後百餘年王獻之又沒有文集傳到宋朝，東坡根本沒見過此文何從去模擬牠？南宋時蘇文盛行，至有「蘇文熟吃羊肉」之語，保母志的作僞者模倣蘇文却在情理之中。尤其妙的是志文末一句

「尚□□焉」兩個缺字此文自「悲夫」以下，鈔襲楊氏誌銘詞的痕跡已經够顯明了，如果再說「尚勿毀焉」簡直是雷同但此句承接上文而來實在不好改於是作僞者乾脆把其中兩個字鑿成殘缺，「毀屍滅跡」以免被人「驗明正身」查出來歷。

以上是就志文全體而言其中還有兩個小漏洞。第一：「婦人謂嫁曰歸」，李氏在王家的身分，無論是普通保母或是羲之之妾，照古代習慣，都不能說「歸王氏」。這一點，宋人已懷疑過，可能是僞撰的姜夔保母志跋

有一段說：

註四

「或又謂『保母王氏之妾，不當言歸王氏金蟬碑謂之隸蘇氏爲當。』予謂既曰母矣，稱歸何嫌且東坡銘

其弟之保母故稱隸使子由自銘，則不忍稱隸矣此以見古人之忠厚也」。

姜跂遺段話誰都看得出是強詞奪理其實是作偽者為了避免照鈔蘇文故而改隸為歸，這一改就改出了毛病。

第二釋老連稱始於魏書釋老志遠在王獻之之後兩晉時代還沒有這個名稱這一點宋朝人也說過姜跂云：

「或又謂『佛之徒稱釋起於道安大令時未應有釋老之稱』此又不稽古之甚者阿含經云『四河入海，

與海同鹹四姓出家與佛同姓』釋佛姓也此土謂佛為釋久矣志稱釋老以佛對老非謂佛之徒也晉史云

何充性好釋典崇修佛寺是也然道安以前比邱各稱其姓道安欲令皆從佛姓初不之信後得阿含經始信

之爾後此土比邱皆姓釋如釋惠遠是也案何充是中興初人道安習鑿齒皆依桓溫於荊州正與大令同時，

亦非異代事也。

引經據典辯了半天只說到一個釋字，關於釋老連稱問題，支離含胡，閃避不談，真是「遁辭知其所窮」還有一

點值得注意王家是信奉「天師道」的他們家的保母卻能兼通釋老這也是難以理解的事。

保母志作偽的其他破綻可分五項說明第一是出土的年代算得太準此志出土在宋寧宗嘉泰二年壬戌

西元一二零二志文中所記保母死葬之年是晉哀帝興寧三年乙丑西元三六五二者相去八百三十八年而志

文中正好有「後八百餘載知獻之保母宮於茲土者尚□□焉」一段話這太巧了！王獻之怎麼知道「後八百

餘載」此地將被發掘而預先聲明顯然是作偽者算好了年代故神其說以證明這件古董是真的而不知算得

太準了反而露出馬腳弄巧成拙古人把這項奇蹟歸之於「預卜」「前知」如周必大跋云：

其詞則有望於八百餘年後守官之人自興寧距今適八百三十餘年預知如此蓋當時卜地如郭璞輩，固不

乏也。」見周益公集、平園續稿卷六。

樓鑰題詩云：

興寧甲子十四周更閲三年仍乙丑若非洞曉未來數安知八百餘年後。攻媿集卷四

姜夔云：

「自興寧距今八百三十八載異哉物之隱顯，抑有定數而古之賢達皆能前知之歟？」

姜夔又說此事爲「神明虛曉自然前知」這篇跋極可能是旁人僞託自可不論周樓也許是眞信古人如此，原不足怪我們現代人當然不能信這種鬼話。

第二是與保母志同時出土的「曲水硯」作僞痕跡甚爲顯明。硯既不眞志磚當然也是假的。這塊曲水硯，背後刻有「晉獻之」三字，旁側刻有「永和」二字見僧了洪題詩及李大性跋。註五 南宋當時人對於「晉」字即提出疑問，姜夔云：「或謂大令晉人不應於硯背自稱晉獻之此見其僞」這個疑問很有道理。我認爲「永和」二字及「曲水」之名也有問題蘭亭敍說「永和九年歲在癸丑」又說「此地有流觴曲水」保母志字蹟模倣蘭亭，索興把永和二字也刻在硯上又以曲水名之，以證其確是王家故物這件假古董「作」的眞有點笨。姜夔對於晉字的辨解是「大令刻硯背以殉葬知八百年後且出故先書晉以自見又案歷代印文皆不稱代，惟魏晉晉率善令則曰魏率善某官晉率善某官生人用印猶得稱晉殉葬之硯不得稱晉乎？」這段話太勉強了志文中既有興寧紀年硯側又有永和二字何必再「先書晉以自見？」率善令是官名，故可冠以朝號，獻之是人名，志用不著自冠本朝姜跋之言不攻自破。

第三是原磚出土已斷爲四五段而搨本沒有裂紋這個問題是朱彝尊提出的他說：

「磚出土時已斷爲四歸於〔王〕畿又斷爲五合而搨之宜有裂紋而仍若不斷者信夫搨手之良，非今工匠所能及也。」

這段話見於曝書亭集卷四十八「晉王大令保母磚志宋搨本跋」又見金石萃編卷二十五保母志條下引錄，後者稍有刪節據跋文知道這個宋搨本爲徐乾學所有竹垞這段話說得很「含蓄」可能因爲主人所喜，未便明言其僞而尋繹全跋語意又似乎並不認爲此志是假造的但無論如何這段話畢竟給予我們一個啓示這種情形確實甚爲可疑。

第四是保母志書法像蘭亭序，宋人疑爲集蘭亭字姜夔爲之辯護，結果更令人生疑姜夔云：

「或謂：『此字多似蘭亭疑後人集蘭亭字爲之』此又不然大令字與蘭亭同者何止保母志而已然大令平生行草多正行少試以官帖第九卷中行書帖較之『相過』一帖同者十八字：『相終無日在未薆坐感感得古盡痛此所不流』『思戀』一帖同者九字『事既將視左右無喩盡』『十二月二十七日』一帖，同者十一字『日操之歲盡感懷不亦情得』『靜息』一帖同者四字：『靜是極無』『發吳興』一帖同者八字『吳與感喩不靜兄情』其他三兩字同者不可勝紀右軍大令既是父子不應疑其書蹟之同今人父子書蹟同者衆矣大抵大令字與蘭亭合縱是他字偏旁亦合如『兄況吳娛捺�』是也縱是行草下筆亦合如『無兲薆芝』是也又案唐人集右軍書碑率多俗惡此則高妙如『老夫水』三字又似跳竈矣決非集字也。」

按：官帖卽淳化閣帖。

這一套辯辭說得太「多」了！不辯還好愈辯愈假話說得愈多語氣愈不自然。尤其最後「唐人集右軍書碑」一段簡直是添蛇足反露馬腳我所以不憚其煩把這一段全部引錄正是要讀者看看作偽者心虛情急的神氣。

細觀原志搨本雖是行書而每字獨立筆勢全不相連，「行氣」呆板毫無瀟灑生動之致確實很像一個字一個字集上去的。

第五是王家如眞有這樣一位了不起的保母比他們家的謝夫人（道韞）才學還要高何以其他六朝書籍文字絕對沒有記載？

如果只有此五項破綻還不足以完全證明保母志之爲偽造。有了前面所說字體文體兩大項，再加上這五小項其偽便無可置疑關於保母志還有許多資料可以引用還有些問題值得討論但我只是抽空寫這篇文章，未便多費時間致荒本業只好從略了。

〔註　文〕

一：保母志名稱不一保母磚志保母墓碑保母壙志保母碑保母帖均是；以保母志之稱最爲普遍本文卽用此稱誌志二字通用惟保母志已成專名無作誌者本文除此以外他處如墓誌碑誌等均從衆仍加言旁。

二：金石萃編等之外當然還有其他金石書籍但以這四種搜羅最爲宏富有此四者也就夠了我所統計的一千三百餘種及一百三十九種包括大自千八百字的豐碑小至僅有兩三字的斷磚有一件算一件分書實卽隸書之一種所以晉朝的分書也有人叫牠晉隸但各種金石書多半是分書與隸書並列本文則

王獻之保母志辨偽

三〇七

把諸書題作隸書的併入分書之內。

瘞鶴銘，金石萃編題爲「正行書」但此銘正書成分居多，不能算作行書；而且，究竟是六朝人或唐朝人寫的？始終未成定論所以未列入十四種之內。

三：保母志雖僞，總是南宋時的東西原磚早已不存，其搨本到了明朝已很少見董其昌曾獲一本，鈎摹重刻收入戲鴻堂法帖，淸乾隆時又收入三希堂法帖，民國初年，上海有正書局曾影印別本。嚴可均輯全上古三代秦漢三國六朝文根據戲鴻堂帖把這篇志收入全晉文卷二十七王獻之名下，題爲「保母磚志」「意如」全晉文誤刻爲「如意」金石萃編卷二十五不誤。

四：姜夔跋見四朝聞見錄戊集「秘書曲水硯」條附錄跋文長達二千餘字，拉雜重複牽強支離，處處顯出心勞日拙的痕跡就像罪犯作「現場表演」極力替自己洗刷，而愈說愈假，欲蓋彌彰，白石爲人雖近於江湖淸客總還是「高品」不致於作出這種笨拙的辯護文字我認爲十九是旁人假託，只是沒有具體證據不能確定保母志之僞已成定案；即使跋文眞出白石之手也只能說是他幫作僞者的忙，或是「看走了眼」白石未必肯爲人幫這種忙古今鑒賞家收藏家誤僞爲眞而且強辯到底倒是頗有其例，如翁方綱之於天際烏雲帖是也。

姜夔無論眞僞仍是宋人作品其中所引懷疑保母志的若干條「或謂」云云，自然也是宋朝人的意見，可能卽是四朝聞見錄「秘書曲水硯」條所記與樓鑰爭辯此志眞僞的「華亭名家子朱日新」

五：見「秘書曲水硯」條附錄。

附　記

朱彝尊「跋保母磚志宋搨本」文中有這樣幾句：「歸德安世鳳撰墨林快事，詆其字不佳，語不倫。」與我這篇文章主旨相同手邊沒有墨林快事這本書不知其說詳情。但我確信不會像我考辨的這樣詳細而且字之佳不佳與眞不眞並不一定是一件事。

王獻之保母志辨僞

米友仁蘭亭跋辨僞

米友仁（元暉）的蘭亭敍跋我見過三篇，兩篇短跋可能是眞的，一篇長跋絕對是假的。我在舊作宋人生卒考示例（幼獅學誌六卷一期）米友仁條下曾經列舉三事證明長跋之僞，後來又發現若干資料使我的結論更爲周詳肯定。最近我寫了一篇「王獻之保母志辨僞」考辨法帖的文章我只有這一篇顯得很孤另於是彙集有關米跋蘭亭的各項資料重新撰寫補充先生卒考示例的缺漏並給保母志辨僞作一個伴侶正好這兩篇文章恰與畫家二王父子有關。

第一篇短跋見於桑世昌的蘭亭考卷十全文如下。（行款依照原書。）

翰墨風流冠古今鵝池誰不賞山陰此書雖向昭陵杇刻石猶能易萬金

紹興十六年歲次丙寅，李春二日，嫻拙翁米元暉跋於行朝天慶觀東私居書航之北窗
。時雨霽風和，窗明几淨，投閑杜門，爲情良適觀正觀修禊序，尤快人意也。跋致柔定武本。

「跋致柔定武本」六字是桑世昌所註不屬於原跋第二篇短跋見於兪松的蘭亭續考卷一全文如下。

唐太宗既獲蘭亭敍乃命馮承素趙模諸葛貞之流鈎模以賜近侍令褚逐良檢校而董之今嗜古好奇君子尚有秘傳當日賜本近見一本已歸御府矣神物護持斯爲萬世不朽之藏廣宇間石刻莫可勝紀悉以定武爲最善此蓋是也紹興十九年九月十五嫻拙老人米元暉書

這兩篇跋本身沒有甚麼可供考證的資料既無從證明其必眞更無從證明其僞僅據建炎以來繫年要錄及鄧

三一〇

椿畫繼所載元暉事跡，知道紹興十六年他確在行朝（臨安）；而桑世昌兪松都是南宋人去元暉不遠其可信

程度應該較高註一。既與本文主旨無關自可存而不論本文所要考辨的是另外那一篇長跋見於上海文明書

局影印五字損本是墨跡全文如下註二

蘭亭敍帖爲王逸少行書第一當時用鼠鬚筆蠶繭紙書之逸少亦以爲平日諸書所不能及珍藏家塾凡七

傳而至裔孫智永以授弟子辨才辨才得之寶愛秘不示人藏之寢室梁上時唐文皇酷好大王書法素聞蘭

亭眞跡在辨才所使御史蕭翼微服私行以計取之進御文皇乃命趙模馮承素諸葛貞等暨虞褚輩摹搨分

賜諸王而蘭亭眞跡貯玉匣從葬昭陵搨本之在人間者尙值錢十餘萬至定武石刻出謂爲歐陽率更所搨，

石本留禁中未經外人傳摹獨爲完善下於眞跡一等故歷代寶之耶律德光携以北行至中途棄去本朝慶

曆中薛師正出牧厭人請乞另模一石以應求者其子紹彭竊易以歸因磨損帖中「湍流帶右天」五字暗記

眞僞名爲五字損本蘭亭大觀中蔡京知覺矯詔索取紹彭子嗣昌不能隱進之金狄之亂尙方乘輿法寶盡

爲所掠獨棄此石刻不取宗澤留守西京得之匣中進於行在光堯聖帝常置諸座石寶惜不輕搨賜及金人

再寇天長乘輿倉卒渡江命內臣篋貯投於維揚石塔寺井中至紹興六年寺僧浚井得鐵篋緘鎖甚密啓之

乃一斷石中裂爲四外以金索束之即蘭亭帖石刻也時蘇子由之子元老在郡書法以搨本示之元老知爲

定武眞蹟以家藏舊搨較之無毫髮爽當時始知貴重至以三十千購求一本猶不可得時向子諲帥揚即取

以進御越明年余在平江得此本於孫仲益帖首有「緝熙殿寶」及「內府書印」「內府合同」三小璽，

必當時揚賜王公貴戚者也。余細觀帖中鑽損五字及斷裂處以石塔寺井中揚本對較，盡爲吻合，不爽絲髮，

而書法結構遒勁如「同還與事」諸字深得率更遺法故知爲定武眞跡無疑法書中無上瓌寶子子孫孫

其永寶之時淳熙二年四月米友仁跋記。

我說這篇跋絕對是假的，有五項鐵證第一：耶律德光帶回北方而中途棄去的是唐代學士院的蘭亭石刻，見蘭

亭考卷三所載趙彥衛跋語僞米跋竟說德光攜宋官禁中的定武石刻北行德光是五代時人那時還沒有宋朝更

無論定武石刻這等於是「宋板康熙字典」米元暉敘近代事焉能如此顛倒。第二宗澤在高宗建炎元年留守

東京（開封）並非西京（洛陽）這是國家大事元暉是當時人不會記錯寫錯第三：蘇元老是東坡子由的姪

孫，東坡續集卷七有「與元老姪孫」書簡四首王明清揮麈餘話卷二也有記載云「蘇在廷元老東坡先生之

從孫，自幼即卓然東坡許之。」蘇米世交蘇家的事元暉耳聞目見決不可能把子由的從孫錯成他的兒子。第四

所謂「帥揚」正式職名是「淮南東路安撫使、知揚州」宋史三七七向子諲傳胡宏五峰集三向侍郎行狀汪

應辰文定集二十一向公墓誌都沒有說子諲曾作過這個官實際上帥揚而與蘭亭有關的是向子固（見下文

引王明清揮麈後錄）其時間是紹興十五年至二十三年紹興六年帥揚的是葉夢得　第五元暉生於宋神宗

熙寧七年甲寅一零七四卒於高宗紹興二十一年辛未一一五一註四淳熙二年是乙未一一七五，在元暉身後

二十四年他已冥壽一百零二歲寫錯干支如丙辰誤爲甲辰、乙巳誤爲乙亥是可能的，年號不可能寫錯因爲他

並不知有此年號。除此以外還有兩項其一這篇跋文的前半顯然是根據蘭亭考卷三「紀原」各條，及宋人會

宏父的石刻舖敘卷下引何子楚（薳）跋語集合改編而成這不像是天性高簡的小米所屑於作的其二據建

炎以來繫年要錄及三朝北盟會編諸書的記載，金人攻陷揚州來得特別快，高宗連夜奔逃，僅以身免，那裏還顧

得及命人投蘭亭石刻於井中但既有上述五項確確實實的證據這類比較空洞的推測之詞也就不必多提了。

偽造書畫款識題跋是常有的事但像這樣滿身都是漏洞的偽品却眞是少見一般作偽者的目的不外兩種最

普通的是騙錢或應付豪門權貴的需索還有一種則是故意「造謠生事」以愚弄人爲快樂之本像僞米跋這

樣既有根據而又信口胡云我想多半是誠心搗亂跟鑒賞家收藏者開玩笑這個僞造者可能是明朝或清初見

過蘭亭考蘭亭續考石刻鋪敍等書的人因爲他的僞作顯然是根據這幾部書的資料如果他不是故意胡鬧而

是「鄭重其事」的作假此人眞是陋妄之至。

宗澤送蘭亭石刻至揚州其眞實性頗爲可疑他留守東京屢次上疏請高宗還都這是讀宋史者盡人皆知

的事而且當時「四郊多壘」道路很不平安何以要把這樣笨重的不急之物送到明知只是暫局的揚州這是

很不易理解的事但是此一傳說在當時頗爲流行王明淸揮麈後錄卷三云：

薛紹彭既易定武蘭亭石歸於家政和中祐陵取入禁中龕置睿思東閣靖康之亂金人盡取御府珍玩以北，

而此刻非敵所識獨得留焉宗汝霖爲留守見之並取內帑所掠不盡之物馳進於高宗時駐蹕維揚上每實

左右瞻月之後敵騎忽至大駕倉猝渡江竟復失之向叔堅子固爲揚帥高宗嘗密令冥搜之竟不獲。原註：向
端叔云。

蘭亭續考李心傳序云：

王逸少歿垂二百七十年，而所書修禊敍自人間復歸御府。又近二百七十年而自昭陵復出人間。後百三十

餘年而定武石本始傳於世又後六十餘年而石歸天上又後二十年而復失於維揚自是百餘年間士夫所

藏眞膺相雜矣。_{按：天上}
_{謂禁中}

蘭亭續考卷二李心傳跋榮次新所題賜本云：

建炎初宗元帥守汴都得此刻致之維揚行在，渡江時失之，自是絕跡。

蘭亭續考卷一王厚之跋云：

宣和間歸御府建炎初宗澤送之維揚歐騎焚維揚，方不知所在。

王明清所著書紀宋朝掌故多半翔實可靠，李心傳是當時著名史學家，他們既然言之鑿鑿我們只好相信，不必深究。倒是有另外一件關於此事的訛傳可以寫在下邊作爲談助清褚人穫堅瓠集云：

宗忠簡留守汴京當金人蹂躪之餘，百端拮据一日於艮岳遺址得定武禊帖石刻卽遣力齎至行在在途爲斡離不邀截去後金章宗以爲祕玩。

果如其言則定武石刻根本沒到揚州而被金人刦取到北方去了。此說不但與宋元人所有關於蘭亭的紀載不合而且絕對錯誤宗澤被任爲東京留守在建炎元年六月乙酉（二十七日）見宋史二十四高宗紀建炎以來繫年要錄六三朝北盟會編一零九〇金人從開封退兵北去在其年四月見宋史二十四高宗紀要錄四會編八十九。斡離不則囘到金本土不久就死了，死期是六月二十一（要錄六）或二十二（金史三太宗紀）尚在宗澤任東京留守之前數日換言之宗澤送石刻往揚州之時金兵已退斡離不已死那裏來的中途邀截堅瓠集跟蔣一葵的堯山堂外紀這兩部書紀載宋朝的大小事情常常是妄言不實捕風捉影却常常被人引用我不得不順便在此表而出之提醒學者注意。

註一：據蘭亭考高文虎序知桑世昌是宋寧宗嘉定時人。據蘭亭續考李心傳序知俞松是理宗淳祐時人。

註二：文明書局這本影印蘭亭敍初版不知在何年我所見的是民國二十九年第五版可見流行頗廣所

以其眞僞不可不辨。

註三：向子固及葉煥帥揚州年月見吳廷燮南宋制撫年表吳氏自註云所據爲建炎以來繫年要錄。

註四：元暉卒於紹興二十一年正月庚子（二十八日）見要錄一六二要錄所據爲國史無可置疑我舊

作宋人生卒考示例泥於鄧椿畫繼元暉享年八十歲之說定其生年爲熙寧五年壬子一零七二則爲錯誤，

應從翁方綱米海岳年譜之說定爲生於甲寅我另有「宋人生卒考示例補正」稿成尙未發表

新校梨園按試樂府新聲補正

梨園按試樂府新聲簡稱樂府新聲爲元無名氏所編散曲選集，全書三卷，上卷收套數三十二套，中下兩卷收小令五百零八首（原書標題分調時有錯誤，此所謂五百零八首係經過整理改訂後之統計）有元刊本原藏常熟瞿氏鐵琴銅劍樓，由商務印書館影印收入四部叢刊三編，元代散曲作家今知其姓名者數約二百而有專集者不過三五人絕大多數之作品皆賴選集保存以傳於今故欲研究元代散曲舍選集無由現存元人編選散曲集共有四種楊朝英之樂府新編陽春白雪簡稱陽春白雪及朝野新聲太平樂府簡稱太平樂府合稱楊氏二選最爲有名此外則胡存善之類聚名賢樂府羣玉及此書。（現存樂府羣玉恐係殘本是否即胡存善所輯之原本亦無定論詳見散曲叢刊本任中敏跋語。）楊胡皆元末人。此書原無序跋不著編者時代姓名，而原本字體板式與元刻楊氏二選及其他元代坊刻書完全相同所收諸曲亦絕無明代作品其爲元人編選無可置疑中有張小山作品頗多，小山爲元末作家，此書編者蓋與楊胡兩人同時。陽春白雪收套數六十二，小令五百三十三，（據盧前校本分人目錄統計）樂府羣玉專收小令共六百二十七首此書所收作品最少而頗有出於三書之外且亦不見於其他曲籍者上卷之套數三十二其不見於他書者即有十九套之多小令予未細核僅大略觀之已發現甚多作品爲此書所獨有此獨有之套數小令名家佳作甚多其與他書互見之作，文字亦時有異同可資校勘且常較他本爲勝是誠研究元（據九卷本目錄統計）太平樂府收套數一百四十一小令一千零七十三（據盧前校本分人目錄統計）樂

代散曲之要籍也。

陽春、太平、俱有數種版本行世羣玉有明鈔本近人任中敏氏重校收入散曲叢刊，亦頗易得此書則四部叢
刊三編之外別無單行流傳不廣且原本多元代坊刻之簡體俗字又時有脫誤不便誦讀叢刊本雖附校記而過
於疏略校訂整理重印單行以使此散曲要籍普及於世固爲曲學急務予久蓄此志因循未果頃見近人隋育楠
氏新校本以元刊爲底本而以其他曲集曲譜多種校訂之凡二百九十餘條精確周詳極便學者惟校訂古籍向
有如掃落葉之喻校訂元曲尤非易事隋氏之於此書用力甚勤成就甚弘而終有若干脫誤未能校出疑問未獲
解決以及誤爲改訂之處固非毫髮無遺憾者也爰以一月之力重讀全書爲之補闕決疑正誤共得二百二十條，
依原書次序疏列於後以爲讀此書者之一助新校以補正原本脫誤爲主他書異文可以並存者均未校出今仍
其例穿鑿疏漏仍所難免所冀博雅君子有以教我至於一般校訂元曲所應採用之方法體例與夫校訂者所應
具備之條件非此文所能詳當另爲一文以申述之。

卷上

雙調行香子（原本一　新校一—二）

碧玉簫覷只先黃花瘦。　只先原作只頭新校據廣正譜及九宮大成譜改按只先與只頭同樣費解，不如仍
舊存疑。

離亭宴帶歇指煞香醪羨篘。　北詞廣正譜曾引此曲羨作旅按旅爲旋字形近之誤羨旋兩字通用羨字又

見無名氏沈醉東風曲其句云：

云「酒頻沽橙羨剜」（原本卷下十四頁新校一二三頁）三者並觀知羨卽今語「臨時現作」「臨時現買」

之現字詩詞曲中則均作旋其例甚多其見於曲者如馬致遠四塊玉云：「酒旋沽魚新買」羨現二字國語均讀

ㄒㄧㄢ音旋字國語讀ㄒㄩㄢ音；（三字均讀去聲）但古今南北語音不同今河北南部及山東一帶每云現買

現作獨讀ㄒㄩㄢ音羨現旋三者蓋音近借用字也（本文所謂同音假借或音近借用，或據北方通行語音，或據

中原音韻與各種字典所注標準讀音有時不同附識於此。

雙調喬牌兒　（原本一　新校二—三）

原本此套僅有錦上花清江引碧玉簫三曲且誤接於前套之後新校據九卷本陽春白雪補出作者關漢卿

姓名及喬牌兒夜行船慶宣和歇指煞四曲按廣正譜雙調套數分題引此套套式又引慶宣和曲正音譜引錦上

花碧玉簫二曲均注關漢卿作可爲陽春白雪之佐證詳見九卷本陽春白雪校注（世界書局本一七一—一七

二頁）以下凡引陽春白雪均指九卷本。

錦上花古往今來你須盡知。　原作古往今來你盡知，新校據陽春白雪及正音譜補須字。（說見下）

錦上花ㄠ：受用了一日一日是便宜。（按了字是字均是襯字）　原作受用了一日一日是便宜（按了字是

襯字）新校據陽春白雪補一日一日二字。（說見下）

附注ㄠ爲後字之簡寫，即其右半之上部元明曲籍多以形近作么。後人不明本義，解說紛紜從無定詁。張相

詩詞曲用語彙解始定爲後字之簡寫其說最爲精允可從新校諸曲於此字仍從舊日習慣作么應悉改作

幺。

同曲人活百歲、七十者稀。　原作人活百歲七十稀，新校據陽春白雪補者字按以上三者，據譜均應兩個四字句原書均併爲一個七字句新校增補不惟與譜相合且有他書可據本無問題但北曲原有併兩個四字句爲一個七字句之例漢卿作曲尤多不拘常格此三個七字句文義均通其究爲刊印脫誤或作者偶然併句實難確定似應仍原書之舊而注他書異文於校記中不必逐補詞林摘艷戊集及雍熙樂府卷十二所載無名氏霽景融和套其錦上花幺之第五六兩句，等於此處人活百歲七十者稀兩句，即併爲一個七字句云「芳草和煙綠漸齊」是亦可以併句之一證。

碧玉簫休爭閑氣。　此句下陽春白雪及廣正譜俱有一四字句云：幸有幾杯新校僅在校記中注出未據增補按碧玉簫本格共十句，其第九句爲一字句可變爲四字但此句照例可有可無此幸有幾杯四字即第九句，新校僅注出而未增補卽因其可有可無也。

歇拍煞得時間早棄迷途。　間應作閒形近致誤聞早卽及早或趁早之意詞曲中常用語作閒早費解勉強解釋則須讀爲得時間早棄迷途變成上三下四與本調句法不合。

三：
二：
　般涉調哨遍　（原本一　新校三—四）
　此曲是要孩兒幺篇應改題煞。

　此曲是煞應依照習慣改題一煞或僅題煞字。
雙調新水令　（原本一—二　新校四—五）

駐馬聽相思最是難熬症　症原本作證，新校改症，所據係陽春白雪無校記。按此字不應改症候病症字本

作證，通作証，証是後起俗字，即元刻曲籍中亦少有用之者，其通行恐在明代以後也。

得勝令翠彎眉黛遠山青。　據此下三句紅馥馥云云應重彎字，原本及陽春白雪均不重，顯係脫誤。

梅花酒廢忘湌淚珠傾。　廢忘湌三字不成辭，廢下應有寢字，但多此一字則成上四下三之七言梅花酒此

句，從無作七言者，陽春白雪改爲朝忘湌文義亦甚勉強，只可存疑。

南呂一枝花　（原本二　新校六）

南呂一枝花　呂原本作宮，新校改呂校記云「南呂原作南宮，元明曲書僅見本書省稱南呂宮爲南宮，茲

從一般曲書省稱南呂」按此字不應改，南呂宮固無稱南宮者，但南呂一枝花則可稱南宮一枝花或南宮一枝

此爲科舉時代之吉祥語，南宮借喻禮部試之南宮，士人登第赴聞喜宴例均簪花，一枝花又名占春魁，即是此意。

元代雖有長時期廢科舉，唐宋以來民間習俗固未改也。本書所收一枝花凡五套皆作南宮，即此亦可知其非偶

然而不應輕改其餘四套新校皆改宮爲呂總識於此不具校。

二十換頭雙調新水令　（原本二一三　新校七一九）

新水令玉驄絲鞚金鞍玷。　金詞林摘艷及北宮詞紀均作錦，雍熙同此作金新校未校出。按此字必須用仄

聲，應作錦

山石榴幺當時月枕歌眷戀。　眷戀原作眷孌費解，新校從任中敏輯元四家散曲改按此句第六字須用平

聲，眷戀兩字俱去聲且疊韻甚不美聽歌眷戀三字亦不甚通順手邊無元四家散曲不知任氏何據恐只是就字

形及文義推測正音譜詞林摘艷、雍熙樂府、北宮詞紀中此句均作當時月枕歌聲轉，似可從。

一錠銀：却子待歡解動凄然。此句費解正音雍熙北宮詞紀俱作望解勸凄然，無却子待三字新校未校出。

按動字是勸字形近之誤，自無可疑歡字若改爲望字則須依正音等刪却子待三字，否則意思重複疑應作却子待解勸凄然原本誤勸爲動又衍一與勸字形近之歡字。

不拜門：此調名正音廣正兩譜俱作小拜門。正音注云：「卽不拜門。」廣正注云：「小一作不。」元代坊刻曲籍常誤小爲不，元刊雜劇三十種中其例甚多此調名顯然係與另一調大拜門相對作小爲是

唐兀歹斬眼不覺得綠窗兒外月明却又早轉。原本無覺字正音譜此句作不覺得紗窗外月兒轉新校據增覺字按此字不應增斬眼摘艷作斷眼，雍熙作展眼，今北地方言猶有此語，如「斬眼的工夫」意謂快速也實卽眨眼斬與眨爲一聲之轉瞬字不見字書爲元人所造展則是與斬同音通用原本斬眼不得四字一逗與「下手不得」「開口不得」等常用語同一語式全句意謂「還沒容斬眼的工夫月亮早轉到西邊去了」極寫良宵之苦短正音譜上無斬眼二字下無却又早三字故可云不覺得新校保留此五字而又增覺字殊爲累贅蓋不明斬眼不得四字之語式也。

尾：據譜此曲是駕鴦煞應改題。

同曲盡老同眠也者也強如雁底關河路兒遠。　新校本如此斷句，非是也者二字應屬上讀改爲「盡老同眠也者也強如雁底關河路兒遠。」眠字是韻也者二字是句尾襯字北曲中此種襯字略同楚詞之兮字些字用於韻字之下但用者甚少耳新校本拘於眠字是韻而不知韻下可加襯字牽強斷句遂使文義難通。

雙調新水令（原本三一―四　新校九―十一）

新水令粉悴烟憔。　烟應作胭，形近致誤，粉悴胭憔是曲中常用語，胭謂胭脂。

雁兒落　懶將烟粉施。　烟應作胭，說見上。

掛玉鈎誰承望折散鸞交。　據文義折應作拆，乃形近之誤。四部叢刊本所附舊校（下稱舊校）散字下增

了字。

亂柳葉天開眼自然報。　報原本作招平仄失律，文理不通，新校從摘艷雍熙廣正諸書改報按此字正音作

照，似較勝照即鑒察之意，謂上天有眼自能鑒察其人之負心違誓原本招字形近致誤報字雖亦可通但與招

字形不近又不如照字委婉此套情意纏綿不宜有強硬語氣。

收江南相思滿腹對誰學。　舊校此句上增多應是三字。

雙調夜行船（原本四　新校十二）

慶宣和投至狐縱與兎穴。　縱諸書均作蹤應據改。

同曲魏耶晉耶。　舊校此句上增知他二字。

落梅風沒多時。　舊校作不多時。

離亭煞：雍熙作離亭宴煞摘艷及北宮詞紀作離亭宴帶歇指煞正音作離亭宴帶歇指煞按離亭煞爲離

亭宴煞之省稱離亭宴煞與離亭宴帶歇指煞則爲不同之兩調東籬此曲係後者應從正音改題歇拍與歇指一

字之差元明曲籍向來歧異吳九宮大成譜云應作歇拍吳梅南北詞簡譜則痛駁其說以爲當作歇指吳說似較長，

故從之。

同曲：愛秋來時那些個。　諸書俱無個字多此一字，不合句法，似應刪去，但東籬作曲好用句尾襯字，此個字

或亦其例。

雙調新水令（原本四　新校十三）

不拜門：

調名原本題阿那胡（胡亦作忽新校據廣正及九宮大成改畫苔牆劃損短金釵句原本無損字，

新校據廣正及九宮大成增按原題調名不誤，廣正大成增損字亦不應增此字不合句法。

阿那胡　原本題不拜門，新校云據譜改但未云所據何譜按此曲是一錠銀原本及新校俱誤，以上兩條說

詳予所撰北曲新譜小拜門阿那忽一錠銀三調注文。

步步嬌：轉疑回。　回字不可解應從正音作惑原本乃同音假借，惑字本入聲，中原音韻作平聲用入齊微韻，

與回字同音今山東方言尚如此但轉為去聲。

離帶歇拍煞：　原本離字下脫亭宴二字，新校未校出但此曲句法是離亭宴煞而非離亭宴帶歇拍煞，元明

曲籍中此二調常有時混題不止此書。

醉春風（原本四—五　新校十四）

同曲：　免強免應作勉。

幺：　相蓮花陣側。　蓮應作憐同音借用。

賣花聲煞　此曲是賣花聲煞之又一格首兩句似有誤字。

同曲難摘應作離摘離摘即分離之意原本作難正是離之簡體，左旁少一點作难者方是難之簡體。

越調鬥鵪鶉（原本五　新校十五）

小桃紅：簾纖雨。　簾應作廉音同形近致誤、

金蕉葉有分受些枕冷衾寒地獄海誓山盟肺腑對何人告訴。　新校本如此斷句，非是應改為「有分受些枕冷衾寒地獄海誓山盟肺腑對何人告訴」獄腑二字是韻

眉兒彎煞難由緒。　此句費解廣正亦同此待校

同曲悄受苦。　悄原作俏，新校據廣正改按此字不必改張相詩詞曲用語彙解誚字條注云：「誚猶渾也、直也，字亦作悄作俏……詩中多用悄字在詞曲中則誚悄俏隨意用之」所引例證甚多新校者之意蓋誤以俏為俊俏之意悄悄為靜悄之意而不知其可以通用。

南呂一枝花（原本五　新校十六）

梁州第七：此曲用梁州第七舊格與通行格式不同說詳予所撰北曲新譜。

同曲極杓勤兒。　極杓二字費解應從雍熙作村杓極村杓形近致誤村杓是元曲常用語粗俗執拗之意。

同曲撞聲打怕。　怕應作拍打拍見紫雲亭雜劇未詳其義。

同曲查核相。　核雍熙作胡同音借用（核心之核現代國語音合北平語音胡）。查音扎（扎字依國語音讀，查胡為北方方言張皇浮躁之意即張皇一聲之轉。

同曲欽不定冷笑孜孜。　欽字費解雍熙作臉仍不可解疑是欽字意謂每見村沙謊廝即不覺冷笑而不能

收歛原本形近致誤。

同曲爲他十分吃盡不肯隨時。變除此外沒瑕疵。變字應屬上讀新校如此標點雍熙亦然蓋拘於通行格

式而不知其爲舊格遂致文義難通。

賺煞：此調與仙呂賺煞名同實異。廣正譜改題隔尾隨煞，九宮大成題隔尾煞，恐俱非是，不如仍舊名，說詳

予所撰北曲新譜南呂賺煞注文。

南呂梁州第七（原本五一六　新校十六一十七）

梁州第七佈滿天涯。佈原作布新校改佈，無校記按布是本字，佈是後起字不必改此曲用舊格。

同曲細撚瓊系。系應作絲，原本是其簡體。

同曲壁燈兒巧畫過街燈照映紗燈戲燈機關妙。　新校如此斷句，非是。應改爲「壁燈兒巧畫過街燈照映、

紗燈戲燈機關妙」方合句法映字偶然失韻，新校誤斷句卽由於此。紗燈原作沙燈，新校改紗，無校記按此字不

應改予兒時北京上元節放燈有所謂沙子燈者，詳細形狀已不復記憶，但確記其可藉機關轉動而變幻明滅當

時北京風物尚有沿襲元明舊俗者曲中所云當卽指此若紗燈則甚尋常與機關妙無涉。

幺：賞茗媛。　茗媛作名，形近致誤。

同曲吳姬。　校記云：「姬字失韻疑應作娃」按此無可疑，逕改可也。

賺煞婉英扶下馬。　下應作上此乃回憶從妓舘帶醉還家情形，自應作上馬婉英是妓女名，與上曲之雲英

及絳英卽題中所謂三英妓女無送客還家之例如作下馬則婉英變成其家人矣晏小山玉樓春詞「來時醉倒

旗亭下，知是阿誰扶上馬」周美成瑞鶴仙詞：「不記歸時早暮，上馬誰扶醒眠朱閣」當卽此曲所本晏周之詞

則又本於古詩之「阿誰扶上馬不省下樓時」

南呂一枝花　（原本六　　新校十七—十八）

一枝花粧沔　　沔字待校。

菩薩梁州不隄防暗使鏨掘。　掘應作鐝同音借用暗使鏨鐝是元曲常用語。

隨煞他個聰明的小姐此係獨立之句姐字是韻其下應有標點新校無之或是排工遺漏。

仙呂點絳唇套　（原本六　　新校十八—十九）

點絳唇幺：　原本未分幺篇新校分出按此幺篇可不必分此曲係用點絳唇之南體與宋詞全同不分幺篇，

猶是宋詞習慣說詳予所撰北曲新譜點絳唇注文。

穿窗月青驄馬。　正音廣正俱作聽，九宮大成作驄，新校按此字必須用平聲驄字仄聲失律青驄馬

亦不成詞自係錯誤但應從正音廣正作聽青聽馬元曲中常見青驄馬則未見用者大成爲晚出之書且於舊本

文字每有臆改妄動未宜輕據。

元和令×從絕雁書。　缺處新校擬補自字按補「一」字亦通且與下句對仗工切。

雙調夜行船　（原本六　　新校十九—二十）

夜行船幺錦機情詞。　錦機應作錦織以與下句之石鏨對文義亦較長原本形近致誤。

尾聲俏家風說與那小後生說與那原作兒那與新校據廣正譜改按此三字疑當作兒與那兒卽兒現之兒，

交付之意，如此亦可講通不必改爲說字。

雙調風入松（原本六—七　新校二十—二十一）

宴原本作燕新校據譜及他曲改無校記按原本有多處如此宴會之宴原可作燕。

離亭宴煞：

雙調夜行船（原本七　新校二十一）

掛玉鉤序人瞧。原作人憔，新校據廣正改。按憔瞧俱爲形近之誤。應作人瞧，下文么篇之娘瞧可證。集韻：

「瞧，急也」又云「燕雀聲其字亦可作譙責解新書傳職篇云『賦與瞧讓不以節』是也合此以觀可知瞧爲絮聒責怨之意人瞧與下文之女伴咶閑家哨柳青行冷句兒搬調語式一致語意一貫皆謂旁人之閑言閑語。

掛玉鉤序么目下別離。目原本作日新校據廣正改按此字不應改曰下爲宋元時俗語與今語之卽曰或即時意義相同日下別離謂倉卒別離。

同曲覓毆尋爭叫。毆原作嘔新校據廣正改。按此字不應改。集韻：「嘔，怒聲也。」引申爲吵嘴之意毆則是打架。二者一爲動口一爲動手意義不同、嘔吐、嘔歌之嘔與此是同字異訓。

尾聲離散買休多。校記云「買雍熙樂府作賣」按買休是元曲常用語實字是形近之誤。

雙調夜行船（原本七　新校二十二）

夜行船幺多緒多情病身。此句照例須七字無作六字者，應是多緒多情多病身，原本脫一多字。

同曲眼角排情。排應作挑，形近致誤。

雙調新水令（原本七　新校二十二—二十三）

新水令愁×畫　校記云「中間疑脫白字」按：此無可疑應補。

步步嬌何下手。　此三字費解待校。

離亭宴煞可喜娘。　此是獨立之三字句，娘字下應加一標點。

雙調新水令（原本七　新校二十三）

　：

新水令繡簾攦。　攦應作櫨，形近致誤。

駐馬聽玉瓶挿紫珊瑚。　此句應作七字，瓶字下疑脫一字，七字句例可減為六字折腰句，此句文義亦足，故不能斷其必有脫落。

落梅風踠襯足。　此三字待校。

離亭宴煞　此曲是「收尾」應改題。

雙調風入松（原本八　新校二十四）

風入松鴛幃慘冷　應作鴛幃漸冷此處須用仄聲字漸冷兩字去上連用，尤為起調慘字文義不如漸字自然，且失律蓋形近之誤。

攬箏琶帶喉舌。　帶應作代，同音借用。

離亭宴煞自敧自焦。　自敧二字不通應作自憔，形近致誤憔愁悶不舒之意焦焦急也。

仙呂點絳唇（原本八　新校二十四—二十五）

醉中天教人斷腸。　教原作交新校改教無校記按以交為教唐詩中已有之宋詞元曲則到處皆是，不必改。

三二八

以下同樣情形甚多，不具校。

誤。

般涉調哨遍　（原本八—九　新校二十五—二十七）

哨遍百年幾度聰明遍。聰應作窗陳簡齋詩「百世窗明窗暗裏」此用其意。窗字亦作牕，與聰字形近致誤。

哨遍ㄠ出凡籠。凡應作樊同音借用。

耍孩兒ㄠ抛持盡。此係一個三字句，盡字下應加標點，新校無之，或是排工遺漏。

一煞水低俱淹。低應從廣正作底，形近之誤。

二煞愼矣公侯伯子男。愼字不可解應作傎形近致誤。穀梁傳僖二十八年：「晉文公之行事爲已傎矣。」傎，胡塗愚儍也，今作顚，如瘋顚顚狂。

五煞蒼朮黃菁。應作蒼朮黃精，形近致誤。二者皆道家服食藥物，曲中常見。

南呂一枝花（原本九　新校二十七—二十八）

梁州第七：生把俺殃及做頂老。生把俺殃及是一句，做頂老三字屬下句；新校標點與文義及句法均不合。

殃及亦作央及，卽央求或煩擾之意。元曲常用語。

賺煞禽唇撮口由閑可禽。疑當作噙，噙唇與撮口對文。由卽猶字同音借用。

雙調風入松（原本九　新校二十八—二十九）

風入松心緒心雜。雍熙作心緒交雜，應據添交字。此句須作上三下四之七字句，無交字不合句法，文義亦頗

牽強。

離亭宴煞早是可曾經。　依文義，經字下應斷句。此曲句法不似離亭宴煞，待考。

南呂一枝花（原本九　新校二十九─三十）

一枝花無斤兩的風雲怛。　怛應作担，形近致誤。

梁州第七鬧紛紛。　鬧應作閙，形近致誤。

同曲赴一簪。　赴應作付同音借用。

隨煞對勘的喦。　喦應作巖同音借用。

中呂粉蝶兒（原本九─十　新校三十一─三十二）

醉春風直睡到日齋高。　齋字待校疑當作齊。

鬥鵪鶉坎柴的擾。　坎應作欣，形近致誤。下曲紅繡鞋坎字同此。

上小樓蔭子封妻。　原本蔭作廕新校改蔭無校記按作庇廕子孫解兩字通用不必改。

上小樓ㄠ稍間跑藥。　跑字讀平聲掘也俗作刨元曲中亦作鉋讀上聲作奔馳解乃後起音義。

滿庭芳論天寫來。　來字費解且此句必須押仄聲韻據文義及韻應是論天寫表原本表字極似來字之俗體，新校誤認。

鮑老兒您持淩煙閣上。　持應作待，形近致誤。

鮑老兒ㄠ調名應改題古鮑老此曲與鮑老兒平仄及句法完全不同，而與古鮑老完全相同鮑老兒從無

用幺篇者，北曲各調之幺篇亦絕無與始調全異者其爲古鮑老無疑廣正譜中呂套數分題引此套，於鮑老兒後

接以古鮑老是也。

後庭花　原本只題一后字新校據廣正改題後庭花按：此曲非後庭花，乃古鮑老幺篇也。廣正收此曲爲後

庭花第六格大誤說詳予所撰北曲新譜古鮑老及其幺篇注文。

同曲玄關一覷。　原本覷作竅不誤新校恐是誤排。

隨煞尾廣正中呂套數分題引此作啄木兒煞乃是一調兩名。

正宮端正好（原本十一　新校三十二－三十四）

叨叨令：

崎崎嶇嶇應作嶇嶇形近致誤。

同曲信白田茅舍。　信應作這形近致誤白田疑應作石田杜詩石田茅屋荒蒼苔。

三鶴背霜。　此曲首兩句對仗甚工不應以霜對往疑是翔字但霜字陰平極響易爲陽平之翔字則聲調頓

啞，以文義言亦是霜字較勝故不能謂爲必誤。

收尾復兩相。　相應作廂形近致誤。

雙調新水令（原本十一－十二　新校三十五－三十六）

原本題馬致遠撰摘艷廣正俱題王伯成細審全套風格詞藻應屬東籬。

新水令布江山自然如畫。　布原本作不新校據雍熙改布按不字較勝此句從東坡念奴嬌江山如畫句翻

出江山代表雄壯之風景作者之意言西清湖麗幽雅不必有雄壯之江山而自然如畫用不字則湖水是實景江

山是虛設,有跌宕之致用布字則二者皆實,重複而平板。

掛玉鈎　原本題掛打沽新校從雍熙改題按此是一調兩名,不必改正正音譜掛玉鈎調名下注云:「即掛搭

沽」(搭打音近通用)廣正譜調名下注云:「一名掛搭沽誤」二說相反正音是而廣正誤說詳予所撰北曲

新譜掛玉鈎調注文吳梅先生北曲簡譜主廣正之說而以正音爲大謬實未詳考。

石竹子　雍熙作石竹花想是此調別名。

黃鐘醉花陰 (原本十二　新校三十六—三十八)

喜遷鶯困騰騰：　此三字是一句騰字是韻其下應加標點。

同曲傷情處。　此是二字句情字是韻摛艷廣正俱無處字與律相合。但有處字似覺語氣更爲酣暢,蓋偶然

變格,視作句尾襯字亦可此等情形在北曲初期作品中每有之。

刮地風兩淚盈盈。　原本及摛艷雍熙俱作雨淚兩字恐是誤排。

古水仙子甚識會。　此三字待校。

塊玉節節高　原題接接高廣正改題節節高犯,九宮大成改題塊玉節節高,新校從大成按接接與節節同

音通用。此曲與節節高本格有異廣正認爲前半犯南呂四塊玉後半爲節節高故加犯字其說近於臆測未知確

否九宮大成則又據廣正之說而杜撰新名自以仍用原題存疑爲是元時恐無節節高犯之名塊玉節節高乃用

南曲集調題名辦法更非元代所有

同曲繡幃帳跳金鞍。　應從廣正作繡幃空跨金鞍。

：掛金索淹行失信行。淹應作俺，形近致誤。上行字讀杭音與娘行，伊行之行同。

黃鐘：各譜均無此調名，謂是黃鐘尾又不相類且其後另有尾聲，疑應作黃鐘煞。

尾大薄倖。大應作太，形近致誤。

卷　中

滿庭芳（交人笑倒　原本一　新校四十）

誰不怕俺娘焦。焦爲噍字之省，絮聒責怨之意，參閱卷上雙調夜行船院宇深沈人靜悄套掛玉鈎序曲。

滿庭芳（花殘暮春　原本一下　新校四十）

婆婆處分特很。很原作限，新校改校記云「限字失韻」按據文義應改很字，乃形近致誤失韻非正確

理由。宋詞每有以限字入眞文韻者，元曲雖未見例證，總有可能。

滿庭芳（娘毒似蝎　原本一下　新校四十）

把冷鼻凹偺者。偺應作繐，形近致誤。

滿庭芳（乾坤草廬　原本二　新校四十二）

誤嫌得讀書。嫌似應作賺。

水仙子（退毛鸞鳳　原本二下　新校四十三）

十碩力。此三字待校。

水仙子（滿城風雨 原本三 新校四十四）

不到底辜負了秋光。 此句文義費解不到底疑應作不道的。

水仙子（臨行愁見 原本三 新校四十五）

我記不的。 原本作我不記的新校誤倒。

水仙子（一春魚雁 原本三下 新校四十五）

長出皴紋。 皴應作皺形近致誤。皺紋義雖可通不如皴紋現成且此字須用仄聲。

水仙子（畫橋斜映 原本三下 新校四十六）

直喫的盡醉方歸。 歸字失韻應是休字雖與上文重韻但元曲重韻之例並不少見。

水仙子（恰才相見 原本三下 新校四十六）

才得歡惧。 惧應作娛形近致誤。

昨日個舞榭歌臺。 舞榭歌臺四字須作「平平十仄」此曲失律改為歌臺舞榭即合當是原本誤倒。（十

表示平仄不拘）

水仙子（暗香浮動 原本三下 新校四十六）

怨殺東風。 風字失韻應作東君。

水仙子（羅圈寬褪 原本三下 新校四十六）

美飯剛推三四匙。 美飯剛推四字似通不通應是羹飯剛捱形近致誤。

伏不是。　（娘心里煩惱　原本四　新校四十七）

伏不是即認錯之意伏亦作服今北方猶有此語校記云:「是疑應作定」誤解原意。

水仙子（夕陽西下　原本四　新校四十七）

好教我憚梳粧畫眉。　此句不合格律在畫字上添一懶字始合。

水仙子（喻鏡　原本四　新校四十七）

徒您如今，　徒您應作徥恁，形近致誤新校云「徒疑應作徥」是也但未校改您字作你解，您恁二字有時通用;作如此解必須作恁。

水仙子（喻敵　原本四　新校四十八）

到褪。　到應作倒音同形近致誤。

水仙子（喻紙鳶　原本四下　新校四十八）

被狂風一任刮。　刮原作括，新校改刮無校記按刮風之刮元曲中每作括，此等兩可之處，自應從原本。

十棒鼓（將冠簪戴了　原本五　新校五十）

麻袍寬超。　超應作綽音近借用（綽字本入聲中原音韻作上聲用音炒入蕭豪韻）

折桂令（杜鵑聲啼破南柯　原本五　新校五十）

沿門兒花得。　此謂化緣也，花應作化，形近致誤下句同此。

散但逍遙。　但應作誕同音借用。

天津老樹。盧前輯疏齋小令作天津樹老，應從，但不知所據何書。此句與上句金谷花飛對文花飛樹老，對仗工整樹老二字去上連用亦較老樹之上去連用爲起調。

折桂令（笑征衣伏櫪悲吟）　原本五下　新校五十一）

笑征衣伏櫪悲吟。征衣樂府羣珠作征西應從此句用曹操事操嘗自云「欲望封侯作征西將軍」見所作自明本志令又操所作樂府：「老驥伏櫪志在千里，烈士暮年，壯心未已」此與下第之敕勒歌皆是尋常典故，文學名作以新校者之學識不應不知蓋偶然疏忽耳。

軟動歌殘。軟動應作敕勒形近致誤。敕勒歌爲北齊之民歌，即「敕勒川，陰山下」云云。

折桂令（記元戎泂曲奇勳）　原本五下　新校五十二）

誰雜聲沈。誰雜應作淮雅，形近致誤。此曲詠李愬之平淮西柳宗元有平淮夷雅，即歌頌此事。

折桂令（道南宅豈識樓桑）　原本五下　新校五十二）

吟斷蘭生。此句文義不明生字又出韻待校。

折桂令（倚夕陽麋鹿荒臺）　原本五下　新校五十三）

昭代車書四方。校記云：「按譜此句應七字疑昭代下脫一字」按此爲上三下四之七字句，照例可減爲六字，但詳其文義確似脫一字惟應在句首而不應在昭代之下。

伏節英才。此句謂伍子胥下句傾國佳人謂西施皆吳國故事伏節二字屢見古書，如春秋繁露天地之行云「伏節死難不惜其身」漢書諸葛豐傳云「伏節死誼之臣」樂府羣珠作仗節若非形近之誤即是後人妄

改。

折桂令 (記當年六代豪誇　原本六　新校五十三)

臺城暢望　暢字義亦可通但作悵望較勝。

折桂令 (鹿門山儘好幽棲　原本六　新校五十四)

須日書痴。須日樂府羣珠作頃日均不可解疑應作頃白意謂老書獃子。

折桂令 (恰西園錦樹花開　原本六　新校五十五)

自芬塵埃。芬字不可解且此字須用仄聲待校。

折桂令 (映橫塘烟柳風蒲　原本六下　新校五十五)

瓊立冰壺。校記云「立太平樂府作注」按應從太平。

折桂令 (江城歌吹風流　原本六下　新校五十六)

按錦瑟佳人勸酒。按原本作快新校改按無校記與下句齊按梁州重複，快字似亦可通。

殿前歡 (夜如何　原本七下　新校五十九)

誰家見月明多。此六字應刪無論連上或連下讀句均太長北曲雖可加襯字，無此襯法若斷開獨立，則較

殿前歡本格多出一句不合格律且無論如何斷句文理均不通順其爲涉上下文而衍無疑。

沈醉東風 (飲竹葉金杯興闌　原本八　新校六十)

海馬春愁壓繡鞍。海馬費解應作滿馬形近致誤。

沈醉東風　（漁得魚　原本八　新校六十一）

漁得魚平生願足。　魚原作漁，新校據陽春白雪改按此字不應改。得漁之漁字與下得樵之樵字皆作抽象名詞用，謂漁夫得其所以漁樵上句兩漁字下句兩樵字，整齊一致若必欲改爲具體名詞之魚字，則下句亦須改作樵得柴矣。

五官士大夫　五官應作峨冠，音近致誤某元人雜劇中有同樣之例，一時不記是何劇書俟詳檢。

落梅風　（炊煙細　原本八　新校六十二）

古寺清。　清原作晴，新校從陽春白雪改按晴字亦有意境，可以並存。

山堂月明人靜　校記云：「按譜此句應七字疑山堂上脫一字」按此係上三下四之七字句，照例可減爲六字。此句文義已足不似有脫字。

山坡里羊　（林泉高攀　原本九　新校六十四）

林泉高攀。　攀字失韻應是臥字之誤。

山坡里羊　（爭誇聰慧　原本九下　新校六十六）

爭誇聰慧。　慧原作惠，新校從羣珠雍熙改按惠字古通作惠不必改。

山坡里羊　（生涯雖舊　原本九下　新校六十六）

生涯雖舊。　原作生須依舊新校從羣珠雍熙改按雖字頗費解似當僅改須字作生涯依舊。

山坡里羊　（天於人樂　原本九下　新校六十六）

未央宮羅惹韓侯過。羅原作羅，新校從辜珠改。按羅字不誤羅惹之義略同羅織，此曲之外，又見於尉遲恭

三奪槊劇：「劃地胡羅惹斬在雲陽」辜珠形近誤羅。

聲押韻補詩字是

梧葉兒（瀑布倒銀漢‧　原本九下　新校六十七）

白蓮陶令詩　此句末一字原本模糊不清，新校補詩字元人小令集及九十五家小令補祉字。按此字須平

聲押韻補詩字是

梧葉兒（風雨西津渡　原本十　新校六十八）

脚根下。根原作跟，新校改根，無校記。按元刊書籍此字無論作名詞或動詞用多作根，後始改用跟字，但原

本既是跟不必改。

梧葉兒（九里青松路　原本十　新校六十九）

洞口山如甸。如甸費解，應作如靛，同音借用以靛喻山色元曲中常見。

呆偉看猿。偉應作猬形近致誤。

梧葉兒（腰肢瘦　原本十　新校七十）

相思症候。症原作證，新校改爲症，無校記。按證是本字，症是後起俗字不必改。

賣花聲（登樓北望　原本十一下　新校七十三）

冷凄凄霜凌古岸。霜字必須用仄聲去聲尤佳；霜凌蓋霸陵之誤。李廣飲田間夜歸，爲霸陵醉尉呵止，又有

射虎事見史記李將軍列傳。

慶東原（花陰話　原本十二　新校七十六）

行院每炒燸。

傳應作燸，形近致誤，燸即爆字，見集韻，燸字不見字書。

尤在心頭記　尤應作猶。

叨叨令（不思量　原本十三　新校七十七）

一半兒賽。

賽應作瀽，瀽也，北曲常用字，此首少第三個七字句，無從校補。

一半兒（見佳人縞素　原本十三下　新校七十八）

卷　下

東升玉兔。

升原作生，新校改升以求與墜字對。按生字亦可與墜字對，雖習慣多用升字，但不必改原本也。

朱履曲（這場怪　原本一　新校八十一）

扯拽揪捽

校記云「揪捽二字原本模糊，茲據樂府羣珠補」。按應作揪捽，原本尚依稀可辨。揪捽是元曲

朱履曲（搬興廢　原本一　新校八十）

常用語，揪捽二字則未見連用者，且捽字是韻，作捽則失韻矣，羣珠形近致誤。

快活三朝天曲（芝蘭莖不生　原本一　新校八十三）

趕不上休爭競。

爭原本作擊，新校從樂府羣珠改。按此字應作急急競競，爲元曲常用語，躁急之意，擊字音近

借用。

朝天曲 （畫堂綺窗　原本二　新校八十四）

春風枉羨杜韋娘。　枉字原本作往羨字原本模糊不清又似事字，新校改定爲枉羨，無校記疑當作往事。

朝天曲 （楚蘭小蠻　原本二　新校八十四）

闌應作蘭楚蘭小蠻俱古歌女名。

×月。
楚闌。

缺處擬補淡字與下句疎星對文淡月疎星爲曲中常用語。

快活三朝天曲 （抛離了花月朝　原本二下　新校八十五）

有力的姨夫間。　的原作程新校從犛珠改按程字與的字音形俱不相近不知是否確爲誤字疑力程是當時俗語。

步步嬌 （得得他來三更至　原本二下　新校八十六）

得得他來。　得得應作待得形近之誤。

四換頭 （衝寒乘騎　原本三　新校八十七）

泄漏了春消息。　泄漏原作漏洩新校從犛珠雍熙改按二者俱爲成詞，不必改。

西番經 （太平誰能見　原本三　新校八十八）

綠芸無盡天。　芸應從陽春白雪作雲音同形近致誤。

西番經 （海棠秋千架　原本三下　新校八十八）

故宮鸎落花。　鸎原作耕新校從陽春白雪改按此字不應改故宮耕落花卽故宮禾黍之意而境界更爲新

潁。蓋故宮大部淪爲農田,而舊時卉木遇有存於丘壟間者,於是宮花蔓草同此鋤犁予昔游北平之圓明園廢墟,

卽曾見此情景驚字字面甚猛而語意平凡,無論新宮故宮落花乃尋常事有何可驚改此一字而原作感慨之意

全失蓋同音之誤。(北地方言驚耕同音)

西番經 (夜來秋風裏) 原本三下 新校八十八)

夜來秋風裏,九天鵬鴞飛。 裏原本作力,新校從陽春白雪改按樂府羣珠此句作夜來西風勁,西字與秋字

可並存,勁字應從據文義此兩句須一氣讀下力字不甚順,裏字雖順而太平實,勁字則順,而有力勁字去聲亦較

裏字上聲起調。(此句末一字宜用去聲必不得已始用上聲。) 蓋勁字誤其半變爲力字又以音近而變爲裏

字鵬鴞,陽春白雪作鵬鵗樂府羣珠作鵬鵗,應從羣珠杜甫詩鄂杜秋天失鵬鵗鴞字乃形近之誤鴞鳥無與鵬齊

飛九天之理,且此字應用仄聲鴞字平聲失律。

一錠銀 (欲卜終焉 原本三下 新校八十九)

校記云:「此首又見本書馬致遠新水令四時湖水套」按此曲語意不完,其爲套數中之一曲無疑元明曲

選中每有此種情形,謂之「摘調」

十二月過堯民歌 (靜慘慘烟霞嶺外 原本四 新校九十

靜慘慘。 應作靜魆魆,是北曲常用語慘慘爲音近之誤。

十二月過堯民歌 (一個個靑鴉鴉 原本四 新校九十)

散但逍遙。 但應作誕同音借用。

沽美酒過快活年（黃超斯戀編　原本四　新校九十一）

天索告聖賢。　天字是押韻一字句其下須加標點下一首聽恰才敲二更之聽字同此。

沽美酒過太平令（休休休　原本四　新校九十二）

休休休說甚的。　的原本作底新校改無校記此兩字曲中通用不必改。

清江引（東籬本是風月主　原本五　新校九十二）

晚節園林趣　原本作晚歲園成聚新校從太平樂府改校記引原文誤爲晚歲園咸聚。按：應是晚歲園成聚，歲字形近誤咸史記五帝紀（舜紀）云「一年而所居成聚」此用其語謂至晚歲而所居之園已成聚落而此聚落不過下文所云「一枕葫蘆架兩行垂楊樹」而已以誇大爲嘲諷是文學上習用之法晚節園林趣似是後人所改但與原文可以並存元人散曲固常有可並存之異文也。

喚得鶴未到　校記云「未疑應作來」按此字應用平聲決是來字形近致誤。

清江引（婆娑一庭　原本五　新校九十三）

醉太平（原本五　新校九十三─九十四）

題後校記云「以下只前四首是醉太平小令皆王元鼎作見太平樂府後半貨郎兒脫布衫醉太平貨郎煞四曲爲一篇詠仕女秋千似係套數而非小令帶過惟套數中未見以貨郎兒起者末曲貨郎煞又僅一句疑有訛脫」按此曲爲北曲變格略同南曲之集曲以貨郎兒全調六句分列首尾（靜悄悄至綠楊烟爲其前五句貨郎煞爲其末一句）中間轉入脫布衫醉太平兩全調合爲一曲其正名爲轉調貨郎兒仍係小令非套數亦無訛脫。

說詳予所撰北曲新譜正宮轉調貨郎兒注文。此轉調中之醉太平汗漫漫應作汗浸浸形近致誤。

齊天樂過紅衫兒（農家畏日　原本六　新校九十六）

悲意忘形。　此句費解待校。

盞盞乾乾燕。　燕應作嘸。

寨兒令（紅錦衣　原本六下　新校九十七）

打着練揌。　揌應作槌或鎚揌是動詞槌或鎚是名詞。

寨兒令（駕帳里　原本六下　新校九十八）

鬼使跟隨。　跟原作根新校改蓋以爲根是名詞跟可作動詞用按元刊書籍此字無論名詞動詞，作根者較
多，故不必改。

寨兒令（有錢時　原本七　新校九十九）

響鈔精鈔。　下鈔字應作銀此字須平聲押韻鈔字失律又失韻響鈔精銀是元曲常用語。

普天樂（一瓢貧　原本七　新校一百）

何必枉圖。　枉原作往新校改按此字須平聲應作狂。

普天樂（畫偏長　原本七　新校一百）

釣頭錦鯉。　釣應作鈎。

罵玉郎過感皇恩（牛羊猶恐　原本八　新校一零三）

緊遮攔。　遮原本作邀，新校從樂府羣珠改。按：邀攔亦是元曲常用語，不應改。

德勝將馬頭犖　元曲中得勝之得常借用德字犖字失韻，改作犖頑又不通順，待校。

罵玉郎過感皇恩　（才郎遠送　原本八　新校一零四）

心長懷去後　後原作程新校從太平樂府改按此字平仄不拘程字義較長去後與下文去後思量悔應晚

重複，仍作去程爲是。

罵玉郎過感皇恩　（錢塘自古　原本九　新校一零五）

荷蒲覗魚。　花港觀魚爲西湖勝景之一，但此處須仄聲，故改爲覗魚，非誤字。

遇西林。　應作過西泠遇過形近林泠音近西泠在西湖北岸。

雁兒落過得勝令（燕琯琯　原本九　新校一零六）

燕琯琯。　琯琯應作關關此字須平聲琯字作平聲讀義爲似玉之石，不能以形容燕聲詩經關關雎鳩。

小桃紅（玉龍高臥　原本十下　新校一零九）

寶鏡青光透　青原本作凊，新校從太平樂府改。惟審其文義凊字較勝，不應改。

小桃紅（杏花開候　原本十下　新校一一零）

杏花開候。　候疑應作後。

快活年（裊裊婷婷　原本十一　新校一一一）

寶髻偏相美臉兒多風韻，　新校如此斷句按此兩個五字句之末一字，均須去聲且均須押韻，甚少例外美

字如屬上句不但失律失韻文義亦費解，美臉兒則是元曲常用語不應分開。蓋原本相字下脫去一字，兒字是襯，新校者未想到此點乃以下句之美字移上，勉強湊成五字句今擬於相字下補稱字（去聲）美字屬下讀改爲「寶髻偏相稱美臉兒多風韻」則韻律文義三者俱合。

水壺。　　原本是冰壺新校誤排。

　　青歌兒（水壺瑤臺天遠　原本十三下　新校一二零）

妻賢惠。　　惠原本作會新校改按元曲中多作賢會，已成慣用之假借。

　　四塊玉（子孝順　原本十三　新校一一八）

便索他學楚大夫。　　此句文理不順似應作便索學他楚大夫。

　　四塊玉（畫不成　原本十二下　新校一一七）

遠應從樂府釐珠作邊。

黑河遠。

人北望。　　此是明妃思漢之詞似應作人南望。

　　四塊玉（雁北飛　原本十二下　新校一一六）

擲設設。　　應作懶設設原本擲字不成字形新校因之恐是不明設設二字之義也。

　　醉中天（老樹懸藤掛　原本十一下　新校一一二）

推把衫扣。　　衫下應補兒字此句應五字補兒字始合句法下句把衫扣三字叠上文，亦應改爲衫兒扣。

　　快活年（疑撒金蓮　原本十一　新校一一一）

青歌兒（梧桐初凋金井　原本十三下　新校一二零）

閑只管銀河間雙星　校記云「閑字疑衍」按閑只管是元曲常用語閑字非衍。

迎仙客（萬木枯　原本十四　新校一二三）

參閱卷上雙調行香子套離亭宴帶歇指煞曲卽本文第二條。

橙羨劑。

梧葉兒（清和節　原本十四下　新校一二四）

近洺時。

洺字待校。

梧葉兒（香閨靜　原本十四下　新校一二五）

玉壺結冰澌。　原本壺下有內字新校誤脫。

梧葉兒（全不見　原本十四下　新校一二六）

全不見白髭鬢纏四十整有家珍無半點兒心腸硬醇一味龐道兒。×錦片也似好前程。到健如青春後生。

原本缺處尚餘手旁可辨此字須押韻應是撐字撐爲美麗漂亮之意，元曲中常用以形容人之容貌身材龐道兒

卽今語所謂面孔元曲中亦云龐兒到應作倒新校如上標點文理不順，句法全非且失去一韻，全爲缺一字且不

解龐道兒意義之故補撐字後改定標點爲：「全不見白髭鬢纏四十整、有家珍無半點兒心腸硬醇一味龐道兒

撐錦片也似好前程倒健如青春後生。」則文從字順，句法押韻俱合。

以上全書三卷補正二百二十條。

民國五十四年香港文學世界。

仙呂混江龍的本格及其變化

仙呂混江龍是個值得研究的曲調。（註一）北曲約有四百多個調子，（註二）其中用得最多的要算混江龍。格式變化最多的也要算混江龍雜劇（註三）第一折照例須用仙呂宮點絳唇套，（註四）這種套式的第二支曲子就是混江龍點絳唇有時還可改用八聲甘州，（註五）混江龍則非用不可。所以有多少本雜劇就有多少支混江龍。（註六）現存元明及清初的雜劇，（註七）約有三百二十多本，（註八）加上散曲和明、清著名傳奇我們今日所看到的混江龍總有四百支之譜，（註九）數量之多在北曲中要占第一位。這些混江龍的格式從最短九句四十四字到最長七十七句一千三百五十八字（俱見後）其間增減變化五花八門，眞有洪波起伏神龍天矯之勢試把本文所引各種例子彙觀一過，便知混江龍不愧爲「混江龍」但混江龍既爲曲調當然有他的固定格式，卽所謂本格增減變化雖多也總有迹可循絕非隨意揮灑如果以往的北曲譜會經詳明的指示給我們，那就省事多了。可惜所有北譜都是相當疏謬，（註一〇）以致無論作曲讀曲遇到這個曲調常感無所適從我把前述四百餘支混江龍逐一看過排比歸納之後這個調子的本格和種種變化已竟粲然在目現在把他們逐步列舉出來並加以說明既能認清了他的本形和變態無論誦讀寫作，自然不會再感困難了。

一　混江龍的本格

混江龍的本格有四種第一種是最初的格式其餘三種則是根據第一種略為改變這四種格式必須切記，

纔能闖清以後種種增減變化

一、最初（註一二）也是最簡的格式（註一二）

丁平上厶・丁平上仄仄平平◎丁平上仄・上仄平平◎上仄丁平
上仄
平仄
平

平平去・丁平上仄・上仄平平◎

庚樓高望・桂華初上海涯東◎秋光宇宙・夜色簾櫳◎誰使銀蟾吞暮靄・放教玉兔步晴空◎人

多在・管絃聲裏・詩酒鄉中◎ 朱庭玉「可愛中秋」套（註一三）

這也就是所謂九句四十四字格照此去作的只有元人散曲的一部份以下三種是常用格式他們與最初格式

的分別有兩項其一第一句第七句必須協韻而不是可協可否其二第二第七句字數加多或竟變為兩句此外完全

相同所以我只把第七句的平仄寫出並在各例第七句（包括變為兩句者）之下加一黑線。

二、第七句變為折腰六字句（註一四）

仄仄十・平平去◎

長想着 少年時候◎ 拈花摘葉甚風流◎ 見了些 春風謝館・夜月秦樓◎ 馬上抱鷄三市鬥・袖中攜

劍五陵遊◎八個字非虛謬◎玲瓏剔透◎軟歇溫柔◎ 趙彦暉「萬花閑愁」套

三、第七句變為七字句：

丁平上仄平平去◎

仙呂混江龍的本格及其變化

三四九

相思慰悶◎繡屏斜倚正消魂◎帶圍寬盡‧消減精神◎翠被任薰終不暖‧玉杯慵舉幾番溫◎戀

釵半軃慵蟬鬢◎長吁短歎‧頻搵啼痕◎〔花落黃昏〕在〔貫雲石〕：

四、第七句變爲七字兩句‧須作對偶‧於是全調共有十句‧

丁平上仄仄平平‧丁平上仄平平去◎

俺可便 疾忙行動◎ 怕的是 五雲樓畔日華東◎ 俺如今 偷臨凡世‧私下天宮◎ 這其間 風弄竹聲穿

戶牖‧ 更那堪 月移花影上簾櫳◎ 俺本是 冰塊素魄不尋常 要甚麼 金童玉女相隨從◎ 又沒甚 幽

期密約‧ 止不過 明月清風◎〔天師劇〕吳昌齡張

這三種變化顯然是文勢和唱腔的關係第七句是個獨立的句子‧（註一五） 作用在承上啓下‧其下所啓雖只兩句其上所承却有六句之多僅有三個字的短句大有承接不住之勢尤其重要的是這句正是唱者『耍花腔』的地方所謂「板密宜加襯字」爲了這兩個緣故作者總要在這句上加些襯字不但文勢勻稱而且虛腔變爲實字便於歌者如後庭花劇此句云「誰敢道違了方寸◎」救風塵劇此句云「黑海也似難尋覓◎」「誰敢道」「黑海也似」都是襯字却已有了折腰六字和七字句的形式這兩劇都是元劇初期作品後來弄習慣了可加可否的襯字變成照例應有的正字這個三字句也就變成折腰六字句或七字句至於變成七字兩句則有兩種原故其一這是個整齊勻稱的調子三四五六八九諸句都是兩兩對稱一二兩句字數雖不對稱也還是兩句連爲一組只有第七是個獨立的單句這固然有錯綜之美但弄整齊了豈不也好其二到後來有了多數增句更需要一對整齊的聯語方能承接得住陪襯得過綜上所述三種變化各有理由所以都很通行‧

二 混江龍的增句

北曲有一部份調子可以在本格諸句之外再增加若干句，太和正音譜載有十四調，北詞廣正譜載有十八

調，(註一六) 都有混江龍在內所謂增句，並不是漫無標準的隨便增加。在那裏增句可以增多少句？增甚麼樣的

句子？這一切都有一定規律現在分別說明。

一、增句的位置必在第六句下前列格式有 ※ 號處。

二、增句的數目多少不拘但必須是雙數要作對偶。

三、增句的形式

甲、增四字句。這是最通用的形式，例如：

眼前清供◎ 玉人降謫笑相逢◎ 敲金擊玉‧詠月嘲風◎ 三峽泉鳴新咳唾‧千章詩着舊題封◎

「春風楊柳秋水芙蓉◎溫柔典雅剔透玲瓏◎」銷人魂夢廣寒宮‧迷人蹤跡桃源洞◎ 友朋每 如

兄如弟‧ 親眷每 非虎非熊◎顧君澤「四 海飄蓬」套

乙、增三字句。(註一七) 例如：

管絃拖拽◎王孫仕女鬥豪奢◎梨花院，秋千蹴踘◎牡丹亭，賽馬香車◎ 喚遊人 芳樹啼殘錦鷓鴣‧

探香蕊 粉牆飛困玉蝴蝶◎「楊柳映杏花遮◎東風外酒旗斜◎」四時中惟有春三月◎光陰富貴‧

景物重疊◎花亭劇 無名氏百

仙呂混江龍的本格及其變化

丙、先增四字句，再增三字句。例如：

韶華將將盡◎三分流水二分塵◎悶懨懨人閉白晝◎靜巉巉門掩青春◎白鸚鵡頻傳花外語·錦鴛

鴦將避柳邊人◎「囀曉日鶯聲恰恰舞香風蝶翅紛紛◎映樓閣青山隱隱（偶協）·漾池塘綠水粼粼

◎過節序偏增感歎對鶯花謾自傷神◎桃似火草舖茵◎歌聲歇笑聲頻◎」則為我眼中不見意中人

·因此上今春不減前春悶◎流淚眼桃花臉瘦·鎖愁腸楊柳眉攢· 李壽卿桐葉劇

丁、增六字句。例如：

消磨了聖人之教◎ 幾時得 經綸天地整皇朝◎·時遇着山梁雌雉·急切鈎不的滄海鯨鰲◎淚灑就長

江千尺浪·氣衝開雲漢九重霄◎」胸次包羅天地肺腑捲（原缺一字）江河筆尖能搖山岳劍鋒可摘

星辰」嘆英雄何日朝聞道◎盼殺我也玉堂金馬· 困殺我也陋巷簞瓢◎金仁傑追韓信劇（註一八）

四、增句的平仄四字每兩句為「丄平丄仄丄仄平平◎。」三字為「丄丄仄仄平平◎」六字為「丄丄丄

平丄仄丄丄仄平平◎

五、增句的協韻

甲與本格諸句協韻，每兩句一韻，這是常用的方法，例如前面甲乙丙諸曲。

乙完全不協韻例如

布袍寬袖◎樂然何處謁王侯◎但樽中有酒・身外無愁◎數着殘棋江月曉・一聲長嘯海門秋・
◎「山間深住林下幽居。清泉濯足。強如閑事縈心」・淡生涯一味都參透◎草衣木食・勝強如肥馬
輕裘◎不忿麻身臥糟丘套

這樣作的最多增八句了，而且只有一例（無名氏雲窗夢劇，普通都是四句或兩句。這是自然的道理，
不協韻的句子太多了，還成甚麼曲子呢。

丙、自協一韻不與本格同韻例如

遙望見雁門紫塞◎黃沙漠漠接天涯◎看了這山遙路遠・更和那日炙風篩◎一騎馬直臨蘇武坂
・半天雲遮盡李陵臺◎「一川煙草數點寒鴉（換韻）◎半竿紅日幾縷殘霞（換協）◎」悠悠羌笛
在這晚風前・呀呀歸雁遙天外◎增添旅況・蕭索情懷◎（陳以仁謝門關劇）

丁、每句與本格協韻只見一例。

這梆啊！起初修蓋◎也不知費他府藏偌多財◎上面有御書的玉札・欽賜的金牌◎莫說朝省寰官
員皆下馬・便是春秋天子也要降香來◎「只聽的鬧垓垓◎越急的我氣哈哈◎腳忙抬◎步難捱◎」
半合兒行不出宅門外◎我這裏擋不住夫役・遮不的塵埃◎無名氏謝金吾劇

增句的性質介於曲與白之間所以協韻與否可以隨便。無論歌唱或是誦讀其速度要比本格原有諸句快，
這在北曲裏叫作帶唱。（註一九）混江龍增句全不協韻就是帶唱的最初形式其後進而自協一韻再進而與本
格諸句同協一韻就成了通行格式。（後記一）（後記是我十餘年來為本文所作各項補正見另篇）

三　混江龍在明代前期的變化

明初，北曲和在元朝一樣流行，成化以後受南曲影響逐漸衰落；在嘉靖時又來了一次回光返照，（註二〇）

到了隆慶萬曆則幾乎全是南曲世界，北曲從此銷聲匿跡，所以講到明代南北曲盛衰都拿嘉隆之際作爲分界。

本節所謂明代前期即指洪武初年到嘉靖末年混江龍在這一時期的新變化約有以下四項。

一、增七字句。（註二一）例如：

軍書十卷◎書書卷卷把俺爺來塡◎他年華已老‧衰病多纏◎想當初搭箭追雕穿白羽‧今日呵扶藜

看雁數青天「◎呼鷄餵犬守堡看田◎調鷹手軟（偶協）打兔腰拳◎提攜咱姊妹梳掠咱丫環◎見

對鏡添粧開口笑聽提刀斫殺把眉攢◎」長嗟嘆◎道兩口兒北邙近也‧女孩兒東坦蕭然◎蘭劇（四

聲猿之一）

二、增句改到第四句下，例如：

自那日恩榮榜放◎却纔知崢嶸發跡是尋常◎玉堂金馬‧錦服牙章「櫛風沐雨冒雪淩霜◎」攘

攘勞勞成底事兢兢戰戰爲誰忙◎覷金章許史門奢華‧羨巢由卜務贏高尙◎正遑遑悵然有感‧

早那壁剗地謀殃◎康海「少日疎狂」套（下文所引琵琶記增句亦在第四句下）

三、減句。元人作混江龍都以九句四十四字爲基礎字句有增無減，到了明朝才有減句；但減句之後照樣

還可以有增句。

甲、減去第五六兩句例如：

也是俺 六邦輻湊◎英雄戰將仗俺機謀◎俺這裏 捷音奏凱·他那裏棄甲包羞◎「秦商鞅、昨宵兵敗。魏

蘇秦今日封侯◎光明 明的 玉帶黃燦燦的幞頭◎將朝衣抖擻（偶協）遙拜在螭頭◎」山呼萬歲將

頭叩◎顧吾王萬載·落得千秋◎　蘇復之金印記傳 奇梁二十八齣 （註三）（後記二）

乙、減去第七句例如：

他可也 樂天知命◎不通姓字不言名◎漁樵伴侶·鷗鷺閒盟◎歡樂較多愁較少·道情爲重利爲

輕◎「身不離棋枰藥裹口常談酒頌茶經◎」滿面兒 春風和氣·一腔兒 秋水澄清◎金鑾「四海高情」套

四、末兩句各變爲七字如：

官居宮苑◎漫道是天威咫尺近龍顏◎每日開親隨車駕·只聽鳴鞭◎「去螭頭上拜跪隨着豹尾盤旋

◎朝朝宿衞早早隨班◎」作不得 卿相當朝一品貴·先隨着 朝臣待漏五更寒◎空嗟嘆◎山寺日高

僧未起算來名利不如閒◎高明琵琶記傳奇弟十五齣（一本作第十六齣）

這樣作的，只此一首明凌濛初刻本琵琶記，分正襯爲「山寺日 高僧未起算來名利不如閒◎」仍是兩個四字句。

九宮大成譜卷五把這十四個字都算作正字，則是兩個七字句。凌刻主格律大成譜主文義究竟怎樣算對沒有

第二個例證，頗難決定姑且依照大成譜吧。我想這只是借用成語的關係偶然之作不足爲法兩個四字句改爲

兩個七字句，在曲律上總是講不通的。

四　湯顯祖與混江龍

萬曆以後也就是明代後期南曲大盛一般作者對於北曲不是屏棄不用就是變更規律湯顯祖正是這一

時期的作家他是個才華橫溢的人作曲無論南北都不大拘守繩墨這是人所共知的事實但他的曲律的確很

熟神明變化並非亂來在他的名著「四夢」裏共有四支混江龍還魂記南柯記各有一支邯鄲記有兩支只有

南柯記那一支用通行最簡的格式其餘三支都是湯氏獨創的作法。

還魂記的混江龍見於第二十三齣冥判增句多至四十句，（註二三）全曲長至六百五十八字是空前的作

品現在先把全曲錄出（註二四）

遶筆。架在那 落伽山外◎肉蓮花高聳案前排◎捧的是功曹令史◎識字當該筆管兒是◎手想骨脚想骨、

竹筒 般剗的圓滴溜・筆毫啊！是牛頭夜叉髮鐵絲兒 揉定赤支腮◎「這筆頭公是 遮須國選的人

才・這管城子在夜郎城受了封拜◎嘯一聲 支元另 漢鍾馗其冠不正。舞一囘 疏喇沙斗河魁近墨者

黑◎喜時節涂河橋題筆兒要去悶時節鬼門關投筆歸來◎ 俺也會 考神祇朔望旦 名題天榜播星辰、

井鬼宿 俺可也 文會書齋◎ 作弗迭 鬼仙才白玉樓摩空作賦。陪得過 風月主芙蓉城遇晚書懷◎便寫

不盡四大洲轉輪日月。也差的着五瘟使號令風雷◎有地分 則合 北斗司閻浮殿立俺邊傍沒衙門。卻

怎生 東嶽觀城隍廟也 塑人左側◎便百里城高拱手讓大菩薩好相莊嚴乘坐位。怎 三尺土低分氣、對小

鬼卒 清奇古怪立基階◎但站脚 一管筆一本簿塵泥軒冕 要潤筆 十錠金十貫鈔紙陌錢財◎則見沒

括三屜花分魚尾册·無賞一掛日子虎頭牌◎真乃是 鬼董狐落了款 春秋傳 某年某月某日下崩麂

葬卒大注脚 假如他 支祈獸上了樣把禹鼎各山各水各路上魍魎魑魅細分腮◎看他 子時硯忱忱察察

烏龍蘸眼顯精神聽 丁字牌多多登登金雞夢剪追魂魄◎但點上格子眼串出四萬八千三界有漏人名、

烏星砲磨粲怎按下筆尖頭插入一百四十二重無間地獄鐵樹花開◎哎也!押花字,止不過發落簿剉

燒春磨一靈兒登請書左則是那虛無堂癱瘓蠱膈四正客◎髮稀竿看業重身輕衡石程書秦獄吏肉鼓

吹聽神唏鬼哭、毛鉗刀筆漢喬才◎這時節呵你便是沒關節包待制人厭其笑。惡風景誰聽的無棺槨顏

修文子哭之哀◎哎!樓炭經是俺六科五判刀花樹是俺九棘三槐◎臉妻撒風髻赴赴眉剔豎電目

刑名催伍作寶則俺陰府裏注濕生牒化生准胎生照卵生青蠅報赦十分的磊齊功德轉三階◎威凜

崖崖◎少不得中書鬼考錄事神差◎比着陽世那金州判銀府判銅司判鐵院判白虎臨官、一樣價打貼

凛人間掌命·顛巍巍天上消災◎(後記三)

這支曲與通行格式不同之處,有以下四點其一減去第七句。這是有例可援的,(見前)其二增句特別多,因而

篇幅特別長混江龍的增句固然多少不拘,但元人最多不過增三十句,全曲兩百九十四字,(紀君祥松陰夢劇;

（註二五）） 從來沒有像這樣洋洋灑灑下筆不能自休其三增句協仄聲韻元人增句都協平聲韻只有明初楊

文奎兒女團圓劇有兩句協仄韻湯氏此曲則有四句協仄聲韻其四增句形式特殊這是此曲的最大特點當然

這是因為每句都有很多襯字的關係但是襯字雖多却沒有改變了增句的基本形式三字、四字、七字。(後記四)

三字句只有兩句,大部都是四字七字吳梅簡譜云「明清作家,往往以四字句作六七聯,然後再間七字句一二

聯,雖遠本章增句成式顧亦可從」即指湯氏此曲和他的仿製品而言至於襯字之多,則是從元明舊作脫胎而

來,就像喬吉揚州夢劇宮天挺范張鷄黍劇,(註二六) 朱有燉賽嬌容劇無名氏「天淡雲孤」套,都是湯作的雛

形不過像「眞乃是鬼董狐……」「但點上格子眼……」那些句,襯字如是之多,則確是湯氏獨創的辦法。(後

記五）

邯鄲記第三十齣合仙,有一支混江龍,全曲如下:

這裏 望前征進◎ 明寫着 碧桃花下海仙門◎ 到時節 三光不夜‧ 那其間 四季長春◎ 『就裏這海濤中、

有三番十五衆 鰲魚轉眼。 到的那 山島上、止一斤十六兩 白虎騰身◎ 你道是 仙人島、有三萬丈清涼界、全無州

郡。 比你那 鬼門關,八千里 煙瘴地、遠惡州軍◎ 剪剷的無過是 走傍門、提外事、貪天小品‧ 跳鬼的有得那出

陽神抛伎子、散地全眞◎ 有一個 漢鍾離雙了髻、蒼顏道扮。 一個 齊國舅八釆眉、象簡朝紳◎ 一個 韓湘

子、羹舉業儒門子弟。 一個 藍釆和,他是個 打院本樂戶官身◎ 一個 挂鐵拐的李孔目帶些殘疾。 一個 荷

飯笎何仙姑挫過了殘春◎ 他們 無日夜演禽星看卦氣抽添水火有時節點殘棋掛壽酒笑傲乾坤◎

雖則是 受生門綠眼睛紅腦子仙風道骨。 也恰向修行路按尾閭通夾脊換隨移筋◎ 你可也 有福力開了

頭崔氏宅夫榮妻貴無業障揚了腳唐家地蔭子遺孫◎ 可是你 三轉身 單注着 邯鄲道祿盡衣絕一睡

眼 猛守的 清河店米沸湯渾◎ 早則是 火傳薪半灶的燒殘情榾柮。 却怎生 風鼓鞴 一鍋兒吹醒睡餛飩

◎也因你有牛仙之分能消受 遇着我 大道其間細講論◎」 眼睜着 張果老把眉毛褪◎ 雖不是 開山作

祖‧仙分裏爲尊◎

這支混江龍不像還魂記那樣熱鬧，但比起元明舊作還是洋洋大觀，增句格式也和還魂記略有不同。還有，還魂記減去第七句，此則減去第五六兩句，這與減七字句一樣是有例可援的，（見前）所以此兩曲的特點都在增句而不在減句。

邯鄲記第十五出西諜，又有這樣一支莫明其妙的混江龍：

打番兒漢◎ 俺是打番兒漢◎ （叠句）哨尖頭，有俺的 正身迭辦◎ 祖貫南番◎ 到這 無爺娘田地甘涼

畔◎順風兒拜別了悶摩山◎ 你收了這小番兒在眼◎ 一名支數口糧單◎ 小番兒身材輕巧，小番兒

口舌闌番◎ 小番兒 會到那 昆崙白蘭◎ 小番兒會吐魯渾骰骨都古魯小番兒會

別失巴的畢力班闌◎ 小番兒 會一溜咖喇的 講着鐵里小番兒 也會剔留禿律打的山丹◎ 但敩俺 穿營入塞

無危難◎白茫茫沙氣寒◎ 將一領答思叭兒頭毛上按◎ 將一個哨弼力兒唇綽上安◎ 敩則是 夜行畫伏。

說甚麼　水宿風餐◎　止不過敲象牙、抽豹尾，有甚麼　去不得也那顏◎　這場事大難大難◎　你着俺行反間

向刀尖劍樹萬層山◎　你致俺　趫也不趫◎　頑也不頑◎　太師呵！你致俺　沒事的玷人反◎　將何動憚

◎着甚麼通關◎　天也！你致俺　兩片皮，把鎮胡天的玉柱輕調侃◎　三寸舌把架瀚海金梁倒放翻◎　俺

其實　有口難安◎　則將這　紙條兒紙條兒窜地的莊嚴看◎　須不比　知風識水俏紅顏◎　倒使着寒江楓葉

丹◎　你道灘　也麼灘◎　透燕支山外山◎　懷揣着片、醉題紅錦囊出關◎　撲着口　星去星還◎　到木葉河灣

◎則願　遲共疾央及煞有商量的流水潺顏◎　好和歹掇賺他沒奪毅的番王着眼◎

這支曲和通行格式相差太多怎樣也比附不到一起，無法辨識那是本格，那是增句。正襯字也無從確定，我見過的幾種明刻本邯鄲記都是不分正襯記得劉氏暖紅室刊本是分正襯的，他的手邊又無其書；上面只是我以意析定，談不到對與不對。這真是地道的「湯式」混江龍前無古人後無來者臧懋循改本眉批云「此曲有可以意加損者，在第六句起臨川從第二句便懵然特爲竄定以投歌者」他的改本（原文從略）（後記六）很合混江龍的格式却失去了原作的特點清代以來的曲譜像納書楹曲譜集成曲譜，都收有番兒一齣即是西諜改名文字略同原作只把原題北絳都春的一曲改題第一段混江龍自首句至「水宿風餐」題第二段自「止不過敲象牙」至「有口難安」題第三段自「則將這紙條兒」至末題第四段可知湯氏原作並非不能被之管絃授之歌者只是大家都無法承認他是混江龍而已。清初坊刻劇選醉怡情則把這支曲題爲「胡撥四犯」結尾處多出幾句，句法也有改變這個調名各種曲譜都沒有也沒見有人用過既有「犯」字當然是集曲這倒很像，但又不能逐句找出本調只好「闕疑俟考」了。（後記七）

五　湯式混江龍的流行和清初又一變化

邯鄲記那兩支混江龍只在歌場傳唱，對於混江龍的寫作無甚影響，我沒見過有人學這兩種格式（後記

八）。

還魂記那一支則影響頗大此曲一出給混江龍別開生面給後來的文人開了一個逞才學弄筆墨的法門。

像尤侗的讀離騷雜劇第一折（四十六句七百五十六字）洪昇的長生殿傳奇第四十六齣覺魂（七十一句，

七百三十六字）蔣士銓的臨川夢傳奇第十九齣說夢（七十七句，一千三百五十八字）吳錫麒的有正味齋散

曲「中元夕觀盂蘭會」仙呂點絳唇套（三十三句，六百六十字）都是模倣湯氏的大作講篇幅則是後來居

上只有吳曲比湯作少四個字其餘都比湯作字句多臨川夢長至一千三百五十八字超出湯作一倍有餘了實

在說，從湯氏起就是墮入魔道有誰能唱又有誰能聽能讀這樣的大塊文章而不感覺厭倦呢？

這些做作，儘管篇幅比湯作還長增句襯字比湯作還多都沒有甚麼新的變化惟有尤侗的黑白衞雜劇其

第一折的混江龍，全曲二十七句一百九十九字，篇幅不算長增句也不多但有他的獨創之處全曲如下：

這劍呵　鍊成離坎◎　芙蓉初發七星衙◎　須記取　爐開太乙。電扇飛簾◎　鋌生赤董甕・礪淬若耶潭◎

「說甚麼　吳湛盧越巨闕魏飛影楚龍淵　有一個老劉邦登山醉趕長蛇斬◎　有一個小伙飛涉江怒把老蛟劇

◎有一個莽荊莊乘城麾白敵軍頭有一個很專諸伏窟抉碎蠻王膽◎　這劍！也無名號休間占◎　大古是　精

廉爲鍔　忠聖爲鐔◎　豪俠爲鋏　知勇爲函◎　卓一下冷森森　霜花繡出斑犀艷◎　嘯一聲琅琅　雷轟驚起魚

龍慘◎　舞一回忽剌剌　電燄照破虹蜺焰◎」　戰退那　山魈木魅一時啼　攪翻了天關地軸平空撼◎　細看這

仙呂混江龍的本格及其變化

金心縵縵・好付與 玉手摻摻◎

這支曲特點有四其一第五六兩句各減爲五字。（前六句詞意聯貫第六句下攙入另外一人念白以下另起新意，所以知道「鋌生」和「礦淬」兩句不是增句）其二增句是單數十七句末三句作鼎足對其三增句協韻不規則或四句一協或四句三協或兩句一協或一連三句全協其四增句協仄韻。以上只有第四項是湯派共同作法其餘三項都是尤西堂首創以後也沒見有人學他。

尤作此曲雖變成規音節卻頗諧婉他生於明末清初曲子仍在全盛時期，音律腔調，曉然胸中，所以能自出機軸變而不悖乾隆以後舊法漸失，或則謹守成規有因無創或則漫無準繩不知而作本格變體都談不到混江龍的變化，到了尤西堂就算告一段落本文也就此結束。

附 註

一、曲調也稱曲牌，爲了別於宮調之調，似應採用後者；但在習慣上，總是文人稱調，伶人稱牌，結習難除，只好從雅。

二、輟耕錄收二百二十五調，太和正音譜收三百三十五調，都欠完備；九宮大成譜收五百六十八調又嫌蕪雜有若干南曲攙在裏邊北詞廣正譜收四百四十一調比較適當。

三、本文所謂雜劇限於謹守元人渠範，每本四折或五折的北雜劇。

四、第一折不用仙呂宮的元人只有三本燕青博魚用大石雙獻功用正宮，西廂記第五本用商調明人共有

三六一

：

九本嬌紅記次本魚兒佛用中呂眼兒媚桃花人面花舫綠春波影用雙調再生緣紅蓮債用越調英雄成

敗用黃鍾清初沒有西廂第五本沒有仙呂宮其餘仍有仙呂只不在第一折而已。

五用點絳唇的佔絕大多數用八聲甘州的只有五本：梧桐雨西廂第二本金安壽蕭淑蘭西遊記第三本。

六西廂記第五本除外因爲根本沒用仙呂宮。

七乾隆以後花部漸興與南北曲面目全非雜劇更無規律可言。

八根據現在通行的雜劇總集別集單行本來計算元曲選一百本元刻古今雜劇十七本元明雜劇七本孤

本元明雜劇一百三十八本盛明雜劇初二集十三本清人雜劇初二集七本世界文庫二本（以上總集，

西廂記五本，西遊記六本，嬌紅記二本，誠齋雜劇三十一本（以上單行本和別集）共三百二十八本。

（各書互見部分都已除去盛明雜劇三集手邊無原書未及計入）（後記九）

九、這個數目的來源如下：雜劇三百二十七支（三百二十八本除去西廂第五本）太平樂府陽春白雪樂

府新聲詞林摘豔雍熙樂府北宮詞紀等總集共五十五支明人別集共十八支明清著名傳奇如琵琶記、

長生殿等，及不守四折規律的北雜劇如雌木蘭霸亭秋等共十六支以上共四百一十六支。

十、現存北曲譜有以下四種太和正音譜（明寧獻王朱權撰簡稱正音）北詞廣正譜（清李玄玉鈕少雅

等撰簡稱廣正）九宮大成南北詞宮譜（清周祥鈺等撰與南譜合編簡稱大成）南北詞簡譜（近人

吳梅撰與南譜合編簡稱簡譜）至於明末的嘯餘曲譜和清朝的欽定曲譜則完全用襲正音譜。

這些北譜的漏誤細說起來要占很多篇幅讀者試加比較便可看出本文所列各種格式變化十之八九

是各譜所沒有的。

十一、此處所謂最初是從元朝說起。金董解元西廂記諸宮調，即所謂董西廂，有一支「羽調混江龍」是有

么篇的，全曲云：「兩情方美・斷腸無奈曉樓鐘◎臨時去 幽情脈脈・別恨忽忽◎洛浦人歸天漸曉・

楚臺雲斷夢無蹤◎空囘首・閒愁與悶・應滿東風◎（幺）起來搔首・數竿紅日上簾櫳◎ 猶疑慮

實曾相見。是夢裏相逢◎ 却有 印臂的殘紅香馥馥偎人的粉汗尙融融◎鴛衾底・尙有三點・兩點兒

紅◎」此曲始調（即前疊）么篇（即後疊）都和九句四十四字格相同這總是眞正最早的混江龍。

但只見這一支入元以後么篇即被省去不用因此我仍以九句四十四字爲最初格式董西廂此曲屬羽

調這又牽涉到南北曲分合問題容另文詳述（後記十）

十二、下面所用符號，是我在拙作北曲新譜裏擬定的說明於下；其中有幾項符號本文沒有用到。（後記十

一)

平 仄 上 去 （凡注明上列四聲處必須遵守）

十 （平仄通用）　　　　丅 （應平可仄）

上 （應仄可平）　　　　卡 （應上可平）

至 （應平可上或不上通用）　　十 （應上可去）

厶 （應去可上）　　　　△ （句中暗韻）

◎ （協韻之句）

・ （協韻與否均可之句）

〈 （睁韻協否均可）

「 」引號中爲增句

米 可增句處

小字是襯字下面有圓點的是攤破字——北曲句法是可以攤破的。例如五字句可以攤破爲折腰六字

句，七字句可以攤破爲兩個五字句等等因攤破而多出的字性質介乎正字與襯字之間向來也算他們

作襯字似欠清楚，但又沒有專名姑且名之曰攤破字。

十三、三四兩句明人有作五字的，如徐翽春波影雜劇云「一生迷錦繡，半世萎花鈿。」衡燕室再生緣雜劇云：

「漠南齊解辮、百粵會王正。」（元人也有作五字的，但都是上一下四、或上四下二，仍是雙式句法與上述單式不同。）

這裏附帶駁正廣正譜一件錯誤第七句最初是平平去三字，以後無論怎樣變化，折腰六字句也好，七字

一句或兩句也好其末三字總是平平去。間或有用平平上的，有把這句根本減去的，但從來沒有人改作

仄平平或兩字句廣正譜竟有這樣的謬說：『第七平平仄三字句又三格「倚雕欄」（關漢卿緋衣夢

劇變仄平平）「牛糞」（關漢卿調風月劇變平仄二字）「風流」（石子章「天涯羈

平二字）』大成譜又因襲了他的錯誤今按緋衣夢劇混江龍曲云『玉芙蓉相間◎戰西風疏竹兩三

竿◎一年四季每歲循環◎守紫塞征夫嫌夜永‧倚亭軒思婦怯衣單◎」消寶串（偶協）冷沈檀◎珠

簾籤玉鉤彎◎紗窗靜綠閨閉◎身獨自倚雕欄◎」看池塘中荷擎減翠樹稍頭梨葉添顏◎」（末句顏

字應作叚）顯然可以看出「倚雕欄」三字是增句末一句，第七句則是脫掉或竟減去調風月劇元刻古

今雜劇本原文是「乾牛糞」廣正不知根據甚麼本子脫去乾字只有「天涯羈旅」套確是兩字陽春

白雪後集二雍熙樂府卷五都是如此。我想這多半是原文脫去一字即使不然，也不能拿這孤例節外生

枝；要知道四百多支混江龍沒有一支是這樣作的。

十四、六字句有兩種其一普通所謂六言上四下二或上二下四，例如「三十六陂春水。」其二折腰六字句，

上三下三例如「八個字、無虛謬」折腰六字若作對偶，也可說是兩個三字句，例如「察地理、觀天象；

但在歌唱或吟諷時的口氣還是當作一句只在當中微頓而已。

十五、有少數作品連下文爲一句，如上面所舉朱庭玉作。

十六、太和正音譜所載十四個調子是：「正宮端正好貨郎兒，煞尾，仙呂混江龍、後庭花、青哥兒，南呂草池春、鵪鶉兒黃鍾尾中呂道和雙調新水令、折桂令、梅花酒尾聲」北詞廣正譜多出「仙呂六么序南呂玄鶴鳴，收尾雙調攬箏琶」等四調，而將黃鍾尾改入黃鍾宮，端正好入仙呂可以增句入正宮不可增句二譜仍把此調歸入正宮殊誤。

十七、增三字句也可以說是增腰折腰六字句，因爲增句必須雙數，每兩三字即等於一個折腰六字但自來作者所增三字句，常是每句獨立自成一意，而且必須用對偶還是說增三字句較爲適當。

十八、揚州夢雜劇增有五字句但只有兩句，把他們分析正襯也可以勉強算作四字句，所以沒有列入。

十九、帶唱見元明雜劇本梧桐雨第三析沈醉東風撥不斷攬箏琶諸曲。

二十、明朝有名北曲作家康海王九思張鍊金變陳鐸常倫馮惟敏等都是嘉靖朝人。

廿一、四字增句，和其他四字句一樣，照例可以加三個襯字，變成上三下四的七字句，例如前引梧桐葉劇「囀曉日鶯聲恰恰」諸句；此處所謂增七字句，專指上四下三而言前者爲雙式後者爲單式性質不同。七字增句是從三字增句變來的，正如本格第七句可以由三個字變爲七個字。

廿二、末兩句大成譜分析正襯作「願吾王萬載洛得千秋◎」雖似合於文法却不合於格律，遂使此曲少了

一句，今爲訂正落得二字普通均用作襯字但亦不能一概而論，在此處爲了格律關係只能作正字看清

初高一葦訂本金印記以落得兩字爲正字是對的。

廿三我計算句數只算正字，例如「眞乃是鬼董狐落了款春秋傳某年某月某日下，崩薨葬卒大注脚」按
文義可分三句但正字只有「崩薨葬卒大注脚」七字便算他作一句以下湯派諸作的句數都是這樣
計算。

廿四此曲形式特殊，正字太少前面所說正字攤破的分別和標示辦法在這裏已不適用；另訂如下一正字
下面加黑線二其餘那些字都算作襯字，酌量文義口氣的輕重或用小字或不加任何標識下面邯鄲記
合仙曲同此。

冰絲館刻本還魂記和鈕少雅的格正還魂記詞調，析定此曲正襯頗爲精確，可以參看我在這裏只是要
把每句的正字指出來所以採用簡單方法。

廿五全劇久佚殘存仙呂點絳唇一套見雍熙樂府卷四，原題「亞聖樂道。」其中油葫蘆曲有「人無百歲
人枉作千年調」之語，見於北詞廣正譜油葫蘆調下注文，云是紀氏此劇。

廿六、揚州夢要看元明雜劇本范張鷄黍要看元刻古今雜劇本元曲選本是臧懋循改過的，增句有刪節。

仙呂混江龍的本格及其變化

仙呂混江龍的本格及其變化後記

此文寫成於民國三十九年，十幾年來，陸續發現其中若干缺誤，有些是寫作時的疏忽；有些是因為當初資料不夠有些則是前後見解的不同，本想徹底改作，但又想保存以前的見解與所用的方法於是寫成若干條補正作為後記這篇「混江龍」連後記在內，雖費了我許多事，總覺其態度傻方法笨支離瑣碎自己並不滿意只是為了「念舊」之情存之以供學者參考而已五十六年春記於惜餘室

（一）此文發表後數年，我看到了三種影印明本鄭德輝倩女離魂雜劇古名家本古雜劇本柳枝集本。這三種彼此相同而與通行的元曲選本有許多異點異點之一即是第一折的混江龍元曲選本那一支是通行的十句體再加增句其書常見不必鈔了。三種明本如下：

斷人腸正是這　暮秋天道・儘收拾心事上眉梢◎　鏡鸞見　何曾覽照・繡針兒　不待拈着◎常恨　夜坐窗前燭影昏　一任　晚妝樓上月兒高◎「這鴛幃幼女共蝸舍書生本是夫妻義分卻做兄妹排行煞尊堂間阻俺情義難絕他偷傳錦字我暗寄香囊都則是家前院後又不隔地北天南空誤了數番密約虛過了幾度黃昏無緣配合有分熬煎」情默默難解自無聊◎冷清清誰問他孤弔◎「病厭厭贏得傷懷抱◎瘦岩岩則怕娘知道◎」燜之遠　天寬地窄・染之重　夢斷魂勞◎

此曲仍是十句體而增句比元曲選多,是因為元曲選有所刪節;這一點與本格無關,增句本來是多少不拘。但在第八句下又多出兩句,即「病厭厭瘦岩岩」兩句,其平仄與第八句一樣,等於是把第八句作了三遍,這却是只此一家獨特的作法,已開後來湯臨川那一派增句用七字的先河,應作為混江龍之又一體。元人所作混江龍雖多而不守本格者只此一首,我懷疑這多出來的兩個七字句是明初人加上去的。

(二) 明初傳奇拜月亭 (又稱幽閨記) 第七齣有一支混江龍暖紅室覆刻明羅懋登本不分正襯,武進陶氏影印明凌延喜刻本所分正襯及句讀如下:

大金主上。怨着大金主上。惱恨殺、聽讒言佞語。殺害我忠良。把俺忠孝軍都殺盡。致俺一身逃難。離了家鄉。朝廷忙傳聖旨。差使命前往他方。把興福圖形畫影。將文榜遍地裏開張。拿住的請功受賞。但人家不許窩藏。却諕俺走一步一步回頭望。望着俺爹和娘。走得俺筋舒力乏。諕得俺魄散魂揚。

照此去讀,與混江龍本格殊不相合。我認為:「大金主上」句叠用,乃是唱時花腔,與本格無關。「惱恨殺」三字,羅本根本沒有,有之也應作襯字看。「把俺忠孝軍都殺盡」句是「帶白」並非曲文。「忙傳聖旨」至「不許窩藏」都是四字增句。「望着俺爹和娘」句因娘字押韻之故,乍看好像多此一句,其實也是唱時花腔與本格無關。凌本視同襯字是對的。所以此曲正襯句讀應當改定如下:凌本每句都用「。」號,右面係照鈔以下重定則用我北曲新譜所用各種符號,說明已見前文附注第十二。

大金主上。怨着大金主上。惱恨殺、聽讒言佞語 殺害我 忠良◎ 把俺忠孝軍都殺盡。致俺 一身逃難。離了家鄉◎

「朝廷 忙傳聖旨。 差使命 前往他方◎ 把興福 圖形畫影。將文榜 遍地裏 開張◎ 拿住的 請功受賞。但人家 不

「朝廷 忙傳聖旨。 差使命 前往他方◎ 把興福 圖形畫影。將文榜 遍地裏 開張◎ 拿住的 請功受賞。但人家 不許窩

許窩藏◎」却教俺、走 一步一步囘頭望◎ 望着俺爹和娘。走得俺 筋舒力乏・說得俺 魄散魂揚◎

如此析定,即與金印記的混江龍一樣只是較金印記增加了些花腔並非別體拜月亭此齣第一支曲是雙調引

子金瓏璁,其後爲北仙呂絳都春（即點絳唇而末句句法小異）混江龍絳都春混江龍尾聲但只金瓏璁絳都春兩曲依

鄲記西諜齣是學拜月此齣開頭時形式全齣共只四曲金瓏璁絳都春混江龍尾聲全齣共二十一曲湯顯祖邯

照拜月舊格混江龍則獨出心裁與拜月及任何格式都相差很遠（見下）尾聲亦與拜月不同拜月用的是南

尾西諜用的是北尾。　拜月亭此出又有混江龍後一曲羅淩二本都未分正襯今試爲分析如下:

望神空 將身隱藏◎興福撮土爲香◎ 禱告上蒼◎ 但願得俺興福 離了天羅脫了地網◎

這樣,即是五個四字增句,但不知道我的分析對不對浚刻有眉批云「混江龍亦無分先後之法,姑存以俟知者」

鸞按董西廂有一支混江龍是分前後兩叠的,見前文但董曲前後一致拜月此曲則相差太遠似是只有增句拜

月舊本原多錯亂脫落之處,此曲則文義完全不似殘缺別無資料只好「姑存以俟知者」

（三）, 臧懋循改本還魂記混江龍曲在第十三折其文如下:臧改未分正襯今仍之句讀亦用普通標點符

號。下文西諜混江龍臧改本同此。

這筆架在落伽山外肉蓮華高聳案前排捧。功曹令史識字當該筆管兒是手想骨脚想骨竹筒般剗的

圓滴溜筆毫啊是牛頭髮夜叉髮鐵絲兒揉定赤支罷「喜時節奈河橋題筆兒耍去悶時節鬼門關投筆歸

來俺也會考神祇朔望旦名題天榜俺也會攜星辰井鬼宿文會書齋便八寶臺高捧手讓大菩薩獨登坐位,

怎三尺土低氣分和小鬼卒對立基階但站脚一管筆一本簿塵泥軒冕要閏筆十錠金十貫鈔紙陌錢財待

點上格子眼串出四萬八千三界有漏名烏星砲粲、早按下筆尖頭、挿入一百四十二重無間獄鐵樹花開。

妻搜風髯颯颯眉剔竪比電目崖崖少不得中書鬼考、錄事神差。」比着陽世那、金州判、銀府判、銅司判、鐵院

判白虎臨官惡森森一樣價號令似雷轟實則俺陰府裏注濕生牒化生准胎生照卵生青蠅報赦另巍巍十

分的功德如天大威凜凜人間掌命雄糾糾世上消災。

臧氏批注云：「此曲在北調原無定句、然太長則厭人、故爲刪其繁冗者」竇按：「無定句」謂增句無一定句數、

非謂本格無定臧改甚合格律但有斬小巨木、削圓方竹之感。

（四）七字句在元人作品中並非增句基本形式、此處係指湯作而言。

（五）還魂記這一支混江龍開闔舖敍全是賦筆一排一排的對偶句、很像唐律賦及宋四六但只能當文

章讀、不能當曲子唱鈕少雅格正還魂記詞調評此曲云：「……今本曲太繁殊爲失體……今欲以他調幾種擬

作帶過因其句法未必一一皆協故仍從原本錄此但若此長篇不惟歌者疲倦恐聞者亦未免厭憎也」單就歌

唱而論鈕氏所說乃是確評後來各種傳唱曲譜將這支曲大加刪削才能製譜歌唱鈕氏格正還魂記及其他各

種刻本所分此曲正襯都不一致本無標準當然無法求其一致今一槪從略不錄。

（六）臧懋循改本邯鄲記混江龍曲在第十四折其文云：

打番兒漢俺是那打番兒漢論根生土長本南番也沒有的名籍貫、也不支半口糧單。每日價、打盤旋不離河

隴地長則是順風兒出沒在悶摩山。「小番兒身材輕巧、小番兒嘴舌闌珊。小番兒也曾到羊同党項、小番兒

也會到那黑海白蘭小番兒也會一留咖喇的講他鐵里小番兒也會剔溜禿律的打着山丹止不過夜行畫

伏，怕甚的水宿風餐。你教俺穿營入寨，直走上劍樹刀山將何動憚，着甚通關天那怎教俺兩片皮，把架瀚海的金梁實丕丕放倒，三寸舌把鎮胡天的玉柱赤力力推翻」也不用爭馳白馬鐵關西則消俺親題紅葉寒江畔好和歹要啜賺他沒套數的番王着眼遲共疾，先央及煞有商量的流水也那潺顏。

此改本原想略去但既作後記，索與把他與還魂記那一支的改本一併鈔錄以供參考臧氏有批注，已見前文。我從前藏有馮夢龍墨憨齋改本邯鄲記在通行墨憨齋十種曲之外是很少見的本子此書早已出手當初沒注意到「混江龍」問題現在已不記得馮氏對於這一支曲是怎樣處理士禮之刊未成，而簏中已無一宋思之憮然。

（七）納書楹譜及集成曲譜第四段結尾處也是較湯氏原作有所增改但與醉怡情又不一樣原作最後兩句多少還有點像混江龍經醉怡情、納書楹增改之後，更不像了（集成譜本於納書楹）

譜卷二十八把這一支混江龍分爲六曲都是越調自首至「數口糧單」爲綿搭絮自「小番兒身材輕巧」至「打的山丹」爲綿搭絮又一體自「穿營入寨」至「着甚麼通關」爲青山口自「兩片皮」至「有口難安」至「則將這紙條兒」至「山外山」爲慶元貞自「懷揣着片」至末爲古竹馬最後一段卽古竹馬，增改文字與納書楹相同並注明係將原曲改作納書楹時代略晚於九宮大成，九宮大成又晚於醉怡情可知增改此曲始於清初，至乾隆時又改一次。九宮大成分爲六曲以後其句讀正襯念起來非常牽強只顧湊合樂律完全不管文理而且與改題的諸調還是合不到一起醉怡情、納書楹、九宮大成三種改題以九宮大成最爲拙劣若使湯臨川見之一定又要說「彼惡知曲意哉」

（八）合仙混江龍固未見有人仿作臧改本乾脆把此曲刪去西諜混江龍則有洪昇長生殿第十七齣合

圍「紫韁輕挽」曲爲其嗣響後來乾隆時張堅撰玉燕堂四種曲中的夢中緣第四十三齣牝綱梅花簪第三十七齣進賣懷沙記末齣昇天又都是仿長生殿我以前說沒有人學西諜混江龍此語不確不過合圍此曲最後一段乃是模倣前述的醉怡情改本而非全仿臨川調名則長生殿原本從醉怡情題爲越調胡撥四犯後來傳唱曲譜從九宮大成分題越調綿搭架等六曲。

（九）盛明雜劇三集又名雜劇新編，我本有董氏誦芬室覆刻此書全部及順治原刻零種，未帶來臺灣。此文發表後約十年我買到影印本全書共收明末淸初雜劇三十四本其中四本與淸人雜劇初集重複實得三十。

董西廂此曲中的「臨時去」「猶疑慮」六個字我以前定爲襯字後來覺得可能是正字如果眞是這樣則最早的混江龍較九句四十四字體多三個字而成爲十句四十七字前後兩疊一樣。

（十）羽調屬南曲北曲無此宮調蓋與仙呂合併所以北曲混江龍屬仙呂宮董西廂號稱北曲之祖其實是南北曲初分而未全分時的作品故其中曲兼包南北，詳見我所撰「董西廂與詞及南北曲的關係」一文。

（十一）附注十二所列各種符號係北曲新譜初編所用者後來改稿稍有變動此文及「董西廂與詞及南北曲的關係」均仍其舊用資比較。

所以前文「共三百二十八本」應改爲「共三百五十八本」。

仙呂混江龍的本格及其變化後記

三七三

董西廂與詞及南北曲的關係

董西廂是個簡稱這部書的正名應當叫作西廂記諸宮調，但是這個簡稱流傳已久，爲一般人之所熟稔，所以我採用他。這是一部碩果僅存完整無缺的諸宮調，其文學價值之高，以及在近古文學史上地位之重要，早有定論不必再說。現在只討論這部書的體裁問題，體裁既明，就更可以證明他的價值和地位這是一部從詞到曲蛻變時期的作品也是南北曲將分未分時的作品，往上說與詞有關往下說不只爲北曲之祖，（註一）與南曲也有極密切的關係。然而，董西廂與南曲的關係卻一直被忽略了。明清舊說也好，近人論著也好，都沒有提到這一點，不是含胡其辭，就是認爲他是純粹北曲，於是董西廂在詞曲之間承先啓後綜括南北的地位，大爲削弱大爲縮小。另一方面董西廂與詞及北曲的關係到底如何，雖會有些人提到也都是語焉不詳。這是近古文學史上一件重要事情當然不能任其含胡錯誤下去。要想說明這些關係，主要論據自然在體裁上邊所謂體裁包括宮調、曲調、尾聲、（註二）套式四項本文主旨即在用排比歸納的方法從這幾項上找出董西廂與詞及南北曲的關係。

既以排比歸納的結果爲根據，自然要有些個統計目錄之類若是放在相關的本文裏邊容易弄得支離夾雜所以我把他們都附錄在後邊本文只作概括敍述本文的基礎我所用的功夫本文與舊說的異同全在這些附錄。

雖然枯燥煩瑣但若沒有他們本文便成了無徵不信的空話其中有一部分以前有人作過（註三）都不精確我是全部重作的，前人漏誤之處都已補正有些統計好像與本文無關却與進一步研究董西廂有關也就順便作

出，附在一起。

一　董西廂與詞的關係

（附論與唐宋其他歌曲的關係）

董西廂是一部諸宮調這種說唱並用的文體，起於北宋熙寧元祐之間，至元末而漸衰。（註四）其流行時期，也就是詞的全盛時期。二者時代相同，諸宮調供歌唱的部分又與詞性質相同，他們之間當然會有關係。董西廂共用曲調一百二十九章，（註五）（錄見附）其中有三十八章是詞調，（詳目見附錄二）合全數百分之三十這個比例數已顯示了董西廂與詞的關係有兩件事更足以顯示其關係之密切。（一）董西廂採用詞調都保留原來形式兩疊還是兩疊絕無例外南北曲則不然，他們也都採用了若干詞調，但大部分只用前疊、兩疊全用的極少。（二）董西廂裏的詞調大部分是獨用的，所謂獨用，即是一章自成段落沒有尾聲也不與他曲聯為一套，這樣就保持了詞的本質因為詞調本來都是獨用只有曲才有聯套這是詞曲主要區別之一，若夫宋代的大曲、傳踏雖有聯套的形式卻與詞不是一件東西再進一步說董西廂裏詞調以外的曲調也都是兩疊或者三疊、四疊只有十五章單用一疊，不過全部曲調十分之一強（詳目見附錄七）南北曲則單用一疊的調子居大多數這件事實證明董西廂是詞曲蛻變時的作品在大段體裁上已經是曲非詞其中每個單位的大部分卻還保持着詞的形式。

至於唐宋其他歌曲如唐曲宋大曲（註六）唱賺鼓子詞董西廂與他們也都有相當關係唐曲宋大曲大多數名存實亡董西廂與他們的關係只是有些曲調名目相同而已（見附錄二）實際是否相同其形式演變的情形如

何，都已無從說起關於賺詞則尚有話可說第一，賺詞是成套的，有引子有尾聲董西廂裏的長套其組織與之相

同。第二，「賺」這個調子爲賺詞的中堅董西廂屢曾採用。（註七）第三現存賺詞兩套（註八）的尾聲其格式與

董西廂所用尾聲基本格式相同。（見附錄四）綜觀三事可知二者之間頗相關聯鼓子詞則與諸宮調爲同類型的東

西，都是用敍述體說唱相間，都是承襲變文而來所不同者，鼓子詞只有一調反覆使用（如趙令時的商調蝶戀

花）諸宮調則使用若干不同的宮調不同的曲調組成長篇其繁簡鉅細自不可同日而語。

二　董西廂與南曲的關係

先從宮調上說董西廂用宮調十五種，（詳目見附錄一）其中有羽調。羽調爲無射羽的俗名，（註九）南曲有此宮調，照

例可與仙呂合用，（其實也可以與黃鍾合用）北曲則無此宮調固然可以假定在北曲裏原來也是有的，而後

來與仙呂合併了在董西廂裏惟一屬於羽調的曲子混江龍後來收入北仙呂而不入南曲似更足以證實此說。

但是關於兩調合併的痕跡，除此以外一點也找不到假定畢竟只是假定羽調之北無南有則是事實具在還有

道宮，這是南北都有的但北曲無論小令散套雜劇都沒有用道宮的所以中原音韻，太和正音譜都不收道宮直

到清初李玄玉諸人作北詞廣正譜才行收入但舉例仍不出董西廂換言之即是董西廂之後北曲作品沒有用

道宮的。南曲道宮則尚有若干後人所作之曲即沈自晉南詞新譜及鈕少雅九宮正始所引諸例以上事實證明

董西廂中的道宮沿用於南而不用於北。

再從曲調上說。

董西廂所用曲調一百二十九其中有五十四章後來南北曲全都不用，不必管他下餘七

十五章用於南曲者二十五，用於北曲者三十五，南北合用者十五。（詳附錄三）從這些數字上顯然可以看出董西廂在曲調方面與南曲及北曲的關係相差不遠至於這些曲調在董西廂時代與歸入南曲或北曲之後唱法上有無異同？則舊聲已亡無從解答照道理來講自然沒有一成不變之樂南曲襲用了一些董西廂的曲調卻不一定要襲用他們的唱法正如崑山腔起來之後北曲唱法卽不與嘉靖以前相同但這只是想像而已周祥鈺等撰九宮大成南北詞宮譜把董曲全部都製成有乙凡的北工尺譜好像這些曲子全都是地道北曲則全屬杜撰如果大成譜是明中葉以前之作我們對這些工尺譜還有考慮承認之餘地但大成譜編纂之時去古已遠其本身又是一部「模胡夾雜貽誤後學」（註一○）的東西實在令人不能置信一定是編者惑於舊說先有了董西廂純爲北曲的成見於是就都給打上了北工尺。這決不是舊譜全部大成譜製譜所依據的都是崑腔盛行以後的腔調至於絃索調的董西廂應當如何唱法明中葉卽已失傳大成譜的編者上那裏去發掘這一套古董？

第三從尾聲格式上說。董西廂所用尾聲共有九種格式其中第一式之甲是南曲不絕令煞；（註一一）第一式之庚卽是南曲喜無窮煞；（註一二）第二式之甲是南曲三句兒煞不過平仄稍異。（以上俱詳附錄四）南曲這三種尾聲不但與董西廂所用格式相同所隸屬的宮調也相同足見是一直沿用下來的。而且董曲尾聲九式除去第八第九兩式之外其餘七式都是從宋金兩代通行的七言三句格而來小有變化大致不差南曲尾聲格式雖多也不出七言三句的範圍北曲尾聲則不然其基本格式雖也是七言三句而變化之繁增句之多卻非南曲與董西廂所及所以說董西廂與南曲的尾聲都是直承宋金兩代通行格式北曲尾聲則有他自己的發展。

最後從套式組織上說。董西廂全部是用隻曲短套長套三者組成（三者區別詳附錄五）這些形式隨宜地聯綴使用。

南戲傳奇很普遍的襲用這種組織法北曲則不然北雜劇全部沒有隻曲，也沒有一曲一尾的短套（這在董西廂裏是最常用的）只是每本四折每折要包含三曲（註二三）以上組成的長套其組織遠不如董西廂之活潑變化隻曲長短套並用本是寫作戲曲的正當辦法南戲很自然的沿用了，北劇則弄得那麼死板放着方便法門不用，却找來一面枷把自己套上。

綜上所述董西廂與南曲的關係已可明瞭但他與北曲的關係要更大一點，所以自來被誤認為純粹北曲。

下邊一節就要談到董西廂與北曲的關係說明他何以稱為北曲之祖。

三　董西廂與北曲的關係

第一，宮調方面董西廂所用十五宮調之中有般涉調合隻曲長套短套併計共用了十四次。這個宮調南北都有。但在南曲裏有等於無簡直沒有人用讀者試閱南詞新譜卷十及九宮正始第十冊所載般涉部分就可看出這個宮調零落不能成軍的樣子北曲則不然。北散曲初期也就是元代前期般涉調使用頗廣朝野新聲太平樂府卷九整卷都是般涉套其中包括許多名作到了元代後期特別在雜劇般涉夷為正宮及中呂的附庸但屬於他的曲調如啃遍要孩兒，不舊很普遍的在正宮套中呂套裏使用；仍像在南曲裏連附庸的地位都沒有般涉調在劉知遠傳及董西廂裏使用既多又有獨用的尾聲（附錄四）可知他在金朝是個流行的宮調而繼承使用這一宮調的則是北曲而非南曲此外還有小石調在南曲裏也極少用但在北曲也是如此這是個不拘南北同樣冷僻的宮調，不足以為董西廂與南北曲關係如何的例證。

　　第二曲調方面。　前邊已經說過，董西廂所用曲調一百二十九章中有三十五章後來用於北曲，數目較用

於南曲的爲多但我們要注意的還不在數量之多少而在創調這三十五章裏有十九章（正宮脫布衫令道宮大

聖樂南呂三煞黃鍾柳葉兒賽兒令四門子黃鶯兒雙調文如錦攪琵琶慶宣和商調玉抱肚定風波越調鬥鵪鶉、

青山口雪裏梅般涉急曲子中呂喬捉蛇仙呂賞花時羽調混江龍）從來不見經傳（註一四）不只唐宋詞曲裏

沒有與董西廂同爲諸宮調而時代較早的劉知遠傳裏也沒有這些極可能是董解元的創製他們在北曲裏普

遍使用而且所屬宮調大部相同用於南曲的二十五章則大半與詞或賺詞相同可能是董氏創製的不過五分

之一。

　　第三，尾聲格式方面北曲黃鍾尾聲卽是董西廂尾聲第二式之甲（黃鍾格）大石隨煞卽是第二式之乙

（大石格）仙呂隨煞雙調本調煞均是第二式之丙（仙呂格）（附錄四）不僅格式同所屬宮調亦同（仙呂

雙調本可通借）於此可知董曲北曲一脈相承董尾第五式是般涉專用的北曲則太平樂府卷九所收般涉調

二十四套均用此尾而正宮南呂中呂越調也都可以通用此式又可見其規律之一致及董尾在北曲中沿用之

廣泛董尾第八九兩式則開北尾增句之先河。（附錄四）

　　第四套式組織方面。　一曲一尾的套式在董西廂裏使用的次數極多占全部套數的三分之二強（附錄五）

劉知遠傳使用此式尤爲普遍可知這是諸宮調所用的主要套式這種套式在北散曲的初期用得相當多例如：

太平樂府卷六馬致遠等賞花時六套卷七貫雲石好觀音一套卷九朱庭玉哨遍四套陽春白雪後集二楊果等

賞花時六套後集三呂侍中六么令一套（註一五）都是這種套式賞花時套尤可注意這個調子董西廂以前從

沒見過，在董西廂裏卻是用得比任何調子都多，（凡十二次）而且每支都很精彩；即使不是董解元個人創製也是他那個時期流行的新調。上述那些短套也以用賞花時的為最多這可以證明其間的直接關係。南曲無論在那一時期無論散曲曲傳奇用這種一曲一尾套式的非常之少依照南曲慣例只用一個曲調或兩個曲調都不必用尾聲（註一六）偶有一曲一尾的都是例外之作。這個慣例與董西廂恰好相反。

第五音樂用韻及方言俗語。

北曲沒有被崑山腔淹沒以前所用樂器以琵琶三絃為主今日流行北方的大鼓書實為北曲遺音也用三絃伴奏所以在唱腔及伴奏樂器上董西廂與北曲是相同的。至於董書與北曲用韻相關之點則為四聲通押。詞無四聲通押之例南曲偶爾有之，屬極少數董曲則與北曲一樣，四聲通押試以開卷第一套引辭為例：這一套所用韻字為「化眼甲冶幄價咱涯花罷家剁下他捺馬雅花話」共十九字，四聲全有要用北音去讀才能協韻，完全是北曲的辦法方言俗語則如「腌撑掇肩打脊鶻鴿漾老放二四沒搭三元底般顫不刺的」之類董西廂中所在多有這些都是北地通行用語後來北曲常用，極少見於南曲以上三項雖然簡單卻為董西廂與北曲關係最為密切之處。

宮調曲調尾格套式之被沿用曲調之創製尾聲增句的先導，音樂用韻及方言俗語的相同：這一切構成了董西廂與北曲的密切關係所以自元以來即說董西廂是北曲之祖甚至忽略了他與南曲的關係。但我們不要忘記董西廂之前還有部劉知遠傳本文所述董西廂與詞及南北曲異同之點在劉知遠傳裏都能找到。如說董西廂是北曲之祖劉知遠傳該尨遠祖但元明人都不曾提到過他我疑心這部書從元以來就沒人見過同時也

是因爲董西廂的浩瀚精麗，把其餘作品給壓得黯然無光；於是董解元就獨占了創始北曲之名其實那一種文

體會是一個人創始的呢？

綜合以上各節證明董西廂是一部從詞到曲蛻變時期的作品也是南北曲將分未分時的作品上接唐宋詞，下開元明曲承先啓後綜括南北爲詞曲史上一大樞紐他的曲體，非南非北亦南亦北所以上文說到他與南曲或北曲的關係，都是反正兩面的。不過他與北曲的關係尤爲深切因爲諸宮調創始於山西人流行於河南山東，(註四) 董解元又是北方人這些都與北曲有地域上的直接關係而董西廂的寫作，正好在胡樂流傳已久北曲漸興的金朝中葉。

附錄一　董書所用宮調曲調總目

說明：(一) 原書若干曲調，有時加纏令二字，或僅加一纏字，如點絳唇，點絳唇纏令，點絳唇纏之類這是同一個調子纏令二字是用以指出全套的套式及唱法的與本曲格式無關纏則是纏令的簡稱 (註一七) 又有加斷送二字的，加賺字的，如梁州令斷送安公子賺也是指示唱法的，與調的格式無關。(註一八) 以前統計董曲者如淩廷堪燕樂考原馮沅君天寶遺事輯本題記都把這些算作另一調九宮大成北詞宮譜也犯這個錯誤凡加纏令等字樣的都與本調分爲兩體本總目於調名加纏令或斷送等字樣的均行刪去 (二)調名後的阿拉伯碼子爲此調在董西廂中使用次數後仿此。(三) 注文簡單的附注調名之後否則另注於全文之後注中淩爲淩廷堪馮爲馮沅君青木爲日人青木正兒後仿此。(四) 附注中簡單注語與論文

不同，爲求方便有時用文言。（五）全部附錄中各項，乍看似嫌煩瑣，但細思之後卽能從其中想出若干結論。本文限於篇幅及時間於此各項尚未能充分利用也。

一、正宮曲九章虞美人（馮失收）　應天長 4（與南呂不同故兩收之）　萬金臺　文序子 3　甘草子 6　脫布衫 4　梁州 3（亦名梁州令）　梁州三臺 2（註一九）　賺

二、道宮曲五章：解紅　憑欄人　賺　美中美　大聖樂

三、南呂宮曲六章：瑤臺月 2　一枝花 2　應天長（與正宮不同）　傀儡兒　轉青山　三煞（註二〇）

四、黃鍾宮曲十四章侍香金童 2　柳葉兒 3　快活年（註二一）　出隊子 6　四門子 2　間花啄木兒（註二二）　黃鶯兒　降　黃龍袞 2　刮地風 3　整金冠令　賽兒令 2　神仗兒 2　雙聲叠韻 4

五、大石調曲九章：伊州滾 4（亦名伊州令詳附錄二）　蟇山溪 3　吳音子 4　梅梢月　玉翼蟬 8　紅羅襖 3　還京

六、雙調曲九章文如錦 5　豆葉黃 2　攬箏琶 2　慶宣和 2　惜奴嬌 2　月上海棠　御街行 4　茨荷香 2

七、小石調曲一章：花心動

八、商調曲兩章：玉抱肚 2　定風波 2

九、越調曲十二章上平西 4（亦作上西平）　鬭鵪鶉 5　青山口 4　雪裏梅 5（即雪裏梅花，亦作雪兒梅；馮誤分爲三調。）　應前柳　蠻牌　叠字玉臺（字疑當作叠字三臺）　渤海令　兒　山蔴楷　水龍吟　看花回 2　揭缽子

一○、般涉調，曲十一章：
哨遍4　長壽仙滾2　要孩兒　麻婆子3　太平賺　蘇幕遮　柘枝令3　牆頭花5　夜遊宮2　急曲子4　沁園春2

一一、中呂調曲十六章：（中有三章借自其他宮調，未計入數內。）香風合2（註二三）牆頭花（涉）（借殺）碧牡丹7　鶻打兔4　牧羊關3（借平→高）喬捉蛇　木魚兒　石榴花　棹孤舟　雙聲疊韻2（鍾→黃）迎仙客　滿庭霜（即滿庭芳）粉蝶兒　古輪臺4　踏莎行　千秋節　安公子　賺　渠神令

一二、高平調曲五章：木蘭花5（註二四）于飛樂2　糖多令　牧羊關　青玉案

一三、仙呂調曲二十八章：（中有一章，借自其他宮調，未計入數內。）點絳唇6　醉奚婆4　醉落魄4　整金冠（鍾→黃）風吹荷葉6　賞花時11（卷一「西洛張生」）剔銀燈2　哈哈令3（省作合合令，誤作哈哈令，前人皆誤爲兩調或三調。）一斛叉　戀香衾5　整花冠2（其一即「西洛張生」曲，原誤題賞花時。）繡帶兒5　六么實催　六么遍　瑞蓮兒3　河傳　喬合笙　一撮棹　樂神令2　醍醐香山會　勝葫蘆2　會　天下樂　臨江仙　朝天急　六么令　相思會　喜新春　香山

一四、黃鍾調曲一章：（中有三章與黃鍾宮合用，未計入數內。）侍香金童2　四門子　柳葉兒（以上三章與黃鍾宮合用）喜遷鶯（註二五）

一五、羽調曲一章混江龍

以上共計十五宮調，一百二十九曲調。

附錄二　曲調來源

一、出於唐曲者二十章：（參閱本文第一節（第二段及註六）

文序子（註二六）

虞美人　吳吟子（董曲作（吳晉子）　紅羅襖　還京樂　洞仙歌　感皇恩　定風波　牆頭花　麻婆子　蘇幕遮

木蘭花　臨江仙　天下樂　涼州（宋以後作梁州。董曲有（梁州令、梁州三合。）　伊州（董曲有（伊州滾）　柘枝（董曲有（柘枝引）　迎仙客　安公子

綠腰（一作錄要一作六么。董曲有六（么遍、六么令、六么寶催。）

（以上十九章並見唐崔令欽教坊（記；綠腰以下六章爲大曲。）

二、出於宋大曲者六章：（參閱本文第一節第二段及註六）（是否完全相同，則唐宋大曲俱亡，無從比較。）（與唐大曲互見者

梁州　伊州　綠腰（以上三章互（見唐大曲）

大聖樂　長壽仙（壽仙滾（董曲有長）

（以上五章見宋史卷一四二（樂志十七，俱教坊大曲）

降黃龍（見張炎詞源。董（曲有降黃龍滾。）

三、出於詞調者三十八章：（與唐曲互見者是否完（全相同，無從比較。）

虞美人　伊州令（即伊州令，萬樹詞（律誤作伊川令。）　洞仙歌　感皇恩（小異）　木蘭花（小異）　蘇幕遮　安公子　六么令

臨江仙　天下樂

一枝花　侍香金童　驀山溪　惜奴嬌　月上海棠　御街行　茇荷香　花心動　上西平（一作上平西，卽（金人捧露盤。）

（以上十章（互見唐曲）

廳前柳　水龍吟　哨遍（小異）　沁園春　夜遊宮　碧牡丹　滿庭霜（即滿庭芳）　粉蝶兒　踏莎行　千秋節（即千秋歲，後半小異。）

四、出於賺詞者兩章：（參閱本文第一節第二段及註七）

于飛樂　糖多令　青玉案　醉落魄　戀香衾　點絳唇　剔銀燈　惜黃花　喜遷鶯

賺　鶻打兔（註二七）

五、來源不詳者七十章細目從略惟其中有與詞調名同實異者十章錄出如下：

應天長（正宮南呂均收之，格式不同，作兩調論。）　甘草子　解紅　黃鶯兒　玉抱肚　看花廻　滿江紅　河傳　繡帶兒

以上共六十六章中有互見者十三章梁州包括梁州令梁州三臺兩章六么包括六么遍、六么令、六么實催三章賺包括正宮賺道宮賺太平賺中呂賺四章。故應減十三加六實得五十九章。

又有梁州令三臺（即梁州三合）大聖樂還京樂紅羅襖定風波六章亦均與詞調名同實異已入唐曲項下。

附錄三　曲調去路

說明：（一）各調歸入南曲或北曲後，所屬宮調如有改變都分別註出；不註的即是沒有改變。（二）凡與詞調相同的，都併在一起冠於各類之首與詞名同實異的則列在其他諸曲調一起註明與詞不同。（三）南曲與北曲常有名同實異的調子如一枝花、點絳唇南北都有而格式不同本統計各歸其類並註明與南不同或與北不同以前作此工作的人都沒有注意到這一點是他們統計不精確的最大原因。（四）詞與曲、南曲與北、或同或異應當舉例說明但那樣一作篇幅太長了我打算另作一篇董曲訂律把董書諸曲逐一

歸納出一個格式來，再與詞及南北曲比較其異同。本篇中姑且從略。

一、用於南曲者二十五章：

正宮虞美人（南呂宮引子。）　南呂宮一枝花（北曲引子。與　大石調驀山溪（慢詞。註二八。）　雙調惜奴嬌（引子）　小石調花

心動（雙調引子；九宮正始云亦可借入小石調。）　般涉調沁園春（中呂調慢詞）　中呂調安公子（正宮調慢詞。註二九。）　滿庭芳（即滿庭芳。中呂宮引子。與北不同。）

粉蝶兒（中呂宮引子。與北不同。）　踏莎行（南詞新譜不收；九宮正始收入不知宮調引子。）　仙呂調點絳唇（黃鍾宮引子。與北不同。）　臨江仙（南呂宮引子）　黃鍾調

喜遷鶯（正宮引子。與北小異。與北不同。）

（以上十三章皆與詞調相同。）

正宮賺（七見註　黃鍾宮雙聲疊韻（黃鍾宮過曲。小異。）　間花啄木兒第一（格。南詞新譜不收；惟董書尚有第一至第八曲，大同小異，俟考。）　仙呂調河傳（慢詞。詞不同。與詞伊州令同。）

般涉調太平賺（七見註　中呂調牧羊關（南呂調近詞。與北不同。即牧陽關。）　賺（七見註　古輪臺（中呂宮過曲）　仙呂調河傳

滿江紅（正宮過曲。南詞新譜作滿江紅念。與詞及南呂引子皆不同。）　黃鍾宮快活年（黃鍾調慢詞。與北不同。）　大石調伊州滾（近詞。與北小石伊州遍不同。）　紅羅

襖（近詞。與詞不同。）

（以上三章，俱見南曲十三調音節譜，有目無詞。而註一云字，或並其目亦不收。是否與董曲相同，新譜及正始，或存其目，或缺一字，無從考訂。姑附於此）（註三○）

二、用於北曲者三十五章：

黃鍾宮侍香金童（不與南同）　雙調月上海棠（與南不同）　高平調木蘭花（與南南呂調不同）　仙呂調六么令（與南不同。黃曲仙呂調之曲北曲皆入

仙呂宮。

（以上四章皆與詞調相同）

三八六

正宮甘草子（與詞不同）　脫布衫　道宮解紅（與詞及南道宮調，解紅序俱不同）　賺（註七）　大聖樂（與詞及兩南呂宮不同）　南呂宮瑤臺月（入般涉調）　三煞（涉調入般涉）　黃鍾宮柳葉兒（與南宮調不同）　黃鶯兒（與詞及兩南商調俱不同）　降黃龍袞（與詞及降黃龍不同）　賽兒令　四

門子（小異）　雙調文如錦　攪箏琶　慶宣和　商調玉抱肚（入雙調及南仙呂俱不同）　定風波（與詞不同，及北小異。）　越調鬥鵪鶉（小異）　青山口　雪裏梅　看花廻（與詞不同）　般涉墻頭花　急曲子　中呂調喬捉蛇

六么遍　羽調混江龍（北無羽調，此章入仙呂宮。）　道宮凭欄人（南呂調）　大石調還京樂（與詞不同）　感皇恩（南入大石調。與詞小異。北入南呂。）

般涉調耍孩兒

（以上四章；俱見南曲十三調替節譜，有目無詞；北曲則有目有詞。耍孩兒南中呂亦有之，但與董曲格式不同。故入北曲而不入南北合用。）

三、南北合用者十五章：

般涉調哨遍（與北般涉同；與詞及南般涉慢詞小異。）　高平調于飛樂（北高平；南高平與詞小異，亦入越調）　糖多令（北高平與詞小異。與詞同；南仙呂宮引子。）　青玉案

正宮梁州令（即北正宮小梁州；南正與詞不同。）　道宮美中美（與北同：南仙與過曲小異。）　黃鍾宮出隊子（南過曲與北小異。南）　神仗兒（南過曲曲。）

南與北小異。　刮地風（南過曲）　雙調豆葉黃（南雙調引子，仙呂入雙調過曲。）　般涉調麻婆子（北般涉；南中呂宮過曲）　中呂調鶻打兔（北中呂宮；南中呂宮過曲。）　迎仙客（北中呂宮，中呂調近詞。）　仙呂調勝葫蘆（曲；北仙呂宮。與南北曲小異。）

（以上五章皆與詞調相同）

四、去路不詳即南北曲俱不用者五十四章，細目從略惟其中有與南曲或北曲名同實異者八章，錄出如下：

正宮應天長（與北商角不同）　南呂宮應天長（與北商角不同）　大石調玉翼蟬（與北大石及南黃鍾調近詞俱不同）　越調山麻稭（與南越調過曲不同）　渤

海令（與北中呂宮
播海令不同）　般涉調長壽仙滾（與南大石過曲
長壽仙不同）　中呂調石榴花（與北中呂宮及南中
呂宮過曲俱不同）　仙呂調喬合笙（與南中
呂宮過
曲合笙
不同）

附錄四　尾聲格式

近時學者多以爲董曲尾聲格式簡單，不出七言三句，以前學者均如此說。實則格式甚多，各宮分用格律頗嚴，並非如一般人所說之簡單。不過大致以七言三句爲基礎耳。今遍觀諸尾歸納爲九式如下。（各種符號說明

第一式　七言三句。　此爲各宮調通用格式但仙呂及般涉用者較少各句平仄視宮調而異分列於下。（各種符號說明
見附註
三四）

甲　正宮用：
十丁上尺平平仄◎上尺平平仄丁◎十仄丁平平仄◎

乙　南呂及道宮用：（即南南呂宮不絕令煞）
仄仄平平仄仄平◎平平仄仄平平仄
仄平丁平平仄仄平◎

丙　黃鍾用：
仄仄平平仄仄平平◎仄仄平平仄仄◎十仄丁平十仄至◎

丁　大石用：
十仄平平十仄◎十平仄仄◎十仄仄平平仄丁◎
仄仄丁仄平平去◎仄平十仄丁仄上◎平仄十平仄丁去◎

戊　雙調用：

十平上仄平平仄◎丁上仄平平仄◎仄仄仄平平十平仄◎

己　商調用：

十平仄丁仄平仄◎仄十平十平仄◎十平仄平十平上◎

庚　中呂用（卽南中呂宮喜無窮煞宋賺詞兩套所用尾聲與此大致相同）

平平仄上十仄至◎十仄仄丁◎平仄丁◎十仄平平上仄至◎

辛　仙呂及般涉用：（甚少見）

十平上仄仄平平◎十仄丁平仄平本◎十平平仄仄平平◎

七言三句爲曲中一切尾聲之基本形式應用旣廣平仄之變異遂多其最重要之區別在末句末三字因其與各宮調之殺聲有關也。

第二式　七言三句惟第二句爲上三下四。　此爲黃鍾高平大石仙呂所用格式平仄視宮調而異，分列於下。

甲　黃鍾高平用（卽南曲黃鍾宮三句兒煞而平仄小異亦卽北曲黃鍾宮尾聲）（高平僅一見卽卷一「倘或明日」曲原題中呂尾今從廣正譜說）

乙　大石用（卽北大石隨煞）

仄仄平平仄丁仄◎十丁仄平仄◎仄十仄平平去本◎

仄仄平平仄丁仄◎十丁仄仄平平仄◎仄十仄平平去本◎

仄仄平平平平仄◎仄十仄，仄平平平仄◎上仄平平仄平仄◎

仄仄平平平平仄◎仄十仄，仄上平平仄◎上仄平平仄平仄◎

丙　仙呂用:（卽北仙呂隨煞雙調本煞）

第三式
三句:首句七字,次句六字,三句七字。　仙呂專用。
平平仄仄平平仄◎十仄平平丁平仄◎十平平上仄平平仄◎

第四式
三句:第一二句各三字,第三句七字。　中呂專用,南呂偶爾借用。
丁仄仄・仄上平◎平仄平丁平ㄙ至◎

以上三式均不出七言三句之範圍但句式或字數略異耳。

第五式
四句:第一二句各三字,第三四句各七字。　般涉專用。
十仄上◎十仄本◎十上上仄丁平去◎上仄平平去ㄙ本◎
（北正宮南呂中呂越調般涉均可用此尾但末句爲「上仄平平去平上◎」與此異。

第六式
四句:第一二句各三字,第三句上三下四,第四句七字。　仙呂專用。
此式攤破七言三句之第一句爲兩三字句。
仄平平◎丁平仄◎十上仄,上丁平上仄平平◎

第七式
四句:第一句七字,第二三句各四字,第四句七字。　中呂專用。
此式攤破第一句並改第二句之句式爲上三下四。
平平丁仄仄平◎上平平仄仄・平平平去・仄仄平平上去至◎

第八式

此式攤破七言三句之第二句爲兩四字句,此兩句均不押韻,格律特殊。

甲

四句:第一二句各七字,第三句二字,第四句七字。　仙呂用,中呂偶爾借用。

十平上仄仄平平至◎上平十仄平平厶◎平平◎上平丁仄仄平平◎

乙

四句:第一二句各七字第三句三字第四句七字。　南呂黃鍾越調仙呂用。

丁丁十仄仄平平至◎十十上上平平仄◎上平仄◎十平十仄仄至至◎

丙

四句:第一二句各七字,第三句四字,第四句七字仙呂用南呂黃鍾偶爾借用。

十平上仄仄平平厶◎上平十仄平平厶◎平平平厶◎上平十仄仄平平。

此爲增句式在七言三句之第二句下增一句,最初爲兩字,進而三字、四字,(註三二),再進而不只增一句,遂成下列之第九式是皆北曲尾聲增句之先導也。

第九式

八句:第一二句各七字第三四五六句各四字第七句三字,第八句七字。　越調專用。

丁平上仄仄平至◎上仄平平平去至◎十仄平平十平上仄◎十上仄平◎仄平上◎

十仄平平上仄至◎

董曲尾聲只題尾字俱無專名,此式則名錯煞,又名緒煞,有時亦僅題尾字爲長套專用格式。　此式在七言三句之第二句下增四個四字句一個三字句。

尾聲諸式如各舉實例則篇幅太長容收入董曲訂律。

附錄五　隻曲及套式統計

董西廂的套式有一曲一尾組成的,也有二曲以至十幾曲一尾組成的。怎樣算長套怎樣算短套好像無法確定其實有一個標準題爲纏令之套都是二曲以上絕沒有一曲一尾的,這是因爲二曲以上成套即可有一曲是引子而構成纏令的形式,一曲一尾則不能同時一曲一尾之套使用次數特別多二曲以上的很少,在董西廂與劉知遠裏都是如此凡此都可證明一曲一尾的是一類二曲以上的又是一類所以稱一尾的爲短套二曲以上的爲長套還有那些獨用的隻曲有人把他們也算作套馮鄭青木都如此這個我不能贊同套數固然可以沒有尾聲總須包括兩支以上不同調的曲子一曲成套即等於個人而稱團體那是講不通的如果那樣宋詞的每一首南北曲小令的每一支都成了一套了。

一、隻曲獨用者曲調三十二章,曲文五十二支。

此三十二章屬於黃鍾宮者一大石六雙調五,小石一般涉一,中呂三高平三仙呂十一羽調一正宮道宮南呂商調越調黃鍾調俱無隻曲。

曲調名目從略即附錄六獨用之隻曲二十五章,加與長短套合用之七章中有屢見者共曲文五十二支。(馮誤四十五)

二、短套九十四套(馮誤一百)

屬於正宮者二套道宮一南呂三黃鍾宮五大石十六雙調九,商調四般涉五中呂十六仙呂三十一黃鍾調二。

石羽調俱無套數越調高平俱無短套。

正宮應天長　文序子　道宮解紅　南呂宮一枝花　應天長　瑤台月2　黃鍾宮出隊子4　降黃龍小

袞　大石調伊州滾3　蠻山溪2　吳音子3　玉翼蟬4　紅羅襖2　還京樂2　雙調豆葉黃　攪箏

琵　文如錦5　芰荷香2　商調玉抱肚2　定風波2　般涉調牆頭花　麻婆子3　沁園春　中呂調

碧牡丹5　鶻打兔2　牧羊關3　喬捉蛇　粉蝶兒　古輪臺4　仙呂調賞花時12　點絳唇　朝天急

戀香衾5　整花冠　繡帶兒5　剔銀燈2　惜黃花　勝葫蘆　六么令　醉落魄　黃鍾調侍香金童2

（每套俱有尾聲，故只題曲調
名，尾字從略；；長套同此）

三、長套四十六套（馮誤四

屬於正宮者六套進宮一南呂一黃鍾宮五大石一雙調一越調七般涉六中呂六高平一仙呂九黃鍾調一小

石羽調俱無套數商調無長套。

題纏令（有米）者卅三，斷送二賺一不加題者十。

二曲者十套（十三）三曲者二十三，（十八）四曲者五，五曲者四六曲者二，（一）八曲者一十五曲者一。

正宮甘草子　脫布衫　南呂瑤臺月　三煞。大石調伊州滾米　紅羅襖。般涉調哨遍米　急曲子。此式

中呂調香風合米　牆頭花。　石榴花。高平調糖多令　牧羊關。仙呂調點絳唇米　天下樂。二見

河傳米　喬合笙（者以上二曲
十套）正宮虞美人米　應天長　萬金臺。文序子米　甘草子　脫布衫。梁州令米

甘草子　脫布衫。四　南呂一枝花米　傀儡兒　轉青山　黃鍾宮降黃龍袞米　雙調叠韻　刮地風　快

活年米　出隊子　柳葉兒　侍香金童米　雙聲疊韻　出隊子。雙調豆葉黃　攬箏琶　慶宣和。越調

上平西米　鬥鵪鶉　雪裏梅花。鬥鵪鶉米　青山口　雪兒梅。廳前柳米　蠻牌兒　山麻稭。般涉調

哨遍米　長壽仙滾　急曲子。蘇幕遮　柘枝令　牆頭花。中呂調碧牡丹米　迎仙客　木魚兒　碧牡

丹　鶻打兔　雙聲疊韻　安公子賺　賺　渠神令。棹孤舟米　雙聲疊韻　仙呂調醉落魄米

渤海令。水龍吟　看花回　雪裏梅　揭缽子　叠字玉臺。般沙調　哨遍斷送　耍孩兒　太平賺　柘

枝令　牆頭花　沁園春　柘枝令　長壽仙滾　急曲子(以上五曲)　正宮梁州斷送　應天長賺

仙呂調點絳唇　哈哈令　風吹荷葉　醉奚婆。(以上四曲)　越調上平西米　鬥鵪鶉　青山口　雪裏梅。此式二見

梁州三臺。道宮凭欄人米　賺　美中美　大聖樂　越調上平西米　正宮梁州令米　應天長　甘草子

瑞蓮兒　風吹荷葉　黃鍾調喜遷鶯米　四門子　柳葉兒(二十三曲者)　正宮梁州令米　瑞蓮兒　哈哈令　四門子(以上八曲

整金冠米　風吹荷葉　醉落魄米　風吹荷葉醉奚婆二此式　點絳唇米　神仗兒(以上二套

瑞蓮兒　風吹荷葉　醉落魄米　點絳唇米　風吹荷葉醉奚婆。此式二見　柳葉兒　神仗兒　賽兒令　第六　神

甘草子　脫布衫　三台。仙呂調六么實催　六么遍　哈哈令　瑞蓮兒　哈哈令　瑞蓮兒。(以上六曲

黃鍾宮侍香金童米　雙聲疊韻　刮地風　整金冠令　賽兒令　柳葉兒　神仗兒　四門子(以上八曲

間花啄木兒　整乾坤　第二　雙聲疊韻　第三　刮地風　第四　柳葉兒　第五　賽兒令　第六　神

仗兒　第七　四門子　第八(以上曲者十五)

附錄六　曲調使用類別

一、隻曲獨用者二十五章：

大石調洞仙歌 3　感皇恩　雙調惜奴嬌 2　月上海棠　御街行 4　小石調花心動　般涉調夜遊宮 2

中呂調踏莎行　千秋節　滿庭霜　高平調　木蘭花 5　于飛樂 2　青玉案　仙呂調臨江仙

（以上十四章與詞調相同）

黃鍾宮黃鶯兒 3　大石調梅梢月　雙調悼悼戚　仙呂調一舸叉　滿江紅 3　樂神令 2　醍醐香山會

相思會　喜新春　香山會　羽調混江龍

（以上五章與詞調相同）

二、短套用者十九章：

雙調芰荷香 2　中呂調粉蝶兒　仙呂調戀香衾 5　剔銀燈 2　六么令

三、長套用者六十二章：（甲為引子乙為過曲。（註三三））

道宮解紅　南呂宮瑤台月 2　應天長　大石調還京樂 2　雙調文如錦 5　商調玉抱肚 2　定風波 2

般涉調麻婆子 3　中呂調喬捉蛇　古輪台 4　仙呂調賞花時 12　整花冠　繡帶兒 5　朝天急

正宮虞美人甲　梁州令甲3　越調上平西甲4　廳前柳甲　水龍吟甲　般涉調哨遍甲4　蘇幕遮甲　中呂

正宮安公子甲　高平調糖多令甲　仙呂調天下樂乙　黃鍾調喜遷鶯甲

（以上十一章與詞調相同）

正宮萬金台乙　甘草子甲1乙5　脫布衫乙4　梁州三台乙2（即三台）　賺乙　道宮凭欄人甲　賺乙　美中

美乙　大聖樂乙　南呂傀儡兒乙　靜青山乙　三煞乙　黃鍾宮柳葉兒乙4（黃鍾宮3黃鍾調1）　快活年甲

雙聲疊韻乙6（黃鍾宮4中呂調2）　刮地風乙3　整金冠令乙2（黃鍾宮1仙呂調1）　神仗兒乙2　四門子

乙3（黃鍾宮2黃鍾調1）　賽兒令乙2　間花啄木兒甲1乙7　整乾坤乙　越調鬥鵪鶉甲1乙4　青山口

乙4　雪裏梅乙5　彎牌兒乙　山麻稭乙　看花回乙2　揭鉢子乙　叠字玉台乙　渤海令乙　般涉調要

孩兒乙　太平賺乙　柘枝令乙3　長壽仙滾乙2　中呂調香風合甲2　木魚兒乙　石榴花

乙　棹孤舟甲　迎仙客乙　賺乙　渠神令乙　仙呂調風吹荷葉乙6　醉奚婆乙4　哈哈令乙3　六么實

催甲　六么遍乙　瑞蓮兒乙　河傳甲　喬合笙乙

四、長短套合用者十六章：

南呂宮一枝花長短各1　黃鍾宮侍香金童長2（黃鍾宮）短2（黃鍾調）　大石調伊州滾長1短3　般涉調沁園春

長短各1　中呂調碧牡丹長2短5　仙呂調點絳唇長5短1

（以上六章與詞調相同）

正宮應天長長3短1　文序子長2短1　黃鍾宮出隊子長2短4　降黃龍袞長短各1　大石調紅羅襖長1短2

雙調豆葉黃長短各1　攬箏琶長短各1　般涉調牆頭花長4（般涉3中呂1）短2　中呂調鶻打兔長短各2　高平

調牧羊關長1（高平）短3（中呂）

五、雙曲及長短套合用者七章：

大石調驀山溪雙1短2　仙呂調醉落魄雙1長2短1　惜黃花雙1短1

大石調吳音子 隻1 短3　玉翼蟬 隻4 短4　雙調慶宣和 隻1 長1　仙呂調勝葫蘆 隻1 短1

附錄七　只有一疊之曲

董曲只一疊者共十五章，皆長套用曲，無一詞調，多後來用於北曲之調。蓋皆董解元個人或金代歌壇所創製之新調也目列下。（間花啄木兒八曲大同小異以一曲論）

兩章有時兩疊有時一疊未計入。

般涉調急曲子　仙呂調風吹荷葉　醉奚婆　六么令　瑞蓮兒　喬合笙　（另有黃鍾宮出隊子及柳葉兒

正宮脫布衫　黃鍾宮雙聲疊韻　刮地風　賽兒令　神仗兒　四門子　間花啄木兒　整乾坤　整金冠

附　註

一、元鍾嗣成錄鬼簿卷上董解元名下注文云：「大金章宗時人，以其創始，故列諸首。」明朱權太和正音譜卷上，董解元名下云：「仕於金始製北曲」

二、尾聲本亦可算為曲調之一部但董曲尾聲格式雖多而無專名，除錯煞（又名緒煞）之外其餘均只題尾字，若與曲調合為一項，便夾雜不清是以提出分敍。

三、如清人淩廷堪燕樂考原，(稱董西廂為金院本) 近人馮沅君天寶遺事輯本題記，(收入古劇說彙，商務版) 日本青木正兒劉和遠傳諸

宮調考。（北平圖書館刊六卷四期）

四、宋王灼碧雞漫志卷二：「熙豐元祐間，兗州張山人以詼諧獨步京師，時出一兩解澤州孔三傳者首創諸宮調古傳士大夫皆能誦之」孟元老東京夢華錄卷五崇觀以來在京瓦肆伎藝條有「孔三傳耍秀才諸宮調」之語。合觀全書所記諸宮調似不一定起於北宋中葉若云起於北宋之末似更爲確實因王書「熙豐元祐」之語是否專指張山人詼諧或直貫下文之諸宮調文義不明；孟書則明記孔三傳諸宮調於崇寧大觀以來瓦肆伎藝條下元中葉尚有王伯成撰天寶遺事諸宮調成弘以後關於諸宮調遂絕無所聞其衰落當在元末明初戲文傳奇漸盛之後。

五、太和正音譜北詞廣正譜等書，都稱曲調單位爲「章」，今從之。

六、宋敎坊曲有大曲小曲之別見宋史卷一四二樂志十七其小曲二百七十章，無一與董曲同名者唐崔令欽敎坊記載曲名三百二十四中有四十六章原注「大曲名」二百七十八章未註類稱似未便卽援宋志之例稱之爲小曲敎坊記不載之曲如文序子更難定稱今總稱爲唐曲

七、董曲有正宮賺道宮賺中呂賺太平賺（入般涉）皆與宋代賺曲大同小異。南曲各宮調多數有其獨用之賺，大體實無甚差別，蓋與董曲皆由宋賺來也。

八、普通只知王國維宋元戲曲史引事林廣記所收圓社市語一套，我最近在南宋初沈瀛所作竹庵詞中又發現一套，題爲野庵曲共七曲一尾其中第五六兩曲爲賺我另有專文詳論。

九、見宋張炎詞源卷上。

十、語見近人吳梅跋屠隆刻本董西廂（新曲苑本霜崖曲跋卷一）原文專指大成譜所收董曲而言其實大成譜整個如此不只董曲部分。

十一、本文涉及南曲處以沈自晉南詞新譜爲主，參以鈕少雅九宮正始、東山釣史九宮譜定。（呂士雄南詞定律、吳梅南北詞簡譜均是好書此地無從覓讀）涉及北曲處以李玄玉等北詞廣正譜爲主，參以朱權太和正音譜。

十二、喜無窮煞沈鈕俱入中呂宮惟鈕譜改名爲三句兒煞。

　　不絕令煞沈譜入南呂宮，鈕譜入正宮。

十三、現存元人雜劇一百七十餘本中一折三曲者只有追韓信與圯橋進履兩本，一折四曲只有十探子一本其餘諸劇每折均在五曲以上。（追韓信疑有脫誤，原本恐不只三曲）

十四、大聖樂黃鶯兒玉抱肚定風波等四章雖與詞調同名而格式相差甚遠。

十五、陽春白雪六么令套無作者名，雍熙樂府卷五亦然北詞廣正譜會引其中賺煞數句，據知作者爲呂侍中，蓋其官名本名俟考。

十六、見南詞新譜卷三附錄各調總論及九宮譜定卷首總論。

十七、纏令的解釋見馮沅君說賺詞（古劇說彙。）但馮君不知纏令二字之與本調格式無關，故天寶遺事輯本題記中統計董曲遇有加纏令二字者即視爲另一調。

十八、斷送的解釋其說不一青木正兒釋爲「關於樂曲奏法的術語」最爲允當見所著中國近世戲曲史第二

十九、董曲有梁州三台又有三台核其句法完全相同，今併爲一調使用次數亦爲合併計算。

二十三煞並不作尾聲用董西廂原書三煞之後另有尾聲一支通行諸本漏刻尾字而與上文連接一般學者遂誤以此爲三煞是尾聲。

廿一、原作快活爾纏令纏令二字與本格無關，已見上文爾字則確爲年字之誤此調與劉知遠傳及天寶遺事所用快活年格式全同。

廿二、董曲間花啄木兒共八支聯入一套格式大同小異今作一調計。

廿三、董曲有香風合纏令又有風合合纏令核其格式完全相同風合合蓋香風合之誤；前人多分爲兩調，非是。

廿四、原書卷三頁二十三（暖紅室第一次刻本）有木蘭花一支漏刻宮調恰好在中呂古輪臺套之後遂有人誤以此調分屬高平中呂兩宮調不知木蘭花在古輪臺套尾聲之後，自不能與之併爲一談。

廿五、黃鍾宮與黃鍾調本爲兩個宮調，元明以後始行合併統計金人作品仍須將二者分開。

廿六、唐段安節樂府雜錄文敍子條云：「長慶中俗講師文敍善吟經其聲宛暢感動里人樂工黃米飯狀其念四聲觀世音菩薩乃撰此曲」宋王灼碧雞漫志卷五引盧氏雜說云「文宗善吹小管僧文敍爲入內大德得罪流之弟子收拾院中籍入家具猶作師講聲上採其聲製曲曰文敍子」灼附識云「敍字或誤作序並緒」兩說雖小不同其爲唐曲則無疑問。

廿七、圜社市語中之鶻打兎與董西廂所用者差別甚大市語此曲似有脫誤，無從考訂。

廿八、慢詞即引子,近詞即過曲見明王驥德曲律卷一論調名條。

廿九、南詞新譜誤作公安子。

三十、有目無詞者即有此調而未見前人作品,不能舉出實例明其格式之意。

卅一、南詞新譜雙調引子不收豆葉黃九宮正始收之兩譜仙呂入雙調過曲俱收豆葉黃去其疊句即與董曲相同。

卅二、劉知遠傳僅有增兩字者,董西廂始有增三字四字者,故知增兩字爲最初形式。

卅三、引子即長套之第一曲過曲即第二以下諸曲此係借用南曲名詞以作董曲之類稱但求方便,未計其是否妥當也。

卅四、各種符號說明:

平:必用平聲。　　十:平仄不拘。　　上:宜仄可平。

仄:必用仄聲。　　丁:宜平可仄。　　本:宜上可平。

◎:押韻。　　　　厶:宜去可上。　　上:必用上聲。

至平上不拘。　　去:必用去聲。　　卜:宜上可去。

此爲予所編北曲新譜初稿所用之符號今北譜已寫成定稿符號略有調整本篇姑仍其舊。

民國四十年臺灣大學文史哲學報第二期。

朝野新聲太平樂府卷一　（小令）

青城澹齋楊朝英集

正宮

鸚鵡曲　俗名黑漆弩

馮海粟

（序六）白無咎有鸚鵡曲云儂家鸚鵡洲邊住是箇
不識字漁父浪花中一葉扁舟睡煞江南烟雨覺
来時滿眼青山抖擻綠蓑歸去箅從前錯怨天公
甚也有安排我處余壬寅歲留上京有北京伶歸
御園秀之屬相從風雪中恨此曲無續之者且謂

重校四美記卷上

第一出

西江月〔末上〕

明良一統天下，王瀚萬載遺昌。泰出陋巷群五羲，軒登樂享主聖。興明宗文九流才會，得科開鑼躞舜。做神頭黑水一勝得躍，常白此遇做一場。得從來過排場緊做慢唱，拘禁母愿造排場非洛陽。屈封來者非洛陽內，天助誰慢。襃是也交過排場緊做慢唱。宗是也交。

詩曰：

四美濟川陰德盛　　節蹈氷霜王玉貞
忠懸百月蔡興宗　　孝能竭力蔡醫明
義重變湹吳蔡明惠盛　洗力無邊觀世音
禪心如水僧自戒　　洛陽橋就萬年春

第二出

【滿堂紅】〔生〕九萬鵬程三千雲路志奮鵾鵬鴻鵠時逢

重校劍俠傳雙紅記上卷

第一齣　　家門顛末

餒內上聲
寶音印
更去聲

西江雙月　傳奇本供歡笑。何須故作酸辛。刑囚通虜

与遭兵凍餒流離顛沛。〇魂斷窮途絶塞護疎節孝

忠貞令人泪眼更愁顰。却替古人躭悶〇到底雖狀

懽慶其間痛楚難禁。從今丟罷怨和嗔特闡風情俠

性。〇豈是忘分離合。非干不辨哀忻。要令觀者盡怡

神。忽作楚囚悲憤。[問答科]

漢宮春俠呈戲上嘔更劍仙紅線並稱凡塵天遣為奴

作嫘忍辱除嗔千牛風月遇紅綃手語傳情慣磨勤

書影

四

雙紅記第十二齣　踰垣斃犬

五影書

記明刊本朝野新聲太平樂府（書影一）

元代曲家楊朝英（澹齋）編選之朝野新聲太平樂府與樂府新編陽春白雪世稱楊氏二選爲元人散曲總彙流傳既廣版本逾多陽春白雪之版本刊鈔合記共有八種詳見散曲叢刊本陽春白雪弁言太平樂府則共有四種刊本三鈔本一。

其一爲元刊小字本亦可云此書之祖本烏程蔣氏密韻樓藏商務印書館影印收入四部叢刊初編又有武進陶氏涉園覆刻本行款字體悉照原書紙墨精良甚爲悅目惜偶有訛誤未能如商務影印本之存眞其二爲何夢華鈔本江蘇國學圖書館卽盋山精舍藏較元刊多出小令若干首爲後人所增益者文字亦時有異同不知所據何本吳瞿庵先生取校元刊爲校記一卷附於陶氏覆刻本之後其三爲明活字本常熟瞿氏鐵琴銅劍樓藏盧冀野據以校訂元刊頗有異文且補出元刊卷九脫文一大段多至八百餘字其有功於此書者實非淺鮮盧氏校本由商務印書館排印行世收入國學基本叢書爲此書最佳最便之讀本惜有誤植之字標點亦時有錯誤今臺灣世界書局印行者卽此本。

此三種之外予曾見番禺羅氏所藏明刊大字本殘存卷一至八半葉十行行二十字字體板式頗似正德本盛世新聲刊印年代當在正嘉之間假歸校元刊本卷數次第悉合異文則有七百餘條與吳先生所校何鈔及明活字兩本亦不盡同其中脫誤多同於元刊異文則有足以是正元刊者亦有臆改或妄改而致誤者蓋卽從元刊

出，而曾校以他種曲籍或今所未知之太平樂府其他版本者也。此本從來不見著錄近代治曲學者均未之見，洵

爲珍籍惜佚去末卷未能據以校勘盧冀野據明活字本補出之八百餘字。

陽春白雪之版本雖有八種，而較其內容實止二源且所謂八種者乃統計黃丕烈藏書題跋所得之數，原書

實未盡顯於世中有四五種歷時既久存亡已不可知太平樂府之四種版本則原書具在可以覆按是則吾人所

知見之太平樂府各種版本其數量實更多於陽春白雪也。

太平樂府爲予閱讀元人散曲之啓蒙書籍未讀此書之前予固懵然不知散曲爲何物，故對之印象特爲親

切。而架上所有不過尋常影印覆刻之本既覯珍秘欣喜可知曾以轉讓商之羅氏未獲允可僅攝存書影一幀而

已。時爲民國二十五年丙子四十九年庚子暮春偶見當時所爲校勘記後曾發表於二十八年四月出版之燕京

大學文學年報第五期者事隔二十餘年宛同昨日遂信筆書此於炳燭惜餘之室校記數百條精義並不甚多，憚

其煩瑣不再重錄年報原刊具存讀者可取閱也。

善本傳奇十種提要

小引

雜劇傳奇爲元明文學之中心，三百年間，作家輩出，流風餘韻，至清未絕。乾嘉以後，俗樂既興，雅音漸息學士大夫則狃故守常不加重視。及洪楊之亂東南丘墟戲劇發源薈萃之區文物蕩然曲學文獻，未獲流通，復遭浩刼，故籍舊製淪佚殆盡矣。二十年來治曲之風大起公家私室羣力搜羅向之湮沒不彰者稍稍復出惟是珍籍孤本，最易散亡世亂頻仍識者興懼影印重排既非易成之舉取希見之曲籍考其作者述其內容評論其文章鑒定其板本固當今之急務也比年以來公私各家藏曲或經遷徙或遭幽閉展讀多不可能乃取個人耳目所及者十種，就前列四項逐一敍述或於當世學人不無拳石滴水之助後有所見當賡續爲之民國二十七年冬鄭騫識於成府村居之清晝堂。

目錄

五、赤松遊　康熙煮茗堂本　　　六、蚺蛇膽　順康間刻本

七、揚州夢　康熙刻本　　　　　八、寒香亭　乾隆懷古堂本

九、如意緣　道光鈔本　　　　　十、西川圖　咸豐鈔本

一、四美記　明金陵唐氏文林閣刻本（書影二、三）

四美記上下二卷四十三出由曲海總目提要卷十七著錄云「明初舊本不知誰作。」此外明呂天成曲品高
奕新傳奇品清姚燮今樂考證均未著錄各家曲話亦無談及之者宣統中王靜安先生（國維）得文林閣刻本
傳奇十種中有此劇乃收入曲錄卷四原刻亦無作者名，故迄不知出於誰手劇中用韻頗雜支思、齊微、魚模皆來
四部相混猶是元明間風氣聯套規律亦與後本不同一出之中宮調錯亂韻部屢更如第二十六出共曲五支。點
絳唇支思韻駐雲飛庚青滴溜子二支尤侯又一支則爲先天。且每出均甚短用曲十支以上者不過四五出餘則
多者五六支少者僅二三支賓白亦質俚簡略極類元明間南戲趙氏孤兒記與香囊以後之繁縟典雅者異凡此
數事皆成化至萬曆傳奇鼎盛期中所絕不經見者其爲成化以前舊本固毫無疑問而劇中有根據宣德間泉州
太守蔡錫事蹟之處此劇之成當不出宣德末至天順中三十年間。

劇情略云：蔡與宗晉江人家貧寄讀邑之紫雲寺與寺僧明惠友善又於寺中得識邑人吳自戒二人生同年
月日，因結爲兄弟蔡旋赴京應試僧亦他去吳則留居邑中蔡登第後奉使遼東國王欲妻以女蔡拒
之被留安置黑水府阿骨寺中自此與家中音問隔絕蔡別家時其妻王玉貞已懷孕既行數月玉貞貧無以自存，

遂還母家，經洛陽江渡登一小舟先一日，舟人夜聞水底鬼語云：明日有舟過渡，舟中人俱合溺死，除蔡狀元在可救。乃徧詢同舟惟玉貞夫家姓蔡且已有娠。時估客催行急舟人私計腹中兒或卽所謂蔡狀元者，遂行中流風浪大作聞空中有神語云：「蔡狀元在舟中邪神野鬼勿得驚動」風浪頓息達岸舟人乃以所聞鬼語告衆羣謝玉貞玉貞因誓於神己所生子果能中狀元必修洛陽橋以便行旅旣至母家偶出採芹爲吳自戒所見。自戒喪偶偶有年矣悅玉貞貌且以爲媚也使媒嫗強氏往議親嫗貪金強納綵幣玉貞被迫乃割去一耳以明志自戒聞之，親往慰藉始知爲故人妻盆自愧悔因廢婚約且力供玉貞及其母薪水焉玉貞生子名襄字端明幼聰敏力學母病，割股焚香期延母壽旣長學成赴京應試果魁天下吳自戒同科登第以女妻襄自戒念與宗久淹異域上表乞使遠東便中覓友則留任京職迎母至京母告以舊誓乃乞爲「洛陽太守」以完修橋之願自戒至遼請於國王許同與宗歸國及至黑水寺則云三日前與一遊僧他去矣蓋此僧卽明惠本黑水寺出身倦遊歸來偶遇與宗乃設計使與宗僞爲遊方道人與之同遁也自戒悵然而歸行至榆關竟遇僧及與宗乃偕與宗歸家中途又與襄赴任之舟相值夫妻父子始得團聚襄到任後卽議修橋然資用不敷且風浪險惡施工甚難觀世音聞之鑒其誠乃化身醸金十萬爲助復令東海龍王息潮助工並使以潮退之期告蔡襄旣得資方苦潮退無期思以詢之龍王命皂吏夏得海者下海投文夏懼溺死又不敢違命彷徨無計醉臥海濱醒則有文書在側蓋龍王遣夜叉所置者也夏以書覆命拆視但一醋字襄曰：「酉者八月昔者廿一日也」遂以其日安橋垛潮果不至又得魯班幻形爲舟子，教工匠以安垛之法橋始落成邑人感襄之德爲立生祠公聞於朝旨下陞禮部侍郎復以與宗奉使不屈爲忠克成親志爲孝玉貞不嫁爲節自戒尋友爲義勅爲兩家立「忠孝節義四美牌坊」焉此劇開場場詩云「忠懸日

月蔡與宗，節勁冰霜王玉貞，義重交游吳自戒孝能竭力蔡端明……」點出甚明，曲海總目提要乃云：「以蔡襄

母子夫婦忠孝節烈爲四美也」殊誤國立北平圖書館藏本書封面有葉德輝題字云「國朝高奕撰又名四美

坊」高奕新傳奇品著錄自撰劇本有四美坊一種其書不傳，或亦演蔡端明事然此劇風格規律決非明末作品，

不得云即高書葉說毫無佐證蓋因四美牌坊之說附會而來。

同治重刊乾隆二十八年修泉州府志卷八山川門三云：

洛陽江在晉江縣東北距城二十里晉惠二邑界江也東入於海江上有橋，名萬安橋廣輿記：「唐宣宗微行，

覽山川之勝歎曰大類吾洛陽」此洛陽江之由來今世傳述蔡狀元修橋事有以爲河南洛陽者矣。

同書卷十橋渡門云

萬安橋在晉惠交界跨洛陽江，一名洛陽橋宋皇祐五年，郡守蔡襄建石橋，長三百六十餘丈，廣一丈五尺，左

右翼以扶欄爲南北中三亭。

宋史三百二十蔡襄傳云：

知泉州距州二十里萬安渡絕海而濟，往來畏其險襄立石爲梁其長三百六十丈種蠣於礎以爲固至今賴

爲閩人刻碑紀德：

襄自爲萬安橋記云：

泉州萬安渡石橋始造於皇祐五年四月庚寅，以嘉祐四年十二月辛未訖功。纍址於淵，釃水爲四十七道，梁

空以行其長三千六百尺，廣丈有五尺翼以扶欄如其長之數而兩之糜金錢一千四百萬求諸施者。

皇祐五年爲癸巳，嘉祐四年爲己亥，曲海總目提要引此記刪去「四月」及「十二月」，竟似庚寅辛未各爲其年之干支矣。大謬！癸巳至己亥首尾七年始成一橋其難可想據此諸書可知修橋實在情形而所謂鬼神相助當日民間亦確有此種傳說明王愼中遵巖家居集卷四萬安橋記云：

橋之鉅與萬安埒與亞之者，在泉州所以三四數民皆由爲之而不言，而獨好言萬安其言往往多異以謂撰時揆日畫甚所向鍥址所立皆預檄江水之神而得其吉告至於鑿石伐木激浪以漲舟懸機以弦縴每有危險神則來相址石所轟礪則封之而公自爲記無是也豈其駕長江之洪流憑虛以構實其役有足駭人者昧者驚焉而言之異亦以賢者之所爲與事起利人樂其成而賴其功故託於神以美之耶可資證明第不知襄母渡江設誓是否亦爲當日傳說之一耳至遣吏下海投文得一醋字之說則爲蔡鍚事與襄無干鄞縣志卷三十三人物傳八：

明蔡鍚字廷予仁宗朝授兵科給事中，陞知泉州府時洛陽橋圯發故石有刻文云「石頭若開蔡公重來。」遂議修之然橋本跨海無所施工鍚患之乃自爲文檄海神募能齎往者忽一醉卒跟蹌而前曰「公但飲我善酒我能齎檄往」遂益飲大醉臥於岸上彷彿若出沒海中遂持檄還上判一醋字鍚意曰「是期我八月二十一日也」即以是日舉工潮旬餘不至遂成民德之立祠配享襄。

泉州府志卷三十名宦傳二引舊志及閩書所記同此石上刻文作「石摧頹蔡再來」；又云鍚知泉州在宣德中。

今劇以前蔡後蔡混爲一談，蓋因蔡鍚之名不及襄之盛且久，民間傳說遂一並歸之於襄。且關於襄者固已有「預檄江水之神而得其吉告」之傳說也曲海總目提要云：「本爲蔡鍚作而託其事於蔡襄」恐未必然至興

宗奉使，玉貞守節端明割股自戒尋友諸事，當是憑空點綴之筆；或當時果有此傳說文獻無徵不能詳考。蔡襄字君謨仙遊人舉進士仕至端明殿學士俱見宋史本傳此劇云字端明晉江人狀元；襄母盧氏見忠惠別紀此劇乃云襄為洛陽太守凡王氏瑯琊代醉篇云「蔡與宗五代宋人」與襄無涉此劇乃引為其父洛陽本江名此劇乃云正確固佳錯誤亦自有其風趣然「蔡狀元」此謬悠荒唐之處為元明戲劇中之所常見其體製既與史傳有別修洛陽橋一事則至今流傳民間皮黃秦腔皆有洛陽橋一劇此四美記固五百年前之祖本也。

此劇分敍忠孝節義四美，故蔡與宗蔡襄王玉貞吳自戒四人均可謂為主角然各人登場唱白又均不甚多，遂有全無主腦之感比較言之惟蔡襄與其母玉貞白較繁與宗唱白最少今以生扮與宗旦扮玉貞小生扮蔡襄吳自戒為四美之一而以淨扮之角色分配殊欠妥當蓋玉貞只能以旦飾又拘於南戲傳奇必以生先出場及正生正旦多為夫婦之例，遂不能不以與宗為生而襄反居於次要之小生地位矣全劇每出皆極短雖多至四十餘出尚無支離繁瑣之弊但略傷平鋪直敍無奇突巧妙之關目穿挿劇情亦不甚動人故今日演洛陽橋者多以雜耍或戲中串戲為號召賓白質俚簡略前已述及曲文則除韻雜宮調錯亂外以文字論可稱中駟然亦不過辭藻清利而已深刻語本色語則未嘗一見也。

此劇文林閣刻本之外無第二種板本半葉十一行，行二十字曲文大字賓白科介小字雙行精圖十二頁王國維先生之一部後歸日本帝國大學此外僅北平圖書館藏有二部書中每折皆作第幾出蓋齣之假借字近世鈔本戲曲多數沿用或以為伶工俗體得此本為證乃知古已有之。

二、雙紅記　明末金陵德聚堂刻本（書影四、五）

雙紅記上下二卷二十九齣，原題劍俠傳雙紅記明呂天成曲品高奕新傳奇品清姚燮今樂考證，王國維曲
錄卷四均著於錄各本並題無名氏作惟今樂考證著錄有兩本一在著錄五云更生氏作，一在著錄七云無名氏
作，注云二本不同千古麗情曲目亦云雙紅記更生氏作二書未云更生氏是何許人他書亦無記載則亦等於佚
名也。新傳奇品云：「雙紅合紅綃紅線而成，亦佳但詞多勦襲」按舊本南戲有磨勒盜紅綃一本今不傳明梅鼎
祚有崑崙奴雜劇譜盜紅綃事梁辰魚有紅線女雜劇譜盜金盒事並見盛明雜劇初集此本第八齣記室草箋全
抄梁劇第一折第二十八齣青門餞別合梁梅二劇第四折裁剪而成當是新傳奇品所著錄之無名氏本非更生
氏作。梁梅均萬曆時人此劇至早成於萬曆末年。

崑崙奴磨勒盜紅綃事見太平廣記一百九十四引裴鉶傳奇，紅線女盜金盒事見同書一百九十五引袁郊
甘澤謠梁作梅作，劇情悉同本傳此本合二事為一故多添改關目與本傳及梁梅二作不甚相合今考其異同約
有六端：

一、本傳及梅劇均無雀千牛之名與字此云名慶字天祐。

二、崔千牛與薛嵩本無關聯此云二人為莫逆交。

三、紅線與紅綃薛嵩與郭子儀本無來往此云薛嵩嘗攜紅線往謁子儀，雙紅因此得相晤。

四、本傳及梅劇並云崑崙奴磨勒為崔生家舊僕不詳其所自來此云磨勒本列仙籍以未能忍性鍊魔，被謫

塵世為奴上帝命猿公化為老叟引磨勒幻形至崔生家求為僕生奇其狀貌收用之。

五、本傳云紅線前身本男子行醫誤藥殺人陰司降罰使為女身生長薛嵩家為司記室盜金合後始辭主求仙此云紅線前身亦天上仙人名裁杏叟以誤藥殺人與磨勒同時被謫上帝使車中女子化身老嫗引叟化形女子至薛嵩處求依門下嵩因以為女記室。（梁作第四折紅線自述曲中有「我是董奉門前裁杏叟」之語此擬紅線前身之名蓋從梁作出也）

六、據本傳及梁梅二作，磨勒在青門仙去崔千牛紅綃郭子儀諸人為之送行紅線辭主求仙，薛嵩亦為餞行，則在節度堂中座客有冷朝陽劉禹錫諸人與崔郭紅綃無涉此本則云磨勒紅線同時在青門登仙崔綃薛郭諸人均來餞送無冷劉等。

雙紅事本無關涉作者強合為一又未能全舍本傳別尋機軸故穿插關目多不相照應之處雙紅除郭府一面之外毫無往來僅首數齣將劇中人一一引出第二十八齣合全劇人物於一處此外則上卷全為磨勒盜紅綃事下卷全為紅線盜合事令人有截然兩劇之感劇中以生扮崔千牛旦扮紅線小生扮薛嵩貼扮紅綃外扮郭子儀小外扮崑崙淨扮田承嗣角色分配大體尚為適宜但生角事跡殊嫌冷落不如以生扮磨勒旦扮紅線多敍二人事，兩相照映，再以崔生與紅綃陪襯其間英雄兒女並傳豈不更勝然明人作劇拘於成格自不肯如此分配耳。

上述六端之外情節關目俱同本傳崑崙奴傳云紅綃之主人為「蓋代之勛臣一品者」此云即郭子儀傳云磨勒仙去後「一品悔懼每夕多以家童持劍戟自衞如此周歲方止」並無至青門送別事亦與此本不同凡此二事皆自梅作已然故未列入上述異點太平廣記為習見之書二事又為世所習知原文甚長不具引。

至於全劇文字，除錄舊之二齣外均平庸無甚足取，蓋明末俗手所爲。

此劇有文林閣刻本亦葉德輝舊藏今歸北平圖書館此德聚堂刻本半葉十行，行二十字曲文大字，賓白小字雙行精圖八頁書皮上有木印題簽「雙紅記」三字封面題「新鐫繪像傳奇」「雙紅」「德聚堂梓」德聚堂爲明末清初金陵書肆余所見十卷上圖下文本封神演義單行一百十五回本水滸朱琦序本雲合奇蹤皆此肆所刻或題金陵德聚堂或題古吳各書均附插圖然此本刻工最精雅且全書無爛版缺字較文林閣本之漫漶似勝一籌明清間書肆多有襲用他人板片改換字號者如德聚堂之雲合奇蹤又有三樂堂本映秀堂之精忠傳又有藜光樓本兩衡堂之三國演義又有遺香堂本其實爲同一板刻此本版式刻工字體圖像與繼志齋刻理劍記完全相同或卽繼志齋原板也。

三、清忠譜　康熙蘇州樹滋堂刻本

清忠譜上下二卷二十五折清初李玉撰高奕新傳奇品曲海總目提要卷十九，今樂考證著錄八曲錄卷五，均著於錄。

玉字玄玉，後避清聖祖諱改元玉，自號蘇門嘯侶，所居曰一笠庵，吳縣人，副貢生生卒年月無考。然玉所著人獸關，永團圓二種均有馮夢龍改本馮於順治二年乙酉殉魯王之難可知明亡時玉已有傳奇行世假定此時玉年三十五歲蓋生於萬曆末年吳偉業序玉所作北詞廣正譜云：「甲申之後絕意仕進」其卒當在康熙中玉著傳奇甚多復精晉律所著北詞廣正譜雖有漏誤但至今製曲者仍奉爲圭臬吳偉業序云

李子玄玉好奇學古士也其才足以上下千載其學足以囊括藝林而連厄於有司晚幾得之仍中副車甲申以後絕意仕進以十郎之才調效耆卿之填詞所著傳奇數十種間以其餘閒採元人各種傳奇散套及明初諸名人所著中之北詞依宮按調彙為全書復取華亭徐于室所輯參而訂之予至郡城嘗過其盧出以相示。

玉之名不見於蘇州府及吳縣諸志他書亦無記載惟焦循劇說卷四云：

玄玉係申相國家人為申公子所抑不得應科試因著傳奇好抒其憤其一捧雪極為奴婢吐氣。

據梅村序文玉固久困場屋者何云「不得應科試」梅村與玉同時同郡言必非誣焦說恐不足據玉中副榜當在明末序中「晚幾得之」若作晚年解明亡時玉年當不止三十五歲然作序文時玉尚在且在甲申以後去其中副榜之時至少應有十餘年不得以前事為晚字應作近字或後字解與玉之年齡無關也。

玉作劇三十餘種詳目見李斗揚州畫舫錄卷五曲海目及高奕新傳奇品姚燮今樂考證諸書諸書著錄，小有出入原劇本當另文詳考玉作劇之多既為明清第一其品亦不失為中上新傳奇品云：

李玄玉之詞如康衢走馬操縱自如。

錢謙益亦深愛其曲，至比之柳屯田吳梅顧曲麈談第四章評玄玉之作云：

其詞雖不能如梅村西堂之妙而案頭場上交稱便利亦老斲輪手也占花魁一劇為得意之作，勸妝北詞更為神來之筆其醉歸南詞一套用車遮險韻而能游刃有餘亦才大不可及也惟昊天塔清忠譜稍不稱耳。

又中國戲曲概論卷中云：

一人永占直可追步奉常，且眉山秀劇雅麗工鍊尤非明季諸子可及。

其言似嫌溢美。若以雅麗工鍊而論，玉所作劇似尚不及吳炳萬樹。至於臨川諸劇之意境詞藻，斷非玉所能追步也。

此清忠譜劇略云明天啟中蘇州鄉宦周順昌以忠直忤魏忠賢，被逮入京蘇人義憤歐斃緹騎順昌卒死東廠獄中蘇人為首者五亦以倡亂之名被戮後忠賢敗順昌與五人者乃得昭雪蘇人燬忠賢生祠即創祠時順昌所曾痛罵者就其址改建順昌祠以五人從祀崇禎帝用瞿式耜為順昌等訟冤疏中語賜額云「清忠風世」故劇名清忠譜事詳明史二百四十五順昌本傳及張溥所作五人墓碑記劇中事皆據實間有史傳不載或相歧異者亦十九有據曲海總目提要敘列甚詳茲不具引惟提要云：

劇云毛一鷺欲嗾李實奏屠城城隍將草稿塗抹一鷺改稿略輕，而不如徐吉疏之寬通政使徐如珂先進吉疏後進一鷺疏遂獲止坐五人。

今本無城隍改稿事，所述一鷺奏疏正言請旨屠城，未嘗略輕此蓋因昔人作傳奇每有數稿作提要者所見，或與今本不甚相同也。

此劇前有吳偉業序中有云：

逆賢敗逆案既佈以公事塡詞傳奇者凡數家李子玄玉所作清忠譜最後出事既按實其言亦雅馴。雖云塡詞目之信史可也。

足以盡玄玉此劇所云數家，今俱佚不可考此本題名作李玉元玉甫刻書當在康熙以後然吳序仍作玄玉，且不缺末筆序中又稱明為先朝可知書成於順治時且當時已有刻本此為後來翻刻但序文仍用舊板故玄字未改。

此劇雖不及一人永占四種但穿插關目曲文賓白皆流利穩妥且「言必徵實事皆有據」而能生發變化不愧「操縱自如」四字曲文最佳者當推述璕罵像忠夢魂遇四折文長不錄綴白裘第九集選此劇之書鬧拉衆鞭差打尉四折又創祠罵像二折崑曲班中亦有演之者其餘諸折久已無人道及通唱之創祠罵像二折曲文猶是舊觀綴白裘之書鬧爲原劇第二折崑曲拉衆爲第十折原題義憤鞭差打尉則析第十一齣詔折爲二者曲文大致相同賓白多異原劇賓白多用文言間以「官話」綴白裘則刪改原文典雅之處力求通俗並增入蘇白此綴白裘之常態當時歌場風氣原自如此原劇不失爲案頭之書綴白裘改本則純爲場上之曲

姚燮復莊今樂府選總目收此劇似曾見全書近數十年來治曲者多未獲讀亦不見於國內公私各家收藏目錄僅日本久保天隨有霜英堂刻本一部今歸臺北帝國大學見董康書舶庸譚及帝大戲曲書展覽目錄（註）吳梅顧曲麈談會及此劇而語焉不詳未知是否窺全豹此蘇州樹滋堂刻本余前年得之廠肆,前有封面式如下

旌揚兩句爲篆刻朱文木印半葉九行,行十八

姑蘇忠義傳奇

一笠庵彙編

清忠譜

旌揚前代典
霜露後人心

金閶樹滋堂梓行

字,曲文大字賓白小字,刻工甚精,是明末清初流行風格,蓋康熙初年刻本全書附眉批甚多,解釋名物之外多記

當時掌故,有他書未載者是否出於玉手固不能定然必蘇人所為題名云「蘇門嘯侶」李玉元玉甫著同里葉

時章雉斐畢魏萬後朱雄素臣同編三人皆清初蘇州曲家各有傳奇行世新傳奇品著錄畢氏名作畢萬侯王國

維曲錄卷五作畢萬侯字晉卿馬隅卿(廉)曾云「一說名魏字萬後」今見此本得一確證蓋用「畢萬之後

必大」事朱雄亦多誤作朱雄王氏曲錄則只知朱素臣而不知其名雄數人合作一本傳奇明清間常有此例玉

曾與朱佐朝等合著埋輪亭一品爵二種此劇之成或葉等三人亦曾有所參與耶?

(註)臺北帝大即今國立臺灣大學之前身余作此文時臺灣尚未光復及來臺大得觀久保藏本與余藏

者實為一本但經書坊改換內封面耳民國四十九年附註。

四、化人游　清初刻本

化人游一卷十齣清丁耀亢撰原題野航居士漫著揚州畫舫錄卷五曲海目著錄注云「原有姓名失記」

王國維曲錄卷五同姚燮今樂考證著錄九從原刻本題名今據諸城縣志卷十三藝文考及康熙刻本西湖扇卷

首附載耀亢子慎行所作重刊西湖扇傳奇本末知出於耀亢手耀亢字西生號野鶴山東諸城人諸城縣志卷三

十六有傳云:

耀亢少孤負奇才,倜儻不羈弱冠為諸生,走江南,遊董其昌門,與陳古白,趙凡夫,徐闇公輩聯文社既歸鬱鬱

不得志取歷代吉凶諸事類作天史十卷以獻益都鍾羽正羽正奇之明季鄉國盜起時益都王遵坦用劉澤

清兵捕土賊耀亢素善邊坦，過於日照境，更為募數千人，解安丘圍順治四年入京師，由順天籍拔貢充鑲白

旗敎習其時名公卿王鐸傅掌雷張坦公劉正宗龔鼎孳皆與結交日賦詩陸舫中名大噪陸舫者耀亢所築

室而正宗名之者也後為容城敎諭遷惠安知縣以母老不赴為詩踔厲風發少作卽饒丰韻晚年語更壯浪

開一邑風雅之始縣中諸詩人皆推為先輩六旬後病目自署木鷄道人更著聽山草卒年七十二。

余曾見耀亢手批正德刻本李杜合集朱藍滿楮書法奇偉卷尾有跋云：

……順治癸巳余卜居海村借而讀之甲午赴容城敎署攜為客笥……感而書之琅琊丁耀亢題于容

之椒軒時五十六（下有「丁耀亢印」及「陸舫」兩朱印）

甲午為順治十一年據此及諸城縣志本傳推定耀亢生於明神宗萬曆二十七年己亥卒於清聖祖康熙九年庚

戌。

載者，略云：

同治壬申湖北崇文書局重刊耀亢所撰蚺蛇膽表忠記傳奇後有族裔守存跋所述耀亢事跡有諸城志不

野鶴先生為存七世伯祖生明季以明經老學問淵雅著作甚富尤嫻音律名著齊魯間……傳有所輯天史

一書歷采史乘所載因果實事卷帙浩繁以彰天道勵人心版已漫滅印本尙有存者未之見也傳奇十三種

亦多散佚其他詩古文詞尤不多覯惟沈歸愚先生所選國朝詩別裁集載七律一首而已先生生平多異跡，

有鐵色珊瑚一枝長尺有咫，貽自海藏龍君事尤奇詭先生自撰出刦記略山鬼談一篇記其詳曾見刻本鐵

珊在諸邑小天台山宗祠中為世守之珍不誣也。

耀亢所著逍遙遊詩集自云明末避亂，曾數浮於海遍歷海上諸山得鐵珊事，即在此時。耀亢自記言之鑿鑿，然其

事終涉怪誕存而不論可也。

耀亢著述甚富，諸城縣志卷十三藝文考著錄：

逍遙遊一卷　陸舫詩草五卷　椒丘詩二卷　江干草一卷　歸山草二卷　聽山亭草一卷　天史十卷

西湖扇傳奇二卷　化人遊傳奇一卷　蚺蛇膽傳奇二卷　赤松遊傳奇三卷。

丁慎行重刊西湖扇始末，記耀亢著述於上列十一種之外又有漆園草詩集及非非夢、星漢槎兩種傳奇通行之

續金瓶梅小說亦耀亢所撰，(註)合之丁守存跋所記之出刻記略及傳奇十三種，北平圖書館所藏之家政須知，

共二十餘種今惟北平圖書館藏康熙煮茗堂刻本丁野鶴先生詩詞稿殘帙存

逍遙遊二卷　陸舫詩草五卷附補遺　椒丘詩二卷　丁野鶴先生遺稿三卷　化人游一卷　赤松遊三

卷　表忠記二卷　西湖扇二卷　家政須知一卷

逍遙、陸舫、化人、赤松表忠五種私人亦有藏本，此為耀亢著述之僅存者其餘未見傳本。煮茗堂本諸書卷數與諸

城志間有異同家政須知亦不見於諸城志，煮茗堂本當係晚出，所謂丁野鶴先生遺稿三卷，或即包括江干、歸山，

聽山亭漆園草數集在內丁守存所云傳奇十三種今合存佚計之，不過六種其餘七種目亦不存耀亢之詩雖不

足頡頏古今名家在當時實負盛名所作傳奇則沈雄清麗兼而有之，遠勝於六十種曲中之尋常作品然流傳不

廣，錄曲諸家亦多不之及，至今逈在若存若亡之間文章傳否固有幸有不幸也。

此劇略云有何生者名皋字野航，浙中吳山人，才氣過人而不得志於時，憤世嫉俗，因思乘桴而浮於海，至海

濱，已有漁翁艤舟相待，歷述此舟神妙莫測，幻化無窮生異之。登舟欲發，又來二人求附乘之。生復以寂寞爲苦，

思集古今名士才人麗姝美女於舟中，共爲笑樂。舟子及二人並云能爲召請。於是曹植、劉楨、李白、杜甫、東方朔、陸

羽、西施、趙飛燕、張麗華、莫愁、薛濤、桃葉、凌波諸人，翩然並至。復得崑崙奴爲司護，衞易牙爲掌烹飪。生大喜，解舟入

海，縱飲酣歌。正行間忽遇巨鯨吞舟入腹，生不知也。但覺若至一地，天日昏暗，舟與諸人俱不知何往。獨行踽踽

有所悟，乃靜坐修煉，彷彿久歷歲時不生不滅。大道將成，有魚骨大王嫉生成道，命劍客以魚腸劍刺之。生方跌坐

靜息，劍既著膚，段段化爲蓮花生已證仙果矣。劍客大驚，生亦醒乃問此爲何處，蓋生入魚腹以來，劍客爲其第一

次所見之生物也。劍客告以此魚腹之國廖廓萬里虛無回測，只楚大夫屈原寄居已千餘年。此後則再無人來生

乃命劍客爲導往謁屈原，共賦離騷快談甚洽。屈命人以橘餉生，剖視之中有二叟對奕見生大笑，生方驚視而屈

原與二叟俱不見矣。恍惚中又若乘空而行，至南海魚骨寺與番僧惠廣談禪。忽聞有人大叫云：「何生何生你夢

好醒也！」醒則舟子與向求附乘之二人均在焉。蓋舟子爲玄眞子張志和，二人爲左慈、王陽。俱奉成連之命來渡

何生者也。生仙道既成，乃凌虛而去。云：此劇乃其自爲寫照，故何生字野航著者即題名野航居士。列子周穆王篇

託此劇乃其自爲寫照，故何生字野航著者即題名野航居士。列子周穆王篇：「周穆王時西極之國有化人來」

謂幻化之人即此劇命名所本。耀亢得鐵珊瑚事，恐卽此劇之背景。

余所藏此劇刻本與煮茗堂本板式字體均異，半葉九行曲文大字，每行二十四字，賓白小字低一格，每行二

十三字體圓中帶方，明末淸初刻工風氣如此，蓋初刻單行本封面題「野鶴齋傳奇秘本」「化人游詞曲，

「嘯臺新咏」前有順治丁亥冀鼎挈戊子宋琬二序。丁亥爲順治五年，成劇當在明末。

（註）　西湖扇傳奇題西湖紫陽道人撰，續金瓶梅題名相同。

五、赤松遊　康熙煮茗堂刻本

赤松遊三卷四十六齣丁耀亢撰王國維曲錄卷五據傳奇彙考著錄，無作者名氏史記留侯世家，張良既佐

漢高定天下乃曰：「願棄人間事從赤松子遊」後人以此事譜劇者元雜劇有王仲文之從赤松張良辭朝明傳

奇有無名氏之赤松記耀亢此劇亦演良事以楚漢興亡及呂后韓信諸事穿揷其中全據史傳惟劇中以赤松子

渡化張良爲線索即以坯下老人與黃石公俱爲赤松所幻既授良以天書使爲帝王師功成後復渡良夫婦仙去。

與史傳不合。留侯昇仙固世人之所艷稱僅言神仙又不足以盡此劇也。耀亢自述作劇始末云：

昔吾友王子房慕漢留侯之爲人因自號子房既通朝籍見逆闖起於秦乃抱椎秦之志明癸未請兵滅闖而

及於難余悲子房之亡欲作赤松以伸其志至甲申而中原淪於闖我大清入而掃除秦寇眞有漢高入關之

遺風焉。……今來長安遇西樓詞客北嶽樵史傳余以音律之秘共相倡和續前數年未完之業計作於明之

癸未成於今之己丑可以勉忠孝抒憤懣作福甚長道力。

據龔鼎孳及沈復會所作逍遙遊序知耀亢曾參王子房戎幕固亦有椎秦之志者此劇蓋以秦政喻李闖，韓喻明，

漢喻淸張子房喻王子房兼以自喻託古寄慨紀念故友且以抒其故國之思全劇沈雄悲壯良有以也癸未爲崇

禎十六年己丑爲順治六年此劇蓋耀亢任鑲白旗教習時所完成身雖仕淸迄未能忘懷故國與灌隱主人有同

慨也。

全劇三卷上卷一至十六齣敍張良椎秦不成，進履受書諸事，至劉項起兵止中卷敍張良佐漢滅楚諸事，至保全太子止下卷敍呂后殺韓信張良辭爵訪道諸事至良夫婦及鐵椎力士白日飛昇止雖長至四十六齣而穿插關目絲毫不亂曲文佳處甚多或沈雄悲壯或淸麗纏綿不愧詩人之作。

此劇煮茗堂刻本半葉九行曲文大字每行二十二字賓白小字雙行低一格，每行二十一字，刻工甚精。前有順治壬辰查繼佐序及耀亢自敍作赤松遊本末俱大字寫刻次爲赤松遊題辭及嘯臺偶著詞例數則皆耀亢自撰。

六　蚺蛇膽表忠記　順康間刻本

蚺蛇膽表忠記二卷三十六出錄曲諸書均不收僅見於丁氏八千卷樓書目。清初無名氏（或云曹寅）有虎口餘生表忠記，故稱此劇必用全名或蚺蛇膽，始免混淆劇爲丁耀亢官容城敎諭時撰本擬進呈後以中有譏切明時政治語觸淸人不許擅議先朝之禁耀亢又不肯改定遂不果事詳郭棻所爲序文略云：

曩如鳴鳳諸編亦足勸忠斥佞獨是以鄒林爲主腦以楊夏爲舖張微失本旨今上幾務之暇，覽觀與欺思以正之嗣以詞曲非本朝所尙慮有旁啓未渙綸音相國馮公司農傳公相顧而語曰：此非丁野鶴不能也于是札屬殷重野鶴受書屏居靜室整衣危坐取公自著年譜沈心諷誦作十日閉閱數月而茲編成曰蚺蛇膽志實也日表忠颺美也繕寫裝演質之二公會有以後疏一折借黃門口吻，指前代敝政搢紳陋習過于賈生之流涕有如長孺之直戇復屬筆氳愼重入告無如野鶴五十年來目擊時事，髮指眦裂者非伊旦夕往往見之

悲歌感歎兹幸從事編纂得少抒積衷，方掀髯大叫囅然以喜乃欲令之引嫌避忌頓爲自更，野鶴然乎哉于是斂衽什襲擬付名山。

今按後疏爲此劇第二十二齣攻擊明朝儌政陋俗自永樂罵起罵至嘉靖爲止若非此劇所演爲嘉靖時事將一直罵到崇禎矣。

此劇譜楊繼盛事，繼盛明容城人於嘉靖時以參嚴嵩十大惡被殺忠直之聲滿天下，詳見明史二百九繼盛本傳及繼盛自爲年譜其事爲世所習知不具引嚴嵩忤旨議廷杖一百王世貞使人以「蚺蛇膽」貽之云：能壯膽護心通血活脈服之受杖可以不死繼盛揮去之云杖而不痛仍是欺君且楊某之膽大於蚺蛇膽也故劇以蚺蛇膽爲名明人舊有鳴鳳記亦譜繼盛事然其主旨乃爲表彰當時前後劾嚴諫臣八人故其劇並無確定主角鄒應龍林潤不過事跡較多亦難謂之主角此劇則專以繼盛爲主角蓋以事爲主而不重個人故其劇並無確定主角鄒應龍林潤不過事跡較多亦難謂之主角此劇則專以繼盛爲主角蓋以事爲主而不重個人故其劇並無確時牧牛苦讀至劾嚴被殺逐事詳述無遺大體皆依王世貞所作繼盛墓碑及繼盛自爲年譜間有裝點舖張之處，然皆有依據非憑空虛構者可比此外於被嚴所害之夏言沈鍊劾嚴成功之鄒林阿附嚴氏之趙文華鄢茂卿諸人亦各有舖敘蓋即鳴鳳記之縮本而增益繼盛事跡使爲主角者也。

全劇結構謹嚴關目生動詞藻尤清麗遒健遠勝於鳴鳳記之拉雜散漫，不止「文省於前事增於舊」而已。

第二十一齣修本第二十二齣後疏曲文襲用鳴鳳之第十四十五兩齣賓白則多有增易良以此二齣爲鳴鳳精華所在故爲存之第十六齣謫遇即鳴鳳第十一齣驛裏相逢以原作「詞與關目俱欠生動故爲改作」則洵爲

點鐵成金。

此劇煮茗堂本外尚有兩種傳刻本：（一）順康間刻本半葉九行，曲文大字，每行二十字，賓白小字低一格

十九字。封面式如下：

丁野鶴先生編

新編楊椒山表

忠蚺蛇膽

　茲刻一脫鳴鳳記枝蔓專用忠愍爲正腳起孤忠於地
　下留正氣於人間全摹年譜不襲吳趨本奉

命

進呈未敢自炫姑公之海內以補忠經云爾

前有順治己亥（十六年）保陽郭棻芝仙序卷首題「擬進呈楊忠愍蚺蛇膽表忠記，容城縣教諭琅琊丁耀亢編忠愍裔孫金容楊遠條校」每齣後附耀亢自爲評注。（二）同治壬申湖北重刻本。耀亢七代姪孫守存任湖北道員時據前本重刻附楊忠愍公全集之後封面題表忠記傳奇郭序之外增題詞三闋皆守存同官所爲卷首

題琅琊丁耀亢撰，刪去容城敎諭字樣若無原本後人將不知此劇爲耀亢在椒山故鄉所作。此雖小節，亦足見翻刻舊書之不可妄加刪削。

此文發表後數年，偶於他書中發見耀亢事跡三則，補錄於下。

徐東痴言：少時於章丘逆旅見一客袴褶急裝據案大嚼，旁若無人。見徐年少，呼就語曰：「吾東武丁野鶴也。頃有詩數百篇苦無人知子爲我定之」因擲一巨編示徐尙記其一律云：「陶令兒郎諸葛妻妻能炊黍子蒸藜一家命薄皆甝隱十載形勢合靜棲野徑看雲雙展蠟石田耕雨半犂泥誰須更洗臨流耳憂憂幽禽竟日啼」野鶴晚游京師與王文安鐸諸公唱和其詩亢厲無此風致矣。（王士禎池北偶談十二）

諸城丁野鶴耀亢官椒丘廣文忽念京師舊游策長耳驢冒風雪日馳三四百里至華嚴寺陸舫中召諸貴游山人琴師劍客雜坐酣飲笑謔怒罵淋漓與盡策驢而返。（查爲仁蓮坡詩話上）

丁野鶴在椒丘每晏起不冠扬管倚樹高哦得佳句呼酒禿髮酣叶傍若無人間以示椒丘諸生多不解，因抵地直上牀蒙被而睡。（今世說七）

七、揚州夢　康熙刻本

揚州夢二卷清岳端撰曲海總目提要卷四十王國維曲錄卷五俱著於錄捉要云無名氏作，（註一）曲錄注云：

國朝愼郡王撰王諱岳端字兼山號紅蘭主人安和親王第三子。

今按楊鍾羲白山詞介卷一：

宗室蘊端初名岳端字正子，一字兼山，號紅蘭主人，多羅安郡王岳樂子，封固山貝子有玉池生稿。

李桓耆獻類徵文藝九宗室文昭條亦云，蘊端初名岳端牟其汶宗室王公世職章京爵秩襲次全表云：

太祖第七子爲和碩饒餘敏親王名阿巴泰阿巴泰子爲多羅安和郡王岳樂岳樂有子二十八第十八子

蘊端康熙二十三年正月，封授多羅勤郡王二十九年二月，降爲固山貝子三十七年四月緣事革退無襲。

曲錄云岳端爲安和親王第三子，封愼郡王，且未嘗革爵事誤。禮親王昭槤嘯亭雜錄卷六紅蘭主人條云：

紅蘭主人諱岳端安親王子安節王弟也。（註二）善詩詞崇德癸未時，饒餘王會率兵伐明，南略地至海州而

返其邸中多文學之士，蓋即當時所延致者安王因以命教其諸子弟，故康熙間宗室文風以安邸爲最盛主人

人喜爲西崑體嘗延朱襄沈方舟等爲上賓方舟妻某遲方舟久不歸，作杭州圖以寄之當時傳爲佳話主人

嘗選孟郊賈島詩爲寒瘦集以行世以宗藩貴胄之尊，而慕尙二子之詩亦可謂高曠矣。

陶之典序玉池生稿略云：

歲庚申之典伏蒙安和親王自長沙軍中載之後軍使珥筆備諸賢王顧問。維時我紅蘭主人年甫十齡每授

書百行，讀一二過即背誦不遺時時取唐人絕句鈔寫吟咏以爲樂凡宜貴習所耽嗜者悉無所近……自恭

辭講席越十有六載，而主人且日引韋素之有材藝者開日華以坐之相與欣賞

良辰追逐雲月驚人寡和之調自叢桂而出殆無虛時……頃兒子煊入覲朱邸乃竊讀讀其玉池生稿。

查爲仁蓮坡詩話卷上云：

宗室紅蘭主人岳端，嘗自撰揚州夢傳奇遍招日下諸名流賞之會者百餘人。內有少年王生善集唐，即席詩成結句云：「十年一覺揚州夢，唱出君王自製詞」。主人大喜，以黃金十四鏈白玉屆三奉酒為壽曰「一字一金也」。生飲酒受金即以金分給梨園十四人曰，「同沾君惠」是日主賓歡洽轟飲而散主人又號玉池生善畫嘗有句云：「淒淒滿地王孫草漠漠一天神女雲」又號東風居士因有「東風無力不飛花」句為輔國將軍博問亭爾都所賞也。

據此三則，知岳端為清初貴冑中能文好客者為人與納蘭成德相近庚申為康熙十九年據此上溯，岳端生於康熙十年辛亥卒年無考成德生於順治十一年卒於康熙二十四年，（據墓誌銘）長於岳端十七歲成德卒時岳端甫十五齡也。

康熙中祕永仁亦有揚州夢傳奇演杜牧事，與元喬夢符詩酒揚州夢雜劇相同此劇則演唐人小說杜子春事。（註三）因子春既與牧同姓其少年時期之性格生活亦類牧之豪華而其時子春又居揚州後則資財蕩盡感悟學仙故開場詞云：「小杜有詩堪借用十年一覺揚州夢」子春事見唐李復言續玄怪錄，（太平廣記卷十六引）及醒世恒言卷三十七二書所記微有不同此劇關目穿挿略同恒言不具引惟劇以子春前身為關令尹喜，隨老子仙去後忽念其妻子久墮輪廻乃辭老子下凡復生人世欲度其妻乃一到塵寰遂為七情所困故老子自下凡度子春而令麻姑度其妻韋氏與續玄怪錄及醒世恒言皆不相符蓋作者所添出也。（註四）曲文淡遠自然，全用白描與劇中沖穆之意境相稱於明清傳奇中別具風格以詩擬之決非西崑而與郊島之寒瘦相近較成德之納蘭詞異曲同工略無遜色滿人中異才也。

此劇傳本極少曲錄所收是全集本。此康熙刻本，前有尤侗，洪昇序，朱襄跋半頁九行，行二十二字；曲文大

字，賓白小字，刻工與汲古閣初印六十種曲相同精整過之今世所傳玉池生稿爲寫刻者，（註五）此本板式行欵，

與之均異似非所謂全集本朱襄跋云岳端爲此劇後三年，顧硯山攜其稿歸吳門將鏤板行世新安兪瑤章爲董

其役末署康熙辛巳。顧實爲庚辰五月見洪序自庚辰上溯三年爲康熙三十七年戊寅岳端年甫二

十八歲是年四月革其爲此劇或因被革而有所感觸歟玉池生稿成於二十六歲時見陶之典序此外更未聞

有其他作品事跡岳端享年似不甚永。

（註一）曲海總目云子春世爲揚州巨商。又云子春改祖居奉老君像，登仙時，諸親畢集，見像頂出白雲三

朵，中坐老君左右子春右韋氏冉冉上昇而去。俱與此劇不同。按上述二事見於醒世恆言，此劇敍事於恆言原

文略去處甚多不止此二事總目爲諸劇作提要爲有小說可據者多依之有時且直錄原文與劇本却不盡相

合故雖未書作者姓名仍可知其卽是此本。

（註二）據宗室王公世職章京爵秩襲次全表岳端之兄爲多羅安懿郡王名瑪爾渾安節郡王名華玘，瑪

爾渾次子，岳端之姪也雜錄誤。

（註三）曲海總目提要卷二十三收廣陵仙傳奇，胡介祉撰，亦演子春事，內容穿挿與此劇及小說均不同，

提要敍之甚詳而原作不存，無從比勘介祉亦康熙時人年輩長於岳端廣陵仙成書或在此劇之前。

（註四）曲錄云此劇演老子尹喜事蓋由未檢杜子春小說但據此劇第三折之敍事也。

（註五）玉池生稿極難得曾見琉璃廠邃雅齋有一部不知爲何人購去燕京大學圖書館藏舊鈔本。

八、寒香亭　乾隆懷古堂刻本

寒香亭四卷清李凱撰姚燮今樂考證收入著錄九注云：

凱字圖南號雪崖鄞縣人。

今按鄞縣志卷四十二人物傳十七云：

李凱字圖淺中雍正八年進士乾隆十九年為紹興教諭能詩尤工詞曲少與范梧交梧精於晉律嘗出所作紅玉燕傳奇相示凱亦擬寒香亭傳奇示梧梧自歉不及平居孝友女兄弟三人俱家貧每年各贍銀米沒身不衰季父歿後從兄弟俱幼凱以銀米按季給贍至各成立乃罷卒年六十九。

本書卷首載范梧序略云：

歲乙未始與李子雪崖定交雪崖齒少於予帖括而外兼業詩古文詞尤工聲律因相與上下其議論其於五聲七音八十一調無不剖豪芒窮窈眇且間出所譜宮曲相示於移宮換羽之際予雖積數十年之精力尚有未經深究者……最後見其所填寒香亭其敘致之妙研辨之精視其少作彌益精當而雪崖方更殫力於經史之旨欲紹聞洛之微傳則此猶特一斑之豹耳。

又錢維喬跋云：「雪崖起家甲科以司鐸老」綜此數則李氏生平略可考見本書題「鄞江圖淺李凱填詞」與鄞志同今樂考證云凱字圖南恐誤。

此劇略云有譚素者字棲霞秣陵人少年才俊父母俱歿未娶思「棄產辭家壯遊南北」適聞其友虞嶼盛

讚江都衞吏部之女淩波秀美而文方隨任燕京，乃動還想，決計往燕訪之云有年伯謝平江名練，在京可爲良媒也。既至燕京尋得寅所寅中有亭環植梅樹名寒香亭同廂有苗仰峯者告譚云有魏禮部者居此數年其女甚美，

今已他徙矣譚則漫應之俄於寅中空舍得詩稿一冊署云女史淩波筆大喜因思苗言悟所謂淩波者實魏禮部女虞生云衞吏部者會近而訛也。乃依韻和其寒香亭詠梅詩適有老嫗自稱魏府崔婆以移徙時遺落小姐詩卷

奉命來覓生遂以詩稿還之潛置和作於內以爲藉此可爲進身之堦然魏禮部與衞吏部實爲兩人魏名思衞爲其妹丈已歿遺女淩波奉母居舅家復同徙新寅故其詩卷遺落於寒香亭寅中崔婆旣得詩卷以付魏女凝烟

女亦美而擅吟咏見生詩甚喜復潛詢崔婆知生少年秀美乃補和一首與生作並置詩卷中以還淩波淩波見之，惘然心動而無從覓譚生踪跡遂亦置之時衞母久客思鄉遂携女返江都故里譚生則浼謝練向魏禮部處作伐，

謝許之適魏以疏劾嚴被貶山東滋陽知縣謝至魏方欲起行以深信謝故未見譚面即行許婚謝旋至譚寅擬告以婚事已成，至則惟苗仰峯在云譚已於前兩日南歸矣蓋譚自謝處回寅值虞闋自南來京乃知淩波

實姓衞而不姓魏且已隨母返江都譚遂於當日出京追之故謝來不及見也。譚旣至江都賃屋於衞氏園旁冀得一見一日拾得詩箋二紙即譚前所和之譚素於是以婢爲介與淩波得一晤面越數日淩波忽爲揚州守魚得計强

娉以去欲送至京獻於嚴維凝譚聞之晝夜追舟至滋陽運河渡口見女舟停泊岸側奮然曳纜思移舟近岸而用力過猛舟竟覆淩波溺焉。舟人大譁縛譚送縣請治以殺人罪縣令卽前此被貶之魏思見譚生名固其未婚婿也，

且縣署中已先有一譚素在乃大驚異此僞譚素卽苗仰峯因聞謝練告以魏譚婚事已成又知譚已南返乃至滋

陽自稱譚素圖冒親魏方疑其不類，使暫居署中，既見眞譚素更疑莫能決。時崔婆隨任在署，聞有二譚素潛窺之，崔固曾識譚於寒香亭者，乃告魏以犯人爲眞譚素先來者僞魏於是潛召譚至後衙詢之，備悉其情遂遣送譚至署之舟人先囘揚州覆命譚生留署候懲舟人既去，陰縱譚赴京會試而以苗仰峯僞爲譚素杖責逐去以掩人耳目譚至京與虞闕俱中進士因對策劾段維凝魚得計之奸惡先是高麗叛將哈力巴請降維凝力主收納而譚疏乃立黜段魚起復魏凝思爲帥譚虞爲參麗王稱兵犯境以朝廷納其降將爲名帝方惡維凝前此之多事既得譚疏乃立黜段軍共討高麗亂平囘京譚復往謁練練告以有女擬嫁與譚譚却之且言爲衞氏慘亡故卽魏凝烟亦不迎娶謝不允強訂吉期至期花轎二乘至門其一爲魏凝烟一則衞浚波也蓋浚波墮水後適逢謝自籍進京之舟被救不死謝以爲己女共至京魏思征高麗囘京晤謝得知其情乃與謝議以己女及浚波同歸於譚而故不使譚知既至洞房譚始知浚波未死又得凝烟喜過望云。

　此劇意境殊不甚佳在今日尤爲時代落伍者且情節關目全襲萬樹之風流棒，而詞句之淸新，結構之靈巧，遠不逮之未爲佳作特作者頗有偏才其謫訂一齣以監咸窄韻塡混江龍長至數十句，亦頗壯麗也。

　此懷古堂刻巾箱本半葉九行行二十字賓白小字低一格有眉批多稱美劇中辭藻首雍正辛亥（九年）范梧序乾隆丁酉（四十二年）羅有高序乙巳（五十年）錢維喬跋周壇題詞成書當在雍正初元印行在乾隆末葉。

九、如意緣　道光十三年鈔本

如意緣上下二卷二十齣，清信天齋瞿道人撰。不見著錄前有乾隆壬寅（四十七年）自序，云晚年爲此劇。

劇中多用北京旗人語揷科打諢，作者當是雍乾時京旗人。

劇演喬太守亂點鴛鴦譜事，詳見醒世恒言及今古奇觀劇情悉依本傳，不具引明沈璟所作四異記及無名氏所作碧玉串（又名雙玉串）亦演此事見曲海總目提要卷五蓋本嘉靖間崑山實事而稍加變化二劇今皆不存演此事者此劇爲碩果矣。

全劇規律俱仿明人正格穿揷結構生動整齊，詞藻亦清麗穩妥惟當行本色處殊不甚多望而知爲淸人手筆。劇以生扮孫潤旦扮劉慧娠餘則外末丑淨貼旦小生分配頗爲適當惟全劇太著重生旦所唱曲文至多登場次數亦繁且局於本傳殊少波瀾若登場纍演生旦二角未免太累更易使觀衆厭倦此其所以未能流行歌場以爲案頭之曲則尙可誦耳。

此劇未見傳刻馬隅卿先生（廉）藏有鈔本，僅存半部。此本係舊鈔，有忠信堂徐印記，似是伶工鈔本。目錄後有「道光十三年歲次癸巳」九字當是鈔書之年半葉九行，曲文大字每行二十四字賓白小字（單行）低一格二十三字有朱筆眉批旁批及圈點甚多觀其行款格式似從刻本鈔出

十、西川圖 咸豐九年鈔本

西川圖三十齣，不分卷清無名氏撰。揚州畫舫錄卷五曲海總目著錄王國維據收入曲錄卷五，姚燮今樂考證據焦氏曲考著錄諸書均作淸無名氏撰明代錄曲談曲諸書及各家筆記均不之及當非明人舊本綴白裘初

集卷三收蘆花蕩一齣云出西川圖今按即此劇之第二十九齣氣周可知乾隆時劇已傳唱於世成書當在康熙

中劇演三國時劉備東吳招親事曲海總目提要卷三十七亦收西川圖所演為明太監劉永誠及其嗣子聚征西

事與此同目異本諸書著錄語焉不詳各為何本無從考定。

清禮親王昭槤嘯亭續錄卷一大戲節戲條云：

乾隆時：⋯⋯命莊恪親王譜蜀漢三國志典故謂之鼎峙春秋。⋯⋯抄襲西川圖諸院本。

今世傳鼎峙春秋有二本乾隆原本及嘉慶時改定本（註）均有孫劉結親事然曲白關目與此劇大異此劇除孫

劉結親外又無他事不知鼎峙春秋抄襲西川圖之語何所依據以意度之有兩種可能之結論（一）今本西川

圖為鼎峙春秋所抄舊本之縮改本。（二）演蜀漢事之西川圖原有兩本即鼎峙春秋所抄者及此本。

回荊州為今日皮黃班中最流行之劇世所習知此劇情節穿插完全與之相同蓋即皮黃本之前身曲文賓

白清利可誦氣周一齣詞句關目與今日通唱之蘆花蕩相同惟襯字較少賓白亦簡略猶是近古之本。

此劇未見傳刻余所藏為咸豐九年鈔本半葉九行曲文大字賓白小字每行二十五六七字不等有目錄題

新編西川圖目錄上卷實不分卷原劇應是上下二卷為鈔者所并耳書法尚佳惟多別體減筆是伶工鈔本凡珠

字皆缺末筆當是鈔者私諱。

此文發表後復閱曲海總目提要其卷三十二收錦繡圖劇注云一名西川圖提要略云：「演劉先主及諸葛

亮謀取西川事⋯⋯此記與草廬記相彷彿因先主三顧草廬則曰草廬記因張松獻西川圖則曰西川圖也其事

皆接在古城以後本於演義者儘多如張飛夏侯惇事及三氣周瑜等皆與正史不合茲不具載」按余所藏本僅

敍東吳招親一事，取西川、獻地圖等皆不載，與劇名不合，而亦有氣周事。可知此本極有可能爲錦繡圖即西川圖之縮改本而非西川圖有二本。

（註）孔德學校所藏鼎峙春秋與琉璃廠某書店藏本不同之處甚多。孔德本末齣醉太平云：「早除了絕域氛霾，早平了幾千處黃花寨，早開了二萬里恒沙界」。某書店本云：「早除了三省氛霾，早平了幾千處白蓮寨，早清了川陝蜀蠻叢界」前者指乾隆時征服外藩，後者謂嘉慶時平定三省白蓮教，故知一爲乾隆原編一爲嘉慶時改本。

民國二十七年，燕京學報第二十四期。

此爲發表後四五年中陸續增訂之稿。

此篇所記十種，實皆寒齋舊藏，當時有所避忌，故託言「個人耳目所及」；予所藏善本戲曲小說亦遠多於此。這三十年來，居經流徙士禮之刋未成，而廛中已無一宋。撫今追昔，感慨係之，倘亦唐人詩所謂「舊業已隨征戰盡」之比耶！五十九年冬日附識。

明斯干軒本琵琶記

元明雜劇傳奇影響最深流傳最廣的有兩部，西廂記和琵琶記，正好一部是北劇一部是南戲。牠們影響所及包括各階層人士流傳的時期則自明初直到清末始終不衰。正因如此牠們的板本也就特別多。西廂板本不在本文範圍之內可以不談。琵琶記就我個人所知見的明代及清初刻本即有十餘種屬於毛聲山批七才子本系統的各種覆刻本並不在內。毛批本是經過增刪竄改的，與原作的本來面目有相當距離，關於這一點需要另作專題討論此外明代及清初諸本沒有一本內容與他本完全相同也沒有一本是大不相同但僅就這些本子所有的差別而論，卻有若干是很重要的。所以讀琵琶記一定要講求板本這些明清刻本正如其他戲曲舊本一樣都是難得的古董其中只有三種因爲有影印或覆刻本的緣故比較容易見到。一種是「陳眉公批評本」萬曆時刻本，有劉氏暖紅室覆刻又有坊間石印及排印本此本分爲上下兩卷每卷又分上下兩卷，共是四卷。一種是「凌濛初刻朧仙本」天啓或崇禎時刻本，有上海蟬隱盧影印此本分爲一二三四等四卷一種是「南溪斯干軒校正巾箱本」刊印年代詳後有武進董氏誦芬室影印此本分上下兩卷三種之中以末一種斯干軒本最爲重要，牠在琵琶記現存諸本之中時代最爲近古也確實有佳勝之處。本文主旨即是要簡單介紹這一個本子。

斯干軒本與陳淩二本不同處要分四點說明。第一是齣數不同。陳眉公本四十二齣，淩濛初本四十四齣，斯干軒本則爲四十三齣陳本第八齣斯干沒有斯干第四十一齣陳本沒有陳本第四十二齣斯干分爲兩齣增減

明斯干軒本琵琶記

分合相抵，斯干比陳本多一齣凌本第三十九齣斯干沒有，其餘完全相同，所以斯干較凌本少一齣。其中可注意的是陳本的第八齣標目是「文塲選士」斯干及凌本都沒有這一齣關目既嫌冗贅文字亦甚俗陋凌本的第三條云「時本琵琶大加增減如考試一折古本所無」據此可知斯干與凌氏所謂古本相同但凌本的第三十九齣眉批云「此折爲時本所刪」斯干恰好沒有這一齣則是又與凌氏所謂時本相同了可知齣數之或增或減並不能確定本子之早晚古本或時本云也不過是凌氏個人的意見而已所以文塲考試一齣之有無與斯干軒本之時代早晚尚無密切關係。（凌本齣皆作折本文爲求一致均改爲齣）

第二點是斯干本賓白較之陳凌二本不僅內容簡單文字也較爲古樸斯干的曲子也與陳凌二本有許多文字上的差別，有時字句稍異有時整支曲子不同，而這些異文常是斯干較勝，尤其勝於陳本陳本在三本之中最爲遜色，不幸的是此本流傳最廣還有一件事陳本第三十四齣即凌本第三十三齣，都有「佛賺」一曲，不論腔調文字，都與全書其他各曲不類也可以說根本不是南曲正調，這顯然是後人所加，斯干就沒有這支曲子，這是斯干軒古於陳凌二本的有力證據。

·第三點是斯干沒有標題齣目如陳本的「副末開塲」或「高堂稱慶」之類，而只有第一齣或第二齣字樣這一點斯干與凌本是相同的。凌本凡例第八條云「歷查諸古曲從無標目其有標目者皆後人爲增也且時本亦互相異同俱不甚雅」元明戲曲本來都是只題折數或齣數而不標題齣目的，後來爲了演唱時作爲標識並供伶人記憶之用，才有所謂齣目早期作品如琵琶記拜月亭等標目都是後人加上去的，故有如凌氏所謂「時本亦互相異同俱不甚雅」到隆萬以後，標題齣目成了習慣，於是作者便自己撰寫齣目其文

句也就比較精雅花樣也就層出不窮。如孫鍾齡（仁孺）的東郭記，便以孟子成句作為齣目斯干軒本不標齣目正與凌刻所據的瞿仙本一樣，乃是明人傳奇的原始形式。

第四點是斯干軒本所有曲子都不注明宮調例如「瑞鶴仙」陳凌二本都注明是正宮引子，「錦堂月」陳凌都注明是雙調過曲斯干則僅題瑞鶴仙或錦堂月而不注明正宮或雙調凌本凡例第五條譏評這種不注宮調的辦法云「曲有宮調東嘉所作引子過曲時不用一宮時本混刻難以辨調」我卻以為不注宮調正是古本舊刻的本來面目嘉靖以前刻本的傳奇除這一部斯干軒琵琶記之外據我所知見沒有第二部，無從求證，但我們可以從舊刻北雜劇觸類旁通北雜劇的舊本多數是不注宮調的元刊雜劇三十種如此，一直到弘治本西廂記還是如此因為各個曲牌所屬宮調如點絳唇屬仙呂一枝花屬南呂之類在當時的作者歌者以及大部份聽眾都是熟習的如是內行不注明也會知道；如是外行，注了之後還是莫名其妙所以早期的本子多不注宮調，到後來為了清楚起見才一一注明，而且大家一律照此注這不妨說是一種進步的辦法但原來並非必須如此。

所以斯干不注宮調正是其為舊本的一項明證。

以上是就斯干軒本的特點加以簡單說明以下要談一談這個本子的板式行欵及刊刻年代。

這個本子的全題是「新刊巾箱蔡伯喈琵琶記」署名處平列兩行「東嘉高先生編集」「南溪斯干軒校正。」半頁十行，每行十八字曲文大字單行科介賓白小字雙行曲調名用陰文刻小黑口板框略呈寬扁形這是一般巾箱本的共同形式斯干是詩經小雅篇名暖紅室覆刻陳眉公本跋語提到這個本子作斯于軒是不對的。

原書是清嘉慶中吳縣藏書家黃丕烈士禮居舊藏光緒中歸端午橋（方）端氏又轉送給翁松禪（同龢）現

明斯干軒本琵琶記

歸國立中央圖書館編入館藏善本書目甲編卷四集部詞曲類書後面有黃氏跋語三則其一云：

余向從華陽橋顧氏得陸勒先手鈔琵琶記其標題曰新刊元本蔡伯喈琵琶記後有覯菴跋云「遵王固有二本其一元本其一郡肆翻刻本」蓋元本者文三橋識云「嘉靖戊申七月四日重裝本也」郡肆翻刻本者蘇州府閶門內中街路書舖依舊本命工重刊印行之本亦嘉靖戊申歲刊者也然鈔本照元本繕錄計葉二十八行行三十字與此刻異矣此刻楮墨古雅疑是元刻却與遵王所藏不同詞句亦多與陸鈔本間異未敢定彼是而此非此本亦爲顧氏物最後散出卷端有陸貽典勒先兄弟行何覯菴跋語未之及惟云「定遠丕稱花邊本已從求赤得之」而此本有錢孫保印未知卽此本否以余並藏鈔刻可云合璧未容輕於其間裝成因誌數語于後嘉慶乙丑春二月四日羲翁黃丕烈識。

黃跋所云陸勒先鈔本錢遵王所藏元本及嘉靖戊申郡肆翻刻本我都沒有見過陸鈔本據聞仍在人間後二者存亡不得而知黃跋所云花邊本卽是現在中央圖書館所藏金陵唐晟刻本唐氏所刊戲劇書板框都刻有花紋故稱花邊本以上四本或存或亡都與本題無直接關係可以不必管他至於黃氏對於斯干軒本則只稱其「楮墨古雅疑是元刻」而並未確定其爲元爲明不過在黃氏藏置此書的匣子上則刻有「元本」字樣藏書家對於自己的藏本往往提前年代抬高身價這是不足怪的而在跋語中他卻不作斷語可見其仍有分寸並未鑒定此書確爲元刻而且高明寫成琵琶記的年代總在元順帝至正十年以後下距元亡最多不過二十年當時江浙一帶已經很不太平此書殊少付刻可能所以我認爲各琵琶記根本沒有元刻本歷代藏書家所謂元本至多是明初刻本。

有些人認爲此本不僅不是元刻，而且要晚到明中葉卽正德嘉靖之間。其所持理由是這個本子的字體，不

管是從整個字的形體上看，或者從筆畫的鋒稜上看，都是方方正正的，與元代及明初的圓潤生動不同，而極像

正嘉時期流行的刻工字體一般說來，正嘉時期所刻的書，與元代及明初刻本其分別確是如此；而這個斯干軒

本琵琶記與嘉靖時刻的清平山堂話本的確有些相像所以說斯干軒本是正嘉刻本未嘗不可。卽此已是現存

琵琶的諸本中最早的了。因爲其餘諸本都是萬曆至天啓崇禎或清初時的東西。再進一步說我們還可以把斯

干軒的時期更提早一些文學或藝術上的某種風格形式其演進完成都是由漸而來決不是短時期的事情這

種方體字在嘉靖時已很流行其開始自然會更早我曾把斯干軒本琵琶記與元延祐庚申刻本東坡樂府比較

對看二者的刻工很像，都是方體字不過後者還稍有一些圓體的痕跡而已尤其巧的是二者都是半葉十行每

行十八字刻書的行欵常是與時代風氣有相當關係所以我們可以說斯干軒本的這種刻工字體及半葉十行

每行十八字的行欵在元朝已經有了。但在萬曆以後這種刻工字體卽甚少見因此我們可以說斯干軒本的年

代不會晚於嘉靖而可能早到明初此書題爲「東嘉高先生編集」而不稱其名也多少可以證明刻書年代去

高氏並不太遠國立中央圖書館著錄此書題爲「明初葉刋本」不說是元本也不說是正嘉時刻本我以爲這

種說法是對的因此斯干軒確爲現存琵琶記最早刻本

　　和其他善本古書一樣斯干軒琵琶記原書是藏書家的珍秘，一般讀者很難見到，自從童氏誦芬室影印之

後，才得與世人相見算來也有三十年了。董氏影印或覆刻的明清善本戲曲很多紙張印工都很精美這本琵琶

記也是如此不過董氏把明末凌濛初刻本的挿圖影印出來裝在斯干軒本的前面而未加一字說明這樣會使

沒見過凌刻及斯干軒原書的人以爲這就是斯干軒本原有的挿圖，而誤會在明初或嘉靖時已有了這樣精美工緻的板畫其實斯干軒本並沒有挿圖原書具在可以證明。像這樣含胡不明甚至有作僞嫌疑的辦法是影印古書的大忌從前已經有人作專文批評董氏此舉的失當了不過那篇文章仍襲舊說認爲斯干軒是元本這是不對的。

　暖紅室主人劉世珩曾見到過斯干軒及另外一種明刻本，在他覆刻的陳眉公本之後附有跋語，詳述斯干軒本的收藏經過及板式行欵劉氏仍從舊說稱斯干軒爲元刻本並據斯干軒及上述明本校勘陳眉公本成札記二卷作爲覆刻陳本的附錄劉氏這部札記亦卽校勘記並不很好不夠謹嚴不夠淸楚有瑣碎的地方又有遺漏的地方卽如第一齣陳本第一頁下半第一行至第三行一段間答科白卽「且問梨園子弟……戲文大意」云云斯干軒本無此一段而劉氏札記並未校出此外還有若干處校語糾纏不淸令人不知所云劉氏本非專門學者自無怪其如此以斯干軒校其他明本的工作是很重要的但劉氏的札記不能用需要另作本文則限於篇幅及時間只能約略舉出斯干軒本的幾項特點詳盡的校勘要俟之異日還有一點要提到的是斯干軒本雖有許多佳勝之處但原本字跡稍嫌模糊若爲一般誦讀驔隱廬影印凌刻本是很好的本子勝於陳眉公本及一切排印石印本。

　　　民國五十四年香港文學世界季刊九卷二期。

　後記：近已有人根據陸鈔本校註重印我這篇文章因之須稍加修改但大體不差姑且存之五十九年冬日記。

喻世名言（古今小說）分類考證

明末馮夢龍纂輯的三部話本總集警世通言、醒世恒言、喻世明言合稱三言，是宋元明三朝話本的淵藪，古代短篇小說的寶庫，其價值實勝於馮氏同時人凌濛初的初二刻拍案驚奇（合稱二拍三言之中通言恒言俱有傳本只有喻世明言在國內失傳已久，日本內閣文庫及前田家尊經閣文庫各藏有題名爲古今小說的一部書，根據原書序文及專家考證知道所謂古今小說卽是喻世明言民國三十六年上海商務印書館根據上述兩種藏本的照片照印出來，全書線裝六冊，於是三言始得全部流行於世。

商務本印行不多，出版後不久卽不易買到，在臺灣更加鳳毛麟角，最近臺灣世界書局把這部書重印出來了，這是研究古代小說的一件大事，而且世界的這個本子是用原書照片影印的，自然比商務的排印本好，因爲書經重排，總難免有錯字，又有若干原照片模糊不淸的字，商務本認錯了，也就排錯了，世界本則原狀具在，讀者可以自行辨定，還有若干字句，商務本刪節了去，其實是無須刪節的，在世界本裏都能見其全貌，這都是世界本勝於商務本之處。

馮編三言各收話本四十篇，共爲一百二十篇，其中有宋元或明初的舊本，有馮氏自己或其他明朝人的新作。通言恒言不在本文範圍之內，本文只簡單介紹古今小說卽喻世明言所收四十篇的篇目及其寫作時代，各篇故事的詳細內容，自然不是這篇短文所能敍述的。

下面是這四十篇的目錄，依照原次序抄錄下來，我把他們分爲甲乙丙丁四類在每篇題目下分別注出，並附以簡單考證。

甲類是宋元或明初的舊本。凡全篇見於洪楩刊行的清平山堂話本集、雨窗集、欹枕集，或篇目見於晁瑮所編的寶文堂書目都屬於這一類洪晁都是嘉靖時人他們所刊行收藏的話本自然都是宋元或明初的作品而且古今小說中見於洪刻或晁目的若干篇結構文字都比較古拙質樸所用語法詞彙與明代不同的地方很多，更足以證明這些篇確爲舊本。

乙類諸篇是可認爲馮夢龍本人作品的根據這些篇的文字、體製（晚明話本體製與宋元舊作不盡相同）、地名、官名及制度諸項，可認定其爲明代作品而各篇故事又都見於馮氏所編情史情節完全一樣所以我假定這些篇是馮氏自作馮作一定不止此數，不過這些篇馮作的痕跡較爲明顯。

丙類是明代的作品凡有具體證據如官名地名制度等可以證明是明人作品，而無從證明是否馮氏自作的，屬於此類。

丁類也是明人作品但無具體證據，只從他們的文字上可以看出此類諸篇的文字都是晚明風格流暢有餘，樸拙不足其語法詞彙接近近代而與宋元不同。

後三類裏邊馮氏所作大概十居七八因爲明朝中葉即成弘至隆萬這一段時期話本式微沒有多少人寫作這類小說話本復興是天啓崇禎時期的事馮夢龍則爲這一運動的中堅份子。

這樣分類當然有許多篇無從確定如甲類裏邊僅見於寶文堂書目而別無他本的幾篇，或許是同目異文

也未可知，既無對證當然不能斷定這幾篇就是寶文堂所著錄的原本又如乙丙丁三類其中有許多篇是僅憑原作的結構文字來推測的所以我的分類標注只是一種嘗試假設不過可以自信雖不中亦不遠耳。

蔣興哥重會珍珠衫　乙

情史卷十六有珍珠衫條。（以下凡引情史其情節皆與古今小說相同）篇中云「蔣興哥乃湖廣襄陽府人氏」湖廣之稱始於明朝此篇選入今古奇觀。

陳御史巧勘金釵鈿　乙

情史卷十八有張瀨條張瀨爲此篇主要人物篇中有湖廣籍貫之語又云「送入國子監連科及第，」亦是明朝制度。

新橋市韓五賣春情　丁

閑雲庵阮三償冤債　甲

此篇見洪楩刊行之雨窗集，題爲「戒指兒記」。金瓶梅詞話中也曾引述這段故事，可知流傳已久此書所收舊撰話本與洪楩刊本校勘文字體製都小有改動不過大叚不差耳篇目則全部改過乃是因爲要與上篇或下篇對偶之故。

窮馬周遭際賣鎚媼　乙

情史卷二有賣鎚媼條此篇中有「北方的媼字，即南方的媽字一般」之語可知是南方人作品馮夢龍是蘇州人。

葛令公生遣弄珠兒　　乙

　情史卷三有葛周條此篇模倣宋人話本的痕跡很顯明，文字全是晚明風格。

羊角哀捨命全交　　甲

　見敬枕集，題爲羊角哀死戰荊軻此篇選入今古奇觀。

吳保安棄家贖友　　丁

　此篇選入今古奇觀。

裴晉公義還原配　　乙

　情史卷四有裴晉公條此篇選入今古奇觀。

滕大尹鬼斷家私　　丙

　所敍是永樂間事，雖屬明初，但不見於洪刊及晁目文字淺近，而不見於情史，故入丙類。

趙伯昇茶肆遇仁宗　　甲

　篇中云「伯昇名旭。」寶文堂書目有趙旭遇仁宗傳想卽此篇。

衆名姬春風弔柳七　　丙

　此篇根據淸平山堂話本中之柳耆卿詩酒玩江樓記增飾改編，原作面目全非，故入丙類篇中挿入吳歌數

張道陵七試趙昇　　丙

　首疑是馮氏手筆。

篇首引「國朝」唐寅詩，知是明人作品。

陳希夷四辭朝命　丙

篇中直書宋太祖太宗之名，元人固不避宋諱而文字較古拙，此篇則流暢淺近當是明代作品。

史弘肇龍虎君臣會　甲

寶文堂書目有史弘肇傳當卽此篇。古拙質樸中有雄渾之氣，斷非明人所能模倣語法詞彙亦顯然與明人不同。四十篇中此篇與宋四公大鬧禁魂張俱爲最古之作文學價值亦最高。

范巨卿鷄黍死生交　甲

見雨窗集題爲死生交范張鷄黍，與元人宮大用所撰雜劇同目。

單符郎全州佳偶　乙

情史卷二有單飛英條。

楊八老越國奇逢　乙

情史卷六有楊八老條。右兩篇有「金虜」「胡元」之語，自是明人作品。

楊謙之客舫遇俠僧　丁

陳從善梅嶺失渾家　甲

臨安里錢婆留發跡　丁

見清平山堂話本集，題爲陳巡檢梅嶺失妻記寶文堂書目亦有著錄。

木棉庵鄭虎臣報寃　　丁

張舜美元宵得麗女　　甲

　　此篇見於熊龍峰所刻四種小說，題為張生彩鸞燈傳寶文堂書目亦有著錄，題為彩鸞燈記。

楊思溫燕山逢故人　　甲；

　　篇中云楊思溫之嫂名鄭意娘寶文堂書目有燕山逢故人鄭意娘傳當即此篇。

晏平仲二桃殺三士　　甲

　　寶文堂書目有齊晏子二桃殺三學士想即此篇。

沈小官一鳥害七命　　甲

　　寶文堂書目有沈小官畫眉記想即此篇篇中故事始於一隻畫眉鳥。據郎瑛七修類稿卷四十五，知為天順間杭州實事，在此篇中託云宋代故事此篇之作當在故事發生後不久故文字猶是明初風格。

金玉奴棒打薄情郎　　乙

　　情史卷二紹興士人條即敍此事此篇選入今古奇觀。

李秀卿義結黃貞女　　乙

　　情史卷九有李秀卿條篇中所述為弘治時事。

月明和尚度柳翠　　丁

　　與元人李壽卿所撰雜劇同目。

明悟和尚趕五戒　甲

見清平山堂話本集，題為五戒禪師紅蓮記。前篇月明和尚似由此篇演變。

鬧陰司司馬貌斷獄　丙

元刊本三國志平話開端即敍此故事，此篇敍述較平話詳盡，有增飾之跡，文字亦較平話流暢，當是明人改作。

遊鄷都胡母迪吟詩　丙

篇中有「元祚遂傾」之語，當然是明人作。

張古老種瓜娶文女　甲

寶文堂書目有種瓜張老想即此篇。

李公子救蛇獲稱心　甲

見欹枕集，題為李元吳江救朱蛇，寶文堂書目著錄。

簡帖僧巧騙皇甫妻　甲

見清平山堂話本集，題為簡帖和尚，寶文堂書目著錄。

宋四公大鬧禁魂張　甲

此篇既不見於舊刊小說總集如清平山堂等又不見於藏家目錄。但其古拙質樸全與史弘肇一篇相同，語法詞彙亦全為宋元時語體文所習用，自非明人新作此篇題目雖云宋四公篇中主要人物則為宋之師弟

趙正又有一侯興宋趙侯三人俱是著名竊賊，而趙正手段最爲高明宋羅燁編醉翁談錄卷一小說開闢條，

述小說名目有「趙正激惱京師」之語元鍾嗣成錄鬼簿於元末人陸顯之名下注云「汴梁人有好兒趙正

話本」寶文堂書目著錄有趙正侯興一本可知此爲宋至明民間不斷傳說的故事寶文堂之趙正侯興

不知即是此篇否？我又懷疑此篇也許就是陸顯之的好兒趙正話本如所疑不錯此篇將是現存宋元話本

中惟一有作者主名的一篇了。

梁武帝累修成佛　　　　丁

任孝子烈性爲神　　　　甲

寶文堂書目有任珪五顆頭，與此篇人名主題皆同。

汪信之一死救全家　　　　丁

沈小霞相會出師表　　　　乙

此篇爲嘉靖時實事情史卷四有沈小霞條。

綜計右列目錄甲類共十六篇乙類九篇丙類七篇丁類八篇再歸納爲兩大類，則是宋元或明初舊本十六篇，明中葉以後的新本二十四篇我已說過這只是大致的推測難作定論但其中舊本少新本多而新本之大部分可能爲馮夢龍自作或改編則可斷言馮氏爲復興話本的功臣短篇小說大作家三言收錄了他的全部作品，再加上若干宋元舊本，這是多麼豐富的寶藏以前研究小說的人常致憾於三言只有二言古今小說即喻世明言復行於世之後這個缺陷算是完全彌補上了。

民國四十八年，新生日報讀書週刊

初稿曾載於三十七年上海東南日報副刊，此

為改訂稿。

洛陽伽藍記叢談

北魏人著述傳到現在的有三部酈道元水經注買思勰齊民要術楊衒之洛陽伽藍記這三部都是很好的書。水經注瑰麗齊民要術古樸伽藍記的好處則如四庫提要所說：「其文穠麗秀逸煩而不厭可與酈道元水經注肩隨其兼敍爾朱榮等變亂之事委曲詳盡多足與史傳參證其他古跡藝文及外國土風道里採撫繁富亦足以廣異聞」這段批評非常精當文士愛其詞章史家資爲考據所以孤帙單行久而不廢我素喜此書會據流行諸本校讀數過有些問題寫在下邊以求教於專攻此書的同好之士。

一、著者究竟姓甚麼

關於伽藍記著者的姓氏有三種說法其一，隋書經籍志史部雜傳類云「洛陽伽藍記五卷後魏楊衒之撰」傳燈錄亦作楊衒之。（全文見後）其二，廣弘明集卷六辨惑篇二云：「陽衒之北平人元魏末爲秘書監撰洛陽伽藍記五卷」（節錄，全文見後）新唐書藝文志亦作陽衒之其三史通補注篇云「若蕭大圜淮海亂離志羊衒之洛陽伽藍記是也」郡齋讀書志及文獻通考亦均作羊衒之楊陽羊同晉四姓他佔了三個到現在也不知道准是那一個。

現在所見伽藍記刻本最古的是明朝如隱堂刻本稍後是明人吳琯校刻古今逸史本這兩本都題楊衒之

撰後來各種刻本俱從此兩本出，自然也都是楊字修四庫提要時所據底本也是楊字，所以提要說：「隋志亦作楊與今本合疑史通誤也」（姓陽之提要不曾述及大概作者沒注意到新唐書與廣弘明集）。既然各種刻本都題姓楊其來源隋志又是三說之中最爲近古的一種姓楊好像不成問題但姓陽之說也自有其證據。

魏書卷七十二北史卷四十七都有陽尼傳後附其從孫陽固傳北史又附有陽長子陽休之傳根據這幾篇傳記知道陽氏是北平無終人（今河北省薊縣玉田一帶）是文學世家楊陽兩家本來都是出於姬姓楊是周宣王少子尙父之後其封邑在今山西後并於晉子孫居住今山西陝西一帶陽是周景王少子之後初封於陽樊後裔遷居於燕經過兩漢三國直到晉室南渡元魏建國這兩族始終一東一西衔之是北平人姓陽的可能自然大於姓楊何況陽氏是文學世家又與衔之之身世相符此外還有更有力的證據魏書陽固傳說他有五子長子休之陽休之次子詮之不會提到第三子的名字北史陽固傳則說他有五子，長子休之，休之傳又說他弟綝之次俊之陽固究竟有幾個兒子魏書北史記載不同，無從確定但無論三子也好，五子也好，都是以之字排行，而且父子都是詮之綝之俊之加上衔之正好是五個所以我說姓陽之說最爲可靠。

不過這都是推測之詞不能說北平一家姓楊的也沒有也不能說只有陽家的兒子才會寫文章。而且，南北朝人用之字取名的很多名字排行相同不一定就是弟兄而且衔之的文章官位足夠入傳的資格何以魏書北史陽氏諸傳中對於此君一字不提以上都是問題所以衔之姓陽只能有九分確定尙不能完全推翻流傳久而普遍的舊說楊字我寫此文提到本書著者也只好暫從舊說至於姓羊之說既不見於任何伽藍記刊本又無其

他佐證魏書北齊書北周書北史，所有姓羊的傳上都找不到一點衒之與他們有關的痕跡。此說可謂不能成立，蓋史通傳寫之訛，讀書志及通考又因襲其誤。

二、楊衒之是否佛教信徒

關於這個問題，有個很有趣的對照。前引廣弘明集卷六全文云：「唐太史傳奕引古來王臣訕謗佛法者二十五人名為高識傳一帙十卷有陽衒之名云陽衒之北平人元魏末為秘書監見寺宇壯麗損費金碧王公相競，侵漁百姓，乃撰洛陽伽藍記言不恤眾庶也。」同書又載有衒之上朝廷書指陳當時人信佛的流弊然則衒之不是佛教信徒了。但傳燈錄上又有這樣一段：「達摩住禹門千聖寺止三日有期城太守楊衒之早慕佛乘問西天五印師承為祖其道如何……又曰弟子歸心三寶亦有年矣而智慧昏蒙尚迷真理。」據此記載衒之又是個忠實的佛門弟子，到底是怎麼回事呢？這要以伽藍記本書為解答的根據。

我們只看伽藍記的自序便知衒之精通釋典再觀全書更可知此君於佛教決非外行。不過全書雖無謗佛之言亦無信佛之語只是委曲詳盡如說家常的記敘言故而若準說他：「惓念故都，傷心禾黍，假佛寺之名，志帝京之事」（洛陽伽藍記集證序）衒之著書動機確是如此，所以全書除去實地描寫伽藍景物之外記敘議論只限於世局時事風俗掌故而沒有甚麼闡揚佛理宣傳佛法的地方。衒之之記伽藍，正如一般文人之遊覽佛寺，欣賞風景憑弔古跡，或者觀玩建築雕塑等美術並不是去燒香拜佛就從這種態度上即可看出衒之不一定是佛教徒不過元魏之時佛教盛行學士大夫多少都通一點佛理知道些佛典而佛教哲理又的確有研究的價值；

街之與達摩問答，當然也是可能的事，這只是窮理講學，而不是信教受戒，所謂歸心三寶云云，恐怕只是客氣話。

但是，街之雖非佛徒卻絕對不會「訕謗佛法。」廣弘明集所載街之上書僅攻擊世俗信佛的流弊，對於佛教本身並未曾非毀所謂「見寺宇壯麗損費金碧王公相競侵漁百姓乃撰洛陽伽藍記言不恤衆庶也」更與街之著書動機不符伽藍記自序明言作記在永熙多難之後，「城郭崩毀宮室傾覆寺觀灰燼廟塔邱墟」那還有甚麼壯麗金碧？全書充滿哀惋悽惻的廢興之感，對於所謂壯麗金碧只有懷念歎惜絕沒有譏評之意廣弘明集所云蓋適得其反總之街之對於佛法只當他是一種哲理對於伽藍則如前文所說欣賞風景憑弔古跡以至觀玩建築雕塑等藝術既不爲之宣傳闡揚亦無用其非毀訕謗從這上可以看出街之的思想態度的開明而寬厚伽藍記全書，在哀惋悽惻的情調之中又充滿了雍容閒雅的氣韻，就是這種思想態度的反映這是最可喜悅的傳燈錄說他早慕佛乘歸心三寶固未必然傅奕以爲他曾訕謗佛法而目爲高識更是胡認親戚。

三、伽藍記的板本

伽藍記的宋元舊刻，現在都已不存聽說有敦煌唐人卷子本殘存第五卷；但只是聽說我並沒有見過只好存而不論下面就我所見過的本子大致說一說先說明刻本共有三種。

如隱堂本　此本原無序跋，不知是何時何人所刻觀其字體板式大概是嘉靖刻本現存諸本，要以此本爲最古原刻流傳極少有董氏誦芬室影印本原缺三頁影印時據嘉慶眞意堂叢書本（見後）鈔補又有商務印書舘影印本收入四部叢刊三編原缺之三頁行款字體全與董氏鈔補相同恐所據卽是董氏影印本並非原刻。

商務影印本後附校刊記足補吳若準集證本（見後）的遺漏兩種影印之外又有羅振玉覆刻本收入玉簡齋

叢書此本脫誤不少又多墨釘空格不便誦讀但因沒有更古更好的本子所以治伽藍記者多宗此本。

古今逸史本　萬曆時吳琯校刻比如隱堂稍晚逸史原刻流傳不廣商務印書館影印元明善本叢書十種

中有之此本與如隱本時代相去雖近却非同出一源所以歧異很多而缺譌更甚大體說來不及如隱本但有幾

處能校正如隱之誤其他異文亦多可以兩存。

津逮秘書本　崇禎時毛晉校刻板口題綠君亭又名綠君亭本。據李氏說劍鈔本（見後）附錄毛晉跋語，

知此本所據是何慈公鈔本慈公所據底本則是不知何人從如隱堂本影寫校補故此本字句與如隱堂本十九

相同不同之處則是何鈔及所據底本之所校補毛晉並不滿意他的家刻認爲其中時有妄改臆補之處但在今

日看來明刻三種之中還是以此本爲最便閱讀補闕正誤的確用過一番工夫毛晉所謂妄改臆補之處其實並

不多。

入清以後又有三本都是覆刻明本：一、漢魏叢書本乾隆時王謨校印。（漢魏叢書又有何鎧校本與王謨本

同）。二、眞意堂叢書本嘉慶時璜川吳氏活字印三學津討原本道光時張海鵬校印板口題照曠閣又名照曠本

前兩種覆刻古今逸史漢魏脫誤仍舊眞意略有校改後一種則是覆刻津逮秘書以上三種只是覆刻並不重要；

到了道光時吳若準的集證出來伽藍記才開始有新的形式以下把集證以後各種本子分別敍述。

洛陽伽藍記集證　簡稱集證道光甲午（十四年）吳若準校印此本有兩個特點第一是分析正注伽藍

記原本是分正文注文的明以前正注分析的本子現在已見不到明以來各本都是正注混在一起吳若準是第

一個試分正注的人但他的分法實在太不高明，與原本相去一定很遠，集證本的好處，絕不在此。關於這個問題，下文專條細說第二是校勘精詳這才是集證的好處所謂集證即是校刊記附在全書後邊吳氏根據所見各種本子參以太平御覽太平廣記法苑珠林各書所引詳細校刊以前從沒有人用過這樣的工夫但吳氏校勘雖詳，仍有未盡就像如隱堂本的脫誤及與他本歧異的地方，即多未校出由近人張元濟補校附在四部叢刊三編影印本的後邊（見前）。集證刻成後印行不多，經過太平天國之役板已燬去故原刻頗爲少見比較易得的有三種覆本李氏說劍影覆刻本洛陽智水禪院覆刻本中國書店影印本李本略有校訂並加附錄數則。

洛陽伽藍記鈎沉　簡稱鈎沉近人唐晏（原名震鈞）校訂收入潮州鄭氏龍溪精舍叢書有中國書店影印本單行此本也是分正注的與集證所分全不一樣其決非楊書本來面目則是一樣字句校勘大體邊照集證；有些新的校訂却不注明所據何書有幾處我查出了是根據太平廣記或法苑珠林有幾處完全不知所出唐氏自認有時是「以意定之」用△符號記出但有些來歷不明極像「意定」之處並未加符號此外還有些他本所無的錯字此本有簡單注釋大部引錄魏書北史水經注。

洛陽伽藍記合校　近人張宗祥校商務印書館出版此本把所有以上各本文字異同通都校出故名合校。又將各本的序跋附錄及吳氏集證（校刊記部分）彙輯在一起雖仍有幾處校刊漏誤或類似臆補臆改總要算最爲精詳完備的本子此本不分正注僅將集證及鈎沉兩本所析出的正文附錄卷後。

洛陽伽藍記注　近人周延年注未題明是何書局出版或係注者自印以唐氏鈎沉爲底本引證史實之外，並注釋典故較鈎沉所注詳細頗便初學。

總觀以上各本如隱堂及古今逸史是此書最早的兩個祖本，互有短長。此後各種本子，或如隱，或宗逸史，

或兩本互訂總不出其範圍屬於逸史系統的漢魏叢書脫誤太多真意堂叢書已成難得的古董都可不必管他。

屬於如隱系統的津逮秘書學津討原及玉簡齋叢書等三本雖錯誤較少但都是叢書很難遇到單行零種爲了

普通誦讀以合校本及周注本最爲便利而且易得至於集證鉤沉兩本的分析正注則是校訂伽藍記的另一件

事下面專條討論。

四、伽藍記的正文與注文

伽藍記原本是有正文注文之分的，詳見史通卷五補注篇。現存舊本都把正注混在一起，伽藍記的本來面

目逡不可復見清朝嘉道間顧廣圻朱紫貴都想試分正注而沒有成書。吳若準是朱紫貴的外甥他的伽藍記集

證是分正注的第一部書可惜這嘗試完全失敗集證的分析正注不過是把每條頭一兩句提高一格就算正文，

以下分成若干小段低一格就算注文偶有提出正文不限於開頭一兩句的，五卷四十餘條之中不過十條左右，

而所提出的正文還是很簡單如卷一永寧寺條提出正文不限於開頭一兩句但數千字的一篇文章吳氏提出

正文只有「永寧寺，熙平元年靈太后胡氏所立也，在宮前閶闔門南一里御道西」及「外國所獻經像皆在此寺。

」兩行一共寥寥三十餘字也不知道這三十餘字何以被吳氏垂青認爲正文吳氏就照這樣分下去結果所提

出的正文還不到三頁（見張宗祥合校本附錄）自作自注之書而五卷之中僅有二頁半正文從古至今也沒

有這種體例何況僅提出篇首一兩句或數句作爲正文根本就不像回事這樣簡陋無理的分法等於不分。

唐晏不滿於集證的分法，所以他又重來一回而成為伽藍記鉤沉但鉤沉卻有比集證更錯誤的地方。第一、

標準錯誤鉤沉例言第一條云：「古人著書必有一定體裁北魏人著述在者惟此暨水經注耳故今刊定此書全

用水經注體裁」吳氏的分析方法失之簡陋唐氏的刊定標準則未免糊塗同時人著述是否必用同一體裁已

是問題何況水經與注並非一人所作作者與注者亦不同時伽藍記則是楊衒之自作自注情形根本不同豈能

用水經注的體裁來刊定伽藍記。

凡涉及寺事例高一格書而餘文附之」唐氏既知「應以寺為主」却把記敍寺中產物描寫寺中風景建築的

文字都當作注文不知這些是否「寺事」何以要低格附注洛陽市里時人第宅之類與「寺事」並無密切關

係應當屬於「時事」範圍何以反都「概入正文高一格書之」？這都是顯然的顛倒錯誤恐怕唐氏提高一格

的大半是注文低格附錄的倒有很多是正文他所以如此顛倒主要緣故還是因為先有了以水經注體裁刊定

伽藍記的錯誤標準所以唐氏分析出來的形式很像水經注，可惜就是不像洛陽伽藍記唐氏提出的正文照張

宗祥合校本附錄，也只有七頁半雖比集證多了五頁還是太少。

然則伽藍記的正注到底該怎樣分法呢這有一個先決問題，就是是否需要分一部分人的意見以為用現

行不分正注的本子讀伽藍記並沒甚麼不便無論怎樣去分也不會與原本一樣勉強猜測轉失真象張宗祥合

校本的跋語卽是這一派意見的代表這種意見固然也有道理不過我們讀伽藍記的確有時感到散漫大有游

騎無歸之勢這當然是正注不分的緣故游騎還不要緊游騎而無歸就容易使人迷惑了如卷一的永寧卷二的

平等卷三的報德卷四的法雲卷五的凝圓這些條都是篇幅很長頭緒很多若能分為正注或者眉目更要清朗

法語氣審時制定卽可這樣看似漫無標準其實倒能分析得和原本比較相近而且不致支離破碎我們分析正

注並不是要復舊觀（若無古本發現這個舊觀是永遠不能復的）只是要弄淸眉目修理以駕馭那些蕪漫的

長篇大幅標準云云根本用不着也。

附記此文初稿完成於民國三十二三年間，四十六年稍加修改，載於中央日報學人副刊。至四十八年而徐

高阮所編「重刊洛陽伽藍記」行世此本分析正註，最爲合理近眞，遠勝於集證鉤沉其端緒則陳寅恪先

生實啓之詳見徐書序文徐先生謝世歲星已週贈書猶在撫卷惘然又近人范氏校註周氏校釋出書均在

本文之後故未及叙入五十九年冬日記。

景午叢編下集　燕臺述學

四六一

中華語文叢書
景午叢編（下編）

作　　者／鄭　騫　著
主　　編／劉郁君
美術編輯／中華書局編輯部

出 版 者／中華書局
發 行 人／張敏君
行銷經理／王新君
地　　址／11494 台北市內湖區舊宗路二段181巷8號5樓
客服專線／02-8797-8396　　傳　真／02-8797-8909
網　　址／www.chunghwabook.com.tw
匯款帳號／兆豐國際商業銀行　東內湖分行
　　　　　067-09-036932　中華書局股份有限公司

法律顧問／安侯法律事務所
印刷公司／維中科技有限公司
出版日期／2015年11月再版一刷
版本備註／據1972年3月初版復刻重製
定　　價／NTD 890（精裝）

國家圖書館出版品預行編目（CIP）資料

景午叢編（下編）/ 鄭騫著.— 再版.— 臺北市
：中華書局，2015.11
　冊；公分.—（中華語文叢書）
　ISBN 978-957-43-2903-8(下編：精裝).

1.文學通論　2.文學評論

848.6　　　　　　　　　　　　104020683